Andrea Minutillo

Otrun

Dieses Buch ist an all diejenigen gerichtet,

die sich gerne durch die Fantasie entführen lassen.

Sich entführen lassen in eine andere Welt.

In die Welt der Otrun.

Was ist Leben?

Es ist das Aufleuchten eines Glühwurms in der Nacht,

es ist der Hauch eines Büffels im Winter.

Es ist der kleine Schatten, der übers Gras huscht

Und sich im Sonnenuntergang verliert.

Dies sind die letzten Worte des Häuptlings Crowfoot.

Herstellung und Verlag:
BoD - Books on Demand, Norderstedt
ISBN 978-3-7347-8644-0

Ich bin's – einfach Otrun, ich habe keine Ahnung, was sich meine Eltern Manfred und Mathilde dabei dachten, mir diesen Namen zu geben. Auf jeden Fall werde ich deswegen seit meinem ersten Kindergartentag gemieden oder geärgert. Es ist nicht einfach anders zu heißen, als alle anderen sonst. Ich gehe jetzt in die neunte Klasse, doch diese Dinge ändern sich einfach nie! Heute war es wieder einmal soweit...

Ich komme aus der Schule, schleiche ganz leise in die Wohnung, an der Küche vorbei ins Bad. Ein schneller Blick verrät mir: Mama ist nicht da. Sie arbeitet sicher noch in ihrem kleinen Laden im Hof. Sie ist Konditorin und ALLE stehen auf ihre Torten. Erst mal duschen und frische Klamotten anziehen. Ich bin völlig durch den Wind, zittere am ganzen Körper. *So ein Mist, die Hose ist gerissen. Hinten, mitte Oberschenkel, da brennt es ganz schön an meinen Beinen und blaue Flecke leuchten an den Oberarmen. Na die könnten ja auch vom Sport sein, Möhrenziehen oder so.* Sonst geht's – an meiner rechten Hand klebt Blut, mein Rücken ist empfindlich, das muss die Kante vom Mülleimer gewesen sein. *Zuerst einmal duschen, dann Bestandsaufnahme.* Das heiße Wasser tut gut. Ich schäume mich zweimal ein, bis ich mich einigermaßen beruhigt habe. Benutze mein Ginkgo-Teebaumöl Shampoo. Der Geruch macht die Gedanken frei und der Schaum meine Haare schön. Sie hängen an mir herunter, fast bis zum Po. Kastanienbraun, glatt und glänzend. An sich so das Beste an mir. Ich bin 15 Jahre alt und habe "Problemhaut". In der Schule nennen sie mich gerne Pizza-Fresse. Ich halte diesen Ausdruck nicht für sonderlich originell. Ich glaube ich habe auch schöne Augen, sie sind hellblau, fast schon Türkis. Aber alle starren nur auf meine Pickel. Ich bin mittelgroß und über meine Figur kann ich nicht wirklich meckern. Es gibt eine Menge dickere Mädchen als mich, auch wenn meine Hüften vielleicht ein bisschen zu rund sind. Doch wenn du einmal in den Fokus bestimmter Klassenkameraden gerätst und dann noch Otrun heißt, bist du verloren!

Ich nehme mir ein frisches Handtuch vom Stapel und rubbele mich trocken. Hier und da ganz vorsichtig. *Meine Hand ist doch nicht verletzt*, stelle ich erstaunt fest. Das Blut ließ sich einfach abwaschen. Dann hat wenigstens einer von denen was abbekommen. Hoffentlich Nils, der hat's richtig verdient. Die gerissene Jeans bringt mir bestimmt Ärger ein! Oh je, meine Wange wird blau! Einfach toll das gibt ein großes Palaver am Abendtisch. Ich lege mich aufs Bett, höre Musik und lasse alles noch mal Revue passieren. Kevin meinte, ich hätte mir das selbst zuzuschreiben. Tsss, so ein Blödsinn! Neulich haben sie mir den Stuhl weggezogen und sich kräftig belacht, weil mein dicker Hintern jetzt endlich am Boden genug Platz hätte. Ich habe sie beschimpft – auf meine Weise. Ich habe ihnen dicke, fette Eiter-Pickel auf die Nase gewünscht. Tja, und zwei Tage später war etwas seltsam. Kevin kam zum Unterricht mit einem Pflaster auf dem Nasenrücken. Alle dachten, er hätte sich geprügelt. In der Pause beobachtete ich, wie er Nils und Mark zeigte, was wirklich los war. Er hatte ein Ding auf der Nase von der Größe eines Fingernagels. Ich habe mich schnell verdrückt, um nicht in die Schusslinie zu geraten. Naja, heute war es dann soweit aber ein Grinsen konnte ich mir dennoch nicht verkneifen.

Während des Nachmittags hat sich auf meiner Wange ein Bluterguss gebildet und ist kräftig angeschwollen. Mama klopft an meine Tür: Zeit zum Essen. Als ich in die Küche komme, steht Mama noch an den Töpfen. Papa schaut mich mit schreckgeweiteten Augen an: „Otrun, um Himmels willen, was ist passiert?" Mama, erschreckt vom Ausruf meines Vaters, dreht sich zu mir und hält sich die Hand vor den Mund. Sie muss erst mal tief durchatmen. Sie steht einfach da und knetet ihre Unterlippe zwischen Daumen und Zeigefinger. Nach ein paar Augenblicken fragt Papa erneut: „Was ist passiert, mein Kind?" Ich setze mich erst mal auf meinen Platz, lehne mich vorsichtig zurück. „So schlimm ist es nicht", sage ich, darauf bedacht die Ruhe zu bewahren. „Ein paar Jungs aus der Klasse fanden es lustig, mich in einen Mülleimer zu stopfen. Mama, dabei ist meine Jeans gerissen." Keine Reaktion. Mama knetet noch immer ihre Unterlippe. „Hat dir denn niemand geholfen?", fragt Papa. „Nein, ich denke, viele haben einfach zugesehen. Aber ich weiß es nicht so genau. Als die abgehauen sind, kam Hanna und hat mir rausgeholfen." „Na immerhin. Tut dir sonst noch was weh, Schatz?", sorgt sich Papa. „Mein Rücken und die Beine." „Zeigen!" Papas Stimme wird kalt und sachlich. Ich ziehe T-Shirt und Jogginghose aus und drehe ihm meine Rückseite zu. „Das gibt's doch nicht! Wir werden Anzeige erstatten!" Betreten ziehe ich mich wieder an. „Kevin meint ich sei selbst schuld weil ... Naja, sie hatten mir vor einiger Zeit den Stuhl weggezogen und mich verhöhnt.

Und ich... ehm, also ich finde es sehr geistlos mit Arsch oder Blödmann zu schimpfen und, also, das war mir einfach so rausgerutscht." Papa runzelt bei meinem Gestammel die Stirn, normalerweise spreche ich in ganzen Sätzen, „ich habe ihnen Eiter-Pickel gewünscht. Ständig werde ich wegen meinen Pickeln gehänselt! Na und dann, zwei Tage später, kommt Kevin mit einem Pflaster über der Nase zum Unterricht!" Mama fängt an zu grinsen. „Und in der Pause sehe ich wie Kevin vor seinen Freunden das Geheimnis lüftet. Ein Monsterpickel größer als ein Daumennagel! Aber damit hab ich doch nichts zu tun, so was geht nicht!" Am Ende meines Monologes schreie ich. Ich sitze da, zittere und bin völlig perplex. Mama kichert. Papa schaut ratlos. Womit habe ich diesen Stimmungsumschwung erreicht?

„Manfred, sie muss zu Siegrun!" Papa seufzt: „Hatten wir das nicht anders besprochen? Sie kennt ihre Großmutter gar nicht! Und so wie die da lebt, da willst du doch Otrun nicht hinschicken!" „Ich war letzte Woche noch bei ihr, Siegrun ist fit und hell im Kopf, sie hat sich außerdem nach Otrun erkundigt." „Mathilde, jetzt mal im Ernst, kannst du dir deine Tochter in diesem verwitterten Häuschen vorstellen? Wie Rotkäppchen?!" *Was geht hier vor? Jetzt wird von mir nur noch in der dritten Person geredet, über mich und nicht mit mir und wer hat sich all diese bescheuerten Namen ausgedacht? Mathilde, Otrun und zur Krönung Siegrun!* „Könntet ihr wohl bitte mit mir reden?" „Otrun, es ist hier in der Schule nicht leicht für dich. Mal ehrlich, du hast kaum jemanden zum Reden, ich bin die meiste Zeit im Laden und Manfred ist ständig beruflich unterwegs." „Aber Papa und ich, wir schreiben uns doch E-Mails!" „Otrun, du willst uns doch nicht ernsthaft weiß machen, du hättest Papa geschrieben, dass du Probleme mit deinen Mitschülern hast!", kontert Mathilde. *Pfff, jetzt fühlt es sich an als wäre ich an allem schuld.* „Mathilde, wir sind nicht angewiesen auf das Geld, du könntest ganz bei Otrun bleiben, oder im Laden ein bisschen kürzertreten." „Aber Manfred, du weißt genau wie ich, dass es nichts mit uns zu tun hat – Otrun muss zu Siegrun. Es sind ja bald Ferien, da passt es doch wunderbar!" „Wieso kenne ich meine Großmutter eigentlich nicht, was ist mit ihr?" „Tja, mein Kind, deine Großmutter ist ein ganz besonderer Mensch – und nicht immer ganz einfach …", meint Mama, „sie lebt etwas … zurückgezogen." Manfred ist außer sich: „Sie lebt in einer Holzhütte, so groß wie dein Zimmer, mitten in der Pampa!" „Jetzt übertreibst du aber! Bei Siegrun ist es sehr gemütlich, ich bin gerne bei ihr", ereifert sich Mathilde, „übrigens, ich bin auch dort groß geworden, erinnerst du dich?", zornig sieht sie zu Papa rüber. Ich sitze am Tisch, völlig durcheinander und bemerke nur: „Wollten wir nicht was essen?" Zur Untermalung knurrt mein Magen. Die Stimmung entspannt sich zum Glück schnell. „Das Gemüse ist jetzt Matsch, ich hätte die Platte ausschalten sollen. Morgen fahre ich zu Siegrun und rede mit ihr." „Doch erst mal rufen wir den Pizza-Service an. Otrun, erledigst du das?", fragt Manfred. „Klar", meine ich, „ich kann danach ja auch Oma anrufen und mich mit ihr verabreden." „Das geht nicht, Siegrun hat kein Telefon", sagt Mama in aller Ruhe, beobachtet aber mit wachem Auge meine Reaktion. Papa schüttelt nur stumm den Kopf.

Es war ja klar, Mama hatte die Sache bereits beschlossen. Und was Mama sagt, wird gemacht, das war schon immer so. Die Ferien haben begonnen. Jetzt sind wir unterwegs. Im Auto eine große Reisetasche mit dem Wichtigsten. Klamotten, Bücher, Handy, PSP und mein einohriger Hase, den ich als Baby bekommen habe. Wir haben jetzt Ferien, ich soll erst mal für vier Wochen zu Siegrun und dann sehen wir weiter. Mama sagt, wenn es mir bei meiner Großmutter nicht gut gehen sollte, holt sie mich sofort wieder ab. Aber ihre Augen sagen deutlich, dass sie sich ihrer Sache sehr sicher ist: Dies ist der einzige richtige Weg. Die Fahrt dauert nicht ganz anderthalb Stunden. Ich bin also nicht aus der Welt, obwohl es sich so anfühlt. Die letzten Kilometer geht es nur durch Wald und über Felder, irgendwo biegen wir rechts auf einen schmalen Weg ab – hier ist keine Straße mehr zu sehen! Noch ein paar Wiesen und etwas Wald und dann sind wir tatsächlich angekommen. Die Rotkäppchen-Bemerkung von Manfred war ziemlich treffend. Aber hier wird mich keiner mobben können, hier ist keine Menschenseele – nur Oma! Und die strahlt übers ganze Gesicht. Sie ist richtig klein, geht mir nicht mal bis zur Schulter, sie hat ein liebes Gesicht mit klugen, türkisfarbenen Augen. Ihre Haut sieht aus, wie altes Leder. So viele Runzeln auf so wenig Fläche habe ich noch nie gesehen. Ich habe mir überhaupt keine Gedanken gemacht, wie alt Oma wohl ist. Sie trägt ihre weißen Haare kurz und sieht damit aus, wie ein wuscheliges Küken. „Du bist also Otrun", sagt Siegrun mit fester Stimme und breitet die Arme aus. „Mein liebes Kind, endlich sind deine Eltern zur Vernunft gekommen", mit einem schalkhaften Lächeln funkelt sie in Mamas Richtung. Mama zuckt nur entschuldigend mit den Schultern. „Wir haben dir hinterm Haus ein kleines Zelt aufgebaut. Meine Bleibe ist recht eng und wir dachten uns, dass es so einfacher für dich ist. Das eigene Nestchen und so … Du weißt schon." Ich weiß nichts und schaue fragend zu Mama. „Sieh mich nicht an, daran bin ich nicht beteiligt", sagt sie mir mit einem breiten Lächeln im Gesicht. „Solltest du dich entscheiden zu bleiben, bauen wir dir gemeinsam ein kleines Häuschen", Oma grinst mich breit an. Wenn einer hier in dieser Runde glücklich ist, dann Siegrun. „Oma?" „Oh, das hört sich wunderbar an, sag bitte noch mal Oma zu mir", sie hat so ein zufriedenes Lächeln, dass ich mich daran nur erfreuen kann. „Oma, wer ist wir?" Siegrun lacht: „Mathilde, ich denke, es ist alles in bester Ordnung. Mach dir keine Sorgen. Vielleicht kommst du uns übermorgen besuchen, aber jetzt möchte ich mich um meine Enkelin kümmern. Ist das in Ordnung?" „Ja, ja", sagt Mama verdutzt, „ehm… ich bringe Kuchen mit, ja?" Und wieder Omas Lächeln, daran kann ich mich gewöhnen. „Das wäre wunderbar, mein Kind", sagt sie und drückt Mathilde zum Abschied. Mama nimmt meine Reisetasche aus dem Kofferraum und stellt sie auf den schmalen, verwilderten Weg. Mama nimmt mich in den Arm, küsst mich auf die Stirn, hält mich noch einen Augenblick an den Schultern und schaut mir prüfend in die Augen, um sicherzugehen, dass es mir gut geht. „Ich bin nur einen Steinwurf weit entfernt, wenn irgendwas ist, ruf mich an, ja?" Und damit setzt sie sich ins Auto und fährt los, ohne noch mal in den Rückspiegel zu sehen. Oma schnalzt mit der Zunge: „Das war nicht leicht für deine Mutter. Aber jetzt komm erst mal an. Du meine Güte, was ist denn alles in der Tasche?" „Ach lass, die trage ich schon selber." „Komm, gemeinsam wird es leichter gehen. Einen Griff nimmst du und den anderen ich", Oma grinst, „als Erstes bringen wir deine Tasche ins Zelt und dann zeige ich dir mein kleines Paradies." Wir gehen schweigend um das kleine Haus, vorbei an einem Kräutergarten. Auf der Rückseite des Hauses ist eine Wiese und wie ein kleines Mini-Dorf sind kreisförmig ein paar Hütten aufgestellt. „Ich dachte du wärst hier allein?", bemerke ich. „Ja, so ist das auch", antwortet Oma, „aber so ganz allein bin ich nun doch nicht. Das ist der Stall, dort wohnen eine Ziege, zwei Schafe und eine Kuh. Daneben ist meine Toilette." Ich werde blass, schließe meine Augen für einen Moment. *Ein Plumpsklo! Papa hatte doch recht!* Oma tut so, als bemerke sie es nicht. „Und das etwas Größere daneben ist mein Bad. Aber im Sommer bade ich lieber draußen in dem Holzfass da vorne." Sie zeigt lachend mit dem Finger auf etwas das aussieht wie eine übergroße Viehtränke. Ein kleines Stück zurückgesetzt unter Tannen steht ein himmelblaues Zelt. „Und das ist dein Reich fürs Erste." „Ganz nah beim Badezimmer – fein", ich versuche mir nicht anmerken zu lassen, dass ich doch einigermaßen irritiert bin. Das Zelt ist in etwa so groß, dass meine Tasche und ich reinpassen. Ich öffne den Reißverschluss und krabbele auf allen Vieren, die schwere Tasche voraus, hinein. Mir steht vor Überraschung der Mund offen. Gut, dass Oma mich jetzt nicht sehen kann. Es ist überhaupt nicht muffig, wie in jedem anderen Zelt. Hinten an der Wand steht ein Glas mit einer wohlduftenden Flüssigkeit. Es riecht nach Zitrone, Blüten und ein ganz klein wenig Vanille. Eine mit Blümchenstoff bezogene Matratze, die das ganze Zelt ausfüllt und ein Schlafsack, ebenfalls mit Blümchenmuster. Alles hier drin ist himmelblau und ... schön! Von der oberen Zeltstange hängt ein Büschel Kräuter. Als ich daran schnuppere vermute ich Minze und Zitronenmelisse. Rückwärts klettere ich wieder raus ans Tageslicht. „Und gefällt es dir?" Ich schaue sie nur an und schon weiß sie Bescheid und wieder macht sich dieses Lächeln auf ihrem Gesicht breit. Ein Lächeln, das viel mehr sagt, als meine geschwätzigen Mitschülerinnen. Ein Lächeln aus Zufriedenheit, Ausgelassenheit und Zuversicht. Ein Lächeln, das ich schon nach der ersten halben Stunde nicht mehr missen möchte. „Oma", frage ich, „ist das dein Zelt? Wofür benutzt du es normalerweise? Es ist wunderschön!" „Gut, dass du es magst. Es ist von einem guten Freund, meinem Nachbar." Ich sehe mich um: „Aber kein direkter Nachbar." „So weit ist es gar nicht. Etwa zehn Minuten für eine alte Frau wie mich, aber meistens kommt er zu mir, denn er ist etwas besser zu Fuß. Und er ist sehr nett", ein mädchenhaftes Lächeln umspielt ihre Lippen, „und sein Sohn ist auch sehr nett. Du wirst die beiden sicher bald kennenlernen." „Und was ist in der Hütte dort drüben?" Ich zeige auf das letzte Häuschen auf Omas Lichtung. „Das, mein Kind, ist meine Werkstatt und das Warenlager." „Darf ich es sehen?" „Komm nur und schau es dir an." Oma öffnet schon die Tür. Ein betörender Duft schwallt mir entgegen. Dank einiger Seitenfenster ist es ausgesprochen hell. Das Holz ist von innen weiß lasiert, was den Raum auch größer erscheinen lässt. In der Ecke hinten rechts steht ein großes Holzgestell, vollgehängt mit Kräutern. Daneben ein Regal mit bunten Stoffen, eine schwere dunkle Holztruhe und ein großer Tisch, übersät mit Fläschchen, Farben, Federn, Perlen, Knochen?, Nadeln, Garn und das alles in einem großen Durcheinander. Ich schaue Oma fragend an. „Was geschieht in dieser Werkstatt?" Oma durchdringt mich mit ihren hellen Augen. Für einen Moment fühle ich mich klein und dumm. Die Utensilien auf dem Tisch, die Kräuter, die Stoffe ... sie ergeben für mich wenig Sinn. Omas Blick wird weich, sie sagt: „Komm, ich mache uns einen Tee und zeige dir dabei mein Haus." Dort ist es ähnlich hell wie in der Werkstatt, nur ist der Holzlasur ein klein wenig Rosenholz beigemischt. Ein schlichtes einfaches Holzbett steht an der Wand. Gegenüber ist so etwas wie eine Küchenzeile – alles aus dem lasierten Holz geschreinert. Der Herd ist auch die Heizung. Hier wird auf dem Feuer gekocht. „Sieh her, Otrun, das ist das Größte in meiner Küche." Sie öffnet eine Box und elektrisches Licht scheint uns entgegen. Ich glaube es kaum, so etwas wie ein Kühlschrank! „Ich dachte schon du hättest hier gar keinen Strom", bemerke ich. Oma strahlt. „Hab ich auch nicht. Das ist ja das Tolle!" Sie nimmt mich bei der Hand und hastet zur Tür hinaus, um das Haus und zeigt aufs Dach. „Eine Solaranlage, die schafft es meine Lebensmittel frisch zu halten!" Ich staune nicht schlecht „So etwas ist doch sicher sehr kostspielig." „Ich brauche nicht viel und Dustin hat mir beim Einbau geholfen. Er hat mir vorausgesagt, dass ich danach nie wieder ohne Kühlung leben möchte. Tja, er hatte recht, gekühlt schmeckt die Milch gleich doppelt so gut!" *Aha, der nette Nachbar heißt also Dustin.* In der abkühlenden Glut steckt ein schmaler Topf. Siegrun gießt etwas daraus in eine Tonkanne und hängt ein undefinierbares Kräuterbündel hinein. Dann reicht sie mir zwei urige Tontassen und meint: „Heute ist so ein schöner Tag, lass uns lieber draußen unseren Tee trinken." Oma voran gehen wir zur kleinen Sitzgruppe, die um eine Feuerstelle angelegt ist. Zwei Baumstümpfe dienen als kleine Tische. „Dustin meint wir sollten einen richtigen Esstisch und Bänke hier auf die Lichtung stellen, aber ich finde es abends am Feuer sehr bequem, was meinst du dazu?" „Isst du häufig hier draußen? Ich meine dann kann man vielleicht besser an einem Tisch gemeinsam zusammensitzen und hat nicht den Teller auf dem Schoß." Ich zucke die Achseln, *ich kenne doch noch keine ihrer Gewohnheiten!* „Wieviel Uhr haben wir, Otrun? Dustin hat versprochen, gegen 18:00 Uhr mit dem Abendessen zu erscheinen. Er hat sich das als Willkommensgeschenk ausgedacht", erklärt Oma, während sie mir Tee einschenkt. Ich nippe vorsichtig an dem heißen Getränk. „Hmm... Oma, kannst du zaubern? Der Tee ist köstlich! Was ist da drin? Nein, lass mich raten." Ich nehme noch einen Schluck und behalte ihn ein wenig im Mund. „Etwas Minze, Zitrone und auch süßes, ehm... vielleicht Anis?", frage ich, während ich noch einmal davon koste. „Du hast einen guten Geschmackssinn, Minze ist richtig, das Zitronenaroma kommt von Zitronenmelisse und die liebliche Note wird dem Tee vom Süßkraut verliehen. Anis und Fenchelkraut runden das Ganze ab. Rund, mild, gesund und belebend. So sollte ein Tee für den Nachmittag sein." „Oma, wir haben kurz nach fünf. Wollen wir zur Probe den Tisch aus deinem Haus holen und hübsch decken? Vielleicht hat dieser Dustin Freude daran." „Wir könnten es versuchen", meint Oma, „aber der ist ganz schön schwer." Siegrun scheint der

Gedanke zu gefallen. Sie stürmt mit jugendlichem Eifer zur Hütte. Die Tür ist zu schmal, wir müssen das schwere Ding kippen. Ein bisschen bereue ich meinen Enthusiasmus, es ist eine ganz schöne Plackerei, bis wir den Tisch nach draußen befördert haben. Aber dann sieht es doch gelungen aus.
„Otrun, sieh mal nach, ob meine Tiere dort hinter den Bäumen noch ein paar Blumen übrig gelassen haben. Frische Blüten werden sicher hübsch aussehen." Sie zeigt auf einen schmalen Pfad zwischen Toilette und Badezimmer.

Ich folge dem Weg durch ein paar hohe Tannen und finde mich schon bald auf einer Weide wieder, die nur durch dichten Bewuchs vom übrigen Wald getrennt ist. Hier grasen ganz zufrieden die Kuh, die Ziege und die zwei Schafe. Alle vier schauen auf und beäugen mich neugierig. Ich stand noch nie einer Kuh ohne Zaun gegenüber und erst jetzt fällt mir auf, wie groß diese Tiere wirklich sind. Die Kuh ist ockerbraun, hat dunkle Nüstern und eine weiße Blässe. Die Schafe sind normale weiße Schafe, die wahrscheinlich bald einen neuen Haarschnitt bekommen werden. Die Ziege jagt mir etwas Angst ein, sie ist pechschwarz und richtet ihre Hörner in meine Richtung. Die Kuh trottet langsam auf mich zu, die Schafe kauen und beobachten, halten inne und kauen wieder weiter. Die kleine Giftziege setzt an, ihr Nackenfell gesträubt und die Hörner geradewegs auf mich gerichtet. Ich mache ein paar Schritte rückwärts. Auch die Kuh kommt jetzt in meine Richtung, sieht dabei aber nicht besonders bedrohlich aus. Die Ziege

rennt los, im Galopp auf mich zu. Noch einen Moment, dann …
Ein Pfiff, ein Schrei – nicht von mir – und die Ziege stoppt. Sie
steht genau vor mir und schaut mich zornig an, oder an mir
vorbei? Hinter mir ertönt ein erleichtertes Lachen: „Das war
knapp, du bist sicher Otrun." Ich werfe einen Blick auf die Uhr.
„Ich bin früh dran, Vater sagt, ich soll schon mal das Feuer
anzünden, damit wir gleich was kochen können." Er hat ein
nettes und offenes Lächeln, sehr schwarzes, glattes Haar zu
einem einfachen Zopf gebunden. Ein kantiges Gesicht mit
hohen Wangenknochen, weiche, reine Haut und sehr weiße
Zähne. Er überragt mich um etwa anderthalb Köpfe. Klein und
picklig stehe ich da. Er ist wirklich sehr nett, den Arm voll mit
Reisig, wahrscheinlich zum Feuer anzünden, und einen großen
Rucksack auf seinem Rücken. „Du bist Dustin?", frage und
wundere ich mich. „Oh nein", in Brusthöhe schüttelt er beide
Hände vor mir, wobei ihm fast sein Reisig herunter fällt, „ich
bin sein Sohn." „Ehm… Ich wollte ein paar Blumen pflücken,
aber so weit war ich noch nicht gekommen." Betreten blicke
ich auf die Tiere, die wieder grasen und dösen als wären wir
nicht da. Er lächelt mich an: „Ich heiße Wido. Ich warte kurz
auf dich, ok?" „Danke Wido, ich glaube dieser schwarze Teufel
mag mich nicht besonders." „Ach, die ist nur ängstlich. Das ist
wie bei Menschen. Diejenigen, mit den meisten Ängsten sind
am giftigsten", antwortet Wido und sieht mich ruhig mit
seinen dunklen Augen an. Während ich ein paar bläuliche und
weiße Blumen pflücke, muss ich an Nils und Konsorten
denken. Gemeinsam gehen wir zurück zu unserem Essplatz.
Oma hat schon mit Tellern und Gläsern gedeckt. In der Mitte
des Tisches steht ein Windlicht und rechts und links davon je
eine kleine schon mit Wasser gefüllte Vase. Darin arrangiere

ich die kleinen Blümchen. „Hey Wido, du bist ja auch schon da!", ruft Oma aus dem Haus. „Hey Siegrun, ich zünde schon mal das Feuer an", antwortet er in einem lockeren, vertrauten Ton, als wäre das das gewöhnliche Abendritual. „Dustin kommt auch jetzt jeden Moment." Ich setze mich auf den abgeflachten Baumstamm, der eine Bank ersetzt, und sehe Wido zu, wie er das Feuer zum Lodern bringt. „Siegrun hat mir schon viel von dir erzählt", beginnt er ganz unvermittelt. „Ach ja, was denn?" *Ich habe Oma doch gerade erst kennengelernt, was will sie denn schon über mich wissen?* „Na, zum Beispiel, dass du in der Schule von deinen Mitschülern geärgert wirst." „Klasse, ihr kennt mich gar nicht. Aber zum Glück wisst ihr schon mal, dass man mich leicht fertigmachen kann! Ich bin begeistert", schnaufe ich, verschränke meine Arme und starre motzig ins Feuer. Wido setzt sich zu mir. „Ich werde das nicht tun", sagt er in ruhigem Ton, „vielleicht liegt es auch ein wenig an dir?" „So, glaubst du. Ich denke eher, dass Nils, Kevin und wie sie alle heißen, ein klein wenig beschränkt sind und sich auf meine Kosten vor den anderen profilieren wollen." „Selbst Wildruth versucht dich auf ihre Hörner zu nehmen", setzt Wido noch einmal nach. „Oh nein, selbst die Tiere haben an diesem Ort so blöde Namen! Dieses teuflische Ziegenweib heißt also Wildruth. Und die anderen Viecher?" *Wir wollten doch schön zusammensitzen, uns etwas kennenlernen und dieser Junge bringt meine gute Laune um!* Er sieht mir meinen Zorn an und lächelt entwaffnend: „Die anderen Viecher, von denen Siegrun übrigens in gewisser Weise abhängig ist, haben auch bedeutungsvolle Namen. Die schöne Kuh heißt Alwine. Das bedeutet: die edle Freundin. Sie gibt jeden Morgen und jeden Abend ihre Milch her. Die Schafe sind Salome und Linda, beide

Namen sprechen ein sanftes Gemüt aus. Sie geben die Wolle für Siegruns Künste. Und den Käse aus Wildruths Milch musst du unbedingt probieren. Es ist mein absoluter Lieblingskäse! Siegrun behandelt ihre Tiere wie Freunde, weil sie ohne sie hier nicht existieren könnte. Ab und zu lässt sie eins der Schafe decken, dann schenken sie ihr sogar ein Lämmchen." Er blickt mir tief in die Augen als wolle er den Grund meiner Seele erforschen. Für einen Moment sind wir beide ganz still. „Wie Siegrun", flüstert Wido. Ob zu sich oder zu mir weiß ich nicht. Ich ziehe meine Augenbrauen hoch und blicke ihn fragend an. „Ihr habt die gleichen Augen, auch das etwas spitze Kinn, das herzförmige Gesicht, die schmale kleine Nase – ok die Haare sind anders und ich muss zugeben, deine Haut ist nicht ganz so runzelig." Er lächelt mich an und lässt dabei seine Zähne aufblitzen. „Aber dein Lächeln hast du mir noch nicht richtig gezeigt." Abschätzend wartet er meine Reaktion ab, ich schaue eher verkniffen biestig zurück.

„Hey, wie ich sehe, versteht ihr euch prima!" Oma kommt lachend aus dem Haus und hält eine kleine Holzschale und zwei Gabeln in der Hand. „Ich habe einen Salat zum Fleisch zubereitet. Hier könnt ihr euch schon mal Appetit holen." Sie reicht Wido die Schüssel und jedem von uns eine Gabel. Ich sehe ihn skeptisch an. Er grinst. Oma ist schon wieder unterwegs ins Haus. In der Schüssel sind vermutlich Äpfel, Birnen, etwas Schinken, Trauben, kleine Blättchen, grob gestoßene Pfefferkörner und etwas Undefinierbares, das mir irgendwie wurmartig scheint, in einer gelben Soße. „Du zuerst." Wido grinst mich an. Ich zögere. „Nimm ruhig. Deine

Oma ist eine Zauberin. Bei ihr kannst du alles genießen." Ich picke ein wenig in der Schüssel herum. „So macht man das!", meint Wido, schaufelt seine Gabel voll und schiebt mir alles zielgerichtet in den Mund. Ich kann den Mund nicht geschlossen halten, denn sonst hätte Wido mir sicher die Zinken in die Haut gerammt! Der Salat schmeckt wirklich gut. Senfig, minzig, deftig und fruchtig. „Ok, was du kannst, kann ich auch", gebe ich zurück, während auch ich Salat auf meine Gabel türme und ihm diese ebenfalls in den Mund stopfe. Wir müssen beide lachen. „Hey, hier wird gelacht, hier bleibe ich!", ruft eine tiefe Stimme mit einem unglaublich gerollten rrr hinter uns. „Hey Dustin, gut, dass du kommst. Du bist doch Dustin, oder? Wir haben Hunger!", antworte ich. Selbst überrascht halte ich mir die Hand vor den Mund und muss schon wieder anfangen zu lachen. *Ich kenne diesen Mann doch gar nicht, habe ihn nicht einmal gesehen!* „Oh, du musst Otrun sein, herzlich willkommen. Habt ihr beide den Tisch hier raus getragen? Eine gute Idee!", meint Dustin. Er spricht einen starken amerikanischen Akzent, der sehr locker und sympathisch rüber kommt. „Nein, als ich auf die Lichtung kam, war schon alles fertig", äußert sich Wido. Für einen Augenblick schaut Dustin düster drein und schüttelt leicht den Kopf: „Auf Siegrun müssen wir aufpassen. Diese Frau mutet sich ständig zu viel zu. Na immerhin hat sie jetzt ein wenig Hilfe." Sein Blick fällt auf mich und er zwinkert mir zu. Siegrun hat einen guten Geschmack, was Männer angeht, so scheint es mir. Er ist etwas kleiner als sein Sohn, aber trotzdem groß gewachsen, hat einen dunkleren Teint und ist insgesamt muskulöser. Trotzdem sind sie sich sehr ähnlich, Wido hat ein feiner geschnittenes Gesicht, aber beide haben dieselbe offene Art.

„Na, dann möchte ich keine Zeit verschwenden", sagt Dustin und leert als Erstes seinen Rucksack. Er streicht sich seine sehr schwarzen Haare aus dem Gesicht, die etwas über seine Schulter fallen, und fasst sie mit einem Gummi zu einem Zopf zusammen. Kurz ruht sein Blick nochmals auf mir, dann wendet er seine Aufmerksamkeit auf die Zubereitung unseres Abendessens.

Im Handumdrehen verflechtet er die vorbereiteten Fleisch- und Schinkenstreifen, die in einer roten Marinade eingelegt sind. „Steht rot für scharf?", frage ich vorsichtig. „Yes Honey, das kann man so sagen! Ist es dir leicht ein bisschen zu scharf, Otrun?" „Ich weiß nicht, wir lassen es einfach darauf ankommen, ja? Ich möchte auf keinen Fall eine Sonderbehandlung!" „Wido, hol bitte schon mal frisches Quellwasser", fordert sein Vater ihn auf. „Ich komme mit, dann weiß ich auch, wo es hier die gekühlten Getränke gibt", sage ich schnell, bevor Wido ohne mich verschwindet. Bis zur Quelle ist es nicht weit. Aus dem Berg fließt ein kleines Rinnsal und sammelt sich zu einer Pfütze in einem kleinen steinigen Becken. „Was hat dein Vater mit dem Wasser vor?", frage ich unbedacht. Wido sieht mich mit hochgezogenen Augenbrauen an, lässt einen Moment verstreichen und meint dann: „Trinken, Wasser ist ein Getränk. Was trinkt man denn als Stadtmensch so?" „Ehm, Wasser aus Flaschen vom Getränkehändler", antworte ich, „ist das denn sauber?" „Wahrscheinlich sauberer als alles, was du bisher getrunken hast, nehme ich an. Komm lass uns zurückgehen. Drei Kannen sollten genügen."

Als wir wieder zur Lichtung kommen, sitzen Dustin und Siegrun mit ernsten Mienen beieinander und unterhalten sich. „Die beiden sehen besorgt aus", bemerkt Wido. „…Manchmal schlimmer als ganze verdammte Armeen von Borkenkäfern", hören wir Dustin kopfschüttelnd sagen, als wir näher herankommen. Oma legt ihm die Hand auf seine Schulter: „Ich gehe gleich kurz in die Werkstatt. Ich werde einen Weg finden", und sieht ihn mit einem warmen Lächeln an. Er löst seinen Blick vom Feuer und sieht zu ihr. „Das musst du nicht, meine süße Freundin, ich werde sie allein in Schach halten." Siegrun schließt kurz die Augen und lächelt in sich hinein, dann blickt sie ihn mit ihren hellen, türkisen Augen ruhig an. Diese Mimik kenne ich gut von meiner Mutter. Was immer die beiden beredet haben, Siegrun hat schon längst beschlossen, was zu tun ist. Und da wird sich auch ein Dustin nicht gegen behaupten können. „Wido und Otrun kommen, dann können wir ja jetzt beginnen. Setzt euch bitte an den Tisch. Wido, gieße das Wasser in die Karaffe zu den Gurkenstreifen, und ich verteile den Eintopf", verkündet Siegrun. Über dem Feuer steht ein Gestell aus drei Eisenstangen, die in der Mitte spitz zusammenlaufen. Daran hängt ein großer, runder Kupfertopf. Oma rührt mit einer großen Kelle darin und gibt jedem eine Portion auf den Teller. Ich habe keine Ahnung was wir hier essen aber es schmeckt prima. Es ist still, während wir unseren Eintopf löffeln. Jeder hängt seinen Gedanken nach. Dustin grübelt sicher über seinem Problem, ich denke an Wildruth, diese kleine schwarze Teufelin, Oma ist in Gedanken bestimmt in ihrer Werkstatt, was auch immer da geschehen mag und bei Wido weiß ich nicht so recht. Ich sehe zu ihm.

Auch er blickt mich an. Unsere Blicke verknoten sich und keiner von uns will als Erster wegsehen. „Otrun. Solltest du bleiben, bauen wir dir eine kleine Hütte in deinem Stil hier auf die Lichtung", sagt Dustin, während er die geflochtenen Fleischspieße um das Feuer herum in die Erde steckt. Siegrun ist nicht mehr am Tisch. „Ich habe gar nicht bemerkt, dass Oma weggegangen ist", wundere ich mich. „Das wiederum haben wir sehr deutlich mitbekommen", antwortet Dustin mit einem verschmitzten Lächeln, „Siegrun holt aus ihrer Hütte einen Salat, den sie zum Fleisch vorbereitet hat." „Oh ja, den haben wir schon probiert", sage ich und werfe einen Blick auf Wido, der mich jetzt frech angrinst, „der schmeckt wirklich köstlich." „Kannst du den Salat jetzt allein essen?", lacht er. „Ich denke schon." Ich hasse es, wenn man sich über mich lustig macht, aber hier fühlt es sich nicht ganz so schlimm an wie sonst.

Bei jedem Bissen freue ich mich über das Quellwasser, das durch die Gurkenschleifen sehr erfrischend schmeckt. Auch Siegruns Salat nimmt den Fleischspießen die Schärfe. Mir wird ganz schön warm und leider ist das auch für die anderen sichtbar. „Wido und ich, wir essen gern feurig. My Dear, du siehst aus, als könntest du einen kühlen Lappen fürs Gesicht gebrauchen", sagt Dustin und verkneift sich mit Mühe und Not das Lachen. „Nein, nein, das ist total lecker", antworte ich möglichst gelassen. Doch blöderweise verschlucke ich mich nur wenige Augenblicke später. Die beiden Männer müssen jetzt doch lachen, während ich gegen den Reiz im Hals kämpfe. Siegrun steht kopfschüttelnd auf, kommt um den Tisch herum und stellt sich hinter mich. Schwer legt sie ihre Hände auf meine Schultern. Sofort hat sich meine Kehle wieder beruhigt. Ich sehe sie verblüfft an, aber mir fehlen die Worte. Dustin, der neben mir sitzt, stupst mich leicht an: „Erzähl doch bitte etwas von dir, was machst du zu Hause so, hast du viele Freunde? Wir möchten dich gern kennenlernen." „Ich weiß nicht, so viel gibt es da eigentlich nicht zu erzählen. Mein Vater ist viel unterwegs. Er baut Maschinen in aller Welt auf. Und Mama führt eine gut laufende Konditorei. Also kümmere ich mich um das nötigste im Haus. Klar, für die Schule muss auch mal was erledigt werden und ansonsten habe ich via Internet eine Freundin in Süddeutschland. Mit Susanna kann man richtig schönen Unsinn schreiben. Irgendwann wollen wir uns mal besuchen. Wir haben das jetzt erst mal verschoben. Eigentlich hatte ich das für diese Sommerferien eingeplant, aber Susanna scheint wegen der Planänderung gar nicht traurig zu sein ... Hm. Sie hat eine Tante in Südamerika, da gibt es immer viel zu erzählen." „Ich bin Nordamerikaner." Er nickt zu Wido rüber. „Aber mein Sohn ist hier geboren. Er hat eine deutsche Mutter. Eine wunderbare Frau", schließt Dustin mit verklärtem Blick. Ich frage an ihn gewandt: „Wie kommt es, dass sie nicht mit hier am Tisch sitzt?" „Irina hat sich entschieden ihr Leben mit einem anderen Mann zu verbringen", antwortet er mit ernster Miene. „Ihr war der Alltag im Forsthaus zu eintönig", vervollständigt Wido. „Oh Entschuldigung, jetzt bin ich wohl in einen Fettnapf geraten, was?", frage ich mit betretener Miene. „Ach was, das ist jetzt schon anderthalb Jahre her und wir haben uns ganz gut arrangiert. Es fehlt uns an gar nichts", sagt Dustin mit einem dankbaren Blick auf Siegrun. Sie nimmt seine Hand in ihre viel kleineren Hände und funkelt geradezu zurück. *So etwas würde ich auch gerne können,* denke ich mir im Stillen. „Dustin", ich sehe ihn fragend an, „du bist doch ein Indianer, oder?" Er nickt mir ernst zu: „Ich bin ein Lakota." „Entschuldige bitte, aber wie kommst du dann an den Namen Dustin? Ist das nicht eher irisch?" Er schenkt mir ein Lächeln: „Gut aufgepasst, Honey! Als ich geboren wurde, war dieser Name in Mode. Er hat bei uns zu Hause auch keine große Bedeutung. Es ist Brauch, den richtigen Namen erst zu bekommen, wenn man eine eigene Persönlichkeit entwickelt hat. Das ist meistens kurz vor dem erwachsenen Alter. Ich bekam meinen Namen mit fünfzehn Jahren, weil ich stets mit offenen Augen durch die Welt gehe, mich auch an Kleinigkeiten erfreuen kann, und weil sich langsam abzeichnete, dass ich nicht klein und schmächtig sein werde. Die Stammesältesten gaben mir den Namen Wondering Bear." „Wow, das ist cool! Wir sollten dich hier auch so nennen. Was meinst du, Oma?" „Ja, das wäre gut, wir haben uns bloß schon alle so sehr an Dustin gewöhnt." „Hier nennen mich eigentlich alle Dustin, ich selbst fühle mich hier wie ein Dustin", er zuckt mit den Schultern und zwinkert mir zu, „Wondering Bear ist, glaube ich, hier in Deutschland schon sehr exotisch." „Komm Otrun, lass uns abräumen", nickt Wido mir zu und fängt an, das Geschirr in eine rote Plastikwanne zu stapeln. „Wir holen uns erst mal das Wasser vom Bach. Deine Oma hat hier keine Abwasserleitung, deshalb spülen wir in einer Schüssel und schütten das Schmutzwasser dann in die Abwassergrube. Wir müssen da hinten lang." Wido zeigt auf einen schmalen Pfad zwischen dem Stall und Omas Haus. Mit dem Geschirr und einer weiteren Schüssel ziehen wir los. „Früher wurde alles direkt im Bach gewaschen, aber das darf man zum Glück heute nicht mehr." Er taucht die leere Schüssel in den Bach. Das

Wasser ist sehr klar. Dann beginnt er, die Teller abzuspülen, ich nehme das Handtuch, das in seinem Hosenbund steckt. „Vater vermisst seine Heimat und meine Mutter sehr. Nur bei Siegrun scheint er das alles vergessen zu können. Ich weiß wirklich nicht, ob es ihm gut tut, wenn wir ihn bei seinem indianischen Namen nennen. Seiner Familie geht es nicht sonderlich gut. Meine Großeltern seinerseits sind schon gestorben. Seinen Schwestern schickt er regelmäßig Geld für das Nötigste. Weißt du, wo mein Vater herkommt, herrschen katastrophale Zustände. Nur sehr wenig von den alten Mythen sind den Menschen dort geblieben. Manchmal ist es nicht einfach, mit all den Wunden umzugehen." Entschuldigend sieht er mich an. „Gar nichts ist einfach", beende ich das Gespräch und starre einfach nur vor mich hin.

„Ich weiß gar nicht was ich die ganzen Ferien über hier machen soll. Es ist sehr schön hier bei Siegrun, völlig anders als zu Hause. Aber was soll ich hier?" Fragend sehe ich Wido an und mutmaße: „Sicherlich habe ich hier nicht mal Internetempfang, um mit Susanna zu chatten." „Da könntest du recht haben, hier hast du nicht mal Funkverbindung mit dem Handy", lacht Wido, „schon seit ich diesen Ort kenne", er macht eine große raumgreifende Armbewegung, „ein einziges riesiges Funkloch. Aber mal ehrlich, wer braucht das schon wirklich? Schreib ihr doch einen Brief auf schönem Papier oder du kannst mich besuchen. Ich habe einen Internetanschluss." „Das ist wirklich nett, Wido", freue ich mich und trockne weiter die Teller ab. Skeptisch sieht er zu mir rüber: „Wenn es dir so wichtig ist ..." „Jetzt fang du nicht auch noch an! Mama ist schon immer dran: Musst du immer on sein? Gibt es nichts anderes, was dir Spaß macht? Geh doch mal mit deinen Freunden weg! Das kann einen schon ganz schön aufregen!" Verbissen poliere ich vor mich hin. „Ich glaube dieser Teller ist gleich durch. Du solltest ihn etwas schonen." Er muss sich zusammennehmen, um nicht loszukichern. „Für mich ist das nicht so lustig. Außer Susanna habe ich gar keine Freunde und das kommt nur wegen meinem bescheuerten Namen. Sobald ich mich irgendwo vorstelle, bin ich schon unten durch." „Was ist denn so schlecht an Otrun?" Wido sieht mich fragend an. „Hörst du es nicht? Spürst du es nicht beim Aussprechen?", verzweifelt starre ich ihn an, „es ist nicht normal, wenn jemand Otrun heißt. Wieso konnten sie mich nicht Hanna oder Marie nennen?" „Weil es nicht zu dir gepasst hätte!", antwortet er unbeeindruckt, „du bist etwas ganz Besonderes und das wirst du bestimmt bald selbst herausfinden. Außerdem, du glaubst doch nicht im Ernst, es ist dein Name, auf den deine Kumpels reagieren." „Meine Kumpels? Ich habe keine Kumpels!" Ich schüttele nur den Kopf. „Nun, ist ja auch egal. Fakt ist: Du bist jemand ganz Besonderes." „Ach, und du hast das sofort bemerkt. Du glaubst also mehr über mich zu wissen als ich selbst." „Ja, das kann man so sagen. Die anderen spüren das auch, können es aber nicht zuordnen. Deswegen haben sie Angst vor dir." „Oh ja, und aus lauter Angst sperren sie mich in den Klassenschrank oder quetschen mich in einen Mülleimer!" *Noch ein bisschen und ich fange an zu heulen!* Ich atme tief durch, um gegen die Tränen anzukämpfen. „Ja genau!", sagt Wido und drückt mich an seine Brust. Er streichelt mir übers Haar und jetzt gibt es kein Halten mehr. Ich lasse die Tränen laufen und Wido hält mich fest. Ich kann mich nicht erinnern, mich bei einem Fremden jemals so geborgen gefühlt zu haben. Langsam beruhige ich mich und bemerke, dass es schon dämmert. „Danke", flüstere ich und löse mich von ihm. „Es ist in Ordnung, um dich selbst kennenzulernen, musst du deine Gefühle zulassen. Es gibt nur diesen einen Weg", sagt er, während er mir tief in die Augen sieht. „Komm, wir gehen zurück. Die beiden vermissen uns bestimmt schon!" Er nimmt die rote Wanne, mit dem jetzt sauberen Geschirr, vom Waldboden auf. „Warte kurz, ich möchte mir noch mein Gesicht erfrischen", merke ich an und beuge mich über das Flüsschen. Das Wasser ist wirklich kalt, was in diesem Augenblick genau richtig ist. Immer wieder schaufele ich mir das kühle Nass ins Gesicht, bis es sich taub anfühlt. „Du siehst gespenstisch aus", schaudert Wido, „du hast ganz rote Haut und das türkis deiner Iris sticht so stark hervor. Das sieht ziemlich krass aus!" „Na danke auch. Ich hoffe du kannst heute Nacht trotzdem schlafen", lache ich. Wido reicht mir die Wanne mit dem Geschirr und nimmt selbst die große Schüssel mit dem Schmutzwasser.

Bis wir die Lichtung erreicht haben, ist es beinahe dunkel. Siegrun und Dustin sitzen am Feuer und unterhalten sich leise. Dustin dreht sich zu uns: „Ihr müsst wirklich sehr gewissenhaft gespült haben", und wendet sich wieder gutgelaunt den Flammen zu. Wir setzen uns schweigend dazu. Beim Blick in das helle Feuer verschwindet alles um mich herum. Die Hütten und die Bäume werden eins mit der Dunkelheit. Ab und zu knackt es laut und Funken stieben in die Höhe wie kleine Silvesterraketen. Ansonsten herrscht Stille. Ich werde ganz ruhig und fühle mich frei und entspannt. Ganz leise fordert mich Oma auf: „Otrun, was genau ist in der Schule passiert? Bitte erzähle uns deine Geschichte." „Nun", beginne ich, „einige Mitschüler und Mitschülerinnen haben große Freude daran, mich zu schikanieren oder mir wehzutun. Dieses Mal waren Nils, Kevin und Mario daran beteiligt. Es fing damit an, dass sie mich in der großen Pause in unseren Klassenschrank gesperrt haben. Sie meinten, ich solle mich bloß nicht rühren, als der Lehrer erschien. Trotzdem habe ich ein paar Minuten später von innen an die Schrankwände gepocht. Verwundert öffnete Herr Schlüter, unser Lehrer den Schrank. Er befahl der Klasse ruhig zu bleiben und brachte mich zum Rektor. Der wollte natürlich genau wissen, wie sich alles ereignet hat, aber ich habe nichts erzählt. Ich habe gesagt, dass es ein Scherz war und wir einfach nur auf Herrn Schlüters Gesicht neugierig gewesen wären. Der Rektor war nicht sehr angetan von unserem Streich und wollte meine Eltern benachrichtigen. Dann wurde ich zurück in den Klassenraum geschickt. Als ich den Raum betrat, trafen mich mindestens zwanzig bohrende Augenpaare. Mindestens fünf davon waren überzeugt, dass ich ihre Namen verraten habe. Später an diesem Schultag wurde mir der Stuhl weggezogen und ich habe ihnen in Schmerz und Wut dicke, fette Eiterpickel mitten auf die Nase gewünscht. Zwei Tage später kommt Kevin mit einem Pflaster über der Nase zum Unterricht. Später stellte sich heraus, dass er wirklich einen unglaublichen, furunkelartigen Pickel auf dem Nasenrücken hatte. Natürlich haben sie mir die Schuld daran zugeschoben. Aber Oma, was kann ich dafür, wenn Kevin einen Pickel bekommt? Ich gebe auch niemandem die Schuld an meiner unreinen Haut." „Das solltest du aber, mein Kind", sagt Oma ganz ruhig und ist weiter still. Wir blicken ins Feuer. Die Ruhe nimmt uns wieder in die Arme. Dustin sagt mit rauer Stimme: „Honey, du hast es gewollt und hast es bewirkt." „Ja", sagt Siegrun, „und Zorn ist eines der stärksten Gefühle und da können schon mal solche Dinge passieren. Es war das erste Mal, oder?", fragt Oma an mich gerichtet. Ich sehe sie mit hochgezogenen Brauen an. „Otrun, deine Mutter und ich, wir wussten es von deiner Geburt an. Du hast gewisse Kräfte, kannst Dinge bewirken. Das ist eine große Gabe und sie muss mit Bedacht angewandt werden. Ich werde dich ausbilden, damit du dich finden kannst. Auch Dustin und Widukid werden dich auf deinem Weg begleiten." Vorsichtig sehe ich mich um. Erleichtert stelle ich fest, dass alle ins, schon weit heruntergebrannte Feuer schauen. Hier starrt mich keiner an. Ich fühle mich wohl. Trotz der Verwirrung, die in meinem Kopf herrscht. *Ich soll wirklich besondere Fähigkeiten haben? Und was wird Oma mit mir anstellen?* Ein Hauch von Unmut überkommt mich: „Was, wenn ich versage? Wenn ich nicht das tun kann, was ihr von mir verlangt? Wenn ich völlig unfähig bin?" „Mach dir darüber keine Sorgen. Lass einfach alles auf dich zukommen", erklärt Oma und reicht mir ein kleines Püppchen aus Stoff, „dieser Engel wird dir helfen, diese erste Nacht im Wald ruhig zu schlafen. Und er wird dir auch helfen offen und mutig die

Dinge zu erwarten, die auf dich zukommen." Sie blickt in die Runde. "Und jetzt, denke ich, ist es Zeit schlafen zu gehen." Wido wühlt in seinem Rucksack und zieht etwas Kleines heraus. "Ich habe dir eine Taschenlampe mitgebracht. Die kannst du sicher gut gebrauchen." Er hält sie mir lächelnd hin. "Danke, an eine Taschen-lampe habe ich beim Koffer-packen nicht gedacht", antworte ich und nehme dankbar die kleine Lichtquelle entgegen.

Im Zelt ist es stockdunkel. In meinem Schlafsack steckt ein zusammengefaltetes Schaffell. Ich nehme es auseinander und mache es mir bequem. Warm und weich liege ich in diesem Zelt. Von draußen dringen Geräusche an mein Ohr. Irgendwo huscht etwas über den Waldboden. Eine Eule ruft. Leichter Wind bringt die Tannen zum Schwingen. *So hört sich also Ruhe an*, denke ich mir und stelle erstaunt fest, dass mir diese ungewohnten Geräusche nichts ausmachen. Ich hole meinen Engel hervor und betrachte ihn jetzt ganz genau im Schein von Widos Taschenlampe. Es ist kein besonders schönes Püppchen, doch sieht es charismatisch und liebenswert aus. Ein Kleid aus leuchtend grünem Filz. Die Gliedmaßen sind weiß und fest. Erst als ich genauer hinsehe, bemerke ich kleine Knochen, die ein Stück weit mit Stoff überspannt sind. Die Augen scheinen aus Edelsteinen zu bestehen. Sie schimmern ein wenig im Lampenlicht. Es könnten blaue Katzenaugen sein. Der Mund, mit einem angedeuteten Lächeln, ist aufgestickt. Am Rücken sind sehr kleine Flügel angebracht die mit braunen, weichen Federn bestückt sind. In feinem Goldgarn ist eine Kette aufgestickt, die auf Herzhöhe in einem kleinen, roten Tropfen endet. Solche Dinge stellt Oma also in ihrer Werkstatt her.

Von einem leisen Summen erwache ich. Es ist helllichter Tag. Mich umgibt ein blaues Licht und ich muss Ort und Geschehnisse erst mal sortieren. Ich liege kuschelig warm in meinem Schlafsack und genieße noch einen Augenblick das Für-mich-sein. In meiner Hand halte ich noch immer den Schutzengel fest. Die Farben sind völlig verändert. Das liegt bestimmt an der blauen Zeltwand. Von der Puppe in meiner Hand geht ein intensiver Duft aus, den ich nicht einordnen kann. Es riecht undefinierbar. Ich habe keine Ahnung wonach. Ich höre es vor dem Zelt plätschern. Neugierig verabschiede ich mich von der muckeligen Wärme und öffne den Reißverschluss. Kühle, klare Luft empfängt mich. Ich staune, als ich Oma, vor sich hin summend, in der Badewanne sitzen sehe. Sichtlich vergnügt ruft sie: „Ein wunderschöner Morgen. Komm doch zu mir Otrun." Ich setze mich auf die Kante der Holzwanne. „Guten Morgen Oma. Soll ich dir den Rücken schrubben?", frage ich. „Oh ja, gern", freut sie sich, „ich hätte nicht zu fragen gewagt. Möchtest du auch gleich ein Bad nehmen?" Ich tauche einen Schwamm ins Wasser und stelle mit Entsetzen fest, dass das Wasser ungeheizt ist. *So wird meine Morgentoilette aussehen? Vermutlich sterbe ich an einer Lungenentzündung!* „Ziemlich kalt dein Badewasser", bemerke ich in einem möglichst gleichmütigen Tonfall. „Mein Kind, das hält das Gewebe straff", antwortet sie mit erhobenem Zeigefinger. „Bei dir hat es aber nicht viel geholfen", wage ich mich vor. Während ich ihren Rücken wasche, betrachte ich ihren faltigen Körper. Sie lacht laut auf: „Jetzt hast du mich erwischt! Ich nehme auch gerne mal ein heißes Bad aber bei diesem herrlichen Sonnenschein dachte ich mir, kann ich das Wasser ungeheizt genießen. Und es ist wunderbar hier drin." Neben der Wanne stehen ein paar Putzeimer. „Hole ich mit den Eimern das Wasser für meine Badewanne aus dem Fluss?", frage ich skeptisch. „Ja, genau", antwortet sie, „du kannst das Wasser schon mal holen gehen. Ein paarmal wirst du laufen müssen, bis die Wanne voll ist." Ich sehe, dass immer zwei Eimer mit einem Gurt verbunden sind. Über die Schulter gehängt können so vier Eimer auf einmal herangeschafft werden. „Ich ziehe dann mal los", sage ich und schlendere zum Fluss. Mit vier Wassereimern durch den Wald zu gehen ist gar nicht mal so einfach. Bei der zweiten Fuhre befülle ich sie nur noch zu drei Vierteln. So ist es nicht ganz so schwer und ich verschütte auch weniger Wasser auf dem Weg zur Lichtung. Beim Tragen ist mir ganz schön warm geworden und denke, *ich probiere Omas erfrischende Variante.* Als sie aus dem Wasser steigt, ist ihr Körper ganz rot und ihre Augen und Haare leuchten auf der durchbluteten Haut. Endlich habe ich genügend Wasser herangeschafft. Ich entkleide mich und setze mich auf den Wannenrand. Vorsichtig stecke ich die Fußspitzen ins kühle Nass, als ein lautes „Hey!" über die Lichtung schallt. Im Schreck lasse ich mich komplett ins Wasser plumpsen. Den lauten Aufschrei hätte ich mir gern verkniffen, aber das Wasser ist noch kälter als erwartet. Amüsiert kommt Wido am Stall vorbei zu mir. „Überlebenstraining?", fragt er grinsend. „Ja, so etwas in der Art.", schnaube ich, „außerdem könntest du dir wenigstens ein bisschen Mühe geben, mich nicht anzustarren!" „Oh, ich gebe

mir sehr wohl Mühe, aber es will mir einfach nicht gelingen."
Er setzt sich mir gegenüber auf den Rand und schaut mich
unverschämt an. „Die Hände bleiben auf dem Wannenrand!",
ruft Siegrun von ihrer Hütte rüber. Wido dreht sich zu ihr um
und antwortet: „Ich wollte gerade fragen, ob ich ihr den
Rücken schrubben soll." „Das mache ich schon", ruft sie zurück
und ist schon auf dem Weg, „du machst das Teewasser warm,
los jetzt." Unwillig geht er in Richtung Feuerstelle. Immer
wieder wirft er einen Blick in unsere Richtung doch Oma stellt
sich ihm genau in den Weg. „So kenne ich Wido gar nicht.
Normalerweise beehrt er mich auch nicht um diese Zeit." Sie
bemüht sich verärgert zu klingen, doch ist die Belustigung in
ihrer Stimme kaum zu überhören. Damit ich aus dem Wasser
steigen kann, hält sie mir ein Handtuch hin. Darin eingewickelt
verschwinde ich in meinem Zelt und ziehe mir etwas über. Die
Sonne hat in der letzten Stunde stark an Kraft gewonnen und
es ist richtig warm jetzt. In Shorts und Top gehe ich auf die
Sitzgruppe am Feuer zu. Wido strahlt mich an: „Ich habe
großes Glück, dass Siegrun mich mag, sonst wäre ich jetzt
wohl übel dran." Er versucht, reumütig zu gucken. „Du solltest
dich etwas vor der Sonne schützen, deine Haut ist total weiß",
merkt er an. Ich beeile mich die Sonnenmilch zu holen, weil
Oma schon mit einem Tablett aus ihrer Hütte kommt. „Was
gibt's zum Frühstück, Siegrun?", ruft Wido aus. „Es gibt
Cerealien und Obst. Wenn ich gewusst hätte, dass wir einen
Gast erwarten, wäre ich natürlich besser vorbereitet." „Müsli
ist prima", freut sich Wido und grinst frech. Einige Schälchen
mit Nüssen, geschnittenen Äpfeln, Haferflocken, sowie
Minzblättern und ein Krug Milch stehen auf dem Tablett.
Jedem von uns reicht sie eine Schüssel und wir stellen uns

unsere Mahlzeit zusammen. Dazu trinken wir Pfefferminztee. Hier draußen und in netter Gesellschaft schmeckt das alles wunderbar. Wir schwatzen und bemerken gar nicht, wie es langsam Mittag wird. Mit ernster Miene sagt Siegrun: „Ich muss noch in die Werkstatt. Was habt ihr vor?" Wido sieht mich an: „Magst du mit mir schwimmen gehen? Es gibt da eine schöne Stelle, die ich dir zeigen kann." Er sieht so erwartungsvoll aus, dass ich mich kaum traue, ihn zu enttäuschen: „Ich habe gar keine Badesachen eingepackt." „Hier im Wald benutzt niemand Badeanzüge." Wido grinst mich frech an und lässt dabei seine Augenbrauen tanzen. „Geh ruhig mit ihm", beruhigt mich Siegrun, „Wido wird sich gut benehmen. Er weiß, dass das sonst Konsequenzen hat." Dabei sieht sie ihn streng an. *Ich werde mir ein langes T-Shirt anziehen*, denke ich und nicke Wido zu. „Ich muss noch mal kurz in mein Zelt, dann können wir los", sage ich im Aufstehen. Ich ziehe mir das T-Shirt über und dann gehen wir.

Der Weg durch den Wald ist nicht weit. Wir bewegen uns abseits der befestigten Wege. Dann taucht ein See vor uns auf. Er sieht aus wie eine Mischung aus Natur-Doku und Märchenfilm. Hier stehen die Bäume ganz dicht und die Sonne scheint nur auf die Mitte des Sees. Am Ufer blitzen ein paar Lichtsprenkel durch die Baumkronen. Das Wasser ist sehr klar und vermutlich auch sehr kalt. „Da vorne ist eine gute Badestelle", meint Wido und zeigt in die Richtung eines abgebrochenen Baumstammes. Der Stamm reicht bis auf den See hinaus. Er läuft vor und zieht sich schon im Gehen sein T-Shirt aus. Seine Kleidung wirft er nachlässig über den

Baumstamm. Wido trägt einen schwarzen Slip und sieht darin beneidenswert gut aus. Er hat glatte gebräunte Haut, seine Schultern sind für seine schlanke Statur breit und leicht muskulös, seine Beine trainiert und die Hüfte schmal. Ich staune. Mir fällt aus meiner Klasse niemand ein, der so aussieht und ausgerechnet bei Oma in der Pampa finde ich einen solchen Typen. „Hey Otrun, stimmt was nicht? Komm rein." Er steht auf dem Stamm und setzt zum Kopfsprung ins Wasser an. „Ich komm ja", rufe ich zurück und beeile mich jetzt, mir mein Top unter dem T-Shirt auszuziehen. Ich lege Top und Shorts zu Widos Klamotten und gehe vorsichtig über den Stamm. Der ist breit genug, sodass man gut darauf balancieren kann. Vom Wasser aus schaut mir mein neuer Freund zu. *Oder sieht er mich an, wie ich ihn eben angesehen habe?* Auf jeden Fall will ich mir keine Blöße geben und mache auch ohne Zögern einen Hechtsprung in das klare Wasser. Und dieses ist nicht kalt, oh nein, es ist eisig! Ich tauche noch ein kleines Stück, um nicht zu schreien. Ein paar Züge und ich steige zur Wasseroberfläche empor. Als ich auftauche, treibt Wido nicht weit von mir im Sonnenschein. Ich schwimme auf ihn zu und tue es ihm gleich. *Toter Mann und tote Frau,* denke ich mir. *Ich habe vergessen meine Haare zusammenzubinden*, geht es mir durch den Sinn. Ich spüre wie sie locker im Wasser wabern wie Algen. *Das gibt einen schönen Spaß sie nachher wieder zu richten.* Wido war schlauer, er trägt einen Zopf. Das eisige Wasser macht mir langsam nichts mehr aus und ich genieße die wärmende Sonne und den Gedanken, einen Freund gefunden zu haben. *Einen gutaussehenden Freund!* Es passiert zum ersten Mal seit einer Ewigkeit, dass jemand einfach gern mit mir zusammen ist. *Im Kindergarten hatte ich auch einen Freund. Jonas, wir waren uns einig wir würden heiraten, aber seine Eltern sind weggezogen. Und ich war wieder alleine ... Aber nun nicht mehr, ich habe einen Freund und eine ganz besondere Oma.* „Woran denkst du?", fragt Wido mich neugierig. „Dass es hier sehr schön ist", sage ich ruhig zurück. „Ja, nicht wahr? Das ist ein friedlicher Ort. Aber lass uns ein wenig schwimmen, sonst kühlen wir zu sehr aus." Wido schwimmt voraus. Ich bin schnell auf seiner Höhe. „Was machst du eigentlich so, wenn du nicht mit mir schwimmen gehst?" „Nach den Ferien geht`s in die 13. Abi machen und dann will ich Forstwirtschaft studieren, so wie mein Vater." „Dann ist er bestimmt sehr stolz auf dich", mutmaße ich und mir wird soeben klar, dass ich überhaupt noch keine Pläne habe. „Ja, das ist er wohl", antwortet Wido, „ich werde ein guter Förster sein. Ich werde den Wald schützen wie meine eigenen Kinder." „Aber im See baden ist in Ordnung?", frage ich skeptisch. „Aber klar, und wie, wir sind genau solche Lebewesen wie die Tiere in diesem Moment. Wir verschmutzen nichts, wir sind nicht übermäßig laut, alles ist gut." Nach einer kleinen Weile fragt er: „Und was hast du vor in ein paar Jahren?" „Ich habe keine Ahnung." Ich überlege. „Ich wüsste nichts, was ich besonders gut kann. In der Schule bin ich in allem etwa gleich gut. Aber irgendwas Besonderes? Ne. Ich habe keine Idee, was für mich das Richtige sein könnte." Ich sehe ihn mit hochgezogenen Augenbrauen an. „Wollen wir um die Wette ans Ufer zurückschwimmen?", fragt Wido. „Klar!" rufe ich aus und los geht`s. Mit langen Zügen hänge ich ihn bald ab. Er schwimmt auch schnell, aber ich bin schneller. *Auch ein Grund, aus dem meine Mitschüler mich meiden, ich bin beim Schwimmen nur schwer zu schlagen.* Auch

Wido ist erstaunt, als ich vor ihm auf dem Stamm sitze und die Füße im Wasser baumeln lasse. „Otrun, das hätte ich ehrlich nicht gedacht. Wie kannst du so schnell sein?", ruft er erstaunt aus. „Ich habe selbst keine Ahnung, vielleicht war ich im letzten Leben ein Hai oder so." Ich zucke mit den Schultern. „Ich war Killerwal", lacht er und zieht mich an meinen Füßen wieder ins Wasser zurück. Ich schreie erschreckt auf! Er versucht meinen Kopf unter Wasser zu drücken, aber so leicht ist das nicht! Ich zerre an ihm herum, versuche mich aus seinem Griff zu befreien und ziehe ihm die Beine weg. Trotzdem bekomme ich ihn nicht versenkt. Irgendwann gewinnt er tatsächlich, zieht mich aber sofort an den Schultern wieder an die Luft. „Killerwal!", betont er nochmals mit ernster Miene, dann müssen wir beide lachen. Wir waten zusammen ans Ufer und legen uns ins Gras. Wir sind beide völlig außer Atem. Langsam kommen wir zur Ruhe und sehen den Libellen bei ihrem Zickzack-Kurs über die Wasseroberfläche zu. „Ich weiß nicht, ob ich das alles will", durchbreche ich die Stille. Wido setzt sich auf und sieht mich mit hochgezogenen Brauen an. „Bitte?" „Ich meine, übersinnliche Kräfte und so", bringe ich skeptisch heraus, „ich will keine Hexe sein! Mir irgendwas denken und das passiert dann auch noch! Ich halte das nicht für erstrebenswert. Wie kann ich ständig meine Gedanken kontrollieren, damit keine schlimmen Dinge geschehen?" Missmutig sehe ich ihn an. In seinem Blick liegt Verständnis. „Ich habe solche Kräfte nicht. Aber ich kenne deine Oma schon sehr lange. Sie ist keine gemeine Hexe, ganz im Gegenteil, sie ist eine gute Zauberin. So etwas wie eine gute Fee, weißt du?" „Tja, das mag ja sein, aber ich bin wohl etwas anders. Ich soll Kevin einen Furunkel oder so, mitten auf die Nase gezaubert haben, begreifst du das? Das ist nicht die Tat einer guten Fee! Ich habe ihn verflucht!" „Vielleicht kannst du deine Kraft aber auch anders lenken. Denk doch mal nach: Wenn es dir zuwider ist, Menschen zu verfluchen und du lernst, deine Gedanken umzusetzen in Dinge, die wirklich stattfinden, dann kannst du auch eine gute Fee werden!" Er sieht mich hoffnungsvoll an, dann lächelt er, als ich nicht mehr ganz so betrübt dreinschaue. „Es wird sicher einen Weg geben, Otrun, und wir werden dich auf diesem Weg begleiten. Vater trifft schon die ersten Vorbereitungen." Er strahlt jetzt und schließt: „Heute Morgen sagte er noch zu mir, dass wir sicher bald beginnen können." Ich sehe ihn fragend an und er nimmt mich bei der Hand und meint ganz nebenbei: „Komm, lass uns noch eine Runde schwimmen."

Wir schwimmen wieder in den Sonnenschein in die Mitte des Sees. Hier ist das Wasser richtig tief und trotzdem kann man bis zum Grund sehen. Dort unten liegt alles voller Kieselsteine, sicherlich ist das Wasser deshalb so klar. Wollen wir gleich zurück zu Oma?", frage ich, „ich habe einen ganz schönen Hunger." „Siegrun sagte mir, wir sollen ein paar Fische mitbringen", antwortet Wido und schwimmt schon Richtung Ufer. Schnell habe ich ihn eingeholt: „Heißt das, wir angeln noch ein wenig?", frage ich ironisch. „Du könntest dich ja konzentrieren, dass die Fische beißen", gibt er mir mit einem Grinsen zurück. Aus seinem Rucksack zieht er ein Messer und macht sich damit an einem herumliegenden Ast zu schaffen. „Ich weiß eine schnellere Möglichkeit, an Frischfisch zu kommen", mit geschickten Schnitzern hat er aus dem Ast schnell so etwas wie einen Speer gearbeitet und beginnt mit dem Zweiten. „Soll ich etwa auch ..." setze ich an. „Du kannst es ja zumindest versuchen, oder?", fragt Wido zurück. Im Handumdrehen sind zwei Waffen geschnitzt, die kleinere, leichtere gibt er mir in die Hand: „Einmal zusehen und dann selbst probieren, ok?" Er watet ins Wasser, bis es hüfthoch ist. Ganz still steht er, den Speer in seiner rechten Hand, die Spitze knapp über der Wasseroberfläche. Ein paar Minuten vergehen, Wido bewegt sich keinen Millimeter. Plötzlich – zack – stößt er den Speer ins Wasser und zieht ihn mit einem Jubelschrei heraus. Auf dem Holz steckt ein kapitaler Karpfen. Ich staune nicht schlecht. „Jetzt du", fordert er mich auf, während er aus dem Wasser kommt, um seinen Fang ans Ufer zu legen. Nun stehen wir gemeinsam im Wasser. Ich habe Angst mich zu rühren, stehe ganz still und es wimmelt vor Fischen um meine Beine, doch ich bin überzeugt nicht schnell genug zu sein, möchte nicht den Anfang machen. Wido macht keine Anstalten den nächsten Fisch zu fangen. Ich wünsche mir inständig, die Fische würden zu Wido rüber schwimmen, sodass ich keinen von ihnen aufspießen muss. Kurze Zeit später zieht der Schwarm ab, zu ihm rüber. Ich traue meinen Augen kaum, jetzt ist um meine Beine Ruhe eingekehrt. In dem Moment stößt Wido wieder einen Freudenschrei aus. Er hat drei Fische auf seinem Speer! Kleinere zwar, aber groß genug für eine Mahlzeit. „Wie hast du das gemacht? Sie kamen aus deiner Richtung!" ruft er überrascht aus. „Wie habe ich was gemacht?", frage ich zurück. Wido steht breitbeinig mit verschränkten Armen da: „Du denkst wohl ich habe es nicht mitbekommen, was?" „Keine

Ahnung, ich hätte es nicht gekonnt!", sage ich bloß, selbst völlig überrascht. „Tja, ich würde mal sagen, das ging schnell. Wir werden alle satt, also ist die Jagd beendet", er drückt mir im Vorbeigehen leicht die Schulter und schüttelt den Kopf, spießt noch den Karpfen zu unserer restlichen Beute und hängt sich den Rucksack über. Ich schlüpfe umständlich in mein trockenes Top, damit Wido nicht sieht, was er am Morgen schon angestarrt hatte. Wir werfen uns ein freundschaftliches Lächeln zu und wandern zurück zur Lichtung.

Dustin und Oma sitzen einträchtig am Feuer. Scheinbar werden wir schon erwartet. „Wow, das nenne ich einen guten Fang!", ruft Dustin aus und kommt auf uns zu. Er nimmt Wido die Fische ab und fängt direkt an, sie zuzubereiten. „So einen großen Karpfen habe ich lange nicht gesehen, sieh dir den an, Siegrun", er hält den Fisch hoch wie einen Pokal. „Ja, wir hatten Glück", sagt Wido mit leuchtenden Augen, „aber, das hättet ihr sehen sollen. Sie kann mit Fischen reden!" Er zeigt auf mich und ich laufe rot an. Um die Gemüter zu bremsen, halte ich die Hände vor mich: „Moment, ich habe nicht mit ihnen gesprochen! Wido übertreibt maßlos!" „Aber du hast sie mir geschickt, damit ich sie fangen kann, stimmt doch, oder?", prüfend sieht er mich an. „Ich habe mir gewünscht, sie mögen doch bitte zu dir schwimmen, damit ich meinen Speer nicht benutzen muss." Alle Augen sehen mich überrascht an. „Ja, und dann sind sie zu Wido rüber, zum Glück!", erleichtert atme ich durch. „Ein ganzer Schwarm wimmelte mir um die Füße. Ein Stoß und drei Fische steckten auf meinem Holz!", vor Begeisterung leuchten seine Augen. „So, dann kamen die Fische zu dir", sagt Oma etwas nachdenklicher als die anderen „das ist ein gutes Zeichen, Otrun." Sie sieht in die Runde. „Dustin hat für unseren ersten Schritt schon die Vorbereitungen getroffen, ich weiß zwar nicht, wie du so schnell sein kannst", sie wirft einen dankbaren Blick auf Dustin, „aber es ist gut so. Wido, holst du Otrun gegen Mitternacht ab?" Wido nickt zustimmend. „Und gegen zwei Uhr holt Dustin mich mit dem Auto. Meine Beine taugen nichts mehr für so einen Marsch. Otrun, du musst dir bequeme Schuhe anziehen, es wird eine weite Wanderung." Ich nicke: „Ich habe meine Turnschuhe dabei, aber was haben wir genau vor?" „Hab Vertrauen in uns, mein Kind, du musst lernen dich einfach auf Dinge einzulassen." Damit hat sie das Thema beendet. Bald ist der Fisch gar. Es ist der erste fangfrische Fisch, den ich je gegessen habe und er ist köstlich. Heute verlassen uns Dustin und Wido früh. Auch ich bin müde und werde gut schlafen können. Das ist genau richtig, weil wir um Mitternacht ja schon aufbrechen wollen.

„Hey Otrun, bist du wach?" flüstert Wido durch die Zeltwand. „Es ist Zeit, wir müssen los." *Oh nein, ich habe tatsächlich verschlafen!* „Einen Augenblick noch, ich ziehe mir nur kurz was über", versuche ich in einem gelassenen und vor allem wachen Tonfall zurück zu flüstern. Dank der Taschenlampe finde ich schnell alle Sachen, die ich anziehen möchte, dann bin ich bereit und komme aus meinem Zelt. „Lass die

Taschenlampe hier", seine dunklen Augen funkeln mich an, „es ist Vollmond, wir haben gute Sicht." „Ok, ich verlass mich auf dein Wort", antworte ich zweifelnd und lege die Lampe wieder ins Zelt. Tatsächlich wirft der Mond ein milchiges Licht und es ist nicht sehr dunkel. Mit Wido an der Seite ist es auch nicht unheimlich. Ich weiß, dass er sich gut auskennt und seine sichere Aura macht mich stark. Schweigend bewegen wir uns im Wanderschritt durch den Wald. Zwischendurch erklärt er mir, dass wir auf Pfaden laufen, die das Wild ständig benutzt. Diese sind etwa zwanzig Zentimeter breit und relativ frei von Unterholz. „Wo gehen wir eigentlich hin?" frage ich vorsichtig nach. „Ich soll es dir nicht verraten, Siegrun sagt, du musst lernen, dir selbst und anderen zu vertrauen. Aber ich denke, soviel kann ich dir sagen, wir besuchen einen sehr schönen Ort." Er nimmt mich an die Hand, weil es jetzt steil bergauf geht. Der Boden ist felsig, etwas feucht und rutschig. Auf jeden Schritt muss ich mich konzentrieren. Unsere Füße bringen lose Steine ins Rollen. Wir hören sie weit abwärts poltern. Die Luft ist kühl und feucht, trotzdem schwitze ich vor Anstrengung. Wido lässt meine rutschige Hand nicht los. Jetzt kann ich Oma gut verstehen, dass ihre Beine für so etwas nicht mehr taugen. Aber wir hätten auch gut mitfahren können. Mein Atem geht schwer. „Noch ein kleines Stück, dann sind wir an einer geeigneten Stelle um eine Pause einzulegen", sagt Wido, der mich inzwischen mehr zieht als hält. „Wie lang sind wir schon unterwegs?" frage ich. In der Eile habe ich meine Uhr vergessen. „Wir laufen jetzt gute drei Stunden, Dustin und Siegrun sind schon unterwegs", sagt er mit einem Blick auf seine Armbanduhr. „In knapp zwei Stunden wird es dämmern." Wir marschieren und klettern, dieser Berg will einfach nicht enden. „Siehst du da vorne, dort ist eine kleine Ebene, da machen wir Rast", auch in Widos Stimme klingt Erleichterung mit. Ich lasse mich auf den Boden plumpsen und verschränke die Hände hinter dem Kopf. *Genau so bleibe ich liegen und bewege mich nicht mehr. Nie mehr!* „Geht es deinen Füßen gut?" er sieht mich mitfühlend an. „Ja, diese Schuhe sind perfekt. Wenn ich mir jetzt noch Blasen laufen würde…", ich sehe ihn an, „ich glaube, das willst du nicht erleben! Danke, dass du mir hier rauf hilfst. Gibt es keinen anderen Weg?" „Doch, aber dieser ist der Aufregendste", er grinst mich an. Ich schließe meine Augen und lasse mich wieder zurückfallen. „So, es gibt auch einen bequemen Weg, aber wir machen das Bergziegenspiel!" motze ich. „Glaub mir einfach, dies ist der beste Weg. Der andere ist um ein Vielfaches weiter und auch kein Spaziergang. Außerdem bist du nicht allein!" „Ok, ok, entschuldige", abwehrend halte ich die Hände vor mich, „so böse war es gar nicht gemeint. Es macht wirklich Spaß mit dir hier hoch zu kraxeln." Ich versuche, lässig zu gucken. „Ehrlich klingt das nicht", Wido schmunzelt, während er in seinem Rucksack kramt, „aber immerhin ein netter Versuch. Hier, ich habe was zum Trinken dabei, hast du Durst?" „Ja", sage ich und freue mich, dass er scheinbar an alles gedacht hat.

Ich nehme die Flasche dankbar an und trinke einen kräftigen Zug. „Was ist das?!", ich verziehe mein Gesicht, „das schmeckt ja abscheulich!" Wido kann sich kaum halten vor Lachen: „Das ist Mate ungesüßt. Ist nicht besonders lecker, aber trink noch einen Schluck, ich möchte dieses Gesicht noch einmal sehen, bitte." Er patscht seine Handflächen gegeneinander und setzt einen Hundeblick auf. Ich nehme noch einen Schluck um meinen Bergführer bei Laune zu halten und verziehe wieder mein Gesicht. Wido nimmt mir die Flasche ab. „Lass mich auch mal!", nölt er mit einem Grinsen und trinkt einen kräftigen Schluck. Auch er muss sich schütteln. „Sag mal Wido, ist dieses Zeug für irgendwas gut?", frage ich ihn. „Klar, das trinkt keiner zum Vergnügen!", er schmunzelt mich an, „es hält fit und macht uns beide stark für den restlichen Aufstieg." „Ist es noch weit?" „Nicht so sehr, aber steil!" er sieht mich skeptisch an, „bist du bereit für das letzte Stück?" „Bringen wir es hinter uns", ich versuche so viel Enthusiasmus in meine Stimme zu legen wie möglich. Er hat recht, es wird immer steiler. Langsam mache ich mir Gedanken, wie wir hier wieder runter kommen sollen. Wido hält mich wieder fest, er lässt keinen Deut locker. Langsam wird es hell. Der Dunst über dem Wald liegt unter uns. „Wido, bleib bitte mal stehen", schnaufe ich, „das ist wunderschön", ich zeige über die Baumspitzen, die im jetzt heller werdenden Licht aus einer Nebelwolke ragen. „Ja Otrun, es ist fantastisch, nicht wahr?" Wir sind noch ein wenig vom Panorama gefangen, dann zieht er mich weiter aufwärts. Ich komme an einen Punkt, an dem ich nur noch funktioniere. Mir ist heiß, alles tut mir weh, aber ich bewege mich weiter wie eine Maschine. Jetzt ist der Berg teilweise so steil, dass Wido meine Hand loslassen muss, um sich selbst zu halten. Er lässt mich vorklettern, um mich von unten zu stützen. Er sagt mir genau, wo ich greifen und hintreten soll. Und dann überwinden wir endlich die letzte Kante. Er schiebt mich von unten und ich ziehe mich mit letzter Kraft hoch. Es ist geschafft, wir liegen beieinander und sind einfach froh, oben zu sein. Wido setzt sich als Erster auf. „Sieh dir das an, Otrun", sagt er in beseeltem Ton, „ist es nicht wunderschön?" Auch ich rappele mich auf. Der Dunst hängt noch immer über dem Wald. Jetzt ist es richtig hell, die Sonne scheint, aber die Luft ist noch kühl hier oben. Ein tolles Gefühl, so hoch über den höchsten Tannen zu sein, mit der Gewissheit diesen Berg selbst erstiegen zu haben. Es erfüllt mich mit Stolz und Kraft, auch wenn mir alle Glieder schmerzen. „Wie geht es dir?", fragt Wido mich und legt mir dabei den Arm um die Schultern. „Ich bin glücklich. Zwischendurch dachte ich, ich packe es nicht. Aber du hast mir so viel Halt gegeben, ohne dich hätte ich das nie geschafft! Und jetzt bin ich schon ein bisschen stolz." Ich sehe von der Seite an ihm hoch. Er braucht nichts zu sagen, auch er ist stolz, auf uns beide.

Hinter uns räuspert sich jemand. Wido dreht sich um: „Hey Siegrun" „Hey, na wie geht's euch beiden?", sie sieht mich zufrieden an. „Etwas geschlaucht, aber auch gut", sage ich und sie nickt nur, tätschelt Wido die Schulter und sagt: „Bleibt ruhig noch etwas sitzen und genießt den Augenblick, ich bin bei Dustin." Munter entfernt sie sich wieder. „Es geht noch weiter?" frage ich beklommen. „Die Wanderung haben wir geschafft, aber dieser Tag ist noch nicht zu Ende", antwortet er mit einer Miene, als hätte ich das Leichteste hinter mir. Ich schließe meine Augen und lege mich wieder zurück ins Gras. Ich sage leise: „Dieser Berg war stellenweise so steil, aber trotzdem hatte ich keine Angst." Aus meiner Hosentasche hole ich den Schutzengel, meine *kleine Otrun*. Ehrfürchtig sieht Wido die Puppe an. „Ich denke, das lag an dir, Wido", sage ich ihm zugewandt. „Ich fühle mich so sicher bei dir." „Danke Otrun", Wido strahlt mich an, „bestimmt waren wir beide daran beteiligt", er zeigt auf meinen Schutzengel und auf sich. „Und es hat mich mit sehr viel Freude erfüllt, diesen Morgen mit dir erleben zu dürfen." Wido sieht mir tief in die Augen, doch dann scheint ihn irgendwie der Mut zu verlassen: „Ich glaube, wir sollten jetzt zu den beiden rüber gehen." Wir raffen uns auf und in der Bewegung spüre ich wieder, wie geschafft ich bin. Mir tun alle Knochen weh! Von Weitem sehe ich, dass sie ein Feuer gemacht haben. Daneben steht eine kleine, runde Strohhütte. Dustin ist noch dabei, feuchten Schlamm an die Wände zu schmieren. Wido und ich helfen mit und in kurzer Zeit ist kein Stroh mehr zu sehen. „Ihr beide könnt euch schon mal ausziehen und reinsetzen", sagt Oma, während sie auf die Hütte zeigt. „Was wird das?" zische ich zu Wido. „Nichts schlimmes, Otrun, vertrau deiner Oma", sagt er und zieht sich dabei aus, komplett! *Alles Super* denke ich mir und ziehe mich auch langsam aus. Ordentlich falte ich meine Sachen und lege einen hübschen Stapel zurecht. Ganz unten meine Turnschuhe, die Strümpfe darüber. Meine Jeans, vom Wandern ganz schön schmutzig, falte ich sehr ordentlich, ebenso mein T-Shirt. Verstohlen sehe ich mich um, keiner nimmt Notiz von mir. Ich ziehe mein Top aus, falte es zweimal und lege es obendrauf. Zu guter Letzt das Höschen. Dieses lasse ich unsichtbar mittendrin verschwinden. Verschämt krieche ich in die Hütte. Das Dach hat in der Mitte ein kleines Loch. Darunter ist eine kreisrunde Stelle mit Steinen ausgelegt. Die Wände und der

Boden sind auch von innen mit Lehm beschmiert, der aber schon getrocknet ist. Sonst gibt es nichts hier drin. „Du kannst dich ruhig an die Wand anlehnen", erklärt Wido mir freundlich, „auch wenn die Hütte von außen noch nicht ganz fertig war, so ist sie doch schon stabil genug." Ich lehne mich an, das ist schon bequemer, und schließe meine Augen. Es ist etwas stickig in diesem kleinen Ding, aber immerhin dunkel. Es riecht intensiv nach dem Lehm. „Setzen sich Oma und dein Vater auch gleich noch zu uns?", frage ich. „Yes Honey", sagt eine tiefe Stimme. Erschreckt reiße ich die Augen auf. „Ich habe dich nicht hereinkommen hören!" Vor Schreck geht mein Atem schwer. „Siegrun kommt auch jetzt", sagt Dustin und lächelt mich an, „sie besteht darauf, als Älteste, die Glut hereinzubringen." Ich zucke zusammen, „die Glut?!" *Was haben die bloß mit mir vor?! Bekomme ich jetzt ein Brandmal oder so was?* Meine aufgerissenen Augen rasen von Dustin zu Wido, zu Dustin, zu Wido! „Du warst tatsächlich noch nie in einer Sauna?" fragt Dustin befremdet. „Ehm, nein", antworte ich peinlich berührt, „müsste ich das?" Er lächelt nur und lehnt sich zurück. Dann kommt Oma mit einer großen Metallschaufel, auf der sie glühende Steine balanciert. Sie gibt sie auf die Steinfläche in der Mitte und holt noch mehr davon. Sofort wird es warm. Noch dreimal legt sie Steine nach, dann holt sie noch einen Eimer mit einer Kelle aus Holz. Hinter sich schließt sie den Eingang, indem sie eine Strohmatte davor befestigt. Sie nimmt den Eimer und die Kelle und schöpft Wasser auf die glühenden Steine. Es zischt und dampft und jetzt wird es richtig heiß! Ich drücke mich fest an die Wand, ein paar Zentimeter weg von der Glut. Dann greift Oma in einen Beutel hinter sich und verteilt Kräuter auf den Steinen.

Im ersten Moment beißt der Dampf in meiner Nase, doch dann wird der Duft angenehm. Wieder schöpft sie Wasser auf die glühenden Steine. Die Hütte ist jetzt voll mit heißem ätherischem Dampf. Ich schließe meine Augen, so fällt es mir leichter, diese Hitze auszuhalten. An die Wand gelehnt, meinen Kopf leicht in den Nacken gelegt, spüre ich, wie mein Körper sich zu verändern scheint. Alles wird leicht. Wie Nebelschwaden sehe ich Kevin, Nils und Co vor mir. Sie sind so unwichtig, so lächerlich klein, dass ich anfange zu kichern. Mama und Papa spuken durch meine Gedanken, am Küchentisch beim Abendessen. Papa ist sehr unsicher wegen dieser Dinge, die er nicht begreifen kann. Und Mama, die ihre Rolle perfekt ausfüllt und über Jahre genau weiß, wie alles kommen wird. Plötzlich wird mir alles so klar. Ich sehe die Fische vor mir, die mich an den Beinen kitzeln und Wido, wie er sich über seinen Fang freut. Die Bilder rauschen durch mein Hirn, doch im Augenblick erscheint mir alles ganz logisch. Fische flitzen um meine Beine. Sie kitzeln mich und schlagen mit ihren Flossen gegen meine Haut. „Otrun", sagen sie, „wach auf Otrun". Wido sagt: „Komm Otrun, es ist Zeit", und rüttelt an meiner Schulter. „Müssen wir wieder wandern?", frage ich, das Schütteln an meiner Schulter hört nicht auf. „Komm Otrun, wir gehen uns abkühlen", fordert Wido mich auf. „Ja, lass uns schwimmen", ich stehe schon auf dem Stamm und will gerade abspringen, während die Fische mich mit ihren schlagenden Flossen immer heftiger am Bein kitzeln. Ich öffne meine Augen, Siegrun hält meine Füße und massiert sie. Wido sieht mich erleichtert an. Ich bin ganz nass und sehr durcheinander. „Wo bin ich hier?" möchte ich wissen. „Otrun mein Kind, wir sind in der Lehmhütte und müssen jetzt alle an die Luft, komm

Mädchen", sie nimmt meine Hand und zieht mich durch den kleinen Durchgang ans Licht. Völlig benommen folge ich ihr. Es ist kühl draußen. Dustin wartet schon mit kalten, nassen Tüchern auf mich, die er an mir ausdrückt. Langsam wird mein Kopf wieder klar. Jetzt stehen wir alle nackt beieinander und mir ist das vollkommen gleichgültig. Ganz im Gegenteil, ich genieße die Luft, die Sonne auf meinem Körper. Ich bin so froh hier zu sein, dass ich alle umarmen könnte. Doch mir ist ein bisschen schwindelig, Wido hilft mir, mich auf den Boden zu legen, ohne dass ich mir wehtue. Schon tauche ich wieder ab. Tauche über den Grund des Sees, schwatze ein wenig mit meinen Freunden, den Fischen. Gegen die Sonne sehe ich einen leblosen Mann, ich denke mir, da schwimmt Wido, ich muss ihn retten! Mich überfällt Panik! Schnell stoße ich zur Wasseroberfläche hoch und sehe, dass alles in Ordnung ist. Wido lässt sich nur treiben. Erleichtert nehme ich sein Gesicht in meine Hände, küsse ihn. Warm, weich, süß. Ich wünsche mir, dass dieser Augenblick niemals endet. Schon wieder werden wir gestört! Ich blinzele gegen die Sonne. Erneut bearbeiten sie mich mit den kalten Tüchern, aber jetzt ist alles realer. Ich sehe mich um. Siegrun sagt den anderen, sie sollen mich im Auge behalten und zu mir, sie sei gleich wieder zurück. Wido kniet direkt neben mir. „Na, wieder da, Kleines?", fragt er mit einem erleichterten Grinsen. Ich will ihn fragen, ob wir uns geküsst haben, verwerfe den Gedanken aber schnell wieder. „War ich denn weg?" frage ich unsicher. „Ja Honey, und wir haben keine Ahnung, wie weit", schaltet sich Dustin ein. „Du bist ohnmächtig geworden und wir sind sehr froh, dich wieder wach zu sehen." Siegrun bringt einen Krug zu uns und hält eine Kelle in der Hand. Sie schöpft etwas von dem Trank

in die Kelle und reicht sie mir: „Trink mein Kind, das wird dir gut tun." Ich spüre, wie die kühle Flüssigkeit meine Kehle hinunter fließt. Es schmeckt sonderbar, aber nicht unangenehm. Ich reiche ihr die leere Kelle zurück. Sie füllt sie von Neuem und hält sie mir wieder hin. Ich sehe die anderen an und Dustin errät meine Gedanken: „Wir haben schon getrunken." Er lächelt mich an. Durstig nehme ich noch zwei Kellen. Ich fühle mich wohl, ausgeruht und gelassen. „Wollen wir wieder in die Schwitzhütte gehen?", frage ich und bin schon auf dem Sprung. Zwei erstaunte Augenpaare richten sich auf mich. Nur Siegrun wundert sich nicht: „Ja Kind, ein wenig Glut haben wir noch." Wir nehmen alle wieder Platz in der Sauna. Es ist jetzt nicht mehr so heiß wie zuvor. Ich genieße die Wärme. Siegrun kippt etwas Wasser über die Steine, es zischt laut: „Ich befeuchte etwas die Luft, aber jetzt benutzen wir keine Kräuter", sagt sie und lehnt sich auch an die Wand. „Oma, was waren das für Kräuter eben?" „Das war eine Mischung aus Weihrauch, Salbei und Lavendel", sie lächelt mich an, „schön, dass du nachfragst. Diese Mischung ist sehr entspannend und nimmt uns die Ängste von den Schultern, wir fühlen uns schnell leicht und zufrieden." Sie sieht mich mit ihren klugen Augen an: „Ängste sind immer hinderlich, aber Angst vor sich selbst ist lähmend. Sie bringt niemanden ans Ziel. Du musst dringend lernen du selbst zu sein und die Vielfalt in dir entdecken und erfühlen. Wir stehen dir dabei zur Seite. Es ist nicht einfach mit erlernten Gewohnheiten zu brechen, aber es kann sehr befreiend sein."
„Ja Oma, ich verstehe genau, worauf du anspielst. Es war mir so schrecklich, mich von meinen schützenden Kleidern zu trennen, aber jetzt fühle ich mich frei und stark. Wido und ich,

wir hätten auch mit euch fahren können und ein kürzeres Stück laufen, doch der schwere Aufstieg hat mich mit Stolz erfüllt." Ich sehe in drei sehr zufriedene Gesichter. „Wido, hol doch bitte den Tonkrug rein", fordert Siegrun ihn auf. Einen Moment später ist Wido wieder bei uns. Die Kelle mit dem kühlen Trank kreist von einem zum nächsten. Er schmeckt sonderbar süßlich. „Und was trinken wir hier?" frage ich, „schmeckt erfrischend herb und süß zugleich." „Das ist Hafertee", freut sich Siegrun erneut über mein Interesse, „in Verbindung mit Brennnessel, Johanniskraut und Bergfrauenmantel. Zusätzlich habe ich Kombucha dazugegeben, alles zusammen ergibt ein stärkendes Getränk, das unseren Körpern das Abschwitzen erleichtert. Wir haben es auch eben schon genossen, doch du warst weggetreten und ich wollte dich nicht stören. Ich bin mir sicher, dass du am Träumen warst." Sie sieht mich wissend an. Dustin beugt sich vor: „Ich denke, dass es genug für heute ist, wir sollten jetzt wieder raus gehen." „Ja, du hast recht", sagt Siegrun und bewegt sich Richtung Ausgang. Vor der Hütte erfrischen wir uns wieder gegenseitig. Wir tauchen die Lappen in kaltes Wasser ein und drücken sie an unseren Körpern aus. Es fühlt sich herrlich an, wie das Wasser an uns hinab rinnt. Sonne und Wind lassen uns schnell trocknen. Wido und ich stehen am Abgrund, den wir am Morgen hochgeklettert sind, und lassen unsere Augen über den Weiten ruhen. „Du sagtest zu mir, wir gehen an einen schönen Ort", ich sehe ihn an, „es ist ein wunderbarer Ort, du hattest mächtig untertrieben." „Ja, ich war etwas vorsichtig", gibt er zu, „ich wollte deine Erwartungen nicht zu hoch schrauben." Siegrun nähert sich: „Ihr beide solltet den Rückmarsch antreten. Gegen fünf kommt

Mathilde mit Kuchen, den möchtet ihr ganz bestimmt nicht verpassen!", sagt sie mit einem schelmischen Grinsen. „Komm Otrun, wir ziehen uns an", sagt Wido und ist schon unterwegs zur Hütte. „Das ist ja ein grässlicher Gedanke, jetzt die steife Jeans anzuziehen!", stöhne ich auf. „Ja, das geht mir nach einem Tag im Freien immer so", äußert Wido begeisterungslos. Wir ziehen uns an und ich steuere auf den Abgrund zu. „Da willst du nicht wirklich runtersteigen", sagt Wido ängstlich. In seiner Stimme schwingt so eine Ahnung mit, dass er es mir zutrauen würde. „Ich denke, der andere Weg ist viel zu weit", bemerke ich. „Ehm, es gibt da noch einen anderen Weg", er zieht ein schuldbewusstes Gesicht, „Siegrun wollte, dass wir diesen Weg zum Gipfel überwinden, sie hat mir eingeschärft, ich solle bloß auf dich achtgeben." „Ist schon gut, hat ja Spaß gemacht!" antworte ich mit sarkastischem Unterton, „und wo geht's jetzt lang?" Er zeigt stumm mit einem Finger in die Richtung und wir marschieren los.

Dieser Weg ist überhaupt nicht beschwerlich. Es geht jetzt erst mal immer bergab und wir wandern gutgelaunt durch den ruhigen Wald. Trotzdem schwinden langsam aber sicher meine Kräfte. Was für ein anstrengender Tag! Wido bleibt stehen und zieht seinen Rucksack ab: „Wir haben noch etwas Tee, magst du?", fragt er und hält mir die Flasche hin. Ich nehme einen Schluck und kann mich nur erneut wundern, wie bitter dieser Mate schmeckt. „Man gewöhnt sich mit der Zeit daran", meint Wido und nimmt auch einen kräftigen Zug. Sein Gesicht sieht nicht aus, als hätte er diesen Punkt schon erreicht. Wir schmunzeln beide. „Hast du Lust, einen Abstecher zum See zu machen?", fragt er enthusiastisch, „wir könnten uns schön erfrischen!" „Gerne, aber ist das nicht zu weit?", frage ich. „Nein, der See liegt beinahe am Weg." „Ok, das wäre schön. Eine Abkühlung ist genau das, was wir jetzt brauchen. Aber wir dürfen nicht zu lange bleiben, meine Mutter kommt ja gleich", stelle ich mit erhobenem Zeigefinger klar. „Ja sicher", sagt Wido, „nur eine Runde schwimmen und weiter geht`s." Wir erhöhen unser Tempo. Und schon bald taucht der See vor uns auf. Ich bin froh, aus den Klamotten zu kommen. Nachlässig werfe ich alles über den breiten Stamm. Nackt balanciere ich darüber und hechte ins Wasser. Wido folgt mir und wir schwimmen Seite an Seite. Das Wasser ist herrlich. Wido fragt mich: „Möchtest du mir erzählen, was du geträumt hast?" Er sieht mich erwartungsvoll an. Nach kurzer Überlegung antworte ich: „Nein, lieber nicht, aber so viel kann ich dir verraten, ich war an diesem See." „Ja", sinniert er, „dieser Ort hat etwas Heiliges." Er sieht sich um, als würde er zum ersten Mal hier sein. „Weißt du, das Volk meines Vaters kannte jede Menge solcher Orte. Sie wurden aufgesucht, wenn die Dinge nicht liefen, wie es sein sollte. Oder um Opfergaben zu erbringen. Dieser Ort hätte für das Volk der Lakota bestimmt eine besondere Bedeutung", sinniert er. Mit einem Mal sieht er mich mit großen Augen an: „Doch vielleicht sollten wir langsam zurückschwimmen, schließlich erwarten wir deine Mutter. Ist sie wie Siegrun und du?" „Ich weiß nicht, worauf du anspielst", ich sehe ihn abschätzend an, „also, wenn du unsere Augenfarbe meinst, ihre sind ein wenig dunkler, aber genauso intensiv. Und was da irgendwelche Fähigkeiten betrifft, so habe ich die noch nicht bemerkt, obwohl ..., sie setzt immer ihren Willen durch!" Nachdenklich sehe ich Wido an: „Ob das ihr Geheimnis ist?" „Ich kenne sie ja nicht", überlegt er, „aber das kann ich mir nicht vorstellen. Ich besuche Siegrun schon lange und dich kenne ich auch schon...", überrascht hält er inne, „erst den dritten Tag? Ist das wirklich möglich?" „Du hast recht, mir kommt es auch viel länger vor", überlege ich, „aber jetzt müssen wir wirklich los." Eilig schwimmen wir zurück, flitschen mit den Händen so gut es geht das Wasser von unseren Körpern und streifen uns die Sachen über. Erfrischt und munter nehmen wir die letzte Etappe. „Isst du gerne Kuchen oder Torte?" frage ich Wido. „Kennst du jemanden, der so etwas nicht mag?", wundert er sich über meine Frage. „Sie bringt etwas Süßes zum Kaffee mit. Weißt du, Mama hat ihren eigenen Laden. Morgens bereitet sie die Kuchen und Torten. Nachmittags wird alles in ihrer Konditorei verkauft. Dafür hat sie auch eine Hilfe, doch für die Zubereitung ist ihr niemand gut genug. Alle schwärmen von ihren Leckereien." „Hmm", freut sich Wido, „jetzt hast du mich neugierig gemacht." „Ha, wahrscheinlich eher nur gierig!", ich sehe in sein Gesicht, während er sich gedankenverloren die Lippen leckt.

Wir treffen auf der Lichtung ein, es ist niemand da. „Weißt du etwas, was ich nicht weiß?", ich sehe Wido fragend an. „Nein, ich habe keine Ahnung, wo die beiden sind, aber wir können ja schon mal den Tisch rausholen, was meinst du?" „Klar, lass uns das machen", antworte ich, während wir auf Omas Hütte zusteuern. Mit Wido ist es viel einfacher, den Tisch ins Freie zu schaffen. Nach getaner Arbeit setzen wir uns daran und warten. Kurze Zeit später höre ich ein Motorengeräusch. „Jetzt kannst du meine Mutter kennenlernen!", rufe ich aufgekratzt. Wir laufen den schmalen Weg entlang, den ich vor ein paar Tagen zum ersten Mal betreten habe. Meine Überraschung ist groß, als ich auch meinen Vater aussteigen sehe. Ich laufe auf ihn zu und er hält schon seine Arme für mich auf. „Du hier?", frage ich verdutzt, als wir uns fest umarmen. „Man muss annehmen, was sich nicht ändern lässt", er will mich gar nicht mehr loslassen, „und ich bin ehrlich verblüfft! Du siehst aus, als wäre es dir nie besser gegangen!", und etwas leiser fragt er ernst in mein Ohr: „Und wer ist dieser junge Mann? Ich muss mir doch hoffentlich keine Sorgen machen!" Er nimmt mich an den Schultern und sieht mir forschend ins Gesicht. „Die Luft hier tut dir gut! Du siehst aus, als kämst du aus dem Urlaub!" lacht er. „Ich habe ja auch Ferien!", gebe ich zurück, „und wir sind hier immer draußen. Aber jetzt, wo du es sagst, fällt mir auf, ich habe gar keinen Spiegel", wundere ich mich. *Der hatte mir bis jetzt noch nicht gefehlt.* Dann wende ich mich meiner Mutter zu. Sie nimmt mich auch in ihre Arme, küsst mich auf die Stirn und sagt: „Ich bin froh, dass wir die Kraft hatten, die richtige Entscheidung zu treffen." „Tja", sage ich etwas unbeholfen: „Willkommen auf unserer Lichtung und wenn ich vorstellen darf", ich zeige mit der Hand auf Wido, „das ist

Wido, mein neuester und bester, bester Freund, den ich je hatte!" Er sieht mich mit einem strahlenden Lächeln und hochgezogenen Brauen an. „Und dies sind meine Eltern Mathilde und Manfred." Sie reichen sich zum Gruß die Hände und dann spazieren wir zurück zur Lichtung. Papa hat seinen Arm um mich gelegt, Wido geht vor uns. Mir war vorher noch nicht aufgefallen, was für einen stolzen, aufrechten Gang er hat.

Wir setzen uns an den Tisch und plaudern ein wenig. Dustin kommt mit zwei Milchkannen zu uns. Als Erstes stellt er sich vor: „Hallo, ich bin Dustin, Widos Vater, Siegrun kommt in ein paar Minuten nach. Wir haben nach den Tieren gesehen." Ich beobachte Papas Schmunzeln, als er diesen rollenden Akzent hört. Dustin stellt die Kannen auf den Tisch: „Ganz frische Milch. Wildruth benimmt sich eigenartig. Siegrun kümmert sich um das Tier." Zum Verständnis erkläre ich kurz: „Wildruth ist eine Ziege. An meinem ersten Tag hier hat mich Wido vor ihr gerettet. Sie hätte mich am Liebsten auf ihre Hörner genommen!", erkläre ich mit aufgerissenen Augen. „Und ich dachte es liegt an dir", sinniert Wido, „doch vielleicht war schon zu dem Zeitpunkt etwas mit ihr nicht in Ordnung." In dem Moment kommt Siegrun zu uns. Sie schenkt Manfred ein Lächeln, doch ihre Augen bleiben ernst: „Welch ein seltener Gast, sei willkommen", und an alle: „Schön, dass wir bei diesem herrlichen Wetter hier zusammensitzen können. Mathilde, was hast du Gutes mitgebracht?" „Oh", sie räuspert sich, „zum Trinken habe ich ein herbes Schokoladen-Kaffee-Gemisch, welches wir mit deiner frischen Milch aufgießen

können. Ein paar Eiswürfel haben wir auch im Gepäck." Sie lächelt Oma an, „und einen nussigen Kuchen im Marzipanmantel", sie hebt den Zeigefinger, „im Inneren wartet eine rassige Überraschung." „Meine liebe Tochter, woher wusstest du nur, dass wir heute frisch gemolkene Milch reichen. In der Frühe hatten wir keine Zeit Alwine zu melken. So hat Dustin das gerade übernommen", sie lächelt zu ihm hin und ihre Augen sind voller Wärme. „Das ist also dein geheimnisvoller Indianer", sagt Mathilde zu ihrer Mutter. An ihn gewandt: „Schön, dass wir uns endlich mal kennenlernen."
„Die Plauderei ist ja ganz nett, aber wie wäre es, wenn wir jetzt zum Wesentlichen kommen?", meint Manfred und wedelt mit dem Finger in Richtung Kuchen. Mathilde packt ihn aus der Isolierbox. Wie zu erwarten war, sieht der Kuchen erstklassig aus. Eine Marzipanhülle umkleidet den Teig komplett. Schnörkelige Ranken aus Marzipan verzieren ihn an der Außenkante entlang. Kleine Gebilde aus dunkler Schokolade erinnern an Rosen. Mit dunkelrotem Sirup sind oben auf dem Deckel feine Ornamente gezeichnet. Ich sehe die Überraschung auf Dustins und Widos Gesichtern. Oma sieht zufrieden aus. Als Mama den Kuchen anschneidet, tritt ein flüssiger Schokokern aus. Sobald wir alle versorgt sind, wird es still am Tisch. Jeder von uns ist erst einmal mit dem Gaumenparadies beschäftigt. Die Komposition ist genial. Der Schokokern hat eine Chilinote und das gepaart mit der Süße des Marzipans schmeckt so, wie sich ein klassisches Konzert anhört. Manfred stört die genießerische Stille: „Meine liebste Mathilde, jetzt können wir ja offen darüber reden. Das ist Hexenwerk!" Dabei stöhnt er leidenschaftlich und gibt sich wieder dem Kuchen hin. „Aber natürlich, mein Lieber, alles andere fänden wir hier

am Tisch doch fad, oder?", auffordernd schaut sie auf die beiden indianischen Männer. Dustin entgeht diese Vorlage nicht: „Genau deshalb sind wir hier. Wido und ich, wir mögen es geheimnisvoll." „Und wir mögen euch", schließt Siegrun, während sie die ganze Kraft ihres Blickes einsetzt. „Otrun sieht blendend aus", sagt Mathilde und an Siegrun gewandt, „was stellst du mit ihr an?" „Keine großen Dinge. Gestern waren die beiden schwimmen", sie wedelt mit ihrer Hand zwischen Wido und mir hin und her. „Heute in der Frühe haben sie eine ausgiebige Wanderung durch unsere schöne Natur unternommen und etwas später haben wir vier sauniert." „Ist es nicht viel zu warm für die Sauna?", fragt Manfred skeptisch. „In der Sauna ist es immer warm, ob Sommer oder Winter. Es gibt also nur richtige Jahreszeiten dafür", sagt Siegrun abschließend. „Doch wir waren an einem relativ kühlen Ort", fügt sie mit einem Schmunzeln hinzu. „Ich kann mir schon denken, wo ihr ward." Wissend sieht Mathilde mich an: „Ihr ward oben auf dem Entenberg, nicht wahr?" Oma nickt und muss dabei breit grinsen. „Dann müsst ihr schon sehr früh losgegangen sein", fügt sie hinzu. „Ja Mama, gegen Mitternacht", ich sehe zu Wido rüber, „es war ein schöner und anstrengender Marsch." „Das glaube ich gern", sagt Mathilde, „und später wieder den ganzen Weg zurück. Dafür seht ihr beide aber recht frisch aus" „Wir haben uns eben noch im See ein wenig abgekühlt", ich zeige meine Haare vor, die immer noch nicht ganz getrocknet sind. Papa sieht Wido abschätzend an. Dustin entgeht das keineswegs. „Er wird niemals etwas tun, was Otrun nicht möchte!", stellt er klar. „Dustin, bitte nimm es nicht persönlich, aber sie ist meine Tochter, und ich

bin nur ein besorgter Vater." Er lächelt Dustin
entschuldigend an und es herrscht
Waffenstillstand.

Als Mathilde und Manfred uns wieder verlassen, machen sich auch Wido und Dustin auf den Heimweg. Oma und ich setzen uns ans Feuer. „Das war heute ein langer Tag", sagt Siegrun. „Wir sollten jetzt noch ein wenig Kraft schöpfen und dann schlafen gehen." Ich sehe sie erwartungsvoll an. Sie lächelt zu mir zurück: „Lass uns das Atmen üben." „Oh, ich kann ganz gut atmen, Oma", sage ich ironisch. Als hätte ich nichts gesagt, fährt sie fort: „Das Atmen, das ich meine, besteht aus drei Phasen. Einatmen, Ausatmen und eine Pause. Du atmest tief ein, dein Mund bleibt die ganze Zeit über geschlossen. Danach atmest du aus, ganz weit, aber nicht so sehr, dass es anstrengt. Dann wartest du einen Moment, bis der Atem wieder von alleine kommt. Also ein wenig die Luft anhalten, aber auch hier wieder nicht anstrengen! Wir wollen ja Kraft schöpfen. Durch das kurze Anhalten der Luft nimmt deine Lunge mehr Sauerstoff auf. Versuche dir beim Ausatmen Zeit zu nehmen und die Lunge vollständig zu entleeren. Danach wieder anhalten. Du wirst spüren, wie tief dein Luftholen sein wird. Ich sage dir das richtige Tempo an, bis du den Rhythmus gefunden hast. Also tief ein…, und aus…, anhalten…, ein…, aus…, anhalten."

Ich lerne Atmen, habe keine Zeit darüber nachzugrübeln. Ich weiß nicht, wie lange Oma mitgesprochen hat. Irgendwann verstummt sie und wir schöpfen gemeinsam Atem. Es ist schon eine Weile dunkel. Plötzlich unterbricht sie die Stille: „Wie fühlst du dich jetzt?" „Ruhig", sage ich, „ruhig, entspannt und gelassen. Wie lange sitzen wir hier?" „Weiß nicht, vielleicht zwei Stunden, vielleicht auch etwas kürzer", schätzt sie. „Wir sollten jetzt wirklich schlafen gehen. Ach Otrun, was ich noch wissen möchte, hast du Gutes oder Schlechtes geträumt, als du weggetreten warst?", forschend sieht sie mich an, ihre türkisfarbenen Augen funkeln in der Feuerglut. „Gutes", sage ich und überlege: „Ich habe mit den Fischen geplaudert und es war irgendwie zusammenhanglos. Ich habe die Jungs aus der Schule gesehen, sie waren lächerliche Wichte und ich hatte kurz Angst um Wido! Es ging ihm aber gut, ich war sehr erleichtert. Mehr weiß ich nicht mehr so richtig." Ich sehe sie fragend an: „War das nun gut?" „Ja", sagt sie nur und geht zu ihrer Hütte.

Wieder ein neuer Tag. Der Vierte auf Omas Lichtung. Nach unserem morgendlichen Bad bringt Oma zwei Krüge nach draußen. Sie schenkt uns daraus Tee in Tassen ein: „Heute brauchen wir kein Frühstück, Otrun. Wir beide fasten ein wenig. Das macht den Kopf frei und die Seele leicht", dabei lächelt sie mich an. „Ist da Mate – Tee drin?" Ich zeige mit dem Finger in meine Tasse. „Ja, aber nicht nur. Ein bisschen was für den Gaumen ist auch dabei, probiere ruhig", aufmunternd sieht sie auf meine Tasse und nimmt aus ihrer einen Schluck. Ich teste und bin angenehm überrascht. Dieser Tee hat mit dem Mate von gestern nichts gemeinsam. Leicht bitter, aber angenehm. „Na Otrun, was steckt sonst noch drin? Was meinst du?", erfreut sie sich an mir. „Also", ich nehme noch einen Schluck und lasse ihn für ein Weilchen im Mund. „Minze…, wieder das Süßkraut, und…", ich muss noch einmal probieren, „und…". Oma sieht mich erwartungsvoll an, „und Kakao?", frage ich unsicher. „Fast, meine Liebe, du bist wirklich gut, weißt du das? Du wirst mal eine richtig gute Kräutermischerin! Es sind tatsächlich die Schalen der Kakaobohne darin."

Sie prostet mir zu. „Heute werden wir in den Wald gehen, aber vorher versorgen wir noch die Tiere. Alwine und Wildruth müssen gemolken werden. Die Schafe brauchen zwar eigentlich dringend eine Rasur, aber das machen wir nicht heute." Sie schätzt mich ab: „Du hast bestimmt noch nie ein Tier gemolken, nicht wahr?" „Stimmt, doch ich habe mal darüber gelesen", ich sehe sie besorgt an, „Wildruth kann mich nicht ausstehen!" Lächelnd und erstaunt zugleich, fragt Oma: „Du hast Angst vor dieser kleinen Ziege?" „Sie wollte mich auf die Hörner nehmen, am ersten Tag!" empöre ich mich. „Das ist interessant", sinniert Oma „Wildruth ist im Augenblick etwas merkwürdig, dennoch musst du ihr zeigen, dass du von euch beiden das Sagen hast." „Prima, wie soll ich das Bitteschön machen?" Jetzt bekomme ich es mit der Angst zu tun, in Omas Augen kann ich deutlich lesen, dass sie es darauf ankommen lassen will. „Sei selbstbewusst, steh aufrecht, versteck dich nicht vor der Ziege. Nimm sie bei den Hörnern und drücke ihren Kopf runter. So wird sie schon merken, wer von euch beiden unterlegen ist." Sie lehnt sich zurück und verschränkt ihre Arme. „Na gut", sage ich gereizt, „dann bringen wir es hinter uns." Ich springe auf und stapfe Richtung Weide. Oma kommt gelassen mit zwei Eimern nach.

Der Wind hat meinen Geruch wohl schon herangetragen. Alle vier Tiere sehen in meine Richtung. Als Siegrun hinter mir ist, setzt sich Alwine in Bewegung. Die Schafe kauen weiter. Wildruth starrt mich an. Am liebsten würde ich umkehren. Aber diese Option gibt es nicht, nicht bei Mathilde und auch nicht bei Siegrun. Also gehe ich auf den schwarzen Teufel zu. Ich denke mir, *bleib bloß stehen, du blödes Vieh! Ich will dich doch nur melken, damit dir nicht dein Euter wehtut.* Ich halte Oma meine Hand hin, sie versteht sofort und gibt mir den kleineren Eimer. Wildruth und ich lassen uns nicht aus den Augen. Ich gehe langsam auf sie zu. Die Ziege senkt den Kopf, zeigt mir ihre Hörner. Ich bin jetzt fast bei ihr. Wildruth macht ein paar Schritte zurück. Ich kann sehen, wie sie zittert. Trotzdem gehe ich weiter. Jetzt kann ich sie erreichen. Ich streiche langsam mit der flachen Hand über ihr Fell. „Wildruth, Wildruth, ich will dir nichts tun, nur deine Milch für Oma holen und dann bin ich wieder verschwunden, versprochen ..." Ich spüre, wie das Tier unter meinem Streicheln ruhiger wird. Jetzt kraule ich auch ihr kleines Ziegenbärtchen und spüre, dass das Eis gebrochen ist. Es war sogar leichter, als Oma sagte. *Hatte dieses kleine Tier wirklich bloß Angst vor mir?* Sachte streiche ich ihr Euter aus. Mit dem vollen Eimer verabschiede ich mich. Oma strahlt mich an: „Siehst du, es war gar nicht so schwer, nicht wahr?" Ich nicke nur. Wir bringen die Milch in die Kühlung und machen uns auf den Weg Richtung Wald.

Wir gehen nicht besonders weit. „Hier ist ein guter Ort", sagt Oma „spürst du das auch?" „Ehm, ein guter Ort wofür? Und ganz ehrlich, ich spüre nichts", ich ziehe ein Gesicht und sehe mich um. *Bäume, Bäume und Bäume.* „Oma, es sieht aus, wie im Wald", ich zucke mit den Schultern. „Du bist ehrlich, das gefällt mir", sagt sie und setzt sich auf den Waldboden, den Krug mit Tee, den sie bei sich getragen hat, stellt sie neben sich. Ich tue es ihr nach und setze mich an einen Baum ihr gegenüber. „Welche Frage brennt in dir, Otrun?", sie lächelt mich wissend an: „Wildruth hatte nur Angst vor dir. Das ist jetzt vorbei." „Aber warum, Oma? Du hättest sie das erste Mal erleben sollen." „Die schlaue Ziege hat deine Macht gespürt, konnte dich aber nicht einschätzen, weil du es auch nicht konntest. Jetzt bist du auf dem Weg zu dir selbst. Bald wird vieles einfacher. Habe ein wenig Geduld und schon bald wirst du eine große Kraft in dir spüren", sagt Oma und sieht mich ruhig an. „Werden meine Mitschüler dann auch anders werden?" frage ich. „Ganz bestimmt", antwortet Siegrun, „sie fürchten dich unbewusst. Sie greifen dich an, bevor du es tust, so läuft das eben. Angriff ist die beste Verteidigung. Schon immer." „Ich dachte, es wäre wegen meines eigenartigen Namens und wegen meiner Pickel. Sie nennen mich gern Pizzafresse", sage in betont gelassenen Ton und versuche mich nicht darüber aufzuregen. „Sehr freundlich, wenn man bedenkt, wie herrlich es duftet, wenn eine frisch gebackene Pizza aus dem Ofen kommt", sie lächelt mich an. „So meinen die das aber nicht,

Oma", sage ich. „Ich weiß das", antwortet Siegrun, „aber deine paar Pickelchen sind fast komplett abgeheilt. Von Pizza also keine Spur mehr." Sie strahlt mich an, „und was deinen Namen angeht, der passt glaube ich, über alle Maßen zu dir." „So? Was bedeutet er denn?" frage ich meine Oma ein bisschen genervt, dennoch mit der großen Hoffnung, endlich Antworten zu bekommen. „Schön, dass du danach fragst", sagt sie lächelnd, „dieser Name kommt aus dem Althochdeutschen. Otrun. In deinem Namen steckt runan drin. Dieses Wort heißt so viel wie raunen. Und Otrun ist überliefert als die, die Zauber über die Waffen raunt." Siegrun sieht mich still an. Sie genießt sichtlich meine Überraschung. „Oma, das ist ja richtig, richtig cool!" haucht es aus mir heraus. Siegrun nickt zufrieden. „Und was bedeuten Siegrun und Mathilde?" frage ich aufgeregt. „Mathilde setzt sich zusammen aus math, das bedeutet Macht und hild ist sinngleich mit Kampf. Mathilde bedeutet soviel wie: die mächtige Kämpferin. Siegrun ist artverwandt mit deinem Namen. Da steckt auch run drin. Doch in diesem Fall handelt es sich eher um Runa. Runa ist das Geheimnis. Und Sieg ist ziemlich klar. Siegrun bedeutet: die für den Sieg zaubernde. Ich bin in der Lage kleine Dinge herzustellen, die ihren Besitzer an sein Ziel bringen, also für sich den Sieg zu erlangen. Es müssen keine Engel sein. Die Dinge sind nicht an eine Form gebunden. Es ist nur so, dass Engel sehr beliebt sind und die liebliche Form den Leuten von heute zusagt. Genauso könnten es auch ausgerissene Krötenbeine sein, doch die mag sich keiner um den Hals hängen. Oder was meinst du?" Verschmitzt und mit rollenden Augen macht sie Faxen. „Ab und zu gehe ich auf einen Markt und biete dort einfache Kleinigkeiten an. Spezielle Anliegen können dort mit mir besprochen werden, bis jetzt konnte ich alle Menschen ans Ziel bringen, die meine Hilfe benötigt haben. Und mich mit diesen kleinen Einkünften über Wasser halten. Aber genug davon, nun lass uns die Ruhe dieses Ortes finden. Wir atmen wieder in drei Phasen, so wie gestern ... Versuche heute verstärkt in den Bauch zu atmen. Am besten legst du die Hände auf deinen Bauch. Dann spürst du das Heben und Senken besser." Jetzt ist Stille. Ich konzentriere mich, schließe meine Augen. Einatmen, Ausatmen, Pause. Ich spüre, wie ich ruhig werde. Höre die Vögel über uns, wie sie in den Ästen rascheln. Höre irgendwo einen Bach rauschen. Höre den leichten Wind. Höre, wie Oma nach dem Krug greift und trinkt. Ich öffne meine Augen, sie hält mir das Gefäß hin, auch ich nehme einen Schluck. Der Ton hält die Flüssigkeit schön kühl und der Tee schmeckt und tut gut. Ich spüre, wie ein paar Ameisen an mir herumkrabbeln. Zu meinem Erstaunen stört es mich gar nicht. Oma steht auf: „Ich gehe zurück, bleib hier und suche die Ruhe, Otrun. Ich werde jemanden schicken, dich zu holen, wenn es Zeit ist. Bis später", mit den Worten geht sie und ich bleibe. Der Waldboden ist voller kleiner Baumnadeln. Ich zerreibe sie zwischen meinen Fingern. Es ist noch viel ätherisches Öl darin enthalten, obwohl sie ganz vertrocknet sind. Sie duften nach frischem Tannenbaum. Ich halte mir die Finger unter die Nase und genieße den Duft. *Die Zauber über die Waffen raunt. Was werde ich wohl alles mit meinen Gedanken lenken können?* Weil ich noch keine Antworten finde, konzentriere ich mich auf meine Atmung. Es fällt mir immer leichter. Gegen den Baum gelehnt schweifen meine Gedanken wie von Wind getragen zu Wido. Wido, wie er vor mir hergeht, sich im Gehen sein T-Shirt auszieht, um möglichst schnell ins

Wasser zu springen. Sein stolzer Jubel, als er einen Fisch erwischt hat. Sein ehrfürchtiger Blick zu mir, nachdem ich ihm die Fische geschickt habe. Die Zauber über die Waffen raunt... Er wusste die ganze Zeit, was mein Name bedeutet, das wird mir jetzt klar. Ich konzentriere mich erneut auf meine Atmung. Plötzlich höre ich laute Stimmen. Weit weg. Männerstimmen. Dustin und Wido sind das nicht. Sie sprechen anders und würden im Wald auch nicht so rumschreien. Ich versuche herauszufinden, wie viele es sein könnten. Eine sticht klar hervor. Tief und sonor dringt sie zu mir. Ich kann den Wortlaut nicht verstehen. Eine andere Stimme, tief und rau und jemand mit einer etwas helleren Stimme, vielleicht ein bisschen jünger als die anderen beiden. Auf jeden Fall sind sie mindestens zu dritt. Sie scheinen sich hier im Wald sehr plump zu bewegen. Ständig brechen irgendwo Äste. Die Geräusche und Stimmen werden lauter. Vögel fliegen auf. Plötzlich herrscht Aufruhr im Wald. Eichhörnchen, die eben noch über mir spielten, sind verschwunden. Bald kann ich sie nicht nur hören, ich kann sie auch sehen. Es sind vier Männer, die jetzt auch mich entdeckt haben. „Guck mal da, dort hinten sitzt jemand", sagt der mit der helleren Stimme. „He, du da!" brüllt die tiefe sonore Stimme durch den nicht mehr friedlichen Wald. Ich versuche ruhig zu atmen: Einatmen, Ausatmen, Pause ... Ich spüre, wie ich mich selbst beeinflussen kann. Ich gebe mir die größte Mühe, die Männer zu ignorieren. Will mir von denen keine Angst einjagen lassen. „He, hörst du schlecht, was sitzt du da rum?", er kommt auf mich zu. Dieser Typ trägt zerrissene Jeans und ein vor Dreck starrendes, ehemals wohl weißes, Feinripp-unterhemd. „Was machst du da?", fragt er aggressiv. Ein anderer hält ihn am Arm und flüstert ihm etwas zu. „Ich sitze hier", antworte ich in ruhigem Ton. „So, so. Das sehen wir, Mädchen. Du solltest hier besser verschwinden!", meint der vermutliche Anführer mit der tiefen Stimme. „Ich würde eher sagen, ihr solltet verschwinden! Ihr stört den Wald, ich nicht", sage ich in lässigem Ton, über den ich mich selber wundere. „Die ist ganz schon frech, die Kleine", meint Tiefundrauh. Er ist genauso ungepflegt, wie der Unterhemdenträger. Er hat ein kariertes Holzfällerhemd an, das er komplett aufgeknöpft trägt. Eine dicke Goldkette protzt auf seiner Brust. Ich denke mir: *Dustin, ich brauche dich hier, sofort!* Ich sehe mich genau um. Ein Baum ist hohl. Dann ist hier ein ganz besonders großer Haselnussstrauch. Der Boden fällt ein wenig ab. Ich schaue genau und zeichne die Konturen in Gedanken nach. *Dustin, komm schnell!* Denke ich und spüre Panik aufkommen. Ich bleibe mit Gewalt gelassen und trinke einen Schluck Tee aus dem Krug neben mir. Der Holzfäller sagt zum Unterhemdenträger: „Ich glaube, die ist ein bisschen plemplem, guck der mal in die Augen." Ich stehe langsam auf und eine Stinkwut wächst in mir heran. *Was wollen diese Eindringlinge? Sie hätten einfach weitergehen können, aber sie müssen sich gegenseitig beweisen, wer hier der Tollste ist! Sie sollen zittern vor Angst und sich nicht mehr rühren können. Genau: Gelähmt vor Angst, das ist es! Dustin, komm jetzt sofort her! Noch sind sie friedlich.* Die Zwei, die sich bis jetzt im Hintergrund aufgehalten haben, fassen den Unterhemdenträger an der Schulter: „Lass sie in Ruhe, wir gehen." „Nein", sage ich in bestimmendem Ton, „ihr bleibt, und zwar alle vier!" Wie gebannt bleiben sie stehen und starren mich an. Entsetzen in ihren Gesichtern. Die Luft knistert. *Bitte*

Dustin, so beeile dich doch! Ich weiß nicht, wie lange ich sie noch aufhalten kann! Endlich höre ich schnelle Schritte hinter mir. „Otrun, bist du das?" fragt die vertraute tiefe Stimme. „Ja Dustin, da bist du ja, ich habe nach dir gerufen." Keine Angst, keine Panik, ich bin ganz ruhig. Dustin sieht mich erstaunt an. Ich erkläre ihm: „Diese Typen haben ganz bestimmt Dreck am Stecken! Ich weiß nicht was, aber etwas stimmt nicht mit denen." Ich zeige mit meinem Finger auf sie, keiner rührt sich. Dustin lässt sich die Personalien geben, schreibt sich alles auf. Er fragt mich: „Was ist denn passiert?" „Sie stapfen durch den Wald wie eine Büffelherde, knicken Äste ab, scheuchen die Tiere auf!", sage ich empört. Dustin zieht seine Brauen hoch und schaut mich verwundert an. „Und sie wollten mich belästigen, der im Unterhemd ist der Anführer und der Typ im karierten Hemd sein Handlanger." „Otrun, was haben sie denn gemacht?", fragt Dustin mich mit zusammengekniffenen Augen. „Sie haben mich gefragt, warum ich hier sitze und waren im Begriff mich zu belästigen!", zische ich, jetzt nicht mehr gelassen, „diese stinkenden Typen wollten mich anfassen!" „Das reicht nicht für eine Anzeige, leider. Schau Honey, sie stehen mindestens vier Meter von dir entfernt, sie haben dir nichts getan", sagt Dustin zu mir. „Sie wollten aber!", erwidere ich gereizt. In seinen Augen sehe ich, dass er weiß, dass ich recht habe. An die vier Männer gewandt sagt er: „Ich habe nichts gegen euch in der Hand, ihr könnt gehen. Aber fallt nicht wieder auf, sonst kommt ihr beim nächsten Mal nicht so davon." Ich stehe da, mit dem Krug in der Hand. Wütend zeige ich mit meinem Finger auf sie: „Ihr werdet mich nicht mehr stören, sonst erkennt ihr euch selbst nicht mehr wieder!" Dustin legt den Arm um mich: „Komm, wir gehen zu Siegrun."

Als wir auf die Lichtung kommen, sehen uns zwei Augenpaare erwartungsvoll an. „Otrun, was ist los?" ruft Oma aus, „Dustin, warum bist du eben ohne ein Wort weggerannt und wo hast du sie gefunden?" Oma sieht fragend von Dustin zu mir und wieder zu Dustin. „Ich war genau dort, wo du mich hingebracht hast. Von dort habe ich Dustin gerufen, weil widerliche Kerle aufgetaucht sind!", erkläre ich und spüre, wie ich wieder in Rage gerate. „Wie hast du ihn gerufen, Otrun?" fragt Siegrun in auffordernderm Ton. „Mit meinen Gedanken. Ich habe ihn intensiv aufgefordert, sofort dorthin zu kommen, habe mir markante Punkte genau eingeprägt, damit er weiß, wo er gebraucht wird", antworte ich nachdenklich, „ich habe es einfach fest gewollt." „Dustin", fragt Siegrun weiter, „wie hast du sie gehört? Uns hast du nur gesagt, dass du kurz weg musst." „Ja, so war es auch. Ich wusste nicht warum, nur dass ich genau dort nach dem Rechten sehen muss, und zwar schnell! Es fühlte sich seltsam an, vielleicht wie Schlafwandeln", erläutert er. „Ohne über einen Grund nachzudenken, bin ich losgezogen. Mir war klar, dass keine Zeit zum Nachdenken war, es musste schnell gehandelt werden. Aber das war auch noch nicht alles! Sie hat die Männer gebannt, vermutlich, bevor sie richtig frech werden. Nicht schlecht!" Dustin schnalzt mit der Zunge, „vier Männer standen da, zitternd, und starrten auf Otrun." Oma sieht mich entsetzt an: „Stimmt das, Kind?" „Ehm, ja so ungefähr. Ich habe es ihnen angesehen, einer, also der Anführer, schmiedete schon Pläne, die mich und die vier Männer betrafen. Ich musste schnell handeln, überlegte kurz, was sich nicht nachvollziehen lässt... Nicht so wie der Furunkel. Und ich habe es nicht laut ausgesprochen, sie können also nicht wissen, was mit ihnen passiert ist. Na, vielleicht haben sie doch im Stillen eine Ahnung, ist mir im Moment auch egal! Ich hatte mir vorgestellt, wenn sie gelähmt sind, können sie weder mir etwas antun, noch flüchten, bevor Dustin kommt." Ich sehe verlegen in die Runde. „Ich werde nicht die nette Zauberin von nebenan, ich werde eine Hexe!", flüstere ich betreten. „Kindchen", Oma legt den Arm um mich, „das war Notwehr, das gibt mildernde Umstände. Das ist etwas ganz anderes. Du wirst deine Energien auch positiv einsetzen können, bis jetzt wurdest du immer in die Enge getrieben!", sie lächelt mich aufmunternd an. „Aber das - in Gedanken nach Hilfe rufen – das ist genial! Das kann weder ich noch deine Mutter! Wenn du so etwas tust, versuche auch die Situation zu beschreiben. Ich glaube, das könnte sehr hilfreich sein." Stille kehrt ein. Wieder einmal sehen wir alle ins Feuer. Jeder von uns hängt seinen Gedanken nach. Irgendwann durchbreche ich die Stille: „Dustin, du kanntest die Typen, nicht wahr?" Er sieht zu mir rüber: „Ja, sie sind mir schon mal aufgefallen." Dustin wirft einen Blick auf Siegrun: „Ich weiß nicht, was da am Laufen ist, aber ganz koscher sind die mir nicht." Er führt seine Hand zur Stirn und streicht sich angespannt über seine Sorgenfalte zwischen den Augenbrauen. Ich nehme einen Schluck Tee aus dem Krug, den ich immer noch bei mir habe. „Morgen früh werde ich wieder zu dieser Stelle im Wald gehen und da weitermachen, wo ich eben unterbrochen wurde", ich sehe

Siegrun an und schwenke das Gefäß. „Bekomme ich morgen noch mal eine Ration?", und lächele sie an. „Natürlich mein Kind, soviel du möchtest." Gibt sie zufrieden zurück, „doch eine Kleinigkeit solltest du heute Abend essen, auch wenn du keinen Hunger spürst." „Gut", meldet sich Wido zu Wort, „was gibt's denn?" grinsend sieht er in die Runde, erleichtert über den Stimmungswechsel. „Eine leichte Löwenzahnsuppe ist für diesen Abend das Richtige", mit der Sicherheit, Widos Geschmack nicht getroffen zu haben, blinzelt sie ihn schalkhaft an. Enttäuscht macht er ein langes Gesicht. Ich flüstere in sein Ohr: „Sie ist eine Zauberin, bei ihr kannst du alles genießen…"

Ein neuer Morgen. Es fühlt sich an, als wäre ich heute früh dran. Ich klettere aus dem Zelt und es scheint, dass ich vor Siegrun wach bin. Als Erstes hole ich Wasser für das morgendliche Bad. Jeden Morgen wundere ich mich aufs Neue, was das für eine Plackerei ist. Doch dafür lässt es sich danach besonders gut genießen. Als ich summend im Holzfass sitze, kommt Oma aus ihrer Hütte. „Guten Morgen, mein liebes Kind", ruft sie mir zu, „ich gehe nach den Tieren sehen". Mit einem Eimer in jeder Hand verschwindet sie in Richtung Weide. Ganz langsam kommt Normalität in mein neues Leben. Ich bin zufrieden, freue mich sogar darauf, den Tag allein im Wald zu verbringen. Schnell entsteige ich dem Wasser und trockne mich ab. Ich beeile mich, weil ich für Oma das frische Wasser holen möchte. Die Wanne ist zur Hälfte gefüllt, als Oma zurückkommt. Sie freut sich sichtlich über die kleine Aufmerksamkeit. „Bevor du in den Wald gehst, trink doch noch einen Becher frische Milch", sie hält mir den Krug hin und sieht zur Wanne rüber: „Danke, mein Kind." „Ach Oma, du tust ja auch alles, um es mir hier schön zu machen." Wir nehmen uns in die Arme und sind einfach froh, einander zu haben.

Dann ziehe ich los. Mit einem Krug Tee in der Hand streife ich durch den Wald. Inzwischen kenne ich mich ganz gut aus, genieße die Atmosphäre hier. Den Wind, der durch die Baumkronen rauscht, das Vogelgezwitscher und die Sonnenstrahlen, die durch die Tannen gefiltert ihre Lichtstreifen durch den noch etwas dunstigen Raum schicken. Ich bewege mich sicher und mir geht durch den Kopf, dass ich als eine ganz andere zu Oma auf die Lichtung gekommen bin. *Wie lange bin ich jetzt hier? Heute ist der fünfte Tag. Also haben wir Freitag. Hier im Wald ist das alles Nebensache. Datum, Tageszeit, Verabredungen. Ich vermisse gar nichts. Die wichtigen Dinge liegen seit Tagen unberührt in der Reisetasche. Ich kann mich nicht erinnern, warum sie so einen großen Stellenwert hatten. Jetzt sind es die Menschen um mich herum, die ganz oben auf der Skala stehen: Wido, Oma, Mama und Papa und natürlich Dustin.* Ich habe die Stelle im Wald erreicht und setze mich an den Baum von gestern. Zum Entspannen atme ich tief ein und nach Omas Anweisung langsam aus. Schon bald geht das ganz von allein. Ich bin eins mit dem Wald. Die Tiere stören sich nicht an mir. Sie flitzen über mir durch die Bäume, als wäre ich gar nicht hier. Es macht mir Freude, ihrem regen

Treiben zu lauschen. Meine Gedanken gehen spazieren. Ich sehe die gebannten Männer vor mir, die nackte Angst in ihren Gesichtern. Betrachte Dustin, während er die Situation einschätzt und für einen Augenblick ein süffisantes Lächeln seine Mundwinkel umspielt, bevor er sich ernst den Männern zuwendet und die Personalien aufnimmt. Wieder spüre ich die Wut in mir aufkochen, weil man die Männer rechtlich gesehen, nicht festhalten kann. Auf dem Rückweg klopft er mir die Schulter. In diesem Moment ist er sogar ein wenig stolz auf mich, das kann ich jetzt genau spüren. Wir kommen auf die Lichtung. Dustin erzählt, was vorgefallen ist. Wido sieht mich zugleich ängstlich und erstaunt an. Ich kann seiner Mimik entnehmen, dass ich ihm in solchen Momenten nicht geheuer bin. Auch er muss Vertrauen erlernen. Befürchtet er wohl insgeheim, dass ich meine Energien gegen ihn einsetzen könnte? Genau in diesem Moment habe ich einen Geistesblitz. Ich erhebe mich, nehme meinen Krug und gehe ruhig Richtung See. Meine Konzentration ist auf Wido gerichtet. Ich male mir den See deutlich in meiner Fantasie aus, wünsche ihn mir dorthin. Ich beschwöre ein behagliches Gefühl der Ruhe und Freundschaft für uns beide herauf. Nach ein paar Minuten bin ich bereits am See angekommen, entkleide mich und wate ins kühle Wasser, lege mich auf die Oberfläche und lasse mich treiben. *Wido bitte komm zu mir, mein lieber Freund.* Denke ich mir. Jetzt möchte ich es mit jeder Faser meines Köpers. Das Wasser schaukelt mich ganz leicht, während ich ihn vor mir sehe. Wido eilt mit schnellen Schritten zu unserem See. Ich spüre seine Zuversicht und verstärke sie in meinen Gedanken zu einer Euphorie. Dann kann ich ihn hören. Er läuft durch den Wald. Plötzlich ist es still in meinem Kopf.

Ich schaue auf und sehe Wido, wie er am Ufer steht und unglaubig zu mir hinstarrt. „Widukid Delshay, möchtest du zu mir ins Wasser kommen?" frage ich ihn, gerade so laut, dass er mich verstehen kann. Stumm zieht er sich aus, auch er watet dieses Mal ins Wasser und springt nicht vom Stamm ab, wie sonst. Er ist unsicher, will Zeit gewinnen. Langsam schwimmt er auf mich zu. „Ich dachte, du wolltest allein im Wald meditieren", sagt er, als er näher kommt. „Warum bist du dann hier?" frage ich ihn und fühle mich dabei ein bisschen hinterhältig. „Ich weiß nicht, plötzlich hatte ich große Lust zu schwimmen", unsicher sieht er mich an, „störe ich dich, dann gehe ich wieder heim. Dort wartet ohnehin genug Arbeit auf mich." „Geh bitte nicht, Wido. Ich habe geübt, oder sagen wir, etwas ausprobiert", ich sehe ihn schuldbewusst an, „ich wollte sehen, ob ich es schaffe, weißt du? Auch ohne, dass mir das Wasser bis zum Hals steht." Er sieht mich stumm und ratlos an. „Ich wollte nicht gemein sein! Oh Mann, oh Mann, ich habe dich als Versuchskaninchen benutzt, bitte verzeih mir!" Ich sehe in sein verwundertes Gesicht. „Ich suchte nach etwas Positiven und dachte mir, es wäre schön dich hier zu treffen. Erst jetzt wird mir klar, dass ich dich benutzt habe! Bitte, bitte verzeih mir!" „Na immerhin ist es positiv mit mir zu baden, das ist ja schon mal was", er sieht mich gespielt ärgerlich an „und ich danke dir, dass du mir keine langen Ohren gewünscht hast. Die gehören schließlich zu einem ordentlichen Versuchskaninchen dazu, oder?", theatralisch überprüft er sie, „nur um sicherzugehen." „Nicht böse?", ich versuche mich im Hundeblick. „Nicht böse", jetzt kann er mich anlächeln. Im nächsten Augenblick stützt er sich auf meine Schultern und stippt mich unter! Als ich wieder auftauche, lacht er laut:

„Kleine Retourkutsche!" Als ich wieder zu Atem gekommen bin, sehe ich ihn an: „Ich freue mich, dass du da bist, weil ich dich gern mag und weil ich es geschafft habe, ganz ohne Druck von außen. Einfach, weil ich es wollte. Wie hat es sich für dich angefühlt?", frage ich Wido. „Eigenartig", überlegt er, „ich war gerade dabei, vor dem Haus Rasen zu mähen. Plötzlich kam mir der See in den Sinn. Ich habe alles stehen und liegen lassen und wollte nur noch baden! Ich dachte bei mir, ein Stündchen Pause wird nicht schaden. Dann bin ich losgegangen. Mich überkam so eine Freude, dass ich das letzte Stück sogar gerannt bin und dann sah ich dich und dachte, ich störe. Ich hatte dich hier wirklich nicht erwartet. Doch du fragtest mich, ob ich zu dir ins Wasser kommen möchte." „Jetzt bist du hier und ich freue mich. Ich habe versucht, Freude und Enthusiasmus in meine Gedanken fließen zu lassen. Und beim nächsten Versuch werde ich mich bemühen, dass du spürst, dass die Botschaft von mir kommt. Ist das ok für dich, oder fühlst du dich schlecht, wenn ich mit dir übe?" frage ich ihn. „Aber ich muss mich nicht vor dir fürchten, oder?", fragt Wido mich mit zusammengekniffenen Augen, aber dennoch grinsend zurück. Ich versuche auszusehen, als ob ich überlege, und sage dann: „Nein, in der Regel nicht, außer, ich stippe dich unter Wasser!" Im gleichen Moment stemme ich mich auf seine Schultern und schaffe es tatsächlich ihn unter Wasser zu bringen. Er taucht ab und zieht mich mit sich. Damit hatte ich wiederum nicht gerechnet. Unter Wasser drückt er mich an sich. Ich spüre seinen festen Körper und ein Schauer überkommt mich. Gemeinsam tauchen wir wieder auf. Wir paddeln lachend ans Ufer und legen uns zum Trocknen auf die Wiese. Durch die Baumkronen blitzt die Sonne auf uns. Wido setzt sich auf und streicht mir mit dem Finger über meinen Arm. Er fragt mich: „Ehm Otrun, hast du einen festen Freund?" Irritiert setze auch ich mich auf: „Na, das war ja mal direkt! Ich sagte dir doch, dass mich niemand leiden kann ...", antworte ich bockig und lege mich wieder ins Gras. „Entschuldige, ich frage ja nur", einen Moment lang sieht er mich an, dann streicht er mir mit dem Handrücken über die Wange. „Könntest du dir vorstellen, mit mir..." Die Berührung prickelt unter meiner Haut und ich wünschte, er würde nicht aufhören. Doch unsicher ziehe ich ein Gesicht: „Wir sind so gute Freunde!" Ich verstehe mich selbst nicht: Einerseits genieße ich diese Kameradschaft. Ich liebe es, einfach nackt neben ihm zu liegen und mich absolut frei zu fühlen. Andererseits habe ich mir insgeheim selbst schon ausgemalt, wie es wäre, ihn zu küssen. Ich sehe Wido an, er schaut unsicher zu mir zurück. Langsam lege ich meine Hand auf seine und blicke ihm tief in die Augen. Er versteht mich, sieht mir an, wie durcheinander ich bin: „Ich muss zurück, den Rasen fertig mähen. Wir sehen uns später, ok?" „Ja", sage ich mit belegter Stimme und sehe ihm zu, wie er in seine Klamotten schlüpft. Er verabschiedet sich und lässt mich allein zurück. Auch ich streife meine Sachen über und gehe zurück an den Ort, an dem ich hätte bleiben sollen.

Ich lege mich zwischen die Wurzeln des Baumes, die ein wenig aus dem Erdreich ragen. Von hier unten wirkt er wie ein Riese.

Ich selbst fühle mich winzig klein. Die Rinde hat tiefe Furchen, die wie Narben aus vergangenen Zeiten aussehen. Wie vielen Lebewesen bietet dieser Baum Nahrung, Schutz und Geborgenheit? Ich gehöre mit dazu. Ich spüre, wie eine große Kraft auf mich übergeht. Mit geschlossenen Augen liege ich unter dem Baum und Fantasien spazieren durch meinen Kopf. Ich sehe Männer in Unterhemden vor mir, wie sie ein Feld bestellen. Sie entfernen Kräuter und Wiese. Kleine Jungbirken werden mit Gewalt aus dem Boden gerissen. Jemand anderes lässt kleine Körner durch seine Hand rieseln. Ich blicke in stechende Augen. Erschreckt setze ich mich auf. Um mich herum ist alles friedlich. Eichhörnchen springen durch die Baumkronen, Vögel zwitschern, ich höre den Bach plätschern, alles scheint in Ordnung. Doch mich überfällt ein gefährliches Unbehagen. Plötzlich trifft mich ein Schlag am Hinterkopf! Ich falle nach vorne. Dann sehe ich Wido aus der Nase bluten! Erneut schrecke ich auf. Mein Herz rast und ich atme schwer. Ich sitze still zwischen den Wurzeln und weiß für kurze Zeit nicht, wo ich bin. Langsam sortiert sich mein Kopf wieder. Ich denke daran, wie wir eben am See im Gras gelegen haben. Die Schuldgefühle überfallen mich und ich schäme mich für meine Feigheit. Wie gerne wäre ich ein wenig mutiger gewesen. Wido fehlt mir an meiner Seite, ich fühle mich einsam, bin irritiert, habe ein schreckliches Gefühl in meiner Magengrube. Erneut versuche ich zur Ruhe zu kommen und lehne mich an den Baumstamm. Trotz der Atemübungen durchdringt die Ruhe, die ich schon kennengelernt habe, mich nicht. Ich nehme einen Schluck aus dem Krug und versuche mich zu konzentrieren. Doch immer wieder schweifen meine Gedanken zu Wido. Es fühlt sich an, als liefen Ameisen unter meiner Haut durcheinander hin und her und dieses Mal stören sie mich sehr! Wieder rufe ich mich selbst zur Ordnung, doch es will mir nicht gelingen. Nachdem ich den Krug aufgehoben habe, mache ich mich auf den Heimweg. Deprimiert schaue ich bei den Tieren vorbei. Wildruth kommt auf mich zu, nicht angriffslustig wie sonst, sondern ganz friedlich. Ich setze mich ins Gras und sie drückt sich an mich. Während ich ihr das Fell streichele, erzähle ich ihr von meinem guten Tag und seinem blöden Ende. „Wie kann ich nur so jämmerlich feige sein? In dem Moment, als Wido nach Hause ging, wusste ich, das ist das, was ich auf keinen Fall wollte. Ich hätte ihn einfach in meine Arme schließen sollen." Die Ziege meckert leise und leckt mir die Finger. „Ja, du hast recht, meine kleine Wildruth, ich werde ihm sagen, dass ich nicht perfekt bin. Und unsicher und ängstlich und dass ihn so sehr als Freund schätze und dass ich gerne beides haben möchte: Liebe und Freundschaft. Ja, er wird mich schon verstehen, danke Wildruth." Ich stehe auf, kraule die Ziege nochmals an ihrem Bärtchen und gehe zu Siegrun rüber. Dustin ist bei ihr. Die beiden sitzen gemeinsam auf der Bank. „Hey", rufe ich über die Lichtung, um die Zwei nicht zu erschrecken. „Hey", schallt es zurück und sie drehen sich zu mir. Wie auf Kommando verdunkeln sich ihre Gesichter, als sie mich sehen. „Was ist los?", frage ich. „Wo steckt Wido?", fragt Dustin zurück. Ich setze mich zu ihnen: „Er wollte noch den Rasen fertig mähen. Sicherlich ist er gleich soweit und kommt zu uns." „Ist schon erledigt", klärt Dustin mich auf, „ich habe seine Arbeit beendet und alles aufgeräumt. Er hat den ganzen Krempel stehen und liegen lassen und ist verschwunden. Das ist sehr untypisch für ihn." Abschätzend taxiert er mich: „Hast du etwas damit zu tun?" Schuldbewusst blicke ich auf meine Hände. „Ich wollte einfach probieren, ob ich es auch ohne Not schaffe", ich sehe abwechselnd zu Oma und Dustin, „ich habe ihn an den See zum Baden gelockt, später ist Wido wieder nach Hause gegangen, um den besagten Rasen zu mähen." Unsicher knibbel ich an meinen Fingernägeln. „Aber das ist noch nicht alles", erkennt Siegrun schnell. „Nein Oma, das ist noch nicht alles", ich überlege, wie ich es erzählen soll, was ich erzählen will. Zwei Augenpaare sehen mich erwartungsvoll an. Die Stille erdrückt mich fast. „Also, ich hatte ..., nein Wido fragte mich, ehm, ich glaube, oh Gott!", entsetzt sehe ich die beiden an. „Otrun", Oma setzt sich zu mir und legt den Arm um meine Schultern, „du zitterst ja, Kind." Forschend sieht sie mich an, „bitte der Reihe nach. Wenn es ein Problem gibt, lösen wir es", sie lächelt ihr warmes, Mut bringendes Lächeln. Ich sehe in ihre Augen: „Jetzt bin ich mir sicher, es ist etwas Schreckliches passiert. Wido wollte ... ach, ihr wisst schon!" Ich sehe kurz zu Dustin rüber, ob er versteht, was ich meine. Er nickt leicht. „Mein erster Gedanke war, wie schade, weil wir doch so gute Freunde sind", verständnissuchend sehe ich in beide Gesichter, „und doch fühlte sich Widos vorsichtige Zärtlichkeit so gut an... und dann... habe ich das Falsche gesagt! Mir fielen die richtigen Worte erst viel später ein, er war schon lange weg!", ich halte mir die Hände vors Gesicht, spüre, wie ich heiß werde und die Tränen kommen. „Dabei habe ich mir so sehr gewünscht, dass er nie mehr aufhört. Aber ich hatte Schiss! Er ist aufgestanden und nach Hause gegangen. Das hat er mir zumindest gesagt. So kann es aber nicht gewesen sein. Als er ging, war es vielleicht Mittagszeit. Er ist ganz sicher noch durch den Wald gelaufen, vielleicht um nachzudenken." Ich sehe in die Runde. Oma und Dustin starren mich angespannt an. Er fragt mich: „Warum glaubst du zu wissen, was passiert ist?" „Ich bin zurück zu der Stelle gegangen, die Oma mir gezeigt hat. Dort hatte ich Tagträume. Ich habe Männer gesehen, die ein Feld bestellen. Sie kamen mir bekannt vor und jetzt weiß ich auch ...", ich sehe Dustin an, „du hättest sie nicht laufenlassen dürfen!" „Glaub mir, das fiel mir nicht leicht. Ich habe die Männer in letzter Zeit häufig im Wald gesehen. Sie haben ein unangenehmes Auftreten, wodurch sie sehr auffällig sind, aber, Honey, dafür kann man niemanden einbuchten, verstehst du?" Er sieht mich an und gestikuliert mit seinen Händen, dass ich fortfahren soll. „Dann habe ich einen Schlag am Hinterkopf gespürt und bin vorn übergefallen. Plötzlich erscheint Wido vor mir mit blutender Nase. Es muss Wido gewesen sein! Er wurde von hinten mit irgendetwas niedergeschlagen und zu Hause ist er scheinbar nicht eingetroffen." Ich sehe Dustin fragend an: „Welchen Grund hatten die Männer, deinen Sohn niederzuschlagen?" „Sie sind mir in der Frühe über den Weg gelaufen. Nach einer kleinen Auseinandersetzung sagte ich ihnen, sie sollen aus dem Wald verschwinden. Sie wirken immer gehetzt und angriffslustig, wenn ich ihren Weg kreuze. Irgendetwas haben die zu verbergen, aber ich bin noch nicht dahinter gestiegen." Nachdenklich reibt er sich sein Kinn. „Was tun?", frage ich. „Für eine Vermisstenanzeige ist es noch zu früh, da macht die Polizei noch nichts. Aber, wenn er bis morgen nicht aufgetaucht ist, mache ich auf dem Präsidium Meldung", entschlossen blickt er auf Siegrun. „Die Polizei wird nicht viel Interesse an den Visionen deiner Enkelin haben, das weißt du", und an mich gewandt sagt er, „du lernst schnell, deine

Kräfte einzusetzen. Bitte tu mir einen Gefallen: Übermittel ihm bitte, dass wir ihn finden. Schon sehr bald!" „Ich werde es sofort versuchen", sage ich und bin schon unterwegs zu meinem Zelt. Mein Blick fällt auf die Taschenlampe, die Wido mir am ersten Abend hier gegeben hat. Unter ihr liegt ein kleiner Zettel.

Bitte verzeih mir meine Taktlosigkeit.

Gerne möchte ich dein Freund sein. Wido

Aufgeregt nehme ich das Papier und renne zu Siegrun und Dustin. „Hier seht, er ist im Reinen mit sich, das bestätigt nur, dass ihm etwas angetan wurde, sonst wäre er hier oder zu Hause!" „Dann sehe ich dort noch einmal nach", sagt Dustin. „Darf ich mitkommen?", frage ich. Dustin sieht mich an: „Ja sicher", und an Siegrun gewandt, „ich bringe sie dir wieder hier her, in Ordnung?" „Natürlich, geht nur", Siegrun lächelt uns an und ich spüre, wie mich ihre Kraft durchströmt. Dann brechen wir auf. Wir marschieren in strammem Tempo über schmale Pfade durch den Wald. Es ist still. Zu hören sind nur unsere Schritte und mein schwerer Atem. Schon bald taucht das Forsthaus vor uns auf. Ein stattliches Holzhaus. Auf der Terrasse stehen zwei Schaukelstühle direkt vor der Haustür. Ich stelle mir vor, wie Vater und Sohn dort gemeinsam sitzen und den Abend ausklingen lassen. Dustin holt mich aus meinen Fantasien. „Schau, hier an der Tür hängt ein Zettel." Er sieht mich an, während er das zweimal geknickte Papier entfaltet. Dustin überfliegt die Zeilen und hält mir das Schriftstück hin.

Wir haben deinen Sohn. Lauf uns nicht mehr über den Weg. Keine Polizei. Dann passiert ihm nichts.

„Und jetzt?", ich sehe Dustin fragend an. Er setzt sich langsam in einen der beiden Schaukelstühle, starrt geradeaus. „Soll ich einen Kaffee kochen?", frage ich, einfach um etwas zu tun. Dustin hält mich am Arm fest: „Nein Mädchen, wir gehen zu Siegrun zurück", seine Stimme ist rau, „sie weiß Rat." Mit einem lauten Klatschen lässt er seine Hände auf die Oberschenkel fallen und stemmt sich wieder auf. „Komm Otrun, lass uns keine Zeit verlieren." Mit den Worten sind wir auch schon unterwegs. Ich werfe einen schnellen Blick über den frisch gemähten Rasen und denke an Wido. Doch viel Zeit bleibt mir nicht dafür. Um mit Dustin Schritt zu halten, muss ich fast laufen. Plötzlich bleibt er stehen und dreht sich zu mir um. Beinahe knallen wir gegeneinander. Er fängt mich mit seinen starken Armen ab. „Wir nehmen den Wagen", mit dem Finger zeigt er in die Richtung, wo wir hin müssen. Wir sind schnell bei seinem Auto, einem dunkelgrünen Jeep. Bevor ich drin sitze, läuft der Motor schon. Es geht über geschotterte Waldwege. Wir sind schnell bei Siegrun auf der Lichtung. Als sie uns kommen sieht, nickt sie kurz und verschwindet in ihrer Hütte. Fragend sehe ich zu Dustin rüber. Er beantwortet meine unausgesprochene Frage: „Sie hat eine ebenso gute Antenne

wie du, Darling. Ich will hoch zur Schwitzhütte, einen klaren Gedanken fassen und Siegrun holt ein paar Kräuter dafür."
Erstaunt sehe ich, wie Oma mit zwei Krügen und dem Lederbeutel beladen aus der Hütte kommt. Ich gehe ihr entgegen, nehme die Krüge an mich und steige hinten ins Auto. Während der Fahrt reicht Dustin Siegrun den Zettel. „Von Otrun und mir steht nichts drauf", bemerkt sie und grinst zu mir nach hinten. Ich traue meinen Augen kaum. Aus ihren Augen springt mich die Abenteuerlust an. Ich überlege mir, wie sie wohl als junges Mädchen gewesen ist. Es ist kaum zu glauben, wie schnell wir mit dem Auto hier oben angekommen sind. Alle zusammen machen wir ein Feuer. Die Steine müssen zum Glühen gebracht werden. Als diese endlich soweit sind, beginnt es zu dämmern. Wir setzen uns in die Hütte. Dustin bringt die Glut mit. Schnell wärmt sich die Hütte auf. Siegrun schüttet Wasser über die Steine, der heiße Dampf hüllt uns ein. Ich schließe meine Augen, versuche endlich meine Gedanken in Widos Kopf zu leiten. In meiner Vorstellung nehme ich ihn fest in die Arme. *Wir werden dich schnell finden und dich, wo immer du gerade bist, herausholen. Du brauchst dich nicht fürchten.* Ich rufe Bilder vom See in mir auf. Gemeinsam treiben wir auf dem Wasser. So viel Ruhe und Frieden, gerne würde ich ihn berühren, doch meine Hände trauen sich nicht. Meine Augen bleiben geschlossen und träumen vor sich hin. Ich überwinde meine Ängste und nehme ihn zärtlich in meine Arme. Doch wir sind nicht mehr auf dem See. Wido ist nur halb bei Bewusstsein. Er hat verkrustetes Haar. Es ist sehr dunkel hier und ich spüre, dass wir in Zeitnot sind. Wir müssen verschwinden! Doch ich weiß nicht recht, wie wir das anstellen sollen. Ich spüre stechende Augen auf

mich gerichtet. Wido ist so schwach, ich versuche ihn zu überreden aufzustehen, will ihn stützen, doch es gelingt mir trotz meiner Bemühungen nicht. Ich schreie ihn an, doch er ist zu weit entfernt. Völlig ratlos und entkräftet lege ich meinen Kopf auf seine Brust. Spüre die stummen Tränen über mein Gesicht laufen. Jemand streicht über mein Haar, zieht mich weg. Ich wehre mich, will bei Wido bleiben, doch die andere Person ist mir überlegen. Leicht gebückt entfernen wir uns. Ich sehe in spöttische Gesichter, bin verwirrt. Jemand flößt mir Flüssigkeit ein. Ganz langsam spüre ich wie neue Kräfte in mir erwachen. Ich bin noch immer in der Dunkelheit, doch es ist warm hier und ganz langsam wird mir klar, dass ich in der Schwitzhütte bin. Oma kniet bei mir, mit dem Krug in der Hand und lächelt mich an. „Du hast wieder geträumt, Kind", sagt sie ruhig. Ich brauche einen Moment, versuche mich zu erinnern, auch an Kleinigkeiten. „Ich habe von einem dunklen Ort geträumt", während ich mich umsehe, wird mir klar, wie wertlos diese Information ist. Inzwischen ist es Nacht geworden und es sieht beinahe überall so aus. „Wido ging es nicht gut, er war sehr schwach." Die beiden sehen mich enttäuscht an. Oma sagt: „Erzähle uns bitte genau, was du geträumt hast." Mein Blick klammert sich an die fast erkalteten Steine, ich versuche, mich zu erinnern. Wido am See lasse ich weg. Ich erzähle, wie Wido auf dem Boden liegt und ich versuche ihm aufzuhelfen, es aber nicht schaffe, mich dann jemand wegholt und ich aufwache. Mir ist klar, dass dieses Ergebnis recht dürftig ist, doch mehr habe ich nicht zu bieten. „Wir haben uns auch ein paar Gedanken gemacht", sagt Siegrun, „wir werden Mathilde einweihen. Sicher haben diese Männer ein Auge auf Dustin, deshalb wird er deine Mutter anrufen und ihr alles erklären. Die kann dann zur Polizei gehen. Zum Glück haben wir ja schon die Personalien von denen, die können schon mal überprüft werden. Dustin und die Beamten arbeiten dann und wann zusammen, haben ein gutes Verhältnis miteinander. Also werden sie sehr diskret und vorsichtig an der Sache arbeiten. Und noch was anderes, hast du deinen Engel dabei? Es ist Zeit ihm Haare anzunähen, das wird ihn um ein Vielfaches stärker machen und ich denke, du bist jetzt so weit." „Ja, natürlich", sage ich und entferne die Matte vor dem Ausgang, „in meiner Hosentasche, ich bin sofort wieder zurück". Ich nehme die Jeans von meinem Wäschehaufen, greife zielstrebig in die linke Hosentasche, nichts. Auch die anderen Taschen sind leer, bis auf ein Kaugummipapier aus einer anderen Zeit. Entsetzt überprüfe ich nochmals alle Taschen. Auch zwischen den übrigen Sachen finde ich meinen Schutzengel nicht. Systematisch suche ich, so gut es in der Dunkelheit geht, den Boden ab. Auf allen Vieren taste ich mich bis zum Auto. Auf der Fahrt hierher hatte ich den Engel in meinen Händen gehalten, deswegen muss er hier irgendwo sein. Plötzlich steht Dustin hinter mir und betrachtet mich skeptisch, wie ich nackt um sein Auto krieche. „Honey, was machst du da?", fragt er. „Mein Schutzengel!", jetzt überfällt mich die Panik, „er ist weg! Ich weiß genau, dass ich ihn dabei hatte!" Meine Stimme überschlägt sich, klettert einige Oktaven höher. Dustin holt seine Taschenlampe aus dem Wagen und hält sie mir hin, „damit findest du sie leichter." Ich stehe auf, leuchte die Rückbank des Jeeps ab. Angst schnürt mir die Kehle zu. Ich fühle mich beobachtet. Dustin schiebt gerade die Vordersitze ganz vor, um zu sehen, ob die Puppe darunter gerutscht ist. Doch sie ist unauffindbar.

Gemeinsam leuchten wir den Weg zur Schwitzhütte ab. Siegrun steht schon aufbruchbereit davor. Schnell ziehe auch ich mich wieder an. Fahre noch einmal in die Hosentaschen, doch sie sind und bleiben leer. „Kommt, wir fahren Heim", sagt Dustin an uns gewandt. Als wir im Auto sitzen und der Motor läuft, unterbricht Siegrun das Schweigen: „Wenn jemand diesen Engel stiehlt, weiß er genau, was er tut. Diese Leute müssen jemanden mit ähnlichen Fähigkeiten in ihrer Runde haben. Das macht die Situation nicht einfacher!" „Ob wir belauscht wurden?", frage ich. Dustin äußert sich: „Keine Ahnung, aber Siegrun und ich haben sehr leise beratschlagt, was zu tun ist, weil wir dich nicht stören wollten. Das war bestimmt von Vorteil für uns." „Dann kommt es auf den Zeitpunkt an, wann dieser jemand in meinen Sachen gestöbert hat", schlussfolgere ich, „wenn er spät war, hat er alles mitbekommen." Bei dem Gedanken, dass irgendwer in meinen Jeans, meiner Unterwäsche und T-Shirt herumgesucht hat, wird mir ganz mulmig. „Ob derjenige wusste, wonach er in meinen Sachen sucht?", frage ich mich laut. „Das ist eine gute Frage", äußert Oma, „vielleicht gab es nur einen Verdacht oder es wurde einfach aufs Geratewohl gesucht, ob es etwas zu finden gibt." Auf der Lichtung angekommen, gehen wir gemeinsam in Omas Hütte. „In der Hoffnung, dass wir nicht belauscht wurden, rufe ich morgen früh Mathilde an", sagt Dustin, „soll ich diese Nacht bei euch bleiben?" „Nein, fahr ruhig, es wird uns nichts geschehen", sagt Siegrun in beschwörendem Ton und lächelt ihn an. „Mir wäre wohler, ihr beide würdet für eine Weile im Forsthaus bleiben", sagt Dustin bittend. „Nein Dustin, für mich kommt das nicht in Frage. Otrun, möchtest du lieber mit ihm fahren?", fragt Oma mich.

„Nein", antworte ich, „heute Nacht wird nichts geschehen." Ich habe keine Ahnung, weshalb ich mir da so sicher bin, aber ich bin es. So stehe ich auf und gehe zu dem Zelt rüber: „Ich lege mich jetzt hin, gute Nacht", und an Dustin gewandt, „es wird uns wirklich nichts zustoßen." Manchmal sieht er mich an, als wäre ich ihm unheimlich, so wie auch in diesem Moment. *So wie Wido*, durchfährt es mich! Ich gehe und lasse die anderen zurück. Jetzt fühle ich mich sehr erschöpft und freue mich auf die Nacht. Mein Blick fällt auf den Zettel mit der knappen Nachricht, die mir so viel bedeutet. Wido ist nicht böse auf mich! Ich hatte das Papier mit einem Bändchen an der oberen Zeltstange befestigt. Mit aller Kraft versuche ich, Zuversicht auszustrahlen. *Gute Nacht Wido, das alles wird nicht lange dauern. Schlaf gut und sicher.* Stärker denn je habe ich das Gefühl, beobachtet zu werden. Ich öffne meinen Reißverschluss und nehme meine Taschenlampe mit nach draußen. Dustin verabschiedet sich gerade von Oma und sieht zu mir rüber. Ich winke ihm kurz und krieche wieder ins Zelt zurück. Beruhigt lege ich mich hin.

Wir haben gerade keine Lust mehr zum Schwimmen. Ich nehme Otrun an die Hand. Gemeinsam waten wir Richtung Ufer. Glückseligkeit durchströmt meinen Körper. Wir legen uns gemeinsam zum Trocknen ins Gras. Irgendjemand stupst mich von der Seite an. Ich reagiere nicht, der Augenblick ist viel zu kostbar. Das Stupsen wird stärker, tut weh! Ich wache auf, obwohl ich das wirklich nicht möchte. Jetzt spüre ich, wie sehr

mein Kopf dröhnt. Es ist dunkel und feucht hier. Ich friere. Jemand richtet den Lichtstrahl seiner Taschenlampe auf mich. Ich bin völlig geblendet, kann kaum meine Augen offen halten. Ich möchte mich schützen, doch mir wurden die Hände im Rücken zusammengebunden. Ich kann nicht ausmachen, wie viele Männer um mich herum stehen. Eine tiefe raue Stimme fährt mich an: „Was hast du gesucht?" „Was soll ich denn gesucht haben, ich bin bloß ein bisschen gelaufen", sage ich matt und erkenne meine Stimme kaum. „Red keinen Quatsch, dauernd läuft uns der Oberindianer vor die Füße und jetzt hat er seinen Sohn geschickt!", schreit der Typ mich an und mein Schädel platzt fast dabei. Ich überlege, ob ich überhaupt antworten soll. Mein Gegenüber ist ohnehin nur auf Krawall gebürstet. Nun red schon, Delshay!", schreit er erneut, während mir irgendwer einen Tritt in den Rücken verpasst. Ich stöhne auf. Mir geht durch den Kopf, dass meinem Vater das sicher nicht passiert wäre, er hätte keinen Mucks gemacht. Ich nehme mir vor, mich zusammenzureißen. Wieder bekomme ich einen Hieb in den Rücken. „Ich habe keine Ahnung, was ihr von mir wollt. Ich war einfach nur gelaufen, um nachzudenken", das Reden fällt mir schwer. Um mich herum sehe ich einzig und allein Füße. Den Rest kann ich nur erahnen, weil ich immer noch geblendet werde. Zu den anderen sagt die raue Stimme: „Holt den alten Wotan, ich brauche jeden Mann." Ein Raunen und Flüstern geht durch diesen feuchten Raum. Ein paar Füße entfernen sich, dann herrscht Stille. Ich liege ruhig da und überlege, wer wohl der alte Wotan sein mag. „So, wegrennen ist nicht, verstanden? Wenn du dich ruhig verhältst, passiert dir nichts!", werde ich wieder angeschrien. Gerne würde ich ihn bitten, nicht so zu brüllen, verkneife es mir aber. Wieder nähern sich Schritte. Füße um mich herum treten zurück, machen Platz für diesen Wotan. „Wir gehen", sagt der Sprecher streng zu den anderen. Alle verschwinden, es wird dunkel um mich. Etwas schnüffelt an mir. Wotan hat entsetzlichen Mundgeruch. Als ich meine Nase aus seiner Atemwolke wenden will, höre ich ein sehr nahes, tiefes Knurren. Ein alter abgerichteter Hund also. Ich verhalte mich still. Eigentlich kann ich ja ganz gut mit Tieren, denke ich mir und ein bisschen Hoffnung macht sich breit. Ich werde etwas gelassener. Mein saurer Angstgeruch, der diesem Tier das sichere Gefühl der Überlegenheit gibt, nimmt hoffentlich bald ab. Ganz leise beginne ich mit dem Hund zu reden: „Hallo Wotan, du trägst einen sehr stolzen Namen, ich heiße Widukid. Widukid Delshay, auch ein klangvoller Name. Wir beide passen vielleicht ganz gut zusammen." Ich hebe meinen Kopf an, um auszumachen, wie mein Gegenüber aussieht. Doch bei der kleinsten Bewegung stößt er ein warnendes Grollen aus. Also bleibe ich still liegen, überlege, was ich am geschicktesten tun kann. Meine Stimme hat ihn nicht gestört, also rede ich weiter: „Weißt du, dass Wotan die höchste Gottheit der Germanen genannt wurde? Demnach musst du ein mächtiges Tier sein, was auch dein Knurren verrät. Ein Kleiner bist du jedenfalls nicht! Schade, dass es hier so dunkel ist und wir uns nicht ansehen können, nicht wahr?" Mein Gegenüber hat sich zu mir gelegt, es fühlt sich an, als lägen wir Rücken an Rücken. Immerhin ist dieses Vieh warm. „Widukid bedeutet Waldkind. Es wäre also naheliegend, dass du mich beschützt." Der Hund gähnt und schmatzt geräuschvoll. „Ich bin in diesem Wald aufgewachsen und möchte, dass hier alles so bleibt, wie es ist. Mich zieht es nicht in die großen Städte. Nach Berlin oder München. Mein Vater und ich leben gerne hier, weißt du? Dustin ist der hiesige

Förster. Er ist verantwortlich dafür, dass alles im Gleichgewicht bleibt. Vater hat die Liebe zur Natur sozusagen im Blut. Er ist gebürtiger Nordamerikaner, also indianischer Abstammung. Er hat alles hinter sich gelassen wegen meiner Mutter. Leider verließ sie uns vor anderthalb Jahren. Es hat sie in die Stadt gezogen, aber für Vater und mich ist das nicht der geeignete Ort. Ab und zu besuche ich sie für ein paar Tage. Inzwischen lebt sie mit einem anderen Mann zusammen. Zum Glück hatten wir Siegrun, sie war immer für uns da und ist es auch heute noch. Bei ihr holt Papa seine Lebenskraft. Wenn sie nicht gewesen wäre ... Ich weiß nicht. Sie ist absolut außergewöhnlich, weißt du. Ich glaube, auch du würdest sie lieben. Wir alle lieben sie, auf unsere Weise. Sie ist eine Zauberin, das darfst du den anderen aber nicht verraten, versprochen? Sie schafft es immer, dass alles gut wird, dass man sich bei ihr wohlfühlt, seine Sorgen vergisst. Sie wirkt wie eine Droge! Siegrun ist klein, weißhaarig und faltig. Sie hat hellblaue Augen mit einer magischen Intensität. Vater und ich, wir haben sehr dunkle Augen, fast schwarz. Kein Wunder, dass er so begeistert von ihr ist. Mich hat sie wie einen Adoptivenkel aufgenommen. Täglich, meist gegen Abend schauen wir bei ihr vorbei. Vor ein paar Tagen war etwas anders. Sie war sehr aufgeregt, saß am Feuer und starrte in die Flammen. Noch ehe wir saßen, fing sie an zu erzählen: „Ich kann es nicht fassen, so glücklich wie ich jetzt, sollte man vielleicht nicht sein, aber ich bin es! Ihr wisst, dass ich eine Tochter habe. Aber ihr wisst nicht, dass ich auch eine Enkelin habe. Sie lebt, wie sich das gehört bei ihren Eltern und ist eher unzufrieden als glücklich. In der Schule kommt sie mit niemandem zurecht. Die Klassenkameraden meiden oder ärgern sie. Und sie besitzt Macht! Ihr wisst schon, was ich meine ... Aber sie hat keine

Ahnung von diesen Dingen. Mathilde und Manfred wollten nicht, dass sie es weiß, damit sie nicht zur Außenseiterin wird. Aber ihre Macht ist zu groß. Die Dinge lassen sich nicht aufhalten."
Siegrun sprang hoch, lief auf und ab, wie ein kleines, aufgeregtes Mädchen. „Und stellt euch vor, heute war Mathilde bei mir und bittet mich, Otrun einzuweihen, ihr bei ihrer Selbstfindung zu helfen. Ganz alleine werde ich das nicht schaffen, seht mich an, ich bin eine alte Frau!" Sie zeigte an sich runter und wollte von uns die Bestätigung, dass sie, so alt wie sie ist, das auf keinen Fall schaffen kann. Als keiner von uns etwas dazu sagte, fuhr sie fort: „Ich kenne das Mädchen gar nicht, aber ich glaube kaum, dass sie Lust hat, mit einer alten Frau in einer winzigen Hütte zu wohnen. Einmal habe ich die Kleine als Säugling gesehen, schon damals hat sie mich mit klugen Augen angeschaut, ich war mir sofort sicher, dieses Mädchen hat besondere Fähigkeiten! Welche, das ist noch herauszufinden." Sie blieb abrupt stehen und starrte uns mit ihren funkelnden Augen an. Es herrschte kurz Stille, auch ich musste die Neuigkeiten erst mal verdauen. Hier wird sich demnächst also einiges ändern, dachte ich mir. Mein Vater fragte mich, ob wir noch mein altes Kinderzelt hätten. Das war der Startschuss für Siegruns zweiten Redeschwall: „Ja genau, das ist es! Ihr müsst es finden! Dann werde ich es aufpolieren, sodass sich ein junges Mädchen darin wohlfühlen kann. Wir brauchen eine Matratze, die das ganze Zelt ausfüllt! Einen alten Schlafsack habe ich noch. Mit einem anderen Bezug wird der wie neu werden!" Siegrun umrundete immer wieder die Feuerstelle und fuchtelte mit ihren Armen in der Luft. Ein Anflug von Eifersucht überkam mich. Es würde einen neuen Mittelpunkt auf der Lichtung geben, dachte ich mir. Bis zu diesem Zeitpunkt wusste ich nicht, wie wichtig mir ihr

"Hey Wido!" und die Freude in ihren Augen, wenn man ihr eine Handvoll Kartoffeln oder sonstwas mitgebracht hatte, war. Vater hatte mir meine Gedanken angemerkt und sagte zu Siegrun, dass er ihr am nächsten Tag das Zelt bringen werde. Dann machten wir uns auf den Heimweg. Im Wald meinte Vater zu mir, dass uns beiden doch sehr viel an Siegruns Liebe läge. Ich antwortete ihm, dass mir das noch nie so bewusst wurde, wie in diesem Augenblick. Er tröstete mich mit den Worten: "Warte erst mal ab, das muss sich nicht zwangsläufig ändern. Vielleicht ist dieses Mädchen nett und ihr könnt Freunde werden." Dabei legte er mir seine Hand auf die Schulter und sagte: "Außerdem hat sie unsere Hilfe erbeten, und wir möchten sie nicht enttäuschen, stimmt´s?"

In dieser Nacht konnte ich kaum schlafen. Ich stand auf und suchte nach dem Zelt. Irgendwann hörte ich Dustin auch die Kellerstufen runter schlurfen. Mit zwei großen Gläsern Milch in der Hand fragte er mich, ob das nicht Zeit bis morgen hätte. Wir saßen gemeinsam auf irgendwelchen Holzkisten und tranken unsere Becher leer. Kurz darauf fanden wir in der hintersten Ecke das alte Zelt. Himmelblau und viel kleiner als in meiner Erinnerung. Ich war doch recht skeptisch, ob da jemand drin schlafen kann. Doch mein Vater meinte nur: "Sie wird wohl kaum so ein Hüne sein wie du, das hoffe ich zumindest für das

Mädchen." Wir lachten leise und gingen sofort zur Lichtung. Wir überlegten uns, wie sich Siegrun freuen würde, wenn das Zelt am Morgen schon steht. Vater meinte mit sichtlicher Freude und erhobenem Zeigefinger: „Wenn sie uns hört, bekommt sie vermutlich einen Herzschlag! Wir müssen also leise sein, wie Indianer." Wir hatten ein Plätzchen etwas zurückgestellt unter Tannen ausgesucht und tatsächlich war alles noch vollständig und intakt. In der Morgendämmerung schlichen wir von der Lichtung. Beide mit einem guten Gefühl im Bauch und den Maßen vom Zeltboden in der Tasche. Unter dem Dach fanden wir eine alte Schaumgummimatratze, die wir zuschneiden konnten, und machten uns wieder auf den Weg. Dieses Mal wurden wir erwartet, der Teekessel hing schon über dem Feuer. Siegrun lief uns entgegen und fiel uns um den Hals. Sie bedankte sich euphorisch und erklärte uns, dass Otrun erst am nächsten Tag zu uns kommen würde. Ihre Augen streiften über die alte Matratze: „Die werdet ihr nicht wiedererkennen, wenn ich mit ihr fertig bin!" Sie strahlte übers ganze Gesicht: „Aber jetzt trinken wir erst mal was Warmes zusammen." Sie ging in unserer Mitte. Um jeden von uns hatte sie einen Arm gelegt.

Ich muss mich mal umdrehen, Wotan. Mir tut alles weh." Leichter gesagt als getan, mit einem Hund und gefesselten Händen im Rücken. Bei der ersten Bewegung fängt das Vieh an zu knurren. „Wotan, ganz ruhig", versuche ich mein Bestes, „ich muss mich jetzt umdrehen, ob du mich nun frisst oder nicht!" Ich rolle mich über den Bauch auf die andere Seite. Wotan ist grollend aufgestanden. In etwa kann ich seine Umrisse ausmachen, das muss ein gewaltiges Tier sein. Ich spüre, wie er mich beobachtet. Er macht aber weiter nichts, außer ein paar Geräuschen zum Fürchten. Als ich damit fertig bin, mich wie ein gestrandeter Wal auf die andere Seite zu rollen, legt er sich wieder zu mir. Leider habe ich nicht bedacht, dass wir jetzt nicht mehr Rücken an Rücken liegen. Sein Atem schlägt mir ins Gesicht. „Du hast wirklich ein Problem mit deinem Mundgeruch", erkläre ich ihm in ruhigem Ton. Wie zur Antwort leckt er mir über mein Gesicht. „Na, wenn das keine Freundschaft wird…" Je länger er meine Stimme hört, desto eher wird er mir nichts antun, dessen bin ich mir sicher. So erzähle ich weiter meine Geschichte:

Unterwegs zur Lichtung, mit Reisig zum Feueranzünden unter dem Arm, begegnete ich ihr. Auf der Weide sah ich das Mädchen stehen. Langes, braunes Haar fiel glatt über ihren Rücken. Sie trug enge Jeans und ein orangenes Top. Die schlaue Wildruth setzte gerade an, das Mädchen auf die Hörner zu nehmen. Ein Schrei, ein Pfiff und die Ziege war genau vor Otrun zum Stehen gekommen. Langsam drehte sich das Mädchen zu mir um. Ihre schreckgeweiteten Augen schienen mich zu durchbohren. Sie war sehr, sehr angespannt. Ich lachte erleichtert auf. Mit einem Blick auf Wildruth meinte ich: „Das war knapp" und dass ich schon mal das Feuer für das Abendessen anzünden wollte. Sie gefiel mir vom ersten Augenblick an. Sie ist nicht so dürr, wie die meisten Mädchen in ihrem Alter, weißt du. Obwohl sie recht schlank ist, hat sie dennoch weibliche Rundungen, die aus ihr eine absolute Klassefrau machen. Sie wollte ein paar Wiesenblumen als Tischdekoration pflücken und war erleichtert, dass ich auf sie wartete. Unterwegs zur Lichtung ist der Weg *stellenweise so schmal, dass ich sie vorgehen ließ. Ich beobachtete, wie ihre glatten Haare bis an die Gürtelkante wippten, während ihr runder Po beim Gehen sanft hin und her wiegte. Als ich das Feuer zum Lodern brachte, erzählte ich ihr, dass Siegrun uns eingeweiht hatte, was die Probleme mit ihren Mitschülern anging. Sie wurde stinksauer. Ich hatte das Bedürfnis, meinen Arm um sie zu legen, widerstand aber. Zum Glück kam Siegrun bald mit einer Vorspeise um die Ecke. Otrun pickte nicht sehr begeistert darin herum. Ich schaufelte einfach meine Gabel voll und steckte sie ihr in den Mund. Danach wurde alles ganz einfach: Sicherlich hatte Siegrun ihre Finger im Spiel. Wir verbrachten einen schönen Abend zu viert, obwohl Vater irgendetwas auf der Seele lag. Siegrun konnte ich ansehen, dass sie nicht zu hundert Prozent bei der Sache war. Um den Beiden etwas Zeit zum Reden zu beschaffen, ging ich mit Otrun an den Flussausläufer, um das Geschirr abzuspülen. Bei unserem Gespräch kam die ganze Zerrissenheit in Otruns Seele zum Vorschein. Sie konnte mit sich selbst nicht klarkommen, weil sie von all ihren Fähigkeiten keine Ahnung hatte. Sie war kurz vorm Weinen, ich nahm sie in die Arme, sie war in diesem Augenblick so klein und zerbrechlich. Ich streichelte über ihr weiches Haar. Wie gerne wäre ich mit meiner Hand über ihren Rücken gefahren und tiefer... Ich dachte bei mir, jetzt nimm dich bloß zusammen. Ich hätte diesen magischen Augenblick zerstört. Also hielt ich sie fest und versuchte, konzentriert gelassen zu bleiben. Irgendwann beruhigte sie sich, löste sich von mir und sagte einfach nur: „Danke."*

Wieder am Feuer nahm mich Siegrun zur Seite: „Wido, sei so lieb und unternimm morgen etwas mit Otrun. Ich muss etwas erledigen. Es ist noch zu früh für sie, verstehst du?" Ich nickte nur und freute mich: Ich würde Otrun einen Tag für mich haben, aber würde sie das auch wollen? Unsicherheit packte mich, ich dachte an unseren Start, der nicht wirklich harmonisch war. Siegrun legte ihre Hand auf meine Schulter und neue Zuversicht durchströmte mich. Beim Abschied gab ich Otrun eine Taschenlampe. In ihrem Blick lagen Dankbarkeit, Unsicherheit und Wärme. In diesem Moment hätte ich sie am Liebsten wieder in die Arme genommen.

Auf dem Weg durch den nächtlichen Wald zum Forsthaus fragte ich Vater, was er auf dem Herzen hätte. Er winkte ab. Augenblicklich hielten sich ein paar seltsame Gestalten im Wald auf, die wohl nichts Gutes im Schilde führten. Wotan, du weißt sicher, wen er meinte. Siegrun wollte sich am nächsten Tag mit darum kümmern. Ich erzählte ihm, dass Siegrun mich gebeten hat, etwas mit Otrun zu unternehmen. Mit einem Lächeln auf den Lippen verriet ich ihm meinen Plan, mit ihr am See baden zu gehen. Dustin sah mich wissend an: „Junge", sagte er zu mir, „brech nichts übers Knie. Das Mädchen scheint mir sehr labil zu sein. Nicht, dass alles noch schwieriger wird!" Empört wandte ich mich ihm zu: „Wie meinst du das denn, wir gehen einfach nur baden!" Dustin sah mich einen Augenblick ernst an und beschloss das Gespräch: „Mein Sohn, ich bin nicht blind!"

Wotan schnarcht, ich robbe ein wenig nach unten. Bei der Anstrengung platzt mir fast der Schädel. Aber die Mühe lohnt sich. Wotan atmet jetzt an meinem Kopf vorbei und nicht mehr direkt in mein Gesicht. Was geben die dem Tier bloß zu fressen, dass es so aus dem Rachen stinkt. Und worüber mache ich mir hier eigentlich Gedanken? Mich erfüllt eine Ruhe und Zuversicht, die ich nicht logisch erklären kann. Ich weiß nicht, wo ich bin. Habe keine Ahnung, wer mich hier gefangen hält und warum. Kenne auch dieses riesen Hundevieh noch nicht genug, um sicher zu sein, dass er mir nicht doch noch den Kopf abbeißt. Trotzdem bin ich zuversichtlich. Es kann nur so sein, das Otrun mich manipuliert. Und wenn sie das tut, haben sie bestimmt einen guten Plan.

Erschöpft liege ich in meinem geblümten Schlafsack. Die Aufregung hat mich unglaublich müde gemacht. Trotzdem liege ich da und kann nicht schlafen. *Wohin kann Wido verschleppt worden sein? Gibt es hier tatsächlich Verstecke, die Dustin nicht kennt? Ich kann mir das nicht vorstellen. Wie weitläufig ist dieses Waldgebiet? Was stellen die mit Wido an?* Ich habe im Gefühl, dass es ihm nicht gut geht. *Wie lange werden sie ihn festhalten?* Lauter Fragen, aber keine Antworten. Zumindest noch nicht.

Ich höre, wie sich Siegrun ihr Bad vorbereitet. Es ist schon hell. „Hey Oma", sage ich, meine Seele fühlt sich ausgeleiert an wie ein alter Ballon, der die Luft verloren hat, „Guten Morgen." „Hey Otrun, hast du gut geschlafen?", fragt sie besorgt, als sie mich sieht. „Zuerst nicht, aber später wie ein Stein." Ich begebe mich daran, unser Feuer anzuzünden. Oma badet. Danach hole ich mir die Milcheimer und gehe zu den Tieren. Auch von ihnen werde ich freundlich begrüßt. Alle kommen auf mich zu getrottet, als wüssten sie, dass ich jede Menge Ablenkung gebrauchen kann. Als beide Eimer gefüllt und alle Tiere gestreichelt sind, gehe ich zur Lichtung zurück. „Oma, was können wir tun?", frage ich sie bedrückt. „Tja Kind, wenn ich das mal so genau wüsste", sie trocknet sich gerade ab, „als Erstes ruft Dustin Mathilde an, wir beide werden meditieren. Ich stelle für Dustin einen stärkeren Talisman zusammen." „Bekomme ich auch einen neuen Schutzengel?", frage ich sie. „Das wird schwierig, Otrun. Dein Schutzengel ist sehr speziell. Er ist nicht ersetzbar, ebenso wenig wie du oder ich. Das ist der Nachteil an meinen Fähigkeiten. Ich weiß nicht mit wem wir es zu tun haben. Es kann Glück oder auch Pech sein, dass dein Engel noch keine Haare hat. Jemand ohne Magie hätte die Puppe nicht berühren können, wäre sie schon komplett gewesen. Niemand hätte sie dir stehlen können. Doch, wenn es jemand mit besonderen Fähigkeiten ist, und davon gehe ich aus, könnte er dir Schlimmes antun, hätte sie schon deine Haare. Also suche dir was aus. Ich glaube, wir hatten Glück!" Sie sieht mich ernst an. „Ein einfacher Talisman bringt nur Menschen ohne Magie etwas, für dich ist so etwas unnütz." Ins Handtuch gehüllt setzt sie sich ans wärmende Feuer. „Weißt du, ich halte dich ausgesprochen talentiert. Du stehst zwar noch ganz am Anfang, doch instinktiv tust du das Richtige. Solltest du in Schwierigkeiten geraten, dann denk nicht zu viel nach, sondern handele aus dem Bauch mit der ganzen Kraft deiner Gefühle. Du schaffst es auch ohne den Engel, ich kann es in deinen Augen sehen, auch wenn du mich jetzt gerade so skeptisch ansiehst", lacht sie mich an. „Oma, hast du eine Aufgabe für mich? Ich kann nicht hier still sitzen und warten, bis Dustin kommt." „Die Schafe müssen geschoren werden. Das ist eine gute Aufgabe fürs Erste." Ich sehe sie entgeistert an. „Wie?" „Ganz einfach, ich habe eine gute Schere, mit der du, immer schön an der Haut entlang, das Zottelhaar abschneiden wirst." Zur Untermalung ihrer Erklärung macht sie mit Zeige- und Mittelfinger Schneidebewegungen in die Luft. „Ok", sage ich, „dann mache ich das gleich. Aber ohne Garantie!" Sie lacht mich an und ich muss mitlachen. Das tut gut. Sie bringt mir die Schere und sagt: „Ich hole dich gleich zum Frühstück." Wir blicken uns still an, dann gehe ich zu den Tieren rüber. Über Essen hatte ich noch gar nicht nachgedacht. Auch gestern hatte ich gefastet und jetzt spüre ich gar keinen Hunger. Ich rufe: „Linda, kleine Linda, komm zu mir, wir machen jetzt was Schönes." Die beiden Schafe sehen auf und Linda kommt zu mir gelaufen. Kurz habe ich ein schlechtes Gewissen, doch bei diesem Sommerwetter wird es ihr mit kurzem Fell gut gehen. Ich streichele das Schaf und rede beruhigend darauf ein: „Hallo kleine Linda, gleich wird es dir angenehm kühl werden." Ich setze die Schere am Kopf an, das erscheint mir für den Anfang am einfachsten. Schnipp, schnipp, schnipp lasse ich die Schere über ihre Haut fahren und streichle das Schaf mit der freien Hand. Linda hält ganz still, so als würde sie es mögen. Sie lässt sich sogar hinlegen, damit ich ihr das Fell am Bauch schneiden kann. Am Ende sieht sie ein bisschen elend aus, mit ihrem neuen Haarschnitt. Es ist auch nicht ganz gleichmäßig, aber wir sind alle beide ganz entspannt. Ich knuddel sie noch ein wenig zur Belohnung, dann falte ich die Wolle, die wie ein Vlies zusammenhält. Erst jetzt bemerke ich Siegrun, wie sie mich beobachtet. „Ich sagte es eben, verlass dich einfach auf deinen Instinkt. Siehst du, es klappt!", ruft sie begeistert. „Komm frühstücken, Otrun. Sieh dir das an, Salome guckt eifersüchtig!" Ich gehe kurz zu Salome rüber und streichele sie: „Du kommst auch gleich an die Reihe, meine Liebe. Ich esse nur kurz etwas." Damit gehe ich hinter Oma her und Salome blökt mir nach.

Dustin sitzt mit einer Teetasse am Feuer. Als er mich sieht, lächelt er so gut er kann zu mir rüber. Er wirkt durcheinander und übernächtigt. „Hey Dustin", sage ich. „Hey Otrun", kommt es genauso niedergeschlagen zurück, wie er aussieht. Ich bleibe hinter ihm und lege meine Hände auf seine Schultern. Mit einem Ruck setzt er sich gerade auf und packt eine meiner Hände: „Wie lange bist du jetzt hier, Honey?" „Am Montag hat Mama mich gebracht, ist heute Samstag?", frage ich zurück. „Ja, dann ist das der sechste Tag. Du bist eine ganz andere. Du schenkst Kraft, wie deine Großmutter, was für ein starker Zauber dich umgibt!" Jetzt sieht er mich an, erschreckt und beeindruckt zugleich. Vor ein paar Tagen wäre ich rot angelaufen, doch jetzt ist mir klar, dass wahr ist, was er sagt. Gelassen setze ich mich neben ihn: „Leider nicht genug, sonst

würde ich mit dem Finger schnippen und Wido wäre wieder bei uns." Ich versuche ein Lächeln, aber es wirkt wohl eher wie eine Fratze. „Ich habe eben mit deiner Mutter gesprochen. Sie kommt sofort hierher, wenn sie bei der Polizei fertig ist."
„Meint ihr wirklich, das ist schlau? Falls wir beobachtet werden, kann sich Mama auch nicht mehr frei bewegen, geschweige denn mit der Polizei Kontakt halten", ich sehe Dustin und Oma ernst an. „Du hast recht!", sagt er aufgebracht, „ich habe das Gefühl, nicht mehr klar denken zu können! Gib mir ihre Handy-Nummer." Ich laufe zum Zelt und kritzel sie schnell auf einen Zettel. Dustin steht schon vor mir, nimmt stumm die Nummer entgegen und läuft nach Hause.

„Komm Otrun", sagt Oma, „wir gehen in die Werkstatt. Dustin braucht dringend einen guten Schutz." Zögernd gehe ich ihr nach. Wir nehmen hier von diesem Filz." Siegrun hält ein schweres Stück Stoff hoch. „Schon beim filzen habe ich dem Stoff Kraft gegeben. Es ist Wolle von Wildruth. Sie ist die Mutigste von meinen Tieren. Hier siehst du?", sie schneidet ein Rechteck aus und legt es zusammen. „Hier an der Kante entlang nähst du es zusammen. Und während deiner Arbeit lässt du deine Energien hineinfließen wie Zuversicht, Mut, Kraft. Stell es dir intensiv vor, so wie du Dustin gerufen hattest. Verstehst du?", sie sieht mir forschend ins Gesicht. Ich nicke, weiß aber nicht, ob ich der Situation gewachsen bin. „Was, wenn es nicht klappt?", frage ich unsicher. „So wie Wido an den See rufen? Oder Wildruth melken? Oder Schafe scheren? Du musst es wollen, wirklich wollen. Außerdem bist du nicht allein. Ich werde einen einfachen Engel arbeiten, der kommt dann in das Säckchen." „Ok", sage ich und fange an zu sticheln. Die Arbeit ist schnell erledigt. „Wie wird es verschlossen?", frage ich Oma. „Sieh her, hier hängen Lederstreifen, suche einen aus", sie zeigt auf einen Metallring, in dem ein ganzes Sortiment Lederschnüre hängt. Ich sehe sie mir genau an. Von Weitem wirken alle gleich, doch wenn ich sie durch die Finger gleiten lasse, sind sie sehr unterschiedlich. Ich ziehe sie einzeln durch meine Finger. Manche sind ganz glatt, manche rau. Einer liegt auf meiner Hand und löst ein Prickeln aus. Für diesen entscheide ich mich. „Ich habe gewählt, Oma", sage ich, „was weiter?" „Sieh mal dort oben, auf dem Regal, die dunkle Holztruhe, bitte hole sie her", sagt sie und zeigt in die Richtung. Ich bringe ihr die kleine Kiste. „Öffne sie ruhig", sagt Oma an mich gewandt und hält in ihrer Arbeit inne. Ich öffne den Deckel, ein seltsamer Geruch schlägt mir entgegen. Ich spüre die Macht, die von diesen Dingen ausgeht. „Was ist das alles?", flüstere ich. Ich weiß nicht warum, aber es ist mir unmöglich, laut zu sprechen. „Das ist meine Sammlung besonders magischer Utensilien. Bitte suche du etwas daraus aus." „Aber was denn, Oma", mit meinen Augen erflehe ich Hilfe von ihr, „bitte, was soll ich nehmen? Du kennst Dustin viel besser als ich!", ich starre auf das Durcheinander. „Hab keine Angst. Vertrau dir selbst." Beruhigend lächelt sie mich an. *Ich weiß nicht mal, was ich hier vor mir habe!* Hier liegen Füße von irgendwelchen Tieren, Federn, Stöcke, Steine, Schwänze, ich glaube ein Ohr zu sehen. Ich schließe meine Augen, atme ein, atme aus, halte kurz die Luft an, atme ein... Langsam kehrt die Ruhe zurück. Jetzt sehe ich mir die einzelnen Dinge an. Ich nehme sie in die Hände und betrachte sie von allen Seiten. Unser Säckchen ist recht klein, damit

Dustin es auf der Brust tragen kann. Siegrun hat den winzigen Schutzengel fast fertig. Ich entscheide mich für zwei kleine Dinge. Eine Daunenfeder und einen Zahn. Dann zeige ich Siegrun meine Auswahl. Sie schnalzt mit der Zunge: „Ich habe es gewusst. Obwohl du wahrscheinlich keine Ahnung hast, was du da in den Händen hältst, hast du die perfekte Wahl getroffen. „Ja, ich spüre es, wenn sie auf meiner Handfläche liegen. Diese beiden Dinge ergänzen sich", flüstere ich ihr zu. „Du hast den Reißzahn eines Fuchses herausgesucht. Ein kleines, schlaues und mutiges Tier und die wärmende Bauchfeder eines Adlers. Damit brütet er die Eier aus. Diese Daunenfeder wird Dustin beschützen." Triumphierend nickt sie mir zu. Ich sehe ihr an, dass sie mächtig stolz ist. Vorsichtig packen wir Feder, Zahn und Engel in das Säckchen und binden es zu. Der Rest der Lederschnur reicht als Kette.

„Gut gemacht", sagt Siegrun zu mir. Ich folge ihr aus der Hütte mit dem Säckchen in der Hand. Dustin sitzt schon am Feuer. Ich lege ihm den Talisman um den Hals. Ich sage zu ihm: „Dieser Beutel wird dich weise führen, wenn du Rat brauchst, wird dich schützen, wenn du in Gefahr bist. Er wird dir die Ruhe und Besonnenheit schenken, die richtigen Entscheidungen zu treffen." Ich kann ihm ansehen, wie er die Kraft spürt, als sein neuer Schutz seine Brust berührt. Überrascht sieht er zu Siegrun herüber. „Sie ist stärker als ich", erklärt sie ihm, „Otrun trägt alles in sich, ich zeige ihr nur ein wenig die Richtung." Ich setze mich neben Dustin: „Und, gibt es was Neues?" Verwirrt antwortet er: „Ich habe deine Mutter noch früh genug erreicht. Als Erstes werden die Personalien überprüft, die ich vorgestern von denen aufgenommen hatte.

Mal sehen, wie es weiter geht. Mathilde hält mich auf dem Laufenden. Sie würde es gerne sehen, wenn ihr zwei mit ins Forsthaus zieht, nur für die Zeit, bis alles wieder in Ordnung ist." Siegrun richtet stur ihren Blick auf Dustin: „Ich lasse mich von so ein paar Halbstarken nicht einschüchtern, ich bleibe auf jeden Fall hier." Dustin reibt sich die Stirn: „Deine Tochter wusste, dass du so reagierst. Otrun soll aber auf jeden Fall bei mir schlafen. Tagsüber kann sie ja zu dir kommen, da sehen wir beide kein Problem. Es ist nur so, dass sie von einem erwachsenen Mann leicht aus ihrem Zelt geholt werden kann. Außerdem haben sie ja schon Bekanntschaft mit ihr gemacht. Wenn wir es mit jemandem zu tun haben, der sich mit höheren Kräften auskennt, wird dieser Jemand vielleicht neugierig auf Otrun sein." „Und Oma bleibt hier allein?", frage ich ungläubig. „Ich kann ganz gut auf mich aufpassen. Und vielleicht haben die beiden recht, du bist sicher die interessantere von uns." „Siegrun, bitte komm du auch mit", Dustin sieht sie flehend an, „wer Menschen entführt, der schreckt vor nichts zurück." „Ich bleibe, aber ich verspreche, dass ich keine Nachtwanderungen unternehme, in Ordnung?" „Nein, aber ich sehe, dass es dein letztes Wort ist." „Richtig", wie ein bockiges Kind sitzt Siegrun mit verschränkten Armen da. „Na fein", äußere ich mich und gehe mit der Schere Richtung Weide. Ich werde es später noch einmal versuchen, vielleicht kann ich sie doch noch zur Vernunft bringen.

Salome wartet tatsächlich auf mich. Sie kommt sofort auf mich zu, als sie mich sieht. Ich wiederhole das Ritual vom Morgen und entspanne selbst dabei. Auch Salome hält so still, dass ich in aller Ruhe schneiden kann. Der zweite Versuch gelingt mir noch besser als der Erste. Ich falte das Vlies zusammen und bringe es zu Oma.

Schritte schallen an mein Ohr. Wotan springt auf seine Füße. Ein leises Knurren dringt aus seiner Kehle. „Na, du kannst diese Kerle wohl auch nicht leiden, was?", flüstere ich ihm zu. Der Schein einer Taschenlampe tanzt auf uns zu, bis sie mir wieder ins Gesicht leuchten. „Hallo Delshay, gut geschlafen?", fragt jemand höhnisch. Ich antworte nicht. „Und, hat sich der feine Herr ein paar Antworten für uns überlegt? Jetzt sag schon, was sucht der Oberindianer?" „Mein Vater ist der Förster, es ist sein Job im Wald nach dem Rechten zu sehen", versuche ich mit fester Stimme zu sagen. Wotan winselt. „Geht mal einer mit dem Hund, der braucht Bewegung", sagt der Wortführer. Irgendwer klopft sich ans Bein, schnalzt mit der Zunge und entfernt sich. Ich erhasche einen Blick auf Wotan, eine Deutsche Dogge, wie er leichtfüßig weg trabt. „Aufstehen, der Chef will dich sehen!", schnauzt der Wortführer mich an. Das kann ja was werden, denke ich mir. „Aufstehen, habe ich gesagt!" Ich drehe mich auf die Knie und komme zum Stehen. Mein Kopf dreht sich, der Rücken tut weh, ich spüre, wie mir der Kreislauf absackt. „Stützen!", schreit der Anführer. Warum brüllt der nur immer so? Mein Kopf platzt fast bei dieser Lautstärke. Von beiden Seiten greift mir jemand unter die Arme und dann geht es los. Der Strahl der Taschenlampe verrät mir, dass wir uns in einer

Höhle befinden. Ich wusste gar nicht, dass es in unserem Wald welche gibt, seltsam. Eigentlich kenne ich mich hier sehr gut aus. Plötzlich wird es heller, obwohl wir noch immer in Felsgängen unterwegs sind. Nach ein paar Metern wird mir klar, hier hat sich jemand die Mühe gemacht, die Wände weiß zu streichen. Wir biegen mehrmals ab. Ich habe keine Orientierung. Für den Rückweg nehme ich mir vor, die linken und rechten Abbiegemanöver zu zählen. Wir kommen in einen größeren Raum. An den Wänden sind Fackeln angebracht. Auch hier ist alles weiß gestrichen. Ich werde zu einem Stuhl in der Mitte des Raumes geführt und dort hingesetzt. Meine ohnehin gefesselten Hände werden noch zusätzlich am Stuhl befestigt. In diesem Moment betritt ein Mann in dunklem Anzug den Raum. Er ist groß und kräftig gebaut. Die schwarzen Locken stehen wild von seinem Kopf ab. Er hat ein freundliches Gesicht. Zu meiner Wache sagt er ruhig: „Ich danke euch, ihr könnt mich jetzt mit ihm allein lassen." Die anderen sind verschwunden und ich fühle mich schon ein bisschen wohler. „Wie geht es dir, Junge?", fragt er mit besorgter Miene, „du siehst mitgenommen aus." Ich weiß nicht, ob er mich verschaukeln will. „Es geht schon." „Ja, das ist gut. Dann kannst du mir sicher ein paar einfache Fragen beantworten", sagt mein Gegenüber ruhig und zufrieden. Innerlich stöhne ich auf. Ein Lächeln huscht über sein Gesicht. „Wie heißt du, Junge?" Ich bin mir sicher, dass er meinen Namen kennt. „Mein Name ist Widukid Delshay", antworte ich wahrheitsgemäß. „Ein klingender Name, vielleicht ein bisschen niedlich für so einen großen Kerl, aber schön." Er sieht mich an, als wäre er in prima Plauderstimmung. „Für so einen Halbblutindianer schon ganz passend." Er hat also seine Hausaufgaben gemacht, denke ich mir. „Wenn du dich kooperativ zeigst, wirst du auch nicht zum Höhlenkind", er lächelt mich an. Er weiß um die Bedeutung der Namen Bescheid, denke ich mir. „Du bist sicher durstig, nicht wahr?" Ich nicke vorsichtig. Vor Durst klebt mir die Zunge am Gaumen fest. „Ja, ich auch, aber wir müssen uns noch ein wenig gedulden. Aber erzähl mal, wonach sucht dein Vater so verzweifelt?" Er sieht mich mit unschuldig hochgezogenen Brauen an. Ich atme geräuschvoll aus. Genau auf diese Frage habe ich keine Antwort: „Wahrscheinlich sucht er nach mir." Mein Gegenüber schlägt sich vor Lachen auf die Knie. „Wunderbar, du hast Humor, sehr schön. Aber ich meine, was sucht er außerdem?" „Ich habe keine Ahnung", antworte ich, „er hat mir nichts erzählt." „Hm", er streicht über sein exakt geschnittenes Musketier-Bärtchen, „vielleicht weiß deine kleine Freundin besser Bescheid, was meinst du?" Er beobachtet genau meine Reaktion und lächelt mich süffisant an. „Die Jungs haben mir erzählt, dass du ständig mit ihr rumhängst, ist da was dran?" Sichtlich amüsiert sieht er mir in die Augen. Er hat einen ähnlich durchdringenden Blick wie Otrun und Siegrun, obwohl seine Augen sehr dunkel sind. „Da du mir nicht viel zu deinem Vater erzählen kannst, reden wir vielleicht lieber über das Mädchen." Er entfernt sich kurz und schiebt einen goldenen Teewagen heran. Auf diesem stehen eine Karaffe und zwei Gläser. „Heute gibt es Limonade", erzählt er, während er das Getränk in die Gläser einschüttet. „Zitronenlimonade, und für dich gibt es zwei Tröpfchen extra." Er lächelt mich an. Unterdessen holt er aus seiner Jacketttasche ein kleines verkorktes Fläschchen und träufelt ein wenig in eines der zwei Gläser. Damit kommt er zu mir und flößt mir die süßsaure Flüssigkeit ein. Ich versuche, das Zeug nicht zu schlucken, doch ich habe solchen Durst, dass es mir unmöglich ist. Mein Körper giert nach Feuchtigkeit und ich habe keine Kontrolle über mich. „Das tut gut, nicht wahr?", sagt er, während er mir mein Glas erneut füllt. Ein kleines Tröpfchen extra und wieder trinke ich gegen meinen Verstand. Nun trinkt er genussvoll seine Limonade ohne Extratröpfchen. „Die ist herrlich erfrischend, nicht wahr?" Lächelnd hebt er sein Glas: „Auf dich", und trinkt. Ganz langsam wird mein Körper leicht, meine Schmerzen verschwinden. Es ist hell und schön. Vor mir steht der lächelnde Mann im Anzug. Ich komme mir vor, wie auf einer Party, doch alle Gäste sind schon weg. „Komm Widukid, erzähl mir von deiner Freundin", er sieht mich aufmunternd an, „wieso haust sie plötzlich bei euch im Wald, hm?" „Ihre Mutter hat sie geschickt." Ich denke mir, ihm kann ich das sagen, er ist mein einziger Freund hier. Ich sehe mich um, außer uns beiden ist niemand im Raum. Beruhigt fahre ich fort, „Weißt du, sie hat besondere Kräfte, Magie ... Ihre Oma soll sie in alte Geheimnisse einweihen. Sie hatte keine Ahnung, was sie alles drauf hat. Ganz langsam kommt sie jetzt dahinter. Es macht Freude, ihr dabei zuzusehen. Ich glaube, sie ist sehr begabt. Bitte lach mich nicht aus, doch ich bin total verliebt. In der Schule hat sie ausversehen! einen Mitschüler verflucht, da wurde selbst dem Vater klar, dass die Dinge sind, wie sie sind. Obwohl er von diesem Hokus Pokus überhaupt nichts wissen möchte. Verstehst du, was ich meine?" „Oh ja, ich kann dir folgen. Möchtest du noch etwas trinken?", fragt mein Freund im schwarzen Anzug. Er schenkt mein Glas nach und gibt ein Tröpfchen aus seinem Zauberfläschchen dazu. „Ja gern", sage ich und fühle mich glücklich. „Sag mir, Widukid", setzt mein Freund erneut an, „weißt du auch, wer der Mann ist, der ständig durch den Wald streift?" Ich sehe ihn an: „Das ist garantiert mein Vater, Dustin

Delshay, er ist der Förster. Du brauchst dir keine Sorgen machen, es ist sein Job, nach allem zu sehen. Wer sich aufhält, wie es den Tieren geht, im Wald, verstehst du?" Ich spüre, wie mir das Sprechen schwerfällt. Mein Freund hält mir meinen Kopf fest und starrt mir in die Augen: „Sag mir, wonach sucht dein Vater!" „Tut mir leid, mein Freund, darauf habe ich keine Antwort. Das will hier übrigens jeder wissen. Habe ich dir das schon erzählt? Sie haben mir einen Hund geschenkt!" Mein guter Freund gibt mir eine Ohrfeige: „Wonach sucht dein Vater?" Er hält meinen Kopf, kneift mich in die Wange. „Wir haben nicht darüber gesprochen, nur seltsame Leute…, Wotan heißt" ich merke, wie ich im Sitzen mitsamt Stuhl auf den Boden knalle. Zum Glück tut es nicht weh, denke ich mir und grinse vor mich hin. Dann höre ich ein: „wieder mitnehmen!", und dann nichts mehr.

„Oma, ich möchte zum See gehen, dort fühle ich mich mit Wido verbundener", sage ich während ich das Wollvlies von Salome in einem Regal in der Werkstatt verstaue. Siegrun sieht mich skeptisch an: „Du willst nicht auch noch verschwinden, oder?" „Ich kann hier aber nicht sitzen, bis es eventuell in ein paar Tagen Neuigkeiten gibt", aufgebracht sehe ich sie an. „Ich kann hier keinen klaren Gedanken fassen, vielleicht gelingt es mir am See, bitte Oma." „Ich kann mir schon denken, dass du dir von mir ungern etwas verbieten lässt", sie schaut mich streng an, „doch im Augenblick trage ich die Verantwortung für dich!

Ich wüsste nicht, wie ich es Mathilde beibringen könnte, sollte dir etwas zustoßen." „Na das sagt ja die Richtige! Wer will denn unbedingt hier draußen schlafen? Ist unverbesserlich und uneinsichtig?" gebe ich wütend zurück. „Ich habe meine Gründe. Wenn du wieder normal mit dir reden lässt, werde ich es dir erklären. Und jetzt will ich nichts mehr hören!" Oma wendet sich ihrer Arbeit zu und würdigt mich keines Blickes. Ich bin enttäuscht. Kleinlaut sage ich: „Dann gib mir bitte eine Aufgabe." „Wasch die Wolle am Bach aus, das ist nicht so weit weg und du bist trotzdem für dich, ja?", sie versucht, ihr gewinnendes Lächeln vor mir zu verbergen. Ich nicke und hole das Wollvlies wieder aus dem Regal. „Nimm die Plastikwanne mit, sonst kannst du es kaum zurücktragen", Oma zeigt in die Ecke auf eine alte Babywanne. Ich sehe zu ihr und gehe los. Am Bach angekommen tauche ich die Wolle ins Wasser. Ich wundere mich, wie schwer das Vlies jetzt ist. Vom Ufer aus kriege ich es kaum gehalten. Gut, dass ich Shorts trage. Ich streife die Schuhe ab und stelle mich ins Wasser. Die Kälte macht mir nichts mehr aus. Ich pule kleine Äste und Kotknüddelchen aus der Wolle, ziehe sie durchs Wasser, drücke sie aus und pule weiter. Eine zeitraubende und anstrengende Arbeit. Gut Oma, genau so etwas brauche ich jetzt. Nach einer Weile bin ich genauso nass, wie die Wolle. Mein offenes Haar hängt im Wasser. Sobald ich mich aufrichte, ist das T-Shirt auch nass. Dennoch ist mir von der Anstrengung warm. Ich drehe mich lachend um, weil ich spüre, wie Oma mich beobachtet, aber sie steht nicht da, wo ich sie vermute. Ich sehe mich um, außer mir ist niemand hier. Ich starre ins Leere. Plötzlich sehe ich weiße Wände und Wido lächelnd auf einem Stuhl. Dann ist er wieder weg. Verblüfft schaue ich mich erneut um. Ich zittere, das Vlies schwimmt im Wasser. Ich drücke es aus und lasse es in die Wanne fallen, um zurück zu Siegrun zu gehen. Die Wolle ist jetzt vom Wasser sehr schwer. Es ist mühsam und ich bin froh, dass der Weg zur Lichtung so kurz ist. Sie hat in meiner Abwesenheit ein Holzgestell in die Sonne gebracht. Gemeinsam breiten wir die Wolle darauf aus. „Oma, ich habe Wido gesehen, in einem weißen Raum, er war gut gelaunt und zufrieden." Ich sehe sie an: „Ich habe die ganze Zeit versucht ihn mir vorzustellen und plötzlich, ich dachte an gar nichts, war er da." Ich setze mich ins Gras. „Er sah so gelöst, so entspannt aus, wie auf einer Party. Seltsam." Siegrun setzt sich neben mich und reibt mir mit einer Hand über den Rücken. „Manchmal ist es genau richtig, den Kopf freizuhaben. Einiges lässt sich durch Konzentration erreichen, doch es gibt höhere Dinge, die sich nicht erzwingen lassen." Sie sieht mir tief in die Augen: „Was für ein weißer Raum kann das gewesen sein, erinnere dich an Einzelheiten." „Keine Ahnung, es war nur weiß dort, sonst nichts. Keine Möbel, keine Tür, ich habe nicht mal richtig Wände gesehen, nur weiß." Sie nimmt mein Gesicht in ihre Hände, und fixiert mich mit ihrem Blick. „Verlange nicht zu viel von dir, vielleicht ist es schlauer, die Dinge geschehen zu lassen, verstehst du?" Ich schüttele meinen Kopf. „Ich verstehe im Augenblick nicht, was daran schlau sein soll! Ich finde, das ist eher gleichgültig." „Du bist ganz sicher nicht gleichgültig!"

Erneut wache ich in der Dunkelheit auf. Wotan leckt mir die linke Gesichtshälfte ab. „Danke Kumpel, du kannst jetzt aufhören, ich bin wach." Der Hund hört nicht auf. Langsam gewöhne ich mich an seinen Gestank, oder nähern wir uns langsam einander an? Wann habe ich mich das letzte Mal gewaschen? Die Erinnerung fällt mir schwer, mein Schädel brummt. Durch die ständige Dunkelheit hier, verliere ich jedes Zeitgefühl. „Wotan, jetzt hör mal auf damit!" Ich versuche mich seiner Zunge zu entziehen, drehe mich weg. Leichtfüßig springt er auf. Ich kann seine Tatzen um mich tanzen hören. Wotan braucht dringend Bewegung. Was für lausige Menschen, einen solchen Hund in die Dunkelheit zu sperren! Er legt sich wieder zu mir, seinen Kopf auf meine Brust. Hätte ich die Hände frei, würde ich ihn jetzt kraulen. Es fühlt sich an, als seien wir alte Vertraute. Um uns etwas die Zeit zu vertreiben, erzähle ich ihm von Otrun: „Ich verbrachte den Morgen mit Aufräumarbeiten, weil ich nicht zu früh auf der Lichtung erscheinen wollte. Irgendwann war alles erledigt. Wir hatten trotzdem erst halb neun, doch ich machte mich schon mal auf den Weg. Wenn Otrun noch schläft, so dachte ich mir, werde ich einfach mit Siegrun plaudern. Als ich dann auf die Lichtung kam, traf es mich wie ein Stromschlag! Otrun saß splitterfasernackt auf der Kante von Siegruns Badewanne. Ich rief unseren Gruß über die Lichtung, um mich anzukündigen. Otrun ließ sich mit einem Aufschrei in die Wanne fallen. Weißt du, sie ist das kalte Wasser nicht gewohnt. Sie schnappte nach Luft. Und dabei sah sie einfach fantastisch aus. Ihr Gesicht lief rot an, ihre Augen funkelten. Die Brüste klein und fest, ragten aus dem Wasser. Ich ging zu ihr hin und setzte mich auf den Wannenrand. Sie ist zwar noch recht jung, aber an ihr ist nichts Kindliches. Ein schlanker Körper mit weiblichen Rundungen und glatte, straffe, sehr weiße Haut. Hier und da ein Pickelchen, nichts Großartiges. Man sah an ihrer Blässe, dass sie sich zuhause meistens drinnen aufhielt. Inzwischen hat sie etwas Farbe bekommen und auch das steht ihr hervorragend. Ich habe mich hoffnungslos in sie verliebt. Zu diesem Zeitpunkt fiel es mir wie Schuppen von den Augen. Solange es ging, genoss ich diesen aufregenden Anblick. Bald schon schaltete Siegrun sich ein und gab mir Aufgaben, wie Tee kochen, um Otrun aus ihrer Lage zu befreien. Ich sah ab und zu mal zu den beiden rüber, aber Siegrun hat es gut verstanden, mir die Sicht zu versperren. Nach dem Frühstück wollte Siegrun in die Werkstatt und ich fragte Otrun, ob wir schwimmen gehen wollten. Mit unsicherer Miene erklärte sie, sie hätte keine Badesachen dabei. Ich antwortete daraufhin, dass hier im Wald niemand Badeanzüge trägt. Otrun sah mich skeptisch an. Sie zog sich noch ein langes, schlabbriges T-Shirt über, dann gingen wir los. Unterwegs machte ich mir Gedanken, ob ich nackt bade, wie immer, oder ob ich den Slip besser anbehalten sollte. Ich entschied mich für den Slip. Plötzlich bekam ich Angst vor meinen eigenen Reaktionen. Wie peinlich, hätte sie mir meine Erregung angesehen! Am See angekommen, zog ich mich direkt im Gehen aus, lief über den Stamm, der wie ein Steg ins Wasser ragt, und sprang sofort ins kühle Nass. Dann kam auch sie über den Stamm, machte einen geübten, stilechten Kopfsprung und tauchte ein weites Stück. Beinahe neben mir brach sie durch die Wasseroberfläche. Wir ließen uns treiben. Ich hätte nur meine Hand ausstrecken müssen, um sie zu berühren. Sofort rief ich meine Gedanken zur Ordnung, bevor mein Körper wieder seine Entspannung aufgibt! Doch ich konnte es nicht lassen, ich musste sie ansehen. Sie trug ihr langes Haar im Wasser offen.

*Wie weiche Meerespflanzen bewegten sie sich fächerartig um
ihren Kopf. Das weite T-Shirt lag an der Wasseroberfläche direkt
auf ihrem Körper. Ihre Brüste zeichneten sich in scharfen
Konturen ab. Das Shirt war hochgerutscht und ihr rosa Höschen,
vom Wasser etwas durchsichtig, war sichtbar, so wie die
gekräuselten Härchen darunter."*

Es nähern sich Schritte. Wotan springt auf und bleibt aufgeregt
bei mir stehen. Wir hören die derben Männerstimmen. „Wir
sollen dich zum Chef bringen! Aufstehen!", werde ich mal wieder
angebrüllt. Wotan läuft schon mit jemand anderem mit. Der
Glückliche bekommt jetzt etwas Frischluft. Und ich wandere
wieder durch die Gänge. Doch dieses Mal passe ich besser auf
und versuche, mir den Weg zu merken. Nur schade, dass dieser
nicht in die Freiheit führt. Plötzlich ist das Licht wieder anders,
die Wände sind weiß. Nach kurzer Zeit betreten wir den Raum,
in den ich schon einmal geführt wurde. Sie stoßen mich auf den
Stuhl und befestigen mich aufs Neue, als ob ich den feinen Herrn
im Anzug mit gefesselten Händen überwältigen könnte! Ich gebe
mir Mühe ruhig zu bleiben, keine Angst zu zeigen, so wie es mein
Vater tun würde. Ich warte ab. Nach einer kleinen Weile kommt
der schwarze Anzug. Er lächelt mich an, als seien wir alte
Freunde. „Na, gut geschlafen?" „Klar Chef", gebe ich frech
zurück. Mein Gegenüber hebt eine Augenbraue: „Mächtig gute
Laune heute Abend, was?" Er kommt näher zu mir: „Unter
Freunden, ich rate dir ein Bad zu nehmen", er sieht mich
angewidert an, „du stinkst nach Schweiß und Hund. Na ja, für
Indianer ist das wahrscheinlich normal, aber ..." Er hält sich eine
weiße Stoffserviette vor die Nase. Ich setze an, etwas zu sagen,

doch er lässt mich nicht zu Wort kommen. „Ich hatte vor, deine kleine Freundin hierher zu holen, doch so können wir sie nicht zu dir lassen. Sie macht sich große Sorgen und Vorwürfe, weil sie dir nicht so ganz die Wahrheit gesagt hat. Ach, du magst bestimmt einen Happen essen und Limo trinken, nicht wahr?" Er fährt das Tischchen wieder heran. Jetzt steht neben der Karaffe und den beiden Gläsern auch ein silberner Teller mit einem duftenden, gebratenen Hähnchen. Er füllt die Gläser. „Du verträgst ja nicht gerade viel", bemerkt er, während er ein paar Tropfen in eines der beiden gibt, „es versprach gerade lustig zu werden, da hast du dich auch schon aufgegeben! Das war schon sehr enttäuschend." Er grinst etwas gemein zu mir rüber. „So, jetzt müssen wir uns erst mal stärken, nicht wahr?" er sieht mich frohlockend an, als er die Qual in meinem Gesicht liest. Mit dem Geruch, von leckerem Hähnchen, in der Nase spüre ich, welchen Hunger ich habe. Was ist das für ein Mensch, den ich hier vor mir habe? Er zieht im Zeitlupentempo einen Schenkel von dem Geflügel ab und beißt genüsslich hinein: „Hm, das tut gut, du glaubst nicht, wie lange ich nichts gegessen habe! Eine Schande, so ein schlechter Service hier drinnen, was meinst du?" Ich fühle mich ständig verschaukelt von diesem gepflegten Mann im schwarzen Anzug, und doch gibt er mir so ein Gefühl, als könne ich ihm allein vertrauen. Völlig verwirrt ringe ich um Fassung. „Was ist Junge, hat es dir die Sprache verschlagen? Wir hatten doch am Morgen noch so lustig miteinander gelacht. Erinnerst du dich?" „Auch ich habe Hunger", bringe ich heraus, und einen wahnsinnigen Durst, denke ich mir dazu. Mein Gegenüber hat seinen Hähnchenschenkel fertig abgelutscht und reißt den Nächsten ab. Ich halte in Erwartung die Luft an, aber er isst ihn selbst. Schmatzend meint er: „Nur noch dieses Beinchen, du glaubst es nicht, ist das gut!" Das Fett läuft an seinen Fingern entlang. Mit der weißen Stoffserviette tupft er es ab. „Ich weiß gar nicht, wie manche Menschen so lange ohne Nahrung auskommen können", staunend sieht er mich an, „wann hast du das letzte Mal gegessen?" „Zuhause, seit ich hier bin, habe ich noch nichts bekommen", antworte ich möglichst gelassen. „Tja Widukid, du bist hier nicht bei dir Zuhause, ein bisschen was musst du schon tun, um etwas abzubekommen. Verstehst du, was ich meine?", unschuldig sieht mich dieser schwarze Musketierabklatsch an. „Ich denke schon", antworte ich um Ruhe bemüht, „aber ich habe keine Ahnung, wonach mein Vater sucht, das habe ich euch allen hier schon gesagt. Auch wenn ihr mich verhungern lasst, wird sich das nicht ändern!" Ich ärgere mich über mich selbst. Ich werde lauter, die Angst schleicht sich in meine Stimme. Diesen Erfolg wollte ich meinem Gegenüber nicht gönnen! „Na, na, schön ruhig bleiben, du sollst ja etwas abbekommen. Ich gebe dir erst mal einen Schluck zu trinken, damit du dich ein wenig beruhigst." Ich bekomme die Flüssigkeit eingeflößt. „Also, über deinen Vater scheinst du ja wirklich nicht viel zu wissen, aber, was mich im Augenblick viel mehr interessiert, wie steht es denn mit deiner kleinen Freundin, wie heißt sie noch gleich? Otrun. Ein eigenwilliger Name, was meinst du?" Erwartungsvoll schaut er mir in die Augen und schiebt sich ein weiteres Stück Fleisch in den Mund. Die Tropfen wirken schnell. Mein Hunger wird mir egal. „Du redest nicht sehr gerne, was?" er schüttelt seine Locken aus dem Gesicht, „sicher musst du erst mal deine lahmen Gedanken sortieren. Dann erzähle ich dir ein paar Neuigkeiten. Deine Otrun ist voller Selbstvorwürfe. Sie glaubt tatsächlich, daran schuld zu sein, dass du im Moment nicht bei Papi bist. Versucht ständig krampfhaft dich zu beruhigen oder zu erkennen, wo du dich befindest. Das alles ist sehr frustrierend für sie. Weißt du, ich würde sie gern ein wenig trösten, was hältst du davon, wenn wir sie einfach herkommen lassen? Dann können wir in aller Ruhe mit ihr reden und sie beruhigen, hm? Hast du Lust einen Happen zu essen?" er hält mir ein großes Stück von der Hähnchenbrust hin, um mich damit zu füttern. Natürlich nehme ich es an. Ich gebe mir große Mühe die Nahrung auszukosten, doch ich verschlinge es sofort. Mein Körper ist einfach zu ausgehungert! Ich fühle mich, wie ein gieriges Vieh und ekel mich vor mir selbst. „Na, du musst das Fleisch auch kauen, sonst bekommst du Bauchschmerzen! Himmel, das weiß doch jeder!", mein Gegenüber schüttelt den Kopf und hält mir noch ein Stück hin, „wir probieren es noch einmal, denk daran, kauen! Außerdem ist das eine Beleidigung für den Koch." Er zwinkert mir zu: „Ich werde es ihm nicht verraten, fürs Erste." Zufrieden sieht er mir zu, wie ich den Bissen langsamer esse, und gibt mir erneut von meiner Limo. „Na Widukid, was hältst du davon, jetzt dein Mädchen anzulocken? Ich möchte sie auch kennenlernen. Die Jungs haben mich ganz schön neugierig gemacht, die meinten, die Kleine wäre völlig verwirrt und unheimlich. Ich finde, das klingt interessant." „Warum muss Otrun auch mit in die Sache gezogen werden, reicht es nicht, mich hier festzuhalten?", frage ich. „So, das scheint dir nicht sonderlich zu gefallen, du musst sie nicht sehen. Es ist sowieso besser, wenn ich dich wegbringen lasse, bevor sie kommt. Du wirkst etwas ungepflegt, falls du verstehst, was ich meine." Mit leicht gerümpfter Nase sieht er auf mich runter. „Mal unter uns, du bist für mich nicht gerade ein interessanter Gesprächspartner! Das Mädchen wird bestimmt enttäuscht sein, dass du sie nicht sehen möchtest. Heute früh hat sie die Schafe geschoren. Sie hat das gut gemacht, ich habe sie beobachtet. Später wusch sie dann das Wollvlies im Bach aus", er schnalzt mit der Zunge, *„Junge, Junge, ganz schön sexy, die Kleine!"* Er beobachtet genau meine Reaktion. *„Sie hätte genausogut schwimmen gehen können, so nass ist sie dabei geworden."* Dieses Schwein weiß genau, dass ich diesen Anblick kenne. Warum beobachtet er sie? Was führt er im Schilde? *„Und sie hat nicht gemerkt, dass sie von dir angegafft wurde?"* fordere ich ihn frech heraus. *„Doch, aber sie konnte mich nicht sehen",* amüsiert streicht er sich sein Bärtchen.

„Warum ist sie so halsstarrig?", frage ich Dustin auf der Fahrt zum Forsthaus. Er wirft mir einen schnellen Blick zu: „Ich hatte gehofft, sie hätte mit *dir* darüber geredet, mir erzählt sie leider auch nicht alles. Bitte sprich nicht so zornig über deine Großmutter. Es muss einen wichtigen Grund geben, normalerweise ist sie nicht unvernünftig." „Vielleicht fühlt sie sich auf ihrer Lichtung sicherer als anderswo", mutmaße ich, „oder dort ist ihr großes Energiefeld, ohne das sie sich nicht vollständig fühlt. Ich finde es auf jeden Fall sehr schade, dass wir getrennt sind." Gerade halten wir neben dem Haus. Dustin nimmt meinen Rucksack und weist mir mit seiner freien Hand, ich solle bitte vorgehen. „Es ist ja nur über Nacht, wenn du möchtest, gehst du morgen früh sofort wieder zu ihr, du kannst natürlich auch erst in einem echten Badezimmer eine warme Dusche nehmen." Er lacht mich breit an und wir gehen hinein. „Ich habe das Gästezimmer für dich hergerichtet. Sieh, hier geht es lang." Wir gehen durch einen kurzen dunklen Flur. Er öffnet mir die Zimmertür, knippst das Licht an und lässt mich ein. Ich befinde mich in einer Puppenstube: ein geschnitztes Holzbett, eine passende Kommode, über der ein großer Spiegel, im ebenfalls geschnitzten Holzrahmen, hängt. Vorhänge und Tagesdecke sind grün, blau kariert. In einer Ecke steht ein Schaukelstuhl. Ich sehe in den Spiegel. Vor mir steht eine neue Otrun. Ich bin so braun geworden, dass meine Augen geradezu herausstechen. Pickel gibt es tatsächlich keine mehr. Ich dachte, Oma hätte übertrieben. Das Leben mit viel Frischluft und ohne Süßigkeiten bekommt mir wirklich gut. Ich sehe zu Dustin rüber. Der steht mit verschränkten Armen in der Tür und beobachtet mich: „Na, Inspektion abgeschlossen?" Er grinst mich an, „ich wollte dir noch kurz zeigen, wo du alles findest. Das Haus ist ein bisschen verwinkelt, aber du wirst dich bald zurechtfinden." Ein kleines, unscheinbares Bad ist direkt neben dem Gästezimmer. Wir gehen den kurzen Flur zurück und kommen in die Küche. Überrascht sehe ich mich um: „Das ist ja Wahnsinn!" Ich drehe mich in der supermodernen Küche. Hochglanz, Apfelgrün mit urigem, wurzeligem Holz kombiniert. Ein kleiner Esstisch wie eine Theke und daran stehen zwei lindgrüne, glänzende Schalensitze. Der Raum ist nicht übermäßig groß, aber optimal genutzt. „Das gefällt dir, was? Diese übeteuerte Küche haben wir seit einem guten Jahr. Wido hat sie ausgesucht. Wir brauchten beide einen Tapetenwechsel, als meine Frau ausgezogen ist. Wido meint, das sei die perfekte Männerküche! Sieh her, wir haben zwei kleine Spülmaschinen. Wenn die eine sauber ist, kann das schmutzige Geschirr in die andere, das spart Arbeit." Er schmunzelt mich an, „meinst du, das ist sehr dekadent? Oder ist es noch auszuhalten." „Die Idee ist super, finde ich!", setze mich, die Ellenbogen auf dem Tisch, mein Kinn auf den verschränkten Händen. „Und total bequem!" „Ja, nicht wahr, man sitzt gut in den Schalen", sagt Dustin, holt zwei große Gläser und eine Kanne Milch. Er stellt alles auf den Tisch und schüttet die Gläser voll. Seine Miene verfinstert sich: „Hoffentlich bekomme ich meinen Sohn heil zurück. Sonst muss ich die Küche schon wieder neu einrichten", er versucht ein trauriges Lächeln, doch er scheitert, als ihm die Augen feucht werden. Er starrt auf seine Milch. Es ist still. Laut surrt der Kühlschrank. Ich muss an Oma denken. Ich packe ihn fest an seinem Unterarm: „Du gibst doch wohl nicht auf! Bitte erzähl mir, was du über diese Männer weißt." „Tja Honey, das geht schnell. Die sind lediglich auffällig, weil sie irgendwie so abgerissene Typen sind, und weil sie mir im Augenblick ständig über den Weg laufen. Das ist alles." „Ich finde, die sehen wie Waldarbeiter oder so aus", erwidere ich. „Dann müsste ich sie kennen. Und wenn sie illegal Bäume abholzen, würde man das hören." Ich trinke einen Schluck von der Milch: „Die ist von Siegrun, oder?" Dustin nickt. „Ich habe Männer vor mir gesehen, die ein Feld bestellen", erzähle ich, „sie kamen mir irgendwie bekannt vor. Ich bin überzeugt, dass es sich um unsere Freunde handelt. Gibt es hier einen Ort, wo es möglich wäre, irgendetwas anzubauen?" „Vor ein paar Jahren hat Kyrill ein paar Flächen freigelegt, aber da hat sich eigentlich schon jede Menge Jungbewuchs angesiedelt." „Genau, in meiner Fantasie haben sie Jungbirken aus der Erde gezogen, es fühlte sich für mich an, wie ein großes Schlachten." Ich sehe ihn forschend an: „Meinst du, man könnte das Gelände überfliegen, ohne dass die das mitbekommen?" „Im Moment werden sie Augen und Ohren offenhalten, aber ein Segelflieger ist absolut lautlos. Das ist, glaube ich, die beste Möglichkeit." Ich bin froh, ein klein wenig Hoffnung in Dustins Augen zu sehen. „Gibt es Höhlen in dieser Gegend?", frage ich ihn. „Ich weiß von keiner. Das heißt aber nicht, dass es keine gibt. Das Gebiet ist ja stellenweise sehr felsig. Und kleinere Unterschlüpfe, die von Tieren genutzt werden, gibt es auf jeden Fall. Aber was du meinst, ist ja schon was Größeres. Ich habe mir darüber schon den Kopf zermartert." „Könnte es vielleicht sein, dass eine kleine Felsspalte im Inneren doch einen weiten Hohlraum hat?" „Durchaus, aber ich weiß nicht, wo man am schlauesten anfängt zu suchen. Ich war heute schon auf Entdeckungstour, aber ich habe zu wenige Anhaltspunkte. Bis ich das komplette Gelände abgesucht habe, könnte es zu spät sein. Ein Suchtrupp kommt ja wohl nicht infrage." „Nein, auf keinen Fall", bestätige ich ihn, „ich habe Wido in einem weißen Raum gesehen. Da war nichts, nur weiß und Wido. Und er sah glücklich aus. Doch in der ersten Vision war er in einem dunklen Raum, da konnte man gar nichts sehen. Gibt es überhaupt weiße Höhlen?" „Bestimmt, aber nicht bei uns. Hier ist das meiste Schiefergestein und das ist dunkel. Kalkstein ist hell, kommt aber nicht bei uns vor." Wir starren auf unsere Milchreste. Dustin unterbricht das Schweigen: „Meinst du, du kannst jetzt schlafen? Eigentlich ist es schon spät." Ich sehe auf meine Armbanduhr und staune. Es ist schon halb zwölf. Ich stehe auf und sage: „Ein Versuch ist es ja wert, nicht wahr?" Er nickt mir lächelnd zu: „Schlaf gut, Otrun Darling." „Gute Nacht", ich druckse ein bisschen rum, „ehm, darf ich Widos Zimmer sehen?" „Ich weiß nicht, ob ihm das Recht ist, es ist nicht aufgeräumt und ... Also, ich denke, er sollte es dir selbst zeigen." „Ja, ich verstehe das. Na dann, gute Nacht", sage ich bedauernd und gehe ins Gästezimmer.

Die Bettwäsche ist weich und riecht frisch. Ich lösche das Licht und kuschele mich in die Decke. Ein bisschen fehlen mir die Waldgeräusche. Nach einer Weile stehe ich auf und öffne sperrangelweit das Fenster. Wir haben zwar keinen Vollmond mehr, aber besonders dunkel ist es trotzdem nicht. Der Himmel ist klar. Überall Sterne. Ich gehe zurück in mein warmes Bett. *Ob es Dustin stört, wenn ich es verschiebe? Ich denke nicht.* Wieder aufgestanden versuche ich möglichst leise, das Bett unters Fenster zu schieben. In der Stille macht das einen ganz schönen Lärm. Aber das Ergebnis ist prima. Ich lege mich wieder hin. Von hier aus kann ich jetzt die Sterne zählen. Der kühle Nachtwind streicht über mein Gesicht. Es geht mir gut. Ich höre ein Klopfen. „Honey, alles in Ordnung bei dir?", dringt Dustins Stimme dumpf durch die Tür. „Komm ruhig rein, ich schlafe noch nicht", rufe ich zurück. Behutsam betritt er das Zimmer. „Oh, du hast ein wenig umgeräumt. Ich dachte schon, du würdest gerade geklaut." „Ich kann nicht schlafen", sage ich entschuldigend. „Ja, ich auch nicht, irgendwo werden hier Möbel geschoben, morgen beschwere ich mich bei den Nachbarn." „Schau her, von hier kann ich die Sterne sehen", ich zeige in den Himmel. „Ja, es ist eine herrlich klare Nacht draußen." Dustin kommt zu mir. Er trägt nur eine Pyjamahose. Sein freier Oberkörper ist weit muskulöser als Widos. In der Dunkelheit sieht seine Haut sehr braun und glatt aus. Das Haar fällt offen auf seine Schultern. „Setz dich zu mir, es ist sehr schön von hier in den Himmel zu sehen", ich mache ihm Platz auf dem Bett. Wir machen es uns gemeinsam bequem. Er sitzt hinter mir, ans Kopfende des Bettes gestützt und ich lehne an seiner Brust. Seine Arme halten mich fest, als wäre ich sein kleines Kind, sein Kinn ruht auf meinem Scheitel. Gemeinsam sehen wir in den Himmel. Ich fühle mich wohl, warm und geborgen. „Ich wäre so gerne nützlich, möchte unbedingt mit Wido in Verbindung treten, doch wenn ich das will, klappt gar nichts! Das ist echt frustrierend! Warum gelingt mir nichts mehr, seit er weg ist? Ich konnte ihn doch zum See holen! Verdammt! Ich fühle mich so hilflos." Dustin drückt mich fest an sich: „Otrun, keiner kann auf Knopfdruck Übermenschliches leisten. Du hast große Magie, große Kräfte. Aber du darfst nicht vergessen, dass du kaum Erfahrung mit diesen Dingen hast. In dieser Stresssituation finde ich es nicht verwunderlich, wenn nicht alles wie am Schnürchen klappt. Lass dich fallen, erwarte nicht zu viel von dir, dann werden sich sicher Dinge ergeben." „So was in der Art hat Siegrun auch gesagt. Doch in der Schule wurde mir beigebracht, wenn ich mich einsetze, viel lerne, fleißig bin, dann werde ich auch gute Ergebnisse erzielen. Es ist für mich die Hölle, einfach nur dazusitzen und abzuwarten, bis sich etwas ergibt. Ich kann das nicht!", meine Stimme wird schrill. Ruhig antwortet Dustin mir: „Ich kenne deine Kultur ganz gut. Wissen, Macht und Geld haben einen sehr hohen Stellenwert. In der Wirtschaft ist dieses Prinzip sehr erfolgreich. Doch, was das Leben angeht, denke ich, sind die alten Naturvölker in manchen Augenblicken überlegen. Wie du schon sagtest, wenn wir in Schule oder Beruf schön fleißig sind, können wir das Ergebnis, soweit es in unserer Macht steht, beeinflussen. Doch ein

Schicksal unterliegt anderen Gesetzen. Wir können mit Schläue darauf einwirken, aber letztendlich entscheidet etwas, das über uns steht. Sobald das Höhere, was immer es auch sein mag, uns ein Zeichen, einen Wink gibt, müssen wir diese Gelegenheit intelligent nutzen, doch manchmal gibt es die Zeit zum Abwarten. Wo ich herkomme, da hat man in solchen schwierigen Lagen immer auf die Alten gehört. Sie haben Geschichten erzählt, die zum Bersten mit Weisheiten gefüllt waren. Sie hatten meistens eine ähnliche Botschaft: Warte ab, überlege, bevor du handelst und nimm dich selbst nicht zu wichtig. Wir sind nur mikroskopisch kleine Staubkörnchen, wenn man das Ganze betrachtet. Es gibt eine schöne Weisheit der Blackfoot Indianer. Es waren die letzten Worte ihres Häuptlings Crowfoot:

Was ist Leben?
Es ist das Aufleuchten eines Glühwurms in der Nacht,
es ist der Hauch eines Büffels im Winter.
Es ist der kleine Schatten, der übers Gras huscht
und sich im Sonnenuntergang verliert."

Gemeinsam schauen wir zu den Sternen auf und schweigen. Ich bin jetzt ganz ruhig. Langsam werde ich doch schläfrig. „Danke, ich glaube, ich habe verstanden, was du mir sagen wolltest", flüstere ich ihm zu. Er drückt mich kurz: „Natürlich."

Wir sitzen einfach da und genießen die Ruhe, die Nacht und den leichten kühlen Windhauch im Gesicht. Plötzlich bin ich wieder wach. Ich sehe mich um. „Was ist?", fragt Dustin beunruhigt. „Wir werden beobachtet!", ich suche draußen nach einer Bewegung. Dustin streicht mir übers Haar: „Honey, vielleicht hast du geträumt." „Nein, das habe ich ganz bestimmt nicht!" Ich knie mich aufs Bett und starre nach draußen. „Irgendjemand beobachtet mich! Aber ich konnte ihn bis jetzt nicht entdecken!" Dustin sieht mich erstaunt an. „Der sitzt da draußen und beeimert sich, dass ich ihn nicht sehen kann! Doch irgendwann werde ich ihn entlarven und dann kann er was erleben! Dieses widerliche Stück Mäuseschiss!" Er will den Arm um mich legen, doch ich schüttele ihn ab: „Du denkst sicher, ich bin paranoid, aber da irrst du dich!" „Komm Otrun Darling, so beruhige dich doch! Ist er noch da? Spürst du ihn noch?" „Ja, und ich bin mir sicher, er amüsiert sich!" „Nun, dann gib ihm keinen weiteren Anlass dazu und atme tief durch." „Hä? Wie soll das denn gehen?" „Je mehr du dich aufregst, desto eher kommt der auf seine Kosten! Wenn du so reagierst, tust du ihm nur einen Gefallen." „Vielleicht hast du recht", sage ich und lasse mich wieder in seinen Arm sinken. Mein Puls rast, so leicht komme ich nicht runter. „Bitte halt mich fest, ich habe schreckliche Angst! Am Bach hatte ich heute auch dieses Gefühl. Ich dachte, Oma würde mir zuschauen, aber er war das von irgendeinem sicheren Ort aus! Plötzlich hatte ich eine Vision, Wido spukte durch meinen Kopf, und dieser Typ hat mir dabei zugesehen! Dieser Gedanke ist mir so zuwider, du kannst dir das nicht vorstellen!" Dustin legt seine Arme fester um mich, schmiegt seine Wange an meine. „Seit wann hast du das Gefühl, beobachtet zu werden?",

fragt Dustin. „Ich weiß nicht, ehm, das erste Mal geschah es gestern im Zelt, als ich schlafen wollte. Weißt du noch, ich kam kurz heraus, als du dich von Siegrun verabschiedet hattest."
„Ja, ich erinnere mich daran." Wir sind still. Ich werde müde. Dustins Wärme gibt mir jetzt den Rest, ich kann meine Augen nicht mehr offen halten.

Es ist hell. Der Blick auf meine Armbanduhr verrät mir, es ist kurz vor zwölf! Ich liege im warmen Bett und ein laues Sommerlüftchen streicht mir übers Gesicht. Dustin ist bestimmt schon unterwegs, denke ich mir und stehe auf. Auf dem Küchentisch liegt eine Nachricht für mich:

Guten Morgen Otrun,

du hast wohl doch noch gut geschlafen. Ich wollte dich nicht wecken. Gegen 12:00 Uhr bin ich wieder da. Wenn du möchtest, kannst du auch ruhig zu deiner Oma gehen. Ich habe einen guten Bekannten angerufen, unser Flieger geht um 14:00 Uhr. Vielleicht finden wir so einen Anhaltspunkt. Brot ist im Brotkasten, Aufschnitt und Milch im Kühlschrank. Fühl dich wie Zuhause.

Bis gleich, Dustin

Ich überlege mir, zuerst ins Bad zu gehen und freue mich auf eine warme Dusche. Erst jetzt weiß ich diesen Luxus wirklich zu schätzen. Ich stehe unter dem laufenden Wasser, genieße es, wie der Schaum von meinem Körper heruntergespült wird. Die Haustür geht, ich drehe das Wasser ab. Jetzt beeile ich mich, schließlich wollen wir unseren Flieger kriegen. Die Vorfreude lässt mich schneller werden. Das ist unsere Chance, meine Ahnungen zu vervollständigen. Fix bürste ich mir durchs Haar, husche ins Gästezimmer, um mich anzuziehen. In der Küche wartet Dustin schon auf mich: „Du hast ja noch gar nichts gegessen! Keinen Hunger?" „Doch, ich habe nur viel zu lange geschlafen. Danke für gestern Abend. Ich glaube, ich bin das letzte Mal als Baby in den Armen eines Erwachsenen eingeschlummert. Ich weiß nicht so recht, wie ich es beschreiben soll: Du hast mir einfach sehr, sehr gut getan."
„Mir ging das ähnlich, ich glaube, wir haben uns gegenseitig gebraucht." Dustin steht an der sauberen Spülmaschine und holt einen Teller und zwei Gläser heraus. Um mich nicht bedienen zu lassen, gehe ich an den Kühlschrank: „Ich freue mich auf gleich, ich bin noch nie geflogen", erzähle ich ihm und komme zurück an den Tisch. Während ich mein Brot schmiere, gießt Dustin uns Milch ein. „Mein Freund Flori ist ein netter Kerl, du wirst ihn mögen. Ich habe ihn am frühen Morgen angerufen und er hat sich direkt gekümmert, jemanden zu finden, der uns hochschleppt. Eigentlich kann er nur eine Person mitnehmen, doch ich sagte ihm, dass du keine fünfzig Kilo wiegst und wir uns einen Sitz teilen. Das wird sicher eng, aber du möchtest doch bestimmt mit, oder?" Ich sehe ihn mit großen Augen an: „Das ist wirklich sehr knapp geschätzt, deine Angaben werden bestimmt nicht stimmen. Hier draußen

nehme ich zwar eher ab als zu, doch glaube ich, dass du mein Gewicht weit unterschätzt!" Ich beiße in mein Brot: „Vielleicht sollte ich besser nachher essen, was meinst du?" Dustin schaut mich an: „Iss ruhig, so schlimm wird es schon nicht sein. Flori gleicht uns beide aus." „Weiß eigentlich Oma Bescheid?", frage ich. „Ja, ich habe ihr alles erzählt. Auch von gestern Abend." „Gut, wieder danke", ich lächele Dustin an, er winkt nur ab.

„Komm Otrun, es geht los!", ruft Dustin mir zu. Ich sitze in einem der Schaukelstühle und bin schon eine Weile startbereit. Dustin musste noch irgendwas in seinem Büro erledigen. Er ist guter Dinge. „Und, noch alles geschafft?", frage ich beiläufig. „Ja, ja", sagt er, während er den Wagen startet. Und ab geht's in die Zivilisation. Wir fahren zu einem kleinen Flugplatz. Ich sitze auf dem Beifahrersitz und schaue zu, wie kleine Dörfer an uns vorbei huschen. Meine Hände schwitzen. Ich versuche, sie mir unauffällig am T-Shirt zu trocknen. „Du musst nicht nervös sein, Otrun. Flori ist ein guter Pilot. Ich habe vollstes Vertrauen zu ihm, sonst würde ich dich nicht mit da hoch nehmen." *Es ist wirklich schwierig, etwas vor Dustin zu verbergen!* „Ach, eigentlich habe ich gar keine Angst vor dem Fliegen. Eher, dass wir doch nichts finden. Ich weiß nicht, ob ich mit einer Enttäuschung umgehen kann." „Wenn es so sein sollte, wirst du das schon müssen, Honey. Entspann dich und lass es auf dich zukommen." „Ist Wido auch schon mit diesem Flori geflogen?", frage ich, um unser Gespräch ein wenig umzuleiten. „Ja, es war unser Geschenk zu seinem zehnten Geburtstag: der Blick auf unsere herrlichen Wälder. Irina war so nervös. Ihr kleiner Sohn mit Flori da oben, und wir beide

starrten die ganze Zeit gespannt in den Himmel, bis das Flugzeug wieder auftauchte. Ich hielt sie fest, ganz ähnlich wie dich gestern, und versuchte sie zu beruhigen." Dustin sieht ernst geradeaus. „Ein paar Jahre später verließ sie uns beide."
Na, das habe ich ja mal wieder toll hingekriegt! Ich lege ohne nachzudenken meine Hand auf seine Schulter. Erstaunt schaut er mich an und biegt um die letzte Ecke auf den Parkplatz. Der ist weder geteert, noch geschottert. Wir wirbeln eine mächtige Staubwolke auf. Als die Luft wieder klar wird, sehe ich einen kleinen Mann am Zaun lehnen. Flori ist blond, etwa so groß wie ich selbst, aber dabei sehr dünn. Er hat ein braun gebranntes offenes Gesicht mit dunklen Augen. Wir steigen aus und er kommt freudestrahlend auf uns zu. Er sieht mich an und meint: „Du bist Otrun, nicht wahr? Nenn mich Flori."
„Hallo Flori, es freut mich, dass du so schnell Zeit für uns hast." Wir schütteln uns die Hände. Dustin hatte recht, ich mag ihn, obwohl er wirklich nicht in mein Männeridealschema passt. Zu klein, zu mager und viel zu große Zähne! Aber er ist nett und macht einen quirligen, fröhlichen Eindruck. „Der Kollege macht gerade seine Maschine klar. Komm Wondering Bear, wir können den Vogel schon mal in Position schieben." Dustin sieht mich an und rollt mit seinen Augen, während er mir zwei Feldstecher in die Hand drückt: „Honey, was habe ich gesagt, es passt nicht hier her, stimmt`s? Komm, gleich geht's los."
Gemeinsam gehen wir zu dem Segelflieger. Die Männer schieben das Riesenteil Richtung Startbahn. Sofort helfen noch weitere fleißige Hände. Ich kann die starke Gemeinschaft unter den Kameraden spüren. Mit lautem Motorengeräusch fährt der andere Pilot auch seine Maschine zur Startbahn. Jetzt bin ich doch aufgeregt. Ein dickes, signalrotes Seil wird am

Segelflieger in die dafür vorgesehene Öse eingeklickt. „Ihr beide könnt ruhig schon mal einsteigen", sagt Flori an uns gewandt. „Bitte nur die Trittflächen benutzen!", er zeigt auf einen grau markierten Einstieg. Dustin klettert vor und hält mir von oben seine Hand entgegen. Mit Leichtigkeit zieht er mich in die Maschine. Er drückt sich hinten in den Sitz und klopft auf die kleine freie Fläche, die von dem Sitz noch übrig ist: „Komm, mach es dir bequem." Ich verdrehe meine Augen: „Das sieht ja vielversprechend aus!", und setze mich auf die vorderen fünf Zentimeter. Dustin legt seine Arme um mich und zieht mich fest zu sich. Jetzt geht es schon wesentlich besser. Wir sitzen ähnlich, wie gestern Abend, dicht an dicht, wie Vater und Tochter. „So geht's doch oder?", fragt er leise in mein Ohr. „Ja, Dustin oder doch lieber Wondering Bear?" Ich lehne mich an, fühle mich sicher und behütet. „Ganz bestimmt nicht, Honey" meint er kopfschüttelnd. Dann steigt Flori zu uns in die Maschine: „Na, ich würde mal sagen, ihr beide habt den Platz optimal ausgenutzt. Wir haben Glück. Heute herrscht eine gute Thermik, da macht das nichts, wenn du ein bisschen schwer bist, Dustin." Er dreht sich zu uns und grinst frech. „Die Sonne scheint, wir haben weite Sicht. Die Gewitterfront, die sich jetzt schon durch eine gewisse Schwüle ankündigt, wird uns erst am Abend erreichen." Er setzt sich sein Headset auf und tritt mit dem anderen Piloten in der Zugmaschine in Funkkontakt. Von dem sehr schnellen englischen Genuschel kann ich nicht wirklich viel verstehen. Ich muss an Siegrun denken: „Dustin, vielleicht sollten wir Oma heute Abend mit ins Forsthaus zwingen." „Warum das?", fragt Dustin. „Na, wegen dem Gewitter! Mitten im Wald! Was, wenn ihr ein Baum auf den Kopf fällt!" „Honey, deine Oma verbringt schon ihr ganzes Leben auf der Lichtung. Schon so manches Gewitter hat über ihr gewütet. Wie ich Siegrun kenne, tanzt sie nackt im Sturm und genießt den kühlen Regenguss! Mach dir keine Sorgen um sie." „Oh, da würde ich auch gerne mitmachen!", antworte ich, während er mir die Haare verwuschelt. Mit einem Ruck geht es nun wirklich los. Unser Vordermann ist losgefahren und das Schleppseil hat sich gespannt. Im Bauch fühle ich deutlich, wie er vorne Gas gibt. Es drückt mich fester gegen Dustin. Wir holpern über die Startbahn und plötzlich hört das Ruckeln auf, wir fliegen. Es geht höher und höher. Dustin reicht mir einen Kaugummi: „Hier, das hilft beim Druckausgleich." Ich nehme ihn dankbar an und es stimmt, beim Schlucken entspannen sich meine Ohren von dem Druck. Plötzlich habe ich wieder dieses inzwischen gut bekannte Gefühl. „Er beobachtet uns wieder und ich kann fühlen, dass er richtig sauer ist! Ha, er ärgert sich zu Tode! Das ist gut!" Dustin hält mich fester. Ich erkläre ihm: „Wir werden etwas finden, er weiß das! Deswegen ist er so verärgert! Und er ist wütend über sich selbst, weil er uns unterschätzt hat!" „Dann lass uns die Augen offen halten!", sagt Dustin von meinem Hochgefühl angesteckt. Wir fliegen eine Kurve und steuern Dustins Forst an. Floris Freund dreht ab. Ich habe in meiner Euphorie gar nicht gemerkt, wie sich das Schleppseil gelöst hat. Jetzt sind wir auf uns gestellt. Wir segeln ganz ruhig über dem Wald. Ich gebe Dustin einen der beiden Feldstecher. Wir sehen Omas Lichtung. Wie ein kleines Märchendorf. Bäume, Bäume, eine glitzernde Fläche, die muss unser See sein. So viel Grün. Unsere Schwitzhütte, winzig klein oben auf der Kuppe eines Berges. Dann sehe ich etwas, das aussieht wie ein Krater, direkt am Entenberg! Ein Kranz aus Stein und in der Mitte braun mit zarten grünen Streifen! Ich zeige aufgeregt in die Richtung: „Können wir da noch mal vorbei fliegen? Ich glaube, da ist was!" Flori hat mich sofort verstanden und dreht eine Runde. Mit dem Feldstecher suche ich das Gelände ab. Auch Dustin hängt mit dem Glas an der Scheibe. „Das ist es. Die grünen Linien sind so gerade, das muss ein bewirtschaftetes Feld sein!", ruft Dustin aus. „Rundherum sind nur Felsen. Sicher gibt es einen gut versteckten Höhlengang dorthin, deshalb ist dir das Feld auch noch nicht aufgefallen!" „Mensch Flori, du hast uns einen guten Schritt weiter gebracht, wie kann ich das wieder gutmachen?" fragt Dustin an unseren Piloten gewandt. „Och, da mach dir mal keine Sorgen, mir fällt schon etwas ein. Wir drehen noch eine Runde, vielleicht könnt ihr noch etwas entdecken! Wie wäre es mit einem Grillabend?" Flori dreht ab und lässt den Flieger etwas abfallen. Mein Bauch macht eine Rolle rückwärts! Wir suchen nach einem Spalt, einer Öffnung. Doch wir können weder im Inneren des Kraters, noch außen irgendetwas ausmachen. Dann steuert unser Pilot wieder den Flugplatz an. Wir fliegen jetzt viel näher über den Baumkronen und ich freue mich, gleich wieder festen Boden unter den Füßen zu haben. Dann taucht die Landebahn vor uns auf und wieder meldet sich mein Magen. Flori bringt uns gekonnt wieder auf die Erde. Dustin und ich klatschen erleichtert.

Am Parkplatz verabschieden wir uns von Flori. Dustin drückt seinen Freund an sich: „Ich bin dir sehr verbunden, dank dir werde ich Wido sicher bald wieder bei mir haben." „Nichts für ungut, und vergiss nicht, mich zum Grillen einzuladen!", antwortet er mit einem Lachen in der Stimme. Im Auto sage ich zu Dustin: „Alles passt so gut zusammen, die große Höhle ist garantiert im Entenberg!" „Ja, das denke ich auch. Ich sollte mit einem Kollegen von der Polizei mit Spürhund einen Termin ausmachen und dort den Eingang suchen. Jetzt ist das Gebiet eingegrenzt und überschaubar." „Meinst du nicht, das fällt auf?", frage ich. „Meinst du nicht, es ist egal? Wenn es tatsächlich so ist, dass dieser geheimnisvolle Er dich beobachtet, auf welche Weise auch immer, dann weiß er auch, dass wir an der Sache dran sind, oder? Was macht es dann für einen Unterschied?" „Richtig, und eine Person in zivil mit Hund könnte ihm in dieser Situation nicht so wichtig erscheinen, wenn ich ihn ablenke." Dustin sieht zu mir rüber: „Was hast du vor?" „Ich weiß noch nicht, aber mir fällt bestimmt was ein", ich grinse zu ihm rüber. „In deinen Augen funkelt etwas, das gefällt mir gar nicht!" „Das tut mir leid, ich kann nicht ständig auf solche Nebensächlichkeiten achten. So ein alter Indianer hat mir geraten, abzuwarten. Und wenn sich eine Chance ergibt, sie zu ergreifen. Und ich habe das sichere Gefühl, das die Zeit des Abwartens sehr bald vorüber sein wird." „War der Indianer wirklich so alt?", fragt Dustin mich mit gerunzelter Stirn. „Nein, so alt nun auch wieder nicht, aber der Älteste, den ich kenne", lachend lehne ich mich an seine Schulter. Er legt seinen Arm um mich und fällt in mein Lachen ein. Wir halten an dem Pfad zu Omas Lichtung. Vom Motorengeräusch angelockt kommt sie uns entgegen. „Und, wie war es?", fragt sie schon von Weitem. „Wir haben deine Lichtung von oben gesehen. Es sah aus, wie im Märchen", antworte ich. „Und wir haben noch mehr gute Neuigkeiten." Ich nehme Oma in den Arm. „Wir wissen in etwa, wo Wido ist", flüstere ich in ihr Ohr. „Na dann setzen wir uns schleunigst zusammen. Ich möchte alles hören", strahlt Siegrun uns beide an. Sie verschwindet kurz in ihrer Hütte und kommt mit einem Tablett wieder heraus. „Ich hatte euch schon erwartet. Ein paar Wildruth-Käsewürfel, frisches Brot und Tee. Nur ein kleiner Happen für zwischendurch." Ich muss an Wido denken, er liebt den Käse aus Wildruths Milch. *Bald finden wir dich, Wido. Ich werde dir etwas mitbringen.* „Muss der Käse gekühlt aufbewahrt werden?", frage ich. Befremdet sehen die Beiden mich an. „Nein, nicht unbedingt, doch in deiner Hosentasche könnte er nach einer Weile kräftig riechen", sagt Oma, „was hast du vor?" „Ach nichts, ich nehme mir nur einen kleinen Streifen mit, für alle Fälle", ich schaue möglichst gleichgültig in die Runde und sehe wie erwartet in ungläubige Gesichter. Ich nehme mir ein ordentliches Stück und stopfe es in meine Hosentasche. „So wickle es wenigstens in ein sauberes Tuch aus meinem Küchenschrank", sagt Oma und zeigt zu ihrer Hütte rüber. „Ja, das mach ich" sage ich und bin schon unterwegs. Hinter meinem Rücken beginnt das Getuschel. Im Küchenschrank suche ich nach einem geeigneten Läppchen. Er ist wieder da und belauert mich. Langsam kann dieser jemand mich nicht mehr damit erschrecken.

Na, lust auf Käse? Ich finde ein kleines Stück Tuch und wickele den Ziegenkäse darin ein. *Soll ich dir auch was mitbringen?*

Ja, das würde mir gefallen. Ich habe schon davon gekostet und es ist sehr nett von dir, dass du mich bedenkst. Ich denke auch, dass wir uns dringend kennenlernen sollten.

Wann wollen wir uns treffen?

Passt es dir heute Abend?

Ja, ich habe noch nichts vor, wo soll ich denn hinkommen? Oder holst du mich ab?

Nein, du kommst allein. Ich bin sicher, du findest den Weg auch ohne mich.

Ja, ich denke schon. Bis dann.

Ich gehe wieder zu den anderen und nehme noch ein Stück von dem Käse, um ihn einzuwickeln und in meiner Hosentasche verschwinden zu lassen. Etwas irritiert sehen die Beiden mich an. „Du planst doch keinen Unsinn?", fragt Siegrun mich mit strengem Blick. „Kommst du mit ins Forsthaus? Es soll ein schweres Gewitter geben", frage ich zurück. „Flori, der Pilot und Dustins Freund, hat uns gewarnt." „Ich wüsste nicht, warum ich wegen eines Gewitters die Lichtung verlassen sollte", lächelt Siegrun mich abschätzend an. „Ich liebe es, wenn es richtig weht und dicke Tropfen auf den Erdboden platschen." „Ja, Dustin hat so etwas schon erwähnt", ich grinse sie an, „stimmt es, dass du nackt im Sturm tanzt?" Siegrun sieht Dustin gespielt böse an: „Musst du alles ausplaudern?" Dann wird sie wieder ernst: „Was brütest du aus, Kind." „Ich will es euch ja sagen, aber seht mich bitte nicht an, als wäre ich nicht ganz zurechnungsfähig. Ich werde mich mit ihm treffen. Heute Abend. Wir haben uns gerade verabredet. Er wartet vermutlich das Gewitter ab. Ich nehme ein zusätzliches Stück Käse mit und werde ihn radiergummiartig in die Rinde der Bäume schmieren. Von unten nach oben versteht sich, schließlich soll es ja kräftig regnen. Jeder Hund wird dieser Fährte folgen können. Dustin kommt mit Verstärkung eine Stunde später nach. Dieser Mensch, mit dem wir es zu tun haben, wird sehr abgelenkt sein, er wird nur auf mich achten. Und bestimmt rechnet er auch nicht damit, dass Dustin mir noch während des Gewitters folgen wird. Und jetzt möchte ich nicht mehr darüber nachdenken, vielleicht klinkt sich mein neuer Freund gleich wieder in mein Hirn ein." „Du wirkst nicht ängstlich", sagt Dustin zu mir. „Nein, er wird mir nichts tun, er ist neugierig", ich sehe zu Oma „er kennt deinen Käse." Mit hochgezogenen Augenbrauen sieht Dustin zu Siegrun: „Woher?" „Vielleicht ein spezieller Kunde. Aber es ist eine ganze Weile her, dass ich das letzte Mal ein Treffen hier hatte. Ich kann mich im Augenblick nicht an ihn erinnern." Sie sieht sich entschuldigend um und zuckt mit den Achseln.

Der Chef läuft auf und ab, als ich in den großen Raum geführt werde. Er macht einen nervösen Eindruck. „Widukid Delshay, was für eine Freude. Was meinst du, mit wem ich mich heute Abend treffe?" Ich werde wieder mal am Stuhl festgebunden, während der schwarze Anzug mit ausgebreiteten Armen vor mir steht. „Gib mir einen Tipp, was kann ich ihr mitbringen, worüber freut sie sich." „Ehm, über mich?", antworte ich lässig. „Nimm dich mal nicht zu wichtig, Kleiner!" Er schaut mich amüsiert an, „sie kann auch ganz gut mit richtigen Männern." Erstaunt sehe ich mein Gegenüber an. „Jetzt bist du neugierig, was?" Er streicht sich sein Bärtchen: „Sie hat in eurem Haus geschlafen und den längsten Teil der Nacht mit deinem Vater verbracht." „Ach, du willst nur meine Gedanken vergiften, Dustin würde so etwas niemals tun", mir wird bewusst, dass ich mich zusammenreißen muss. Ich darf ihn nicht zu nah an mich herankommen lassen. „Da haben wir es ja schon!", er klatscht in die Hände, „sie hatte dich abblitzen lassen, nicht wahr? Dein ehrenwerter Vater tut so etwas natürlich nicht, aber wie steht es mit ihr? Vielleicht hat sie ihn angelockt, die kleine Katze." Er erfreut sich an meinem finsteren Gesichtsausdruck. „So einen Unsinn habe ich schon lange nicht gehört", sage ich und versuche gelassener zu sein, als ich mich fühle. „Komm Junge, nimm es leicht und trink einen kräftigen Schluck." Die süße Limo rinnt meine Kehle hinunter und hinterlässt einen klebrigen Film. „Ich gebe dir heute etwas Stärkeres, damit du nicht zu traurig wirst. Du sollst dir keine Gedanken machen müssen, wenn ich mich gleich mit deinem Mädchen treffe. Weißt du, wir Männer müssen zusammenhalten, nicht wahr? Ich warte nur das Gewitter ab. Dann treffen wir uns. Im Regen wird man ihr wohl kaum folgen können. Das Unwetter kommt mir gerade recht. Ich habe jemanden draußen stehen, der mir sofort Bescheid gibt, wenn es losgeht." Er flößt mir noch mehr Limonade ein. Alles erscheint mir so aussichtslos.

Dunkle Wolken ziehen auf. Dustin und ich sitzen am Küchentisch. „Gleich wird er sich in meine Gedanken schleichen! Also nichts mehr über unsere Pläne, ok?" „Aber du bist auf jeden Fall vorsichtig", Dustin sieht mich bittend an. „Es wird mir bei ihm nichts zustoßen, da bin ich mir hundert Prozent sicher. Der ist nur neugierig auf mich, bestimmt. Und jetzt Schluss damit!" Ich überlege, worüber man reden könnte. „Dieser Flori ist ja nicht gerade ein Bild von einem Mann, ist er verheiratet?" „Ja, er hat eine nette Frau und zwei Töchter." Ich wundere mich: „Das hätte ich ehrlich nicht gedacht, was findet eine Frau an ihm?" Dustin sieht mich ernst an: „Flori gehört zu den Männern, die man erst mal kennenlernen muss. Er ist von innen schön. Es gibt auch jede Menge Frauen, die nicht dem Ideal entsprechen und trotzdem ihren Partner finden." „Ist ja gut, ist ja gut, eigentlich achte ich gar nicht so sehr auf Äußerlichkeiten, doch bei ihm fand ich es sehr auffällig, aber du hattest recht, ich mag ihn. Außerdem lenke ich mich gerade nur ab, und das mache ich richtig schlecht!", rechtfertige ich mich. Dustin hält meine Hände fest: „Ich habe kein gutes Gefühl bei dieser Sache! Ich hoffe so sehr, dass du nicht auffliegst!" „Tue ich schon nicht." „Honey, was soll ich deiner Mutter sagen, wenn die Sache anders verläuft, als du es dir jetzt vorstellst?" „Das wird es schon nicht", ich versuche einen sicheren, selbstbewussten

Gesichtsausdruck aufzulegen, „ich denke, es geht los." Ich stehe auf: „Dustin, ich gehe ins Bett, ich bin müde." Er sieht mich kritisch an: „Ja, schlafe tief und ruhig, die letzte Nacht war kurz genug." Ich gehe ins Gästezimmer, ziehe mir eine Jacke über und verschwinde durch das Fenster. Plötzlich überfällt mich eine große Eile. Ich renne in den Wald, ziehe den Käse aus meiner Hosentasche und versuche, im Moment noch in großen Abständen, ein paar Bäume zu markieren. Ich gebe mir große Mühe nicht über mein Tun nachzudenken und beginne daran zu zweifeln, dass das überhaupt möglich ist. Egal, ich ziehe das jetzt durch! Muss zu Wido! Würde ich jetzt umkehren, könnte ich in keinen Spiegel mehr sehen. Vom Rennen ist mir heiß. Eilig ziehe ich meine Jacke aus und knote sie an einem Ast fest. Laufe weiter, überspringe Wurzeln. Hier und da bleibe ich an dornigem Gestrüpp hängen. Ich reiße es einfach mit. Er lässt mir keine Zeit. Immerhin weiß ich jetzt, wie es sich anfühlt, wie eine Marionette durch fremde Gedanken geleitet zu werden. Armer Wido. Das habe ich mit ihm zum Spaß gemacht! *Wird nicht wieder vorkommen, versprochen!* Nicht aufgepasst! Eine Wurzel! Ich klatsche voll auf den Boden! Habe mir die Hand ein wenig aufge-schlagen. Ok, Blut und Käse, auch gut. Im Laufen streife ich, so gut es geht, an den Bäumen entlang. Jetzt in kleineren Abständen, damit der Suchtrupp mir gut folgen kann. Mit der Wunde tut das ein bisschen weh, doch der Nutzen tröstet mich in dieser Situation. Der Wind bläst mir kräftig von hinten die Haare ins Gesicht. *Ich sollte mir angewöhnen sie zusammen zu binden. Richtig praktisch ist meine Frisur wirklich nicht.* Die ersten Tropfen treffen mich. Eine willkommene Abkühlung. Meine Beine tun weh und ich kriege kaum noch Luft. Es gibt kein

Mitleid, wie von Sinnen renne ich weiter. Seitenstechen! *Das hat mir gerade noch gefehlt!* Ich bleibe stehen und halte mir unterhalb der Rippen den Bauch. Schon wieder renne ich los! Mit großer Mühe stoppe ich mich. „Nein!", schreie ich in den heulenden Wald. „Ich bleibe genau hier stehen und hole erst mal Luft!" Er drängt mich vorwärts und ich laufe, laufe, laufe. Meine Lunge droht zu platzen. *So ein Mist! Vor lauter Not habe ich ganz vergessen, weiterhin den Weg zu markieren!* In diesem Moment springt jemand von der Seite zu mir. Vor Schreck stoße ich einen Schrei aus! „Mein Gott Mädchen, wie siehst du denn aus!", aus aufgerissenen Augen werde ich angestarrt, „du bist das Mädchen, das der Chef sehen will, stimmt`s? Da darfst du auf keinen Fall hin!" Er nimmt mich bei der Hand und zerrt mich in eine andere Richtung. Sehr schnell wird ihm klar, dass ich nicht mehr kann. Er fragt schnell: „Ich darf doch", und wirft mich über seine Schulter. In wildem Tempo rennt er weiter. Es regnet jetzt sehr stark. Angenehm kühl läuft mir das Wasser über den Rücken. Ich halte den nutzlosen Käse in meiner Hand und kann nichts ausrichten. Unter einem Felsen, vor dem Gewitter geschützt, bleibt mein Retter stehen und lässt mich runter. Er wischt sich Regen und Haare aus dem Gesicht: „Entschuldige, ich habe mich noch nicht vorgestellt, ich heiße Frithjof." „Ich bin Otrun, hallo." „Ja hallo, du solltest auf keinen Fall zu unserem Chef gehen! Er ist nicht gerade ein einfühlsamer Mensch…" „Aber ich muss zu meinem Freund Wido, ich bin mir sicher, es geht ihm gar nicht gut." Frithjof nimmt mich bei den Schultern: „Ich kann dich dort hinbringen, aber was, wenn du in seine Hände gerätst?" „Ich habe sowieso nicht viele Möglichkeiten, da er sich regelmäßig in meine Gedanken schleicht." „Oh nein, dann kriegt er dich, wenn er das will!" „Richtig", sage ich in resigniertem Tonfall. „Wie konnte das geschehen?", er durchbohrt mich mit seinem Blick. „Ich habe keine Ahnung. Bringst du mich jetzt zu Wido?" Er nickt, nimmt meine Hand und wir gehen wieder in den Regen. Wir müssen ein ganzes Stück um den felsigen Berg herum, dann sehe ich einen schmalen Spalt. Dort gehen wir in die Höhle. Es gibt kein Licht hier drinnen. Frithjof kennt sich gut aus und geht zielstrebig ohne zu zögern seinen Weg. Die Luft hier drinnen schmeckt, nach dem Gewitterregen draußen, dick und stickig. „Hier lang, wir sind gleich da", sagt er, während er mich um eine Ecke zieht. Ganz langsam gewöhnen sich meine Augen an die Dunkelheit. Ich höre ein tiefes Knurren. Entsetzt bleibe ich stehen. „Komm weiter, er wird dir nichts tun, zeig keine Angst. Vorsicht, niedrige Decke!", sagt Frithjof und schiebt mich in einen muffigen Raum. Ich muss an Wildruth denken. Das Knurren wird warnender! „Ganz ruhig, ich will nur nach Wido sehen, mein Lieber", rede ich besänftigend auf das Tier ein und gehe weiter. Ich kann ausmachen, dass jemand auf dem Boden liegt. Wido! Ich kauere neben ihm nieder. Das Knurren hört nicht auf. „Wido komm, wir müssen hier weg!" zische ich ihn an. Er reagiert nicht. Ich streiche über sein Haar, es ist verkrustet. „Wir müssen verschwinden!" Ich rüttele an seinen Schultern, versuche ihn hochzuziehen. Er ist für mich zu schwer. Wido ist nicht bei Bewusstsein. Er scheint tief und fest zu schlafen. Ich kann es nicht glauben! So nah am Ziel und jetzt so was! „Frithjof, bitte hilf mir!", rufe ich flehend. „Den schaffe ich auch nicht! Der ist total zugedröhnt. So kriegt den hier keiner weg." Verzweifelt umarme ich Wido. Er rührt sich nicht. Ich ertaste seine gefesselten Hände. Schnell löse ich den Knoten und stecke ihm den Rest Käse in die Faust. Ich lege meinen Kopf auf seine Brust. Spüre die stummen Tränen über mein Gesicht laufen. Unwillkürlich muss ich an meine Vision denken. Frithjof streicht über mein Haar, zieht mich weg. Ich wehre mich, will bei Wido bleiben, doch er ist mir überlegen. Wir entfernen uns. „Verzeih mir, aber er ist zu schwer und zu groß. Allein kriege ich den hier wirklich nicht raus. Wenn er seinen Rausch ausgeschlafen hat, wird sich bestimmt eine neue Gelegenheit ergeben." „Ich bin doch auch noch da, komm lass uns umkehren!", ich bleibe stehen. „Wir dürfen uns nicht erwischen lassen, sonst liegen wir auch so da und können gar nichts mehr tun!" Er zieht mich den Höhlengang entlang. Ich kann es immer noch nicht fassen! So kurz vor dem Ziel... Bin völlig am Ende. Die Tränen laufen mir übers Gesicht. Ich fühle mich ausgepumpt und leer. Will nicht mehr weiter gehen. „Nun komm schon mit, wir haben keine Zeit!" „Mir egal", sage ich lakonisch, lasse mich auf den Boden sinken. „Ich bringe dich jetzt weg von hier, ob du nun willst, oder nicht!" Mit diesen Worten schleppt er mich wie ein Baby aus der Höhle raus. Ich wehre mich nicht. Im Moment ist mir alles gleichgültig. Frische Luft schlägt mir ins Gesicht und weckt neue Energien in mir. Der Regen hat aufgehört. Es ist wesentlich kühler geworden. „Wo willst du hin?", frage ich ihn, „lass mich runter! Ich kann selber laufen." „Tust du es auch?", fragt er zurück. „Ich denke schon. Lass mich, ich möchte zurück zu meiner Oma." Mir ist klar, dass dieser Mann in die völlig falsche Richtung geht! „Das ist leider nicht möglich", sagt Frithjof, „dort bist du nicht sicher!" „Dann gehe ich eben zu Dustin. Lass mich jetzt sofort runter!" „Auch nicht klug, der Chef weiß doch genau, wo er dich zu suchen hat, dann kann ich dich auch direkt zu ihm bringen." Frithjof schüttelt seinen

Kopf. „Ich werde auf dich aufpassen." Ein starkes Gefühl von Sicherheit geht von ihm aus, so lenke ich ein: „Wenn ich aber nicht zurückkomme, werden sie sich Sorgen machen. Ich muss zumindest eine Nachricht hinterlassen." „Na alles bestens, da wird sich unser Chef aber freuen!", regt sich mein edler Retter auf. „Jetzt lass mich endlich runter, ich unternehme schon keinen Fluchtversuch!", schnauze ich zurück. Er sieht mich ernst an: „Du bist nicht meine Gefangene, was redest du da?!" „Es ist nur so, dass du mich ziemlich krampfig festhältst! Nicht allzu weit entfernt habe ich meine Jacke ausgezogen und in einen Baum geknotet. Die wird garantiert gefunden. Wenn wir einen Zettel an ihr befestigen, wird sich keiner sorgen."
„Meinst du nicht, die suchen schon nach dir?" Wissend sieht er mich an. „Komm jetzt, wir müssen los. Sonst ist alles zu spät!" Er nimmt meine Hand und zieht mich mit sich. Ich bin verwirrt, laufe aber mit. Es dauert nicht sehr lange, und wir erreichen, gut unter Ästen verborgen, einen Sportwagen stehen. Er öffnet mir die Beifahrertür und wartet, bis ich sitze. Dann schließt er sie mit einem leisen Klick. Langsam und vorsichtig holpern wir über den Waldweg. Auf der Landstraße angekommen, gibt er Gas. Wir rauschen durch die Nacht. Irgendwann biegt Frithjof ab und wir halten an einem Waldhotel. „Ich habe kein Geld bei mir, wir können da nicht rein", äußere ich entsetzt. Er lächelt mich an: „Ich kenne die Leute hier, man wird uns so übernachten lassen." Unsicher sehe ich an mir runter. Ich bin völlig verdreckt. Getrocknetes Blut an meiner Hand, Kletten an der Hose. „Salonfähig sehe ich nicht gerade aus!" „Mach dir keinen Kopf, wir gehen direkt aufs Zimmer. Nun komm schon, schließlich wollen wir nicht die ganze Nacht hier sitzen, oder?" Er sieht mich mit warmen

Augen an und ich nicke ihm zu. „Schön", er steigt aus, geht zügig ums Auto rum und öffnet die Wagentür. In seinen Augen kann ich eine Mischung aus freudiger Erwartung und Ungeduld erkennen. Als er diese Erkenntnis wiederum in meinem Gesicht abliest, korrigiert er sofort seine Gesichtszüge. Irritiert steige ich aus dem Wagen. Irgendetwas lässt mich auf der Hut sein, doch andererseits habe ich aus unerklärlichen Gründen großes Vertrauen zu diesem Mann. *Wie sagte Oma zu mir? Folge deinem Instinkt.* Ich schiebe meine Bedenken beiseite. Gemeinsam betreten wir das Hotel. Wir gehen an die Rezeption. „Guten Abend. Wir hätten gerne zwei Einzelzimmer, die durch eine Tür miteinander verbunden sind", sagt er in moderatem Tonfall. „Ja natürlich, Herr Falkenstern. Zimmernummer acht und neun, im ersten Stock. Unter welchem Namen darf ich die junge Dame eintragen?", die Frau hinterm Tresen sieht mich erwartungsvoll an. „Rosenthal, mein Name ist Otrun Rosenthal. Dummerweise habe ich meinen Ausweis nicht dabei. Ich hoffe, das macht keine Umstände." „Nein, das macht gar nichts, sie sind ja mit Herrn Falkenstern hier." Sie überreicht uns die Zimmerschlüssel und fragt kurz: „Soll unser Haus über Nacht die Kleidung reinigen?" „Ja, das ist sehr aufmerksam, vielen Dank", sagt Frithjof und geht schon Richtung Aufzug. „Ich schicke gleich jemanden rauf!", trällert uns die Dame noch hinterher. Als sich die Aufzugtür hinter uns schließt, sage ich zu ihm: „Auf die machst du aber mächtig Eindruck!" Er grinst unwiderstehlich nett und nickt. Dabei dreht er mit den Augen. Auf dem Gang zu unseren Zimmern sagt er: „Wir duschen erst mal warm, ja? Später lassen wir uns eine Kleinigkeit zu Essen bringen. Am besten, du legst deine klammen Sachen alle auf einen Stapel, so dass das Zimmermädchen nicht suchen muss. „Aber dann habe ich nichts anzuziehen!" Hilflos sehe ich an Frithjof hoch. „In allen Zimmern hängen frische Bademäntel für die Gäste bereit." „Oh, na dann…", ich bin erleichtert und öffne die Tür zu meinem Zimmer: „Dann bis gleich." Kurz schenke ich ihm noch ein Lächeln und verschwinde. Als erstes überprüfe ich, ob die Verbindungstür auch abgeschlossen ist. Dann ziehe ich meine Klamotten aus und lege sie auf einen Stuhl. Ich husche ins Bad. Auf einem großen Waschtisch sind ein paar Proben mit allem, was man so braucht. Duschgel, Shampoo, Körperlotion. Sogar eine Zahnbürste und Zahnpasta. Prima, denke ich mir und gehe unter die Dusche. Ich habe im Zimmer ein Telefon gesehen; Gleich werde ich Mathilde anrufen.

Mein Schädel brummt, als hätte ich einer wahnsinnigen Sauforgie beigewohnt. Wotan schnuppert ganz aufgeregt an mir herum. „Was hast du mein Freund?", und dann spüre ich etwas Glibberiges in meiner Hand. Als ich versuche zu erfühlen was das ist, merke ich, dass meine Hände entfesselt wurden. Hey, das sind ja mal Neuigkeiten! Ich rieche an meiner Hand, Wotan ist ganz wild, und ich wundere mich: Wenn das nicht Wildruths Käse ist! Ich probiere ein kleines Stück. Er ist weich und schmierig von der Wärme meiner Hand, aber ganz sicher mein Lieblingskäse! Den Rest füttere ich dem Hund: „Wotan, wer war denn hier, als

ich geschlafen habe? War es Otrun oder Dustin, hm?" Ich probiere etwas aus: Vorsichtig stehe ich auf, bin ein wenig wackelig auf den Beinen, schnalze mit der Zunge und klopfe an mein Hosenbein. Wotan lässt sich nicht zweimal bitten. Sofort springt er auf und trabt los. Jetzt muss ich sehen, dass ich an ihm dran bleibe! Ohne Wotan bin ich sicher verloren. Bestimmt würden mich die anderen schnell finden! Meine Hand in seinem Nacken hetzen wir durch die Höhlengänge. Schon bald bemerke ich frischere Luft und dann haben wir es geschafft! Draußen! *„Komm Wotan, hier lang."* Ich kenne die Stelle sogar, wusste aber nie, dass sich im Inneren eine Höhle befindet. Wir wandern durch den herrlich kühlen Wald. Es ist dunkel, vielleicht sogar mitten in der Nacht. Ich habe keine Ahnung. Meinen Heimweg kenne ich gut. Zügig, aber ohne Eile ziehen wir gemeinsam durch die Dunkelheit. Wotan läuft vor, immer mit der Nase über dem Waldboden. *„Na mein Freund, welcher aufregenden Fährte folgst du denn?"* Der Hund hält inne. Er fängt an zu grollen. Er muss wirklich gut abgerichtet sein, dass er bei mir bleibt, obwohl sich uns wahrscheinlich irgendetwas nähert, was ihm nicht geheuer ist. Zur Sicherheit halte ich ihn am Nacken fest. *„Es ist sicher gar nichts, schön ruhig"*, rede ich auf das Tier ein. Sein Knurren wird lauter. Dann höre ich von weitem Hundegebell. Große Hunde. Und auch Männerstimmen. Und Dustins tiefe Stimme! Sein vertrauter Akzent rollt durch den Wald. *„Vater!"*, rufe ich. *„Wido, bist du das?" „Ja!"*, und etwas leiser zu Wotan, *„das ist mein Vater, der wird begeistert von dir sein, komm."* Und gemeinsam laufen wir los. Zum Glück werden die Suchhunde der Polizei an einer Leine geführt. Wotan benimmt sich gut. Würde er sich so benehmen, wie seine Artgenossen, könnte ich ihn nicht halten. Doch nach der ersten

Ermahnung sind auch die Schäferhunde still. Ich klopfe Wotan die Seite und lasse ihn los. Dustin und ich umarmen uns. Wir zittern beide. Die Müdigkeit und Erleichterung steckt uns in den Knochen. Dustin nimmt mich bei den Schultern und sieht mich genau an: „Vielleicht ganz gut, dass es so dunkel ist. Oh Boy, siehst du entsetzlich aus!" Wir müssen beide lachen. „Prima, danke auch! Darf ich vorstellen, das ist mein Wächter, Freund und Retter! Sein Name ist Wotan. Er hat sich mir angeschlossen." Wieder klopfe ich dem Tier die Seite und streichele ihm kräftig das Fell. Dustin wird wieder ernst: „Und wo versteckt sich Otrun gerade?" Auch mein Lächeln gefriert. „Otrun? Ich habe sie nicht gesehen!", gestresst reibe ich mit beiden Händen mein Gesicht, „ich bin mit entfesselten Händen aufgewacht. Durch ein Stück Käse in meiner Hand kam ich überhaupt auf die Idee sie zu benutzen. Wisst ihr, meine Hände waren die ganze Zeit über auf den Rücken gebunden. Irgendwann gewöhnt man sich daran... Etwas seltsam Weiches hatte ich in meiner Faust. Aus Neugierde habe ich sie benutzt und bemerkt, dass jemand den Knoten gelöst hat. Ich überlegte, ob du oder Otrun... Aber ich habe sie nicht gesehen. Hatte wohl geschlafen. Mir wurden regelmäßig Drogen verabreicht. Danach spürt man gar nichts mehr. Und heute sagte dieser Namenlose, er würde mir etwas Stärkeres geben, damit ich nicht traurig wäre, weil er sich mit ihr verabredet hätte. Dieses perverse Schwein!" Dustin sieht mich an: „Bitte geh du nach Hause. Wir suchen weiter und sehen zu, dass wir Otrun folgen können." Er lächelt mich an: „Sie hat uns mit dem Käse ganz verrückt gemacht. Aber es hat stellenweise gut geklappt, trotz des starken Regens. Sie hat den Käse in die Baumrinden auf dem Weg geschmiert." „Ja, und ein Stück für mich. Ohne den Käse würde ich vielleicht immer noch da liegen! Ich zeige euch, wo man in die Höhle kommt, dann gehe ich Heim, ok?" Die Männer nicken. *„Gut, da geht's lang. Komm Wotan, es geht wieder zurück, aber keine Angst, wir werden nicht da bleiben!"* Die Dogge trabt vorneweg. Wir müssen uns beeilen, um mitzukommen. In Wotans Tempo haben wir die Höhle bald erreicht. *„Ich glaube, ich hab`s mir anders überlegt. Ich möchte doch mit rein kommen"*, äußere ich. Die Männer sehen mich ungläubig an, doch keiner sagt etwas. Einer der Polizisten reicht mir eine Taschenlampe: *„Nimm Junge, ich habe zwei davon."* Wir schleichen vorsichtig durch die Gänge. Ich versuche mich zu erinnern, doch hier sieht alles gleich aus. Plötzlich stehen wir vor meinem Verließ. *„Von hier aus kann ich vielleicht den großen Raum finden, in dem mich der Chef empfangen hat, um mir Geheimnisse zu entlocken und mir Drogen zu verabreichen."* Wir gehen los. Ich muss mich konzentrieren. Dann werden die Wände weiß und ich bin sicher, dass wir richtig sind. Bald sind wir da. Alles ist dunkel. *„An den Wänden müssen Fackeln sein."* Ein Polizist entzündet ein paar davon. Der Stuhl steht noch da und an der Wand befindet sich der goldene Teewagen. *„Otrun hat genau von diesem Raum erzählt! Wir konnten uns keinen Reim daraus machen, aber jetzt, wo ich es mit eigenen Augen sehe … Das Mädchen kann einem schon mal ganz schön unheimlich sein"*, sagt Dustin und sieht zu mir rüber, *„was hat er dir gegeben? Bist du in Ordnung?" „Ich habe keine Ahnung, irgendetwas in Tropfenform. Das Zeug hat mich total umgehauen. Das hat nicht mal ihm Spaß gemacht. Er hatte nicht das Gefühl für die richtige Dosis."* Ich zucke mit den Schultern: *„Immer wenn es für ihn gerade spannend wurde, war ich plötzlich weg vom Fenster!"* Ein Polizist schaltet sich ein:

„Welches Alter?" „Ich würde sagen, so um die achtundzwanzig, dreißig." „Wie sieht er aus?" „Ich schätze, etwa meine Körpergröße, dabei aber muskulöser. Doch das kann täuschen: Er hat ständig ein Jackett getragen. Weißes Hemd, schwarzer Anzug. Dunkles gelocktes Haar, helle Haut, Musketier-Bärtchen. Er hat stechende, dunkle Augen. Aber nur, wenn er das will. Eigentlich war er sehr sympathisch. Seltsam fühlte sich das an. Launisch, ja geradezu unberechenbar. In einem Moment waren wir Freunde, soweit man von Freundschaft reden kann, und plötzlich wurde er stinksauer!" Ich schüttele meinen Kopf, kann es immer noch nicht verstehen. „Ich wurde hier festgehalten, weil du irgendetwas herausgefunden hast, oder so", sage ich an meinen Vater gewandt, „als endlich klar war, dass ich wirklich nichts davon weiß, wurde Otrun interessanter." „Und jetzt ist sie weg!" „Lasst uns weiter suchen, sie riecht bestimmt immer noch nach dem Käse. Wenn sie hier irgendwo ist, dann finden die Hunde sie auch!", sagt einer der Beamten und lässt nochmals sein Tier an Otruns Jacke schnuppern. Wir suchen eine ganze Weile, doch langsam erlangen wir die Gewissheit, dass hier niemand mehr ist. „Kommt, wir kehren um und schlafen erst mal aus. Hier können wir nichts mehr ausrichten", sagt der Polizist neben mir. Wir folgen Wotan aus der Höhle. Auf dem Weg nach Hause klingelt Dustins Handy. Er sieht nach: „Das ist Mathildes Nummer!", bemerkt er und nimmt ab: „Hallo Mathilde, gibt es Neuigkeiten?" Angestrengt lauscht er in den Hörer. „Mathilde, gib acht, ich rufe dich vom Festnetz zurück. Der Empfang hier ist so schlecht, ich verstehe kein Wort. Bis gleich." Er sieht uns an: „Schnell nach Hause!" Zügig durchstreifen wir den Wald. Zwar bin ich am Ende meiner Kräfte, doch die Aussichten auf Neuigkeiten und ein gemütliches Bett, setzen einige Reserven

frei. Die Stufen zur Veranda nehmen wir im Laufschritt. Sofort wählt Dustin Mathildes Nummer.

„Hallo Mathilde, was für eine Nacht! Gibt's Neuigkeiten? Du warst eben wirklich nicht zu verstehen." Er stellt das Telefon auf laut mithören.

„Otrun geht es gut, sie hat mich eben von einem Hotel aus angerufen. Einem Mittäter wurde das Treiben vom Chef zu arg und hat Otrun auf dem Weg zu der Höhle abgefangen. Er brachte sie auch zu Wido. Leider war es nicht möglich, ihn sofort mitzunehmen. Hoffentlich ist er in Ordnung. Otrun sagte, er hätte ganz blutiges Haar gehabt!"

„Wido ist in Sicherheit, hier bei uns", sagt Dustin ins Telefon.

„Gott sei Dank, na ja, auf jeden Fall ist sie mit diesem Mann unterwegs. Er meinte, es sei zu gefährlich, wieder zu dir oder auf die Lichtung zu gehen. Da würde sie als Erstes gefunden. Sie hat Vertrauen zu diesem Mann. Hast du was zum Schreiben da? Er heißt Frithjof Falkenstern. Vielleicht kann er überprüft werden. Sie sagt, sie meldet sich wieder."

„Ich lasse den Mann auf jeden Fall überprüfen und melde mich morgen bei dir. Gute Nacht, oder, was davon noch übrig ist."

„Gute Nacht, und ganz liebe Grüße an Wido. Mir fällt ein Stein vom Herzen, dass er in Sicherheit ist."

„Er hört mit und grinst. Tschüss, bis Morgen." Dustin legt den Hörer auf.

„Weißt du, wer dieser Frithjof ist?" „Nein", ich schüttele den Kopf, „dort wurden keine Namen genannt." „Na ja, jetzt ruhen wir uns erst mal aus." „Ich werde zuerst Duschen", sage ich beim Rausgehen. „Oh ja, das würde ich dir auch empfehlen", gibt Dustin zurück und schiebt mich aus dem Raum.

Im hoteleigenen Bademantel und mit schlecht sortierten Haaren klopfe ich an die Zwischentür. In der gleichen weißen Robe öffnet Frithjof und lässt mich herein. Er bewundert meine Frisur und fragt mich mit hochgezogenen Augenbrauen: „Wie hast du das hinbekommen? Das könnte ein neuer Trend werden!" „Wohl kaum, ich habe keine Bürste. So, wie du aussiehst, kannst du mir deine ausleihen", bemerke ich. Er zieht einen Stuhl zu recht: „Bitte setz dich, ich bin sofort wieder bei dir." Mit seiner Bürste in der Hand kommt er zurück und stellt sich hinter mich. Ganz sachte lässt er sie durch mein Haar gleiten. „Das machst du gut, es zieht gar nicht, bist du im wirklichen Leben ein Friseur?" „Nein, aber mir gefallen deine Haare. Und zwar am besten, wenn sie glatt an dir herunterfallen und nicht dieser knotige Haufen." „Hm, Dankeschön." Sorgsam zupft er erst die schlimmsten Nester auseinander, dann ordnet er sie mit seiner Bürste. „Ich habe eben meine Mutter angerufen", ich sehe kurz zu ihm auf, „sie hätte sich sonst unnötig gesorgt." Kurz hält er inne: „Ja, das war richtig, was meinte sie denn zu der Situation?" „Tja was schon, na dass ich am besten bei ihr wäre. Aber sie vertraut mir. Und wenn ich dir vertraue, dann tut sie das auch." „Gut", er bürstet und bürstet. „Meinst du nicht, jetzt wäre auch das letzte Haar glatt?", frage ich in flapsigem Ton. „Ist dir das nicht angenehm?" „Doch, aber…" „Entspann dich, du hast heute viel mitgemacht. Lass dich doch ein wenig von mir verwöhnen." „Ok", ich lehne mich zurück und schließe die Augen. Frithjof streicht mir über den Kopf. Es ist still. Er dreht meine Haare zu einem lockeren Zopf und legt ihn mir über die Schulter nach vorne. Dann beginnt er meinen Nacken zu massieren. Ich will weder schnurren, noch stöhnen! Doch das fällt mir sehr schwer. Langsam gleiten seine Hände unter den Bademantel auf meine Haut. „Du bist völlig verkrampft. Lass mal locker", fordert er mich auf. „Du bist ja ganz schön fix. Ich kenne dich doch gar nicht", motze ich. „Das kommt mir ganz anders vor", er beugt sich über mich und lächelt zu mir runter. „Mir auch, aber das ändert gar nichts", versuche ich ihn auf Abstand zu halten. „Vielleicht waren wir in einem früheren Leben ein Paar", meint Frithjof mit einem Lächeln in der Stimme. Ich schaue zu ihm hoch, „das wüsste ich ja wohl, hm?" „Vielleicht warst du etwas senil und hast mich deshalb vergessen. Ich erinnere mich gut …" „Ha, du standst also auf Frauen mit einer gewissen Gedächtnisschwäche? Sehr erotisch!" „Ja, nicht wahr? Zu dir kam ich jeden Abend als neuer Liebhaber!", er haucht mir von hinten einen Kuss auf die Wange. Es klopft an der Tür. *Zum Glück,* denke ich mir, *diese kleine Pause wird uns beiden gut tun.* Unser Imbiss kommt herein. Ich zupfe meinen Bademantel zurecht und staune nicht schlecht, während die nette Dame alles vor uns aufbaut. Als sie das Zimmer wieder

verlassen hat, sage ich: „Ich dachte, wir essen eine Kleinigkeit."
Er sieht mich amüsiert an: „Viel mehr als das ist es ja nicht."
Vor uns steht eine Platte mit dünn geschnittenem Fleisch und einer hellen Soße. Tomaten, Mozzarella, Käsewürfel, geräucherter Fisch, helles Brot und ein Töpfchen Kräuterbutter. Dazu stehen Weißwein und Mineralwasser bereit. „Koste von dem Vitello tonnato", er legt mir etwas von dem Fleisch auf meinen Teller und gibt ein wenig helle Soße obendrauf. „Das ist feinstes Kalbfleisch mit einer Thunfischsoße. Das liebt jeder. Probiere es." Ohne mich zu fragen, schenkt er uns beiden Wein ein und möchte mit mir anstoßen. Ich spiele mit, nippe aber nur daran, stelle es wieder weg. Dann schenke ich mir selbst in das noch saubere Glas Wasser ein und trinke wirklich. Er beobachtet mich genau, während ich das Kalbfleisch probiere. Voller Erwartung hält er inne. Es ist tatsächlich fantastisch. Frithjof erfreut sich sichtlich daran. „Dazu gehört aber Wein. Die perfekte Ergänzung." Er sieht mich unschuldig an. Genötigt greife ich zum Glas. Glücklich hebt er auch das seine: „Auf dich, Otrun", und wir trinken gemeinsam. In aller Ruhe stippe ich mit dem Brot die leckere Soße auf. So einen großen Hunger habe ich gar nicht. Ich nasche hier und da. Alles schmeckt vorzüglich. Erst jetzt betrachte ich mein Gegenüber. Bisher hat er mir dazu kaum Zeit gelassen. Er sieht verwegen gut aus. Lange, dichte Wimpern umranden seine dunkelbraunen Augen. Er hat einen sehr hellen Teint, dunkle Locken, die wild von seinem Kopf abstehen und einen exakt geschnittenen Bart. Dunkle Härchen kräuseln sich aus dem Ausschnitt seines Bademantels. Er hat etwas Geheimnisvolles an sich. Als er spürt, dass ich ihn begutachte, schaut er auf: „Na, wo bin ich

bei dir gelandet auf einer Skala von eins bis zehn", vergnügt sieht er mich an. „Du hast sicher gute Chancen bei den Frauen." „Ich habe nach deiner Skala gefragt", er setzt sein Kinn auf die Faust und grinst frech. In dieser Pose wirkt er umwerfend, jungenhaft, frech und in seinen Augen ist abzulesen, dass er das ganz genau weiß! „Recht weit oben, doch es gibt da zwei Kleinigkeiten", gerade überlege ich, ob das jetzt schlau war ... Er reißt vor Erstaunen seine Augen auf: „Und die wären?" „Ich habe schon mein Herz verschenkt", ich grinse Frithjof mit hochgezogenen Brauen an. „Diesem Wido, hmm? Da kann ich drüber wegsehen", winkt er ab. „Ich aber nicht!" „Und was noch?" „Du bist zu alt", frohlockend sehe ich, wie er zusammenzuckt: „Autsch! Das hat gesessen!" Gekränkt sieht er mich an: „So alt bin ich nun auch wieder nicht." „Um den Daumen gepeilt doppelt so alt wie ich", ich zucke mit den Schultern, „das ist definitiv zu alt für mich!" „Das heißt aber nicht, dass ich hundert bin, wenn du fünfzig wirst!", er lächelt sein gewinnendes Lächeln. „Stimmt, so alt wirst du sicher gar nicht", ich verwöhne ihn mit meinem Ätschibätschiblick. Er schüttelt nur seine Locken: „Du bist so gemein zu mir, womit habe ich das verdient?" „Ich mache doch bloß Spaß", sage ich und sehe ihn unschuldig an. Er kommt um den Tisch: „Und ich will nur spielen!" Erneut beginnt er, mir den Nacken zu massieren. Ich versuche, mich nicht gehen zu lassen. „Otrun, komm mit, ich tue dir nichts", er nimmt mich bei der Hand und zieht mich Richtung Bett. Ich bleibe stehen: „Ich will das nicht!" „Doch, du willst es ganz sicher, aber ich werde es nicht tun. Sieh mich an, ich bin ein Gentleman." Er präsentiert sich mit ausgebreiteten Armen und schenkt mir ein gewinnendes Lächeln. „Bist du ein Überredungskünstler, oder so was?", frage ich unsicher. „Vielleicht", sagt er, während er meinen Bademantel öffnet. „Leg dich bitte auf den Bauch, ich hole ein Handtuch, das ich dir über deinen Po lege." Sehr schnell ist er wieder zurück, streift mir meinen Bademantel ab und bedeckt mir, wie versprochen, mit dem Handtuch mein Hinterteil. Er legt meine Hände neben dem Körper zurecht: „Es macht dir doch nichts aus, gleich noch einmal zu duschen, nicht wahr?" Das kann nicht als Frage gemeint gewesen sein, denn ohne eine Antwort abzuwarten, beginnt er mit geölten Händen über meinen Nacken aufwärts in die Haare zu fahren. Es fühlt sich fantastisch an, doch zugeben möchte ich das ungern. Seine Finger streichen jetzt von hinten über meine Kehle, mein Kinn. Es duftet intensiv und angenehm. „Wonach riecht das?", frage ich leise. Er führt seinen Mund fast an mein Ohr. Als er spricht, kann ich seinen warmen Atem spüren. „Kannst du es nicht erkennen?" „Nein, ich habe keine Idee", antworte ich. „Möchtest du das genaue Rezept?", er streicht gerade über meine Ohrläppchen, „ich benutze süßes Mandelöl, etwas Bergamottöl, Ylang-Ylang-Öl und Benzoe-Siam-Öl. Jetzt weißt du Bescheid, nichts Schlimmes also." Er lacht leise vor sich hin, wobei mich sein Atem leicht am Hals kitzelt. Von Neuem beginnt er an meiner rechten Hand. Finger für Finger bekomme ich massiert. Über den Arm geht es Richtung Schulter, dann die linke Seite. Vor Wohlbehagen weiß ich gar nicht, wo ich mich lassen soll. Mit geschlossenen Augen liege ich da und genieße. Er arbeitet sich an meinem Körper abwärts. Sanft und kraftvoll zugleich streicht er meine vom Waldlauf geschundenen Muskeln aus. Als er an meiner linken Fußsohle angelangt ist, haucht er leise in mein Ohr, ob ich mich umdrehen möchte. Der Gedanke, er könnte aufhören, gefällt mir in diesem Augenblick gar nicht, also wälze ich mich auf den Rücken. Er legt mir das Handtuch über die Hüfte und lächelt mich zufrieden an. Frithjof beginnt mit meinem Gesicht. Weich und warm streicht er mir über Stirn und Wangen. Den Hals, die Schultern. Er legt mir meine Hände über den Kopf und streicht über die Handflächen an meinen Innenarmen entlang. Über die Achseln erreicht er meine Brüste. Mit kreisenden Bewegungen streichelt er sie. Er löst einen herrlichen Wahnsinn in mir aus. Die Massage bekommt plötzlich eine ganz neue Facette. Seine Hände gleiten über meinen Bauch, die Oberschenkel außen, die Oberschenkel innen. Dabei achtet er peinlich genau darauf, keine verbotene Zone zu berühren. Dennoch verschenkt er keinen Millimeter. Wie sehr ich mir in diesem Moment wünschte, er würde zu weit gehen! Doch er tut es nicht. Noch einmal bekomme ich die Waden ausgestrichen, dieses Mal von vorne. Danach streichelt er mir über die Füße, lässt seine Finger wieder an mir hochgleiten, bis er mein Gesicht erreicht hat. Meine Augen sind geschlossen. Er streicht mir erneut über mein Kinn und die Ohren, plötzlich spüre ich seinen Mund auf meinem. Seine magischen Hände tasten sich an meinem Körper entlang. Seine Zunge gleitet in meinen Mund, erkundet aufgeregt mein Inneres. Ich fühle mich süchtig nach ihm. Seine Hände streicheln und streicheln, geben keine Ruhe. Mich befällt die Angst, verrückt zu werden. Mein Verstand schreit aufhören, aber das kann ich auf keinen Fall zulassen. Frithjof legt sich auf mich. Ich kralle meine Hände in seine Locken, kann seine Erregung deutlich spüren. Er liebkost meinen Hals, meine Brüste, seine Hände kneten meinen Po. Mit einem Mal beruhigen sie sich, werden wieder zahm. Er rollt sich neben mich. Mit der einen Hand stützt er seinen Kopf, mit den Fingerspitzen seiner anderen streicht er über meinen Bauch. Mit pochendem Herzen liege ich da und kehre nur ungern in die Wirklichkeit zurück. Irgendwie fühle ich mich betrogen: „Warum tust du das?" „Warum tue ich was?!" Er sieht mich mit großen Augen an. „Ich hab mal gehört; man soll aufhören, wenn es gerade am Schönsten ist. Außerdem, wir wollten doch nur spielen, nicht wahr?", er lächelt mich frech an. „Du sagtest, du möchtest das nicht. Ich habe dir geantwortet, du willst es, aber ich werde es nicht tun, also?" Er streicht mit seiner Nasenspitze an meiner Schläfe entlang. „Was habe ich falsch gemacht?", unschuldig sieht er mir in die Augen, „sie sind wunderschön." „Machst du so was öfter?", frage ich. „Deine Augen, man möchte meinen, du trägst Kontaktlinsen! - Nein, in der Regel nicht." „Was heißt das Konkret?", bohre ich weiter. „Nun, ich bin ein erwachsener, lediger Mann. Da soll es schon mal vorkommen, dass ich mich mit einer weiblichen Person einlasse", er sieht mich lässig an, „wenn sie mir gefällt und ich ihr gefalle..." „Und weiter?" Er rollt mit den Augen: „Was willst du jetzt hören? Dass ich regelmäßig Minderjährige verführe? Nein, das tue ich nicht. Kein Interesse! Aber du... Du wirkst nicht so jung, wie du vielleicht bist." „Ich bin fünfzehn und du?" „Siebenundzwanzig, also nicht mal doppelt so alt, wie du es meintest. Außerdem, warum ist das so wichtig? Wer wie alt ist! Wir passen fantastisch zueinander!" Er nimmt mein Gesicht in beide Hände und sieht mich durchdringend an: „Hast du das nicht auch gespürt?" Ich antworte nicht, weiche seinem Blick auch nicht aus. Er hält mein Gesicht noch immer und sieht mich an, als wollte er Metall zum Schmelzen bringen. „Hör jetzt auf damit", sage ich so streng, wie mir das möglich ist. Ich kenne mich in meiner Gefühlswelt kaum mehr aus, bin sehr verwirrt. Seine Miene wird weich, er haucht mir einen Kuss auf die Stirn und lässt seine Fingerspitzen über meine Augenlider gleiten. Mich überfällt eine unbeschreibliche Müdigkeit. „Wie spät haben wir?", frage ich leise in sein Ohr. „Es ist kurz nach vier", raunt er zurück, streichelt mir über die Haare. „Ich bin total kaputt." „Lass uns schlafen, bleibst du hier bei mir? Nur diese eine Nacht", er deckt uns beide zu und schmiegt sich an mich. Wir liegen eng beieinander. Er im Bademantel, ich mit dem lächerlichen Handtuch über der Hüfte. Doch in diesem Moment ist mir das völlig einerlei. Müdigkeit und Wärme scheint das Rezept für einen guten Schlaf zu sein. Meine Glieder sind entspannt und bleischwer. Der Mann an meiner Seite atmet ganz gleichmäßig, doch spüre ich seinen Blick auf mir ruhen. „Frithjof" „Ja" „Das Licht ist noch an", ich muss grinsen. *Was kann ich für eine Nervensäge sein!* Er stöhnt leise auf, macht sich lang um den Schalter zu erreichen und löscht das Licht. Während es draußen schon langsam dämmert, schlafen wir ein.

Ich erwache. Es ist hell. Direkt vor mir sitzt Frithjof mit übereinander geschlagenen Beinen und beobachtet wohl mein Aufwachverhalten. Es muss ein amüsanter Anblick sein, denn er kichert in sich hinein und reibt sich dabei die Augen. Ich drehe ihm meine Kehrseite zu, und versuche weiter zu schlafen. Ich kann ihn hören, wie er um das Bett herum geht und auf der anderen Seite stehen bleibt. Ich riskiere einen Blick. Er steht in seinem Anzug da, mit vogelartig schräg gelegtem Kopf, eine Hand spielt mit seinem Bärtchen. „Habe ich etwas nicht mitgekriegt?" frage ich knitterig. „Das Frühstück", sagt er. „Ich habe zu lange geschlafen, was? Du siehst extrem salonfähig aus." „Möchtest du eine genaue Antwort?" „Hmmm" „Nun, es ist jetzt", er wirft einen Blick auf seine Armbanduhr, „genau fünfzehnuhr-siebenundzwanzig und zehn Sekunden." „Halb vier?!" „Gut geschlussfolgert, dafür, dass du gerade noch geschlafen hast ..." „Ich muss Mama anrufen!", ich setze mich ruckartig im Bett auf, ziehe mir die Decke bis zum Kinn. „Du musst Frühstücken." „Und duschen, meine Haare fühlen sich entsetzlich an!", sage ich, während ich mir eine klebrige Strähne aus dem Gesicht ziehe. Er steht immer noch da und spielt an seinem Bart. „Was ist?", frage ich von der Starrerei genervt. Er schüttelt nur den Kopf. „Was? Nun sag schon!" „Nichts, das möchtest du jetzt wirklich nicht hören", er holt meinen Bademantel von Stuhl und hält ihn mir hin, sodass ich nur reinschlüpfen muss. „Du musst dein Haar sicher zwei, dreimal waschen, es ist voller Mandelöl", erwähnt er und reicht mir noch ein paar Shampoo-Proben. Ich nehme sie an und verschwinde in meinem Zimmer: „Bis gleich." „Ich lasse schon mal das Frühstück kommen, hast du irgendwelche Vorlieben?" Ich zucke mit den Schultern: „Meinst du wirklich, es gibt noch Frühstück?" Mit einem breiten Grinsen meint er: „Einen Versuch ist es wert, oder?" Ich nicke und verschwinde. Meine Anziehsachen liegen als ordentlicher Stapel auf meinem unbenutzten Bett. *Wie peinlich!* Auf einer Banderole, die den Stapel zusammenhält, steht: Willkommen im Hause Falkenstern. Ich schlucke. *Noch peinlicher! Lieber Gott, schenk mir ein Loch, in dem ich verschwinden kann! Aber natürlich, Herr Falkenstern! Ach, das macht doch gar nichts, sie sind ja mit*

Herrn Falkenstern hier ... Es klopft an der Tür: „Bist du schon unter der Dusche?" Ich atme tief aus. „Nein, komm ruhig rein", ich schließe kurz meine Augen, um mich zu sammeln. Er betritt das Zimmer. Ich frage ihn: „Bist du der Inhaber dieses Hotels?" Ich sehe ihn direkt an. „Nein, wohl kaum; mit siebenundzwanzig besitzt man nicht ein solches Unternehmen. Und es werde auch nie dazu kommen! Meinem Vater gehört der Laden und mein Bruderherz kniet sich rein, um ihn irgendwann zu übernehmen." „Na, jetzt weiß ich ja Bescheid", ich sehe ihn an. Frithjof ist sehr ernst. „Ich wollte dir eigentlich nur sagen, was du für eine wunderbare Frau bist, aber das war dumm von mir, entschuldige", er dreht sich um und verlässt den Raum. Etwas perplex sitze ich auf dem Bett und muss mich erst mal neu sortieren. Ich greife zum Telefon und wähle Mathildes Nummer.

„Endlich meldest du dich! Ist alles in Ordnung?", fragt Mama.

„Klar, mach dir keine Sorgen, es ist gestern sehr spät geworden und ich habe lange ausgeschlafen. Das ist alles."

„Wido ist völlig verrückt und ruft mich jede Stunde an, ob es was Neues gibt!"

„Wido hat es also geschafft! Er ist wieder zu Hause? Gott sei Dank!" Erleichtert atme ich tief durch.

„Ja, dafür bist du nun weg!"

„Das ist aber was ganz anderes, Mama. Ich liege nicht besinnungslos in einem dunklen Loch."

„Wido sieht das nicht so, bitte ruf ihn an und beruhige ihn. Die Polizei hat übrigens diesen Frithjof Falkenstern überprüft. Der ist in Ordnung. Sohn eines Hotelbesitzers und noch nicht auffällig geworden."

„Ok, dann braucht sich ja auch keiner Gedanken machen!"

„Hat er sich dir gegenüber anständig verhalten?"

„Ehm, ja…"

„Da musst du überlegen? Seit ihr zusammen im Bett gelandet?"

„Ehm, wie meinst du das jetzt genau?"

„Otrun, mach mich nicht verrückt! Hat er dich verführt?"

„… nicht direkt"

„Habt ihr verhütet?"

„Wir hatten keinen Geschlechtsverkehr, ich bin unversehrt, ok?", antworte ich entnervt.

„Gut so. Mehr muss ich gar nicht wissen. Und ruf bitte Wido an. Sag ihm, was du willst, aber melde dich bei ihm!"

Nachdem sie mir die Nummer durchgegeben hat, legen wir auf. *Mann, ist das alles kompliziert!* Erst mal gehe ich unter die Dusche. Ich bin froh, dass Wido wieder zu Hause ist. *Klar, dass er sich Sorgen macht, bestimmt geht er davon aus, dass es mir jetzt ähnlich ergeht, wie ihm zuvor. Sobald ich mich entölt habe, werde ich mich bei ihm melden!* Frithjof hatte recht. Ich

brauche jede Menge Shampoo um das Zeug
wieder heraus zu bekommen. So habe ich genug
Zeit, zum Überlegen, was ich Wido erzähle. Nach
der Dusche ziehe ich mir meine frischen Sachen wieder über
und wickele meine Haare in ein Handtuch. Ich nehme erneut
den Telefonhörer in die Hand. Wähle. Beim ersten Klingeln
nimmt er ab.

„Hallo Wido, ich bin`s, Otrun."

„Bin ich froh, deine Stimme zu hören!"

„Mama hat gesagt, ich soll dich unbedingt anrufen. Warum machst du dir solche Sorgen? Mir geht's gut, es ist wirklich alles in bester Ordnung."

„Und wenn nicht?"

„Glaube mir, so einigermaßen kann ich meine Situation hier einschätzen."

„Ich erzähle dir jetzt einfach, warum ich so aufgewühlt bin und du hörst nur zu, ok?"

„Ok"

„Wir waren heute mit einem ganzen Suchtrupp in der Höhle unterm Entenberg. Wir haben jeden Gang untersucht, alles auf den Kopf gestellt. Ausgeflogen! Alle! Was irgendwie wichtig sein könnte, haben sie penibel beseitigt. Es wurden die Überreste eines Petersilien-Feldes gefunden. Man hat versucht alles zu entfernen, doch in großer Eile wird schon mal was übersehen! Und die Polizei hat`s entdeckt. Es handelt sich zweifellos um Petersilie. Das gibt doch alles gar keinen Sinn, oder? Und das soll das große Geheimnis gewesen sein, welches mein Vater nicht entdecken sollte, weswegen sie mich festgehalten haben? Das ist doch völliger Quatsch! Außerdem, dieser Typ, der alle Fäden in der Hand hielt, Namen wurden keine gesagt, hat viele Gesichter, er ist sehr sprunghaft in seinem Handeln und meiner Meinung nach hat der sie nicht mehr alle, wenn er ein Petersilien-Feld verheimlichen will! In einem Moment ist er ein alter Freund, im nächsten dein Richter oder Henker! Ich habe die Vermutung, dass er bei dir ist. Er ist sehr intelligent. Ich könnte mir vorstellen, dass er alles ganz genau geplant hat. Gib acht, er ist etwa so groß wie ich, dürfte aber muskulöser sein. Es ist schwer abzuschätzen, weil er ständig im Anzug durch die Gegend läuft. Er hat dunkle Locken bis zur Schulter, genauso dunkle Augen und ein Musketier-Bärtchen. Und jetzt sag mir bitte, dass er es nicht ist!"

Stille. Ich atme tief ein, atme aus, mache Pause, atme…

„Otrun, wo seid ihr?"

Ich sammle mich: „Das Hotel heißt „Waldhotel" und es gehört seinem Vater. Wo… Keine Ahnung!"

„Tu so, als wüsstest du von nichts, wir sind gleich da!", sagt er und legt auf.

Ich sitze da, bin entsetzt, *wie konnte er mich so an der Nase herumführen! Bin ich so dumm?* Erst jetzt fällt mir auf, dass er, seit ich bei Frithjof bin, nicht in meinen Kopf gesehen, mich nicht manipuliert hat! *Das hätte mir doch auffallen müssen!* Es klopft an die Tür: „Bist du fertig mit duschen?" „Ja, komm rein", es ist schwierig, ganz normal zu sein. Er steht strahlend vor mir, mit der Bürste in der Hand. „Die brauchst du doch bestimmt wieder, nicht wahr?", er stellt einen Stuhl mitten in den Raum: „Bitteschön, setz dich. Ich darf doch, oder?", er dreht die Bürste in der Luft. Ich komme mir vor, wie bei Rotkäppchen und dem bösen Wolf: „Klar, wenn du möchtest. Ich kann mich aber auch gern selbst frisieren." „Nein, bitte mach mir die Freude und nimm Platz", er wackelt an dem Stuhl. Ich folge seiner Aufforderung. Ganz sanft beginnt er, mein Haar zu bürsten. „Heute ist ein herrlicher Tag. Vom Gewitter ist die Luft erfrischt, es ist weniger schwül. Deshalb habe ich uns ein Lunchpaket zusammenstellen lassen. Wir machen ein Picknick, hm?" Mir entfährt ein leichtes Stöhnen. Für einen Augenblick hält er inne, dann bürstet er weiter. „So können wir vor die Tür gehen", er packt mich bei den Schultern und stellt mich auf die Füße. Freudestrahlend sagt er: „Du kannst doch nicht mehr müde sein! Komm an die Luft, in drei Stunden ist die Sonne weg!" „Ich mache ja schon, doch ich muss noch kurz zur Toilette", versuche ich Zeit zu schinden. Im Bad setze ich mich auf den Klodeckel und warte. *Wann kommen die denn!* Frithjof klopft an die Tür: „Ist dir nicht gut? Soll ich jemanden holen lassen?" „Nein, nein, geht schon, ich komme", zur Show spüle ich ab, lasse ganz in Ruhe Wasser über meine Hände laufen und dann gehe ich zu ihm. Er legt seinen Arm um mich und fragt noch einmal besorgt: „Alles in Ordnung? Du siehst blass aus." Ich winke ab: „Es ist nichts. Ich fühle mich ein bisschen schlapp." „Sicherlich, weil du noch nichts gefrühstückt hast", antwortet er mir und schiebt mich aus dem Zimmer. Gemeinsam gehen wir runter. *Normal müssten sie jetzt langsam mal kommen. Wie lang ist unser Gespräch her? Eine Viertelstunde? Nein, bestimmt länger.* Höflich werden wir von der Frau hinter der Rezeption verabschiedet. Wir steigen in den Wagen und weg sind wir. „Irgendwas ist doch los mit dir, du bist völlig verändert!" Frithjof sieht mich von der Seite an, fährt rechts ran und lehnt sich zu mir. Er streicht mit seinem Handrücken über meine Wange: „Prinzessin, habe ich mich schlecht benommen? Warum bist du böse auf mich?" Ich bin nicht sicher, ob er eine Antwort erwartet. Ich entscheide mich für: „Ach, ich weiß nicht, ich habe doch gesagt, dass ich mich etwas schlapp fühle! Vielleicht habe ich auch einfach nur schlechte Laune." „Das kriege ich hin." Er steigt aus, mit unserem Lunchpaket in der Hand, und öffnet mir die Wagentür. „Was, wir sind schon da? Hier ist nichts!" „Lass dich überraschen!" Mit sichtlicher Freude nimmt er meine Hand und läuft los. Irgendwie ist sein Launenspiel ansteckend. Ich denke mir *Vorsicht!* Doch will es mir nicht gelingen, meinen eigenen Ratschlag zu beherzigen. Wir laufen in einen Laubwald mit sehr alten Bäumen. „Kannst du klettern?", fragt er mich aufgekratzt. „Wie?" „Auf Bäume klettern." „Ja, so einigermaßen", ich versuche aus ihm schlau zu werden. „Dann sieh mal her", er drückt mir das Paket mit unserem Essen in die Hand. „Ich klettere vor. Wenn ich oben angekommen bin, lasse ich einen Eimer runter und ziehe unser Frühstück hoch. Dann kommst du nach, ok?" „Ok", ich nicke und bin gespannt, wie sportlich er ist. „Zerreißt du dir nicht den Anzug?" „Du hast recht, die Jacke könnte hinderlich sein!" Er zieht sie aus und gibt sie mir. Ich überlege, ob ich wegrennen soll, wenn er weit genug oben ist. *Eine bessere Gelegenheit wird sich nicht ergeben!* Frithjof ist ein guter

Kletterer. Kraftvoll zieht er sich an den Ästen empor. Er scheint einen genauen Aufstiegsplan in seinem Kopf zu haben. Schon bald kann ich ihn nicht mehr sehen. *Und er mich auch nicht!* Ich bin unentschlossen. Zögere rum, also bleibe ich. Dann kommt der Eimer runter. Ich lege unser Lunchpaket hinein und sein Jackett obendrüber. Ziehe kurz an dem Seil. Er versteht mein Zeichen sofort und holt den Eimer wieder hoch. Frithjofs erste Tritte habe ich mir gemerkt, der Anfang ist einfach. Dieses ist ein ausgezeichneter Kletterbaum, die Äste liegen weder zu weit auseinander, noch zu eng beieinander. Der Aufstieg macht richtig Spaß, ich fühle mich frei. Es geht höher und höher. Ich kann Frithjof summen hören. Es fällt mir schwer, ihn als so gefährlich einzustufen. Dann sehe ich eine stabile Plattform im Herzen des Baumes. „Das ist ja ein Ding, wusstest du davon?", frage ich ein wenig hinter der Puste. „Klar, die haben mein Bruder und ich gebaut!", er sieht mich mit begeisterten Augen an. „Unsere Insel der Freiheit! Damals war diese Fläche noch ganz oben. Jetzt ist sie mittendrin!" Er sieht sich um: „Als Kinder konnten wir gefühlte Kilometer weit sehen!" „Wie lang ist das her?", ich sehe mir die Konstruktion genauer an, „ist die Insel auch nicht morsch?" „Mal ehrlich, sieht sie morsch aus? Natürlich warte ich sie regelmäßig, schließlich sind wir hier in Deutschland!" Er lächelt mich an und ich kann mir nicht vorstellen, dass dieser Mann wirklich böse werden kann. Ich nehme die letzte Hürde und befinde mich auf der Plattform. Frithjof hat schon den Boden mit unserem späten Frühstück gedeckt. „Komm Otrun, endlich was zum Essen, ich sterbe fast vor Hunger!", er sieht mich kritisch an, „hast dich wieder beruhigt, was? Ich vermute mal, Widukid Delshey hat dir eine Höllenangst eingejagt." „Du hast gelauscht!", entrüstet starre ich ihn an und stemme meine Fäuste in die Seiten. "Ja habe ich, brauchte ich aber gar nicht. Du hättest dich mal sehen sollen! Sehr schlecht gespielt." "Normalerweise spiele ich anderen nichts vor, weißt du? Mir fehlt wohl die Übung, überzeugend zu sein." "Und, in welche Schublade hast du mich nun gesteckt?!", er sieht mich angriffslustig an. "Moment mal, ich bin doch hier, oder? Genausogut hätte ich eben verschwinden können!" Er zieht eine Augenbraue hoch: "Hättest du?" Er gießt uns beiden Saft in Pappbecher und schneidet wie besessen an zwei Brötchen herum. Ich sitze da, mit verschränkten Armen: "Wido sagte mir, dass du sehr launisch bist. Ich wollte ihm nicht glauben, doch du belehrst mich eines Besseren." Er reicht mir eine Brötchenhälfte mit Wurstbelag: "Magst du ein paar Tomaten dazu?", fragt er in giftigem Ton. "Gerne", sage ich etwas irritiert, "was ist da bloß alles gelaufen? Ich schätze dich wirklich nicht so schlimm ein." "Ach Otrun, wir beide hatten doch einen wirklich guten Abend, oder? Dann erzählt dir dieser Widukid irgendwelche Schauergeschichten über mich und du... Mir scheint, du hast gar keine eigene Meinung!" "Prima, wie hätte ich denn reagieren sollen? Du hast mir ja nicht gerade ehrlich gesagt, wer du bist! Du darfst dich auf keinen Fall mit dem Chef treffen, er ist nicht gerade ein einfühlsamer Mensch! Oder irgend so was!", äffe ich ihm nach und starre ihn wütend an. "Sicher hast du recht. Das war nicht gerade nett von mir. Wäre dieser Widukid nicht, wäre ich dir dann auch zu alt?" Plötzlich ist er wieder streichelzahm. "Ich weiß es nicht. Aber das kann für dich nicht so schlimm sein. Du siehst toll aus, kommst aus gutem Hause, kannst, wenn du es darauf anlegst, sehr charmant sein. Garantiert liegen dir die

Frauen zu Füßen! Was willst du mehr?" „Dich!" Ich beiße in mein Brötchen, reibe mir gestresst die Stirn: „Du kennst mich doch kaum." „Du bist die Einzige, die zu mir passt!", er sitzt da, wie ein bockiges Kind. „Erzähl mir was von dir, woher kennst du Omas Käse?" Er muss lächeln: „Sie hat ihn mir zum Probieren gegeben. Ich habe keine Ahnung, ob er heute genauso schmeckt", er sieht mich enttäuscht an, „du hast mich ja nicht kosten lassen, hast alle Reste in Widukids Hand gestopft. Damals war er köstlich. Er hätte auch absolut ekelig sein können, ganz sicher hätte er mir trotzdem geschmeckt. Deine Oma hat mich getröstet. Ich war zwölf Jahre alt. Meine Mutter ist zwei Jahre zuvor gestorben. Sie hatte mich verstanden, Mama sagte immer mit erhobenem Zeigefinger zu mir: „Halte Geist und Seele sauber!", ich habe immer gewusst, was sie damit meinte. Als ich sie nicht mehr hatte, war das sehr schwer für mich. Mir fielen ständig Sachen ein, für die mein Vater kein Verständnis hatte. Wiedermal war in der Schule was danebengegangen... Daraufhin hat er mich im Internat angemeldet. Ich fühlte mich aus dem Weg geräumt, beseitigt, die Familie von mir gereinigt. Gemeinsam haben wir, die ehrenwerte Familie Falkenstern, so einen Bauernmarkt besucht. Dort konnte man lebendige Hühner, Salbe für raue Fußsohlen und Honig vom Imker kaufen. Auf dem Markt hat deine Oma magische Dinge feilgeboten. Dinge, die den Leuten Glück bringen, ganz individuell. Viele haben nur gekauft, weil sie es spannend fanden. Ich stand einfach da und habe sie angesehen. Sie kam zu mir und legte mir ihre Hand auf die Schulter, ich weinte in dieses lächelnde Gesicht. Sie hat mir meinen Ballast einfach so abgenommen! Dann meinte sie zu mir: „Mein kleiner Junge, koste diesen Käse, der wird dich glücklich und stark machen." Ich habe meinen Kummer weggegessen, mir einen Würfel nach dem anderen in den Mund gestopft und ihr erzählt, dass ich Angst vor dem Internat habe ... Ich einfach mit niemandem klarkomme. Und dass die Mitschüler mich dort genauso fertig machen werden, wie überall sonst, nur mit einem Unterschied, ich könne nicht nach Hause flüchten, mich in meinem Zimmer verbarrikadieren. Sie hat mir erklärt, dass die anderen Angst vor mir haben, weil ich jemand ganz Besonderes bin. Es seien meine Augen, die ihr das verraten. Dann hat sie in einer kleinen Holztruhe gewühlt und mir diesen Talisman zusammengestellt." Frithjof holt einen abgegriffenen, kleinen Lederring aus seiner Hosentasche. „Schau, hier ist ein Stückchen Ohr angenäht. Das hat ein Luchs im Kampf verloren, während er seinen Gegner besiegt hatte. Siehst du hier, den kleinen Pinsel?", Frithjof spielt mit seiner Fingerkuppe daran herum. „Und dieses ist ein kleiner Knochen aus einer Fuchstatze. Das Auge hat Siegrun mir selbst aufgestickt. Sozusagen das Auge meiner Mutter. Es sollte bedeuten, dass sie über mir wacht und dass ich immer gut aufpassen soll, mich sauber zu halten!" „Und hat es genützt?" „Einige Jahre schon, ich bin einigermaßen unbeschadet durch die Internatszeit gekommen. Für meinen Vater war das der Beweis, dass selbst ich unter strenger Hand lernen kann!" Mein Gegenüber sieht verbittert aus. „Dann begann ich ein Studium. Schwerpunkt Biologie. Mit der Zeit verlor ich den Glauben an all diese Dinge. Oder ich war einfach zu abgelenkt. Habe Mamas Regeln nicht mehr beachtet. Das war nicht gut für mich. Nach dem dritten Semester brach ich ab. Habe Siegrun erneut aufgesucht. Ich dachte, sie könnte mir helfen, meine Seele wieder zu reinigen. Ich fragte sie, ob sie mich unterrichten würde. Sie war meine letzte Hoffnung, doch aus irgendwelchen Gründen lehnte sie mich ab. Am Boden zerstört ging ich zu meinem Vater, er hatte sofort seinen Ich-habe-es-kommen-sehen-Blick aufgesetzt. Er vermittelte mir kleine Gelegenheitsjobs. Im Hotel wollte er mich lieber nicht haben. Na ja, und so weiter ..." Er sieht mir in die Augen: „Ich bin der Nichtsnutz der Familie Falkenstern", er kommt zu mir rüber, streicht mit seiner Hand über meinen Rücken, „aber ich bin kein böser Mensch, das musst du mir glauben!" „Aber du bist skrupellos, wenn du ein Ziel verfolgst." „Nein, ich habe dir ermöglicht, deinen kleinen Liebling zu befreien! Ich hätte ihn auch einfach da liegenlassen können. Das habe ich nicht getan." „Frithjof? Ich verstehe es einfach nicht! Was wolltest du mit der ganzen Petersilie anfangen?" „Welche Petersilie?" Entweder spielt er seine Rolle perfekt, oder er weiß wirklich nicht, wovon ich spreche. „Das große Petersilien-Feld in diesen Felskrater, du weißt schon, das ich mit Dustin vom Segelflieger aus entdeckt habe." „Ein Petersilien-Feld?" Ungläubig sieht Frithjof mich an. „Ja, du hast es ja wohl anbauen lassen!" Er hat seine Hand zurückgezogen, starrt einfach nur geradeaus. „Frithjof? Bist du noch da?", ich schubse ihn leicht an. „Das gibt's doch nicht, wirklich Petersilie?" „Ja, die Polizei hat Überreste gefunden und sie untersucht. Pe-ter-si-lie", wiederhole ich sehr deutlich und beobachte, wie sich die Erleichterung auf seinem Gesicht durchsetzt. „Frithjof, würdest du bitte mit mir reden? Ich möchte mich gern mitfreuen!" Er wirft seinen Kopf in den Nacken und schreit: „Petersilie!" Ich sehe ihn verwundert an. „Ich fasse es nicht! Nur blöde Petersilie!" Frithjof sieht mich lachend an: „Noch nie habe ich mich über einen Betrug so sehr gefreut! Eigentlich hatte ich Sämereien von etwas ganz anderem erworben. Indischer Hanf. Daraus lässt sich Marihuana herstellen. Ich habe einen Haufen Geld ausgegeben!" Er fährt sich mit den Händen durch seine Locken und hält kurz inne. „Aber sie haben mich angeschissen! Petersilie! Bin ich blöde! Biostudent! Aber immerhin, das wird mir einige Jahre Knast ersparen!", er sieht mich mit hochgezogenen Brauen an. „Ich schaffe es nicht mal, ein ordentlicher Krimineller zu sein!" „Kidnapping ist auch nicht ohne! Ich hoffe, dir ist klar, dass du mit Wido einen riesen Bockmist gebaut hast!" „Deshalb werden wir jetzt auf der Stelle verschwinden." „Du vielleicht, ich bleibe hier. Tu, was du tun musst, aber ohne mich", ich verschränke meine Arme und neige mich von ihm ab. Er rutscht hinter mir her: „Otrun, bitte! Bleib bei mir, lass mich nicht im Stich!" „Wie kann ich dich im Stich lassen, wenn ich deine Gefangene bin! So ein Quatsch, du solltest dir mal selber zuhören!" „Du bist quasi freiwillig bei mir", er sieht mich bittend an, „ich habe keine Gewalt angewendet!" Er hält unschuldig seine Hände in die Höhe. „Hast du nicht?", jetzt bin ich schon etwas wütend, „ich kann mich an meinen netten Waldlauf gut erinnern! Du hast voll n Rad ab!" Ich stehe auf und will runter klettern. Er hält mich am Arm fest: „Was hast du vor?" „Was wohl, ich klettere jetzt hier runter und gehe dann nach Hause!" Er grinst mich gelassen an: „Wetten, dass du das nicht tun wirst?"

„Dustin! Wir haben ihn fast!", ich lege den Hörer auf, „schnell, sie sind im Waldhotel Falkenstern! Er ist es! Er ist bei Otrun!"

Dustin setzt sich sofort mit der Polizei in Verbindung. „Komm Junge", er greift nach dem Autoschlüssel. Während wir vom Hof fahren, fragt er mich: „Und, wie hört sich Otrun an? Geht es ihr gut?" „Er hat ihr den Beschützer-Frithjof vorgespielt. Sie hatte keine Ahnung." „Demnach hat er sie auch gut behandelt, zumindest bis gerade eben." „Meinst du, sie schafft es, ihn weiterhin zu täuschen?", frage ich meinen Vater unsicher. „Ich weiß es nicht, wir kennen sie noch nicht genug, um das zu beurteilen. Aber Otrun ist nicht zu unterschätzen, sie kann auch gut überraschen!" „Hoffentlich", sage ich leise und bezweifele insgeheim, dass sie sich gegen diesen Mann behaupten kann. Als wir das Hotel erreichen, ist das Polizeiaufgebot schon vor Ort. Wir halten uns im Hintergrund, um die Beamten nicht zu behindern. Das Hotel scheint umstellt zu sein. Zwei Polizisten kommen aus dem Vordereingang heraus, der eine gibt gerade einen Funkruf durch. Die beiden sehen uns und kommen auf uns zu: „Hallo Dustin, tut mir leid, wir waren zu spät", er sieht uns entschuldigend an, „sie haben vor etwa fünf Minuten das Hotel verlassen. Das Mädchen sah, laut Empfangsdame, sehr aufgewühlt aus. Herr Falkenstern ist informiert worden und wird gleich hier eintreffen. Wenn ihr möchtet, könnt ihr bei dem Gespräch dabei sein. Die Kollegen schwärmen aus und suchen nach einem verdächtigen Fahrzeug. Leider ist nicht bekannt, was für ein Auto er fährt." Dustin sagt zu dem Beamten: „Dann wollen wir uns den Vater mal ansehen, der nicht mal weiß, was für ein Auto sein Sohn besitzt", kopfschüttelnd geht er vorneweg. Wir betreten das Hotel. Man bittet uns, in der kleinen Empfangshalle kurz Platz zu nehmen. Die Frau an der Rezeption sieht mich erschreckt an. Ich stehe auf und gehe zu ihr rüber. Sie starrt auf meine Blessuren im Gesicht: „Mein Gott, sie Armer!", sagt die Dame in ehrlichem mitleidigen Ton, "ich kann mir gar nicht vorstellen, dass das der kleine Falkenstern gewesen sein soll. Meine Kollegin hatte heute Nacht Dienst, sie kommt um zweiundzwanzig Uhr, falls sie mit ihr reden möchten ... Als ich sie ablöste, erzählte sie mir, dass der kleine Falkenstern mit einer jungen Dame hier ist. Einer sehr jungen Dame! Beide waren äußerst schmutzig, das Hotel hat ihre Sachen über Nacht frisch gemacht." Sie schüttelt den Kopf: "Gegen kurz vor vier will er ein Frühstück aufs Zimmer gebracht bekommen! Kurz vor vier am Nachmittag! Und ein paar Minuten später sollen wir alles einpacken, weil er bei dem schönen Wetter mit der Kleinen ein Picknick plant!" Sie sieht mich kopfschüttelnd an: "Er ist schon ein seltsamer Kerl, aber dass er zu so etwas fähig ist, das hätte ich nicht für möglich gehalten." "War meine Freundin unversehrt, ging es ihr gut?", frage ich sie. "Nun mir war aufgefallen, dass sie sehr jung war, fast ein Kind! Und sie sah ein wenig eingeschüchtert oder gar ängstlich, durcheinander aus. Ach sehen sie, da kommt unser Chef." Ein gepflegter Herr mit schütterem Haar betritt das Hotel. Er entdeckt Wido und kommt direkt auf ihn zu: "Guten Tag, mein Name ist Falkenstern. Hat das wirklich mein Sohn angerichtet?", er wedelt sich dabei um seinen Kopf. Dustin und der Beamte kommen zu uns. "Nicht nur das, lassen sie uns irgendwo anders reden", sagt der Polizist. "Ja, sie haben recht", und an die Dame hinter der Rezeption gerichtet, "ist der kleine Konferenzraum frei?" Sie nickt und Herr Falkenstern geht vorneweg. Wir gelangen in einen hellen freundlichen Raum ohne viel Schnickschnack und nehmen Platz. "So, mein Sohn hat wieder mal Mist gebaut", stellt Herr Falkenstern fest. "Die Sache ist noch nicht abgeschlossen", berichtet der Beamte, "im Augenblick hat er ein fünfzehn jähriges Mädchen in seiner Gewalt. Und wir hoffen, dass wir ihn mit ihrer Hilfe schneller stellen können." „Auf meine Mithilfe können sie zählen, für mich und unser Haus ist es das Beste, er wird weggesperrt, im Knast kann er keinen Schaden anrichten. Doch ich weiß nicht so recht, wie ich ihnen nützlich sein kann." „Wir hatten uns erhofft, sie kennen seine Vorlieben, wo er sich mit dem Mädchen aufhalten könnte, oder sie wüssten, was für ein Auto er fährt. Hat er Freunde, bei denen er vielleicht mit dem Mädchen unterschlupfen könnte?" „Ich kann mir nicht vorstellen, dass Frithjof Freunde hat, der weiß gar nicht, was Freundschaft ist", er winkt ab, „Fehlanzeige, der kommt nicht mal mit sich selber klar! Und wo er sich aufhalten könnte, weiß ich auch nicht. Vor fünfzehn Jahren habe ich ihn im Internat angemeldet und seit dem kaum gesehen. Ich bin ein vielbeschäftigter Mann, müssen sie wissen! Ach doch, vor ein paar Jahren, er hatte glaube ich sein Studium gerade abgebrochen, wollte er zu so einer alten Hexe, die irgendwo mitten im Wald lebt, und ihr bei den täglichen Arbeiten zur Hand gehen. Aber nicht mal die wollte ihn bei sich haben!" Er sitzt da und kann sich sein Lachen kaum verkneifen. „Entschuldigen sie, aber das ist doch ulkig! Nicht mal eine Hexe!" „Gibt es Hexen nicht nur in Märchen?", fragt der Polizeibeamte, „ich kenne die Dame zufällig sehr gut." Dem Herrn Falkenstern bleibt das Lachen im Halse stecken: „Sie kennen solche Leute?" „Wir sollten auf Frithjof Falkenstern zurückkommen." „Ja, ja", sagt Senior Falkenstern, „also, ich kann ihnen, wie sie sehen, wirklich nicht viel weiter helfen." Er zuckt mit seinen Schultern und versucht einen Unschuldsblick. An mich gewandt fragt er: „Kann ich sie eventuell Finanziell etwas vertrösten, ihre Unannehmlichkeiten ausgleichen?" Ich sehe erstaunt zu Dustin

rüber. Der Polizeibeamte schaltet sich wieder ein: „Diese Dinge wird der Richter entscheiden, wenn es dann soweit ist. Womit verdient denn Frithjof Falkenstern seinen Unterhalt?"
„Vermutlich gar nicht, ich tätige monatliche Überweisungen."
„Vielleicht kann uns sein Bruder eher weiterhelfen", äußert der Beamte. „Ich habe ihm den Umgang mit Frithjof untersagt. Er muss sich auf das Geschäft und seine Ausbildung konzentrieren!"
„Wir hätten trotzdem gern seine Telefonnummer", sagt der Beamte und erhebt sich zum Gehen. Vater und ich sind direkt hinter ihm. Von der Empfangsdame lassen wir uns die Nummer des Bruders geben und verlassen das Hotel.

Es ist still, während wir zum Auto gehen. Wir sind beide in unseren eigenen Gedanken gefangen. „Wer von den beiden ist eigentlich der Kriminelle?", frage ich meinen Vater. „Schwer zu sagen, das alles entschuldigt nicht, dass der sich herausnimmt, Menschen gegen ihren Willen festzuhalten. Trotz allem tut er mir leid", er atmet geräuschvoll aus, „und trotzdem müssen wir Otrun finden!" „Und zwar schnell!", vervollständige ich. Es klopft an die Autoscheibe. Dustin öffnet das Fenster. „Wir haben Bastian Falkenstern erreicht. Er möchte sich gerne mit uns treffen. Morgen früh, um neun Uhr im Präsidium. Ihr könnt auch ruhig dazu kommen, er war sofort damit einverstanden", erklärt uns der Beamte. „Und wie ist er so?", fragt Dustin. „Wesentlich kooperativer als sein Vater." „Na immerhin."

„Oh doch, mein Lieber! Und du wirst mich nicht daran hindern!", ich habe eine Stinkwut und will, dass er sofort seinen Griff lockert. Er lässt mich los und sieht mich entsetzt an. Ich klettere den Baum runter. Das letzte Stück springe ich. Blöderweise habe ich einen Ast auf dem Boden übersehen und knicke um. Ich sitze da und halte mir mein Fußgelenk. Frithjof kommt zu mir und sieht höhnisch auf mich herab: „Schade, das hätte spannend werden können", dann beugt er sich zu mir runter und fragt mitfühlend: „Tut`s sehr weh?" „Nein, ich sitze hier, weil es so ein gemütliches Fleckchen ist!" „Lass mal sehen", sagt er und zieht mir schon den Turnschuh aus, „eijeijei, das sieht nicht gut aus! Warum bist du von soweit oben abgesprungen?" „Vielleicht, damit ich schneller bin?", antworte ich genervt. „Komm her Mädchen", er hilft mir auf und stützt mich, „wir gehen erst mal zum Wagen und dann sehen wir weiter." Ich versuche mich von ihm zu lösen: „Ich kann alleine gehen!" „Wirklich?" Frithjof sieht mich stirnrunzelnd an: „Warum willst du dir nicht helfen lassen?" „Im Moment nicht, danke schön, ich platze gleich vor Wut!", meine Stimme klettert schrill in die Höhe und der willige Helfer an meiner Seite muss grinsen: „Gut, dann lauf eben alleine." Er nimmt seinen stützenden Arm von mir und ich sacke tatsächlich beim ersten Schritt verdächtig ein. Ich hüpfe auf einem Bein, das geht besser. Jede Erschütterung schmerzt höllisch. Mir tritt der Schweiß aus und dann sitze ich am Boden. Plötzlich wird mir übel, schwarze Pünktchen flirren um meinen Kopf. Frithjof schafft es noch gerade, mir die Haare aus dem Gesicht zu halten, da muss ich mich auch schon übergeben. *Mir bleibt auch keine Peinlichkeit erspart,* denke ich wütend. Er gibt mir sein Stofftaschentuch, damit ich mir den

Mund abputzen kann. „Ich bringe dich jetzt ins Krankenhaus, ganz sicher hast du dir den Knöchel gebrochen." „Ich habe zufällig meine Krankenkarte nicht dabei", maule ich. Mir ist immer noch schlecht! Frithjof will mich gerade hochheben. „Nein warte, ich glaube, ich muss noch einen Moment hier sitzen." Ich atme tief ein und aus, ein und aus. Ich habe ein dumpfes Gefühl im Kopf. Ein Pfeifton nähert sich, wird immer lauter, meine Arme werden unendlich schwer. Ich lasse mich treiben…

Ich treibe auf dem See. Es ist frisch, doch so langsam hat sich mein Körper an kaltes Wasser gewöhnt. Es macht mir nicht mehr viel aus. Ich liege auf der Oberfläche und spüre Widos Blicke auf mir. Langsam öffne ich meine Augen und ertappe ihn, wie er auf meine Brüste starrt. Ich muss über ihn lachen: „Die hast du schon tausendmal gesehen! Irgendwann kann der Anblick nicht mehr so überraschend sein, Wido!" Ertappt schaut er schnell weg und taucht ab. Ich folge ihm, wir schwimmen dicht am Grund, ein paar Unterwasserpflanzen kitzeln uns am Bauch. Ich rede mit den Fischen: „Schön, dass wir alle wieder zusammen sind. Hier im See." Ich bin froh, fühle mich schwerelos. Wir liegen uns auf dem Grund des Sees in den Armen. Unendlich glücklich sehe ich gegen die Wasseroberfläche. Die Sonne glitzert mir entgegen. Wido flüstert in mein Ohr: „Endlich, endlich bist du wieder bei mir, aber du musst jetzt wieder auftauchen!"

Es ist gerade kurz vor neun Uhr. Dustin und ich betreten gemeinsam das Präsidium. Mittlerweile gibt es für mich hier eine Menge bekannte Gesichter. Man winkt uns den Flur entlang. „Geradeaus durch", sagt eine Frau, die Dustin näher zu kennen scheint, „Herr Falkenstern war sehr pünktlich hier… Sie erwarten euch schon." Wir betreten das Büro. Bastian Falkenstern und der Beamte sitzen, mit großen Tassen in den Händen, an einem Tisch. „Guten Morgen Christian." „Hallo Dustin, kommt setzt euch zu uns, auch `nen Kaffee?" Ich fühle mich sofort wohl. Die lockere Atmosphäre wird unserem Gespräch sicher gut tun. „Ja gern", sagt Dustin und reicht dem jungen Mann am Tisch die Hand: „Ich bin Dustin Delshay und das ist mein Sohn, Widukid Delshay." Betroffen und etwas ungläubig sieht mich Frithjofs älterer Bruder an: „Hat er sie geschlagen?" „Nein, nicht wirklich, er hat die Geduld verloren und mich, ich war an einen Stuhl gefesselt, umgeworfen. Ich bin voll auf den Steinboden geknallt. Alles Übrige haben seine Gehilfen erledigt. Ich hab`s gar nicht so mitbekommen, ihr Bruder hat mir irgendwelche Drogen verabreicht." Bastian Falkenstern schüttelt den Kopf: „Dieses Mal übertreibt er! Doch bitte schätzen sie meinen Bruder nicht falsch ein. Mir ist völlig klar, dass sie das aus dem Mund eines Familienangehörigen nur allzu oft hören, aber mein Bruder ist kein böser Mensch. Und seine Kräuter sind auch eher leicht", er hält seine Hände vor

sich, „das heißt nicht, dass sie nicht wirkungsvoll sind! Doch sie haben keine andauernden Nebenwirkungen. Oder haben sie Suchterscheinungen?", er sieht mich fragend und hoffend zugleich an. „Nein, es geht mir gut, darüber habe ich mich auch schon gewundert. Er hat mir dreimal was gegeben, normal müsste das schon Wirkung zeigen, glaube ich", ich sehe mich um, „aber mit solchen Dingen habe ich keine Erfahrung, deshalb ..." Ich zucke mit den Achseln, „ich habe keine Ahnung, ab wann man süchtig wird." „Ich muss ihnen allen etwas gestehen", der junge Herr Falkenstern sieht uns drei nacheinander ernst an: „Ich hatte heute Nacht Kontakt mit Frithjof. Ich bitte um Verzeihung, er ist mein Bruder! Ich habe ihn immer beschützt. Das ist wohl schon so eine Art Reflex. Normal beschütze ich ihn immer vor unserem Vater, jetzt vor der Polizei! Und ich weiß genau, dass das falsch ist, doch ich konnte nicht anders." Er drückt seine Fingerspitzen gegeneinander und sucht kurz nach den richtigen Worten. „Hören sie einfach zu. Wenn sie möchten", sagt er an den Beamten gewandt, „können sie das auch ruhig auf Band aufnehmen. Mein Bruder hat ein großes Problem! Er wird von niemandem verstanden. Er besitzt übersinnliche Kräfte oder so was. Meine Mutter hat diese Begabung an ihn weiter gegeben. In einer anderen Zeit wäre er vielleicht ein angesehener Heiler, doch in unserer hat er es schwer. Seine Kräutertropfen hat er irgendwie beeinflusst, besprochen, mit seinem Geist verzaubert, ich weiß es nicht. Doch für den Moment wirken sie so, wie er sie braucht. Sie können die Zunge lockern", dabei sieht er mich an, „sie können aber auch Schmerzen nehmen, oder Dinge positiv erscheinen lassen. Frithjof ist außerdem in der Lage einfach seinen Gemütszustand auf andere zu übertragen. Das soll bedeuten, wenn er das möchte, kann er *sein Gegenüber beruhigen oder positiv stimmen, vermutlich auch ängstigen. Eigentlich können wir das alle. Nur er kann`s ein wenig besser. Unsere Mutter nahm ihn früh unter ihre Fittiche. Sie hat ihn gelehrt, immer seinen Geist und seine Seele rein zu halten. Also in gewisser Weise unschuldig, offen und frei. Schon schwierig etwas zu erklären, was gar nicht wirklich greifbar ist. Ich versuche es trotzdem. Vielleicht hat es etwas mit der weißen Weste zu tun. So ein Gefühl, sich stets für den rechten Weg zu entscheiden. Auch schon mal das tun, was man lieber nicht möchte, weil es unbequem ist. Es hat auch funktioniert. Er war zeitweise schon ein sonderbarer Bruder, ganz anders als die Brüder meiner Freunde, aber auch ein Guter und Lieber. Als ich vierzehn war, ist unsere Mutter gestorben. Das war sehr schwer für Frithjof. Er war erst zehn. Unser Vater war nicht bereit auf ihn einzugehen. Frithjof geriet aus dem Gleichgewicht. Zu oft hat er den verkehrten Weg eingeschlagen. Manchmal war er zu gerecht und hat die Dinge allzu sehr beim Namen genannt. Alles wurde schwierig, in der Schule, zu Hause. Jetzt kann ich sagen, mein Vater, er hat seinen zweiten Sohn abgeschrieben, war der Situation nicht gewachsen. Er hält all diese Dinge für Humbuk! Ich habe keine Ahnung, wie er mit meiner Mutter zurechtkam, er hat sie schließlich geheiratet. Sie hatte, glaube ich die gleichen Fähigkeiten. Bei ihr fühlte sich jeder glücklich. Etwas strenger war sie eigentlich nur mit Frithjof. Sie wusste genau, wie schwierig es ist, im Gleichgewicht zu bleiben. Ich war ja auch nur ein Kind, habe meinen Bruder nach dem Tod unserer Mutter beschützt, wo es ging. Na ja, Vater hat Frithjof ins Internat geschickt und war erleichtert, als der schwierige Sohn dort scheinbar besser klar kam. Wie gesagt, nur scheinbar. Mein kleiner Bruder musste sich durchbeißen. Er hat gelernt, in*

Perfektion versteht sich, andere zu beeinflussen, sodass sie ihn wenigstens in Ruhe lassen. Oder auch so, dass sie ihn bewundern." Bastian Falkenstern sieht uns auffordernd an: „Ein wenig Anerkennung brauchen wir doch alle! Und er hat sich seine Fähigkeiten zunutze gemacht. Das war nur ein kleiner Einblick, damit sie ihn vielleicht eher verstehen können. Wirkliche Freunde hat er leider nicht, weil ihn die Menschen aus ihrem Unterbewusstsein heraus eher meiden. Wie ich anfangs schon erwähnte, hat er mich am späten Abend angerufen. Er brauchte meine Hilfe. Er war sehr aufgeregt, ähnlich wie ein kleines Kind zu Weihnachten! Und leider ist ihm nicht alles geglückt, was er sich ausgemalt hat." Der junge Herr Falkenstern nimmt einen Schluck von seinem Kaffee und sieht uns mit gerunzelter Stirn an: „Er wünscht sich so sehr, dass dieses Mädchen bei ihm bleibt. Er sagt, sie ist wie er. Es gibt eine ähnliche Problematik, bloß das sie eine Familie hat, die hinter ihr steht. Gestern ist etwas passiert, woran meinen Bruder ausnahmsweise keine Schuld trifft. Die beiden waren auf einen Baum geklettert. Als Kinder haben wir in diesen alten Baum eine Plattform gebaut. Mein Bruder hängt so sehr daran, dass er sie regelmäßig wartet und pflegt. Dort haben sich die beiden gestern aufgehalten. Dort oben hat er ihr auch gestanden, dass er sie belauscht hat, während sie mit ihnen", er wendet sich kurz an mich, „telefonierte. Sie war sehr wütend, hat sich sogar, zu seinem Erstaunen, durch, ehm, nennen wir es mit Gedankenkraft, gegen ihn behauptet. Er wollte sie festhalten, aber sie hat ihn durch ihre Entschlossenheit gegen seinen Willen dazu gebracht, seinen Griff zu lösen. Es geschieht zum ersten Mal, dass er seinen Meister in solchen Dingen findet. Es ist neu und berauschend für ihn. Und es jagt ihm auch ein wenig Angst ein. Sie ist die Frau, die ihn in seine Schranken weist und ihn gleichzeitig verstehen kann. Das Mädchen wollte also weg von ihm und ist den Baum runter geklettert. Das letzte Stück ist sie gesprungen. Frithjof schwört, dass er sie nicht verfolgt hat! Er war viel zu perplex, dass er sich nicht gegen sie durchsetzen konnte. Sie knickte auf einem am Boden liegenden Ast um und hat sich den Knöchel angebrochen. Er war außer sich vor Sorge und hat mich angerufen. Er wusste einfach nicht wohin. Ein Bekannter von mir ist Orthopäde und hat sie ärztlich versorgt. Ein einfacher Bruch, der bald vergessen ist. Der Fuß wurde geröntgt und gegipst. Ich habe mit meinem Freund gesprochen, dem Mädchen geht es gut, nicht nur gesundheitlich. Sie war in guter Verfassung. Und ich habe auch selbst mit ihr telefoniert. Sie mag Frithjof und möchte versuchen, ihm zu helfen. Sie sind jetzt unterwegs nach Norddeutschland, oder vielleicht auch schon da. Dort habe ich ein kleines Häuschen an der See. Ich weiß, dass das falsch war, aber ich konnte nicht anders. Mein Bruder vertraut mir und diesem Mädchen. Sonst hat er niemanden. Ich bitte sie, lassen sie ihm noch ein wenig Zeit. Eine Woche oder so. Diese Otrun ist freiwillig bei ihm. Sie wird von dort aus anrufen, sich bei ihrer Mutter und auch bei ihnen melden. Ich habe hier Adresse und Telefonnummer." Bastian Falkenstern reicht dem Beamten einen Zettel und wirft einen Blick auf seine Armbanduhr: „Eventuell kommen sie jetzt gerade dort an. Vielleicht sitzen sie auch schon gemeinsam am Strand. Je nachdem, wieviel Zeit sie sich gelassen haben." Stille, keiner sagt ein Wort. „Ich bin fertig", sagt er und sieht in unsere Gesichter. Der Beamte namens Christian sieht mich an: „Anzeige, Fahndung?" Ich schüttele den Kopf: „Ich weiß es nicht, ich weiß gar nichts mehr. Dieses Gefühl hatte ich schon, als ich den Vater kennenlernte", ich sehe zu Dustin rüber, "was sagst du, sollen wir erst mal den Anruf abwarten und mit Mathilde sprechen?" "Ja, ich denke, es muss noch viel gesprochen werden." Erleichtert lehnt sich Bastian Falkenstern zurück: "Danke, das ist alles, was ich sagen kann. Als ich sie eben zum ersten Mal gesehen habe, mit ihren Blessuren am Kopf, und wahrscheinlich sind nur die für jedermann sichtbar, dachte ich, mein Bruder wäre verloren. Danke." Er streckt mir seine Hand entgegen, ergreift meine und hält sie in seinen beiden eingeschlossen. "Es ist mein Bruder", sagt er noch mit einem Achselzucken. "Manchmal schäme ich mich dafür, dass ich ganz mein Vater bin, Frithjof hat alles von unserer Mutter!" Christian steht jetzt hinter ihm: "Also, so ganz der Vater sind sie nicht! Wir hatten gestern das Vergnügen, ihn kennenzulernen." "Danke", sagt Herr Falkenstern und verlässt das Präsidium.

"Der hat's auch nicht leicht!", sagt Dustin in den Raum hinein. Ich antworte: "Otrun hat mir am ersten Abend gesagt, gar nichts ist leicht. Und damit hatte sie vermutlich recht."

Wenn Wido ruft, dann komme ich. Ich tauche auf, es ist aber nicht Wido, der auf mich wartet, es ist Frithjof. „Ah, da bist du ja! Ich werde dich jetzt aus dem Wagen heben, du musst zum Arzt, weißt du noch, was passiert ist?" *Oh ja, langsam kehrt die Erinnerung zurück.* „Ich bin vom Baum gesprungen und es ist mir nicht geglückt, nicht wahr?" „Richtig Otrun, es ist dir nicht geglückt!", er lächelt mich an, „bin ich froh, dass du wieder wach bist, ich habe mir solche Sorgen gemacht. Passiert dir das öfter, dass du so abbaust?" „In letzter Zeit ab und an mal", gebe ich zu, „aber eigentlich eher beim Schwitzen oder Meditieren", ich lehne mich an ihn und fühle mich wohl, obwohl ich mir doch eher Wido hierher gewünscht hätte. Ich werde in ein Haus getragen. Ein netter Mann in dunklem Jogginganzug erwartet uns. Wir gehen in einen hell erleuchteten Raum, mit einer Untersuchungsliege in der Mitte. Darauf lädt Frithjof mich ab. Der Arzt streckt mir seine Hand entgegen: „Einen wunderschönen guten Abend Frau Rosenthal, ich bin Doktor Emmerich. Ich werde mir jetzt ihren Fuß ansehen. Der ist ja ganz schön geschwollen! Wie ist das passiert?" „Ich bin von einem Baum gesprungen, habe einen, am Boden liegenden Ast übersehen und knickte darauf um." „Wir machen erst mal eine Röntgenaufnahme, kommen sie bitte mit, leider müssen wir in den Nebenraum." Bevor ich aufstehen kann, ist Frithjof schon an meiner Seite und stützt mich. „Ist eine Schwangerschaft möglich?", fragt der Dok auf dem Weg ins Nebenzimmer. „Nein, nein." Auf der nächsten Liege angekommen, bekomme ich eine schwere Bleischürze umgelegt. Nur mein Fuß bleibt frei. Es ist für mich das erste Mal, dass ich geröntgt werde und ich wundere mich, wie schnell so etwas geht. Nur wenige Minuten später hängt das

Ergebnis vor einer beleuchteten Rückwand. „Tja, junge Dame, es sieht besser aus, als zu erwarten war", er zeigt mir die Stelle auf der Aufnahme, „ein wenig angebrochen. Hier oberhalb des Fußgelenks. Sie haben Glück im Unglück gehabt. Nichts Kompliziertes, das wird leicht heilen, wenn wir es ruhigstellen." „Dann sind meine Ferien wohl gelaufen, was?" „Ich gipse den Fuß jetzt ein. Gönnen sie sich viel Ruhe! Und halten sie den Fuß möglichst hoch, zumindest die erste Zeit. Er darf unter dem Gips nicht weiter anschwellen! Sonst tut`s weh! Sagen wir mal die erste Woche absolute Schonung. Wenn irgendetwas sein sollte, rufen sie mich ruhig an. Ich bin ein Freund von Frithjofs Bruder, nur damit sie Bescheid wissen." Und an Frithjof gewandt: „Bastian möchte, dass sie ihn anrufen. Sie können gerne den Apparat im Vorzimmer nutzen." Frithjof verlässt uns für einen Augenblick. „Sind sie in Ordnung? Ich frage im Auftrag seines Bruders. Er lässt sie beide in sein Haus an der See, damit alle zur Ruhe kommen und einen klaren Gedanken fassen können. Aber nur, wenn sie damit einverstanden sind. Sonst hole ich in diesem Augenblick die Polizei und lasse ihn abführen." „Nein, tun sie das bitte nicht. Zwar weiß ich nicht immer, wie ich Frithjof einzuschätzen habe, doch ich möchte nicht, dass die Polizei gerufen wird. Vielleicht halten sie mich jetzt für ein dummes Ding, doch ich glaube, wir können uns gegenseitig nützen. Er hat ein wenig von sich erzählt, wir sind uns sehr ähnlich. Als ich eben den Baum runter wollte, hatte ich es schon eilig, von ihm wegzukommen. Ich war wütend. Und doch weiß ich, dass nur ich ihm helfen kann. Oder eben jemand wie ich, aber so häufig findet man solche Menschen nicht. Von dem Haus hat er mir noch nichts erzählt." „Er bekommt es gerade am Telefon von seinem Bruder angeboten", sagt mir Doktor Emmerich, während er mir meinen Fuß eingipst. „Also wissen sie und sein Bruder, dass ich bei Frithjof bin. Dann bin ich auf jeden Fall sicher." „Ja, das denke ich auch. Und das ist wirklich ihre Entscheidung? Ich bin der Letzte, der sie überreden möchte, mit diesem Mann an die See zu fahren", er sieht mich kritisch an. Ich nicke. „Dann sollten sie auch noch kurz mit Bastian reden." Er hilft mir auf und bringt mich in das Vorzimmer, in dem Frithjof noch mit seinem Bruder spricht. Doktor Emmerich setzt mich auf einen Stuhl, schiebt mir einen Zweiten heran, damit ich mein Bein hochlegen kann, dann kramt er kurz in einem Schrank. „Ich habe hier ein paar Medikamentenproben. Nur wenn`s wehtut, ok?" „Dankeschön", ich nicke ihm zu und greife nach dem Hörer, den Frithjof mir jetzt hinhält.

„Hallo?"

„Hallo, ich bin Bastian, Frithjofs Bruder. Sind sie mit einer kurzen Reise an die Nordsee einverstanden? Ich habe dort ein kleines Häuschen am Strand, vielleicht ist es für alle Beteiligten gut, ein wenig zur Ruhe zu kommen. Aber nur, wenn sie das auch wirklich möchten! Niemand zwingt sie!"

„Ja, Doktor Emmerich hat mit mir gesprochen. Ich habe keine Bedenken, mit ihm mitzufahren. Nur hoffe ich, dass das meine Familie auch so sieht. Vorsichtshalber werde ich sie erst anrufen, wenn wir angekommen sind."

„Ich habe Morgen einen Termin mit der Polizei und den zwei Herren Delshay. Ich werde ihnen davon erzählen und auch erwähnen, dass sie sich von dort oben melden. Ebenso werde ich den Beamten die Adresse und die Telefonnummer des Hauses angeben, falls der junge Herr Delshay Anzeige erstatten möchte."

Mir wird ganz mulmig bei dem Gedanken: „Das möchte ich überhaupt nicht!"

„Ich auch nicht, doch Frithjof hat dieses Mal wirklich übertrieben. Ich werde mein Bestes versuchen, aber ich bleibe auf jeden Fall bei der Wahrheit, auch wenn er mein Bruder ist. Die Entscheidung liegt dann bei den beiden Männern und bei ihren Eltern."

„Ich spreche mit ihnen, sobald wir angekommen sind."

„Ich habe Frithjof alles erzählt, er weiß also, dass er auf Messers Schneide sitzt. Er wird sich benehmen, gut benehmen", sagt mir dieser Bastian.

„Ja, das wird er, ich spüre das."

„Frithjof hat mir erzählt, dass sie sich sehr ähnlich sind, er ist ganz aus dem Häuschen! Ich wünsche euch beiden ein paar schöne Tage, wir werden uns bestimmt noch richtig kennenlernen. Mein Bruder hat sehr von ihnen geschwärmt! Aber nicht verraten, dass ich`s erwähnt habe!"

„Nein, keine Sorge, danke für alles."

„Nichts zu danken, sie sind sehr mutig, in Anbetracht dessen, was sich Bruderherz in letzter Zeit so geleistet hat. Es grenzt an ein Wunder, dass er von ihnen diese Chance bekommt. Bis dann mal."

„Ja, bis dann mal."

Ich stelle den Hörer auf die Station. Der Doktor prüft, ob der Gips schon fest genug ist. Er reicht mir ein paar Krücken und sieht mich freundlich an: „Hier, die könnt ihr mir irgendwann zurückbringen. Der Teleskopstiel ist einstellbar, also für jede Größe passend." „Vielen Dank, wie kann ich das alles wieder gut machen?", frage ich. „Wer weiß, vielleicht brauche ich ja mal ihre Hilfe", er zeigt mit dem Finger auf mich, „Otrun Rosenthal, ich werde mir diesen Namen merken!", dabei lächelt er. „Das Auto muss noch präpariert werden. Die Fahrt ist schon anstrengend genug, der Fuß muss auf jeden Fall hochgelagert werden!" Er sieht uns beide an: „Kann eine Person auf der Rückbank sitzen?" „Nicht wirklich gut", sagt Frithjof, „doch wir können den Sitz ganz nach hinten schieben und vielleicht einen Hocker davor stellen." „Ja, das probieren wir, ich habe eine Kiste, die eventuell passen könnte. Geht ruhig schon mal vor, ich hole sie schnell." Langsam bewegen wir uns nach draußen. Ich übe mit den Krücken. Frithjof hält mich zusätzlich noch am Ellenbogen fest. Er schiebt den Beifahrersitz ganz nach hinten, es entsteht mehr Platz, als ich dachte. Doktor Emmerich kommt mit der Kiste und einer Decke aus dem Haus. „Hier, die habe ich auch noch gefunden, damit wird das Ganze ein wenig bequemer." Ich werde ins Auto buxiert, dann mein Bein auf die gepolsterte Kiste gelagert, alles passt. „Ok, das kann ich genehmigen", sagt der Arzt zufrieden, klopft aufs Wagendach und wünscht uns eine gute Fahrt.

„Wo fahren wir denn genau hin", frage ich Frithjof, nachdem wir schon ein wenig unterwegs sind. „Das Haus steht in Ruhwarden, direkt am Strand." „Oh, muss mir das was sagen?" „Das ist ein Dörfchen oberhalb des Jadebusens, sagt dir das was?" „Öhm, nö", ich muss lachen, „da bin ich noch nicht gewesen." „Wie ist`s mit Wilhelmshafen?" „Ja, schon mal gehört, irgendwo an der Nordsee bei Friedrichshafen, nicht wahr? Wie lange werden wir brauchen?" „Du hast wirklich keine Ahnung! Aber dass Norden oben auf der Karte ist, das weißt du, ja? Würden wir durchfahren, bräuchten wir wahrscheinlich vier bis fünf Stunden. Ich finde aber, wir sollten uns Zeit lassen. Kipp deine Lehne und ruhe dich ein wenig aus." „Ich glaube nicht, dass ich schlafen kann." „Hast du Schmerzen?", fragt Frithjof und legt seine Hand auf mein Bein. „Nein, nicht wirklich, aber es fühlt sich dumpf und verkehrt an." „Als du eben so dalagst … Ich war furchtbar durcheinander! Hatte solche Angst um dich! Kurz dachte ich, alles wäre aus! Schnell hatte ich dich zum Wagen getragen und dann meinen Bruder angerufen. Er hatte seine Mühe, mich zu beruhigen. Er kam auf die Idee, dich zu seinem Freund zu bringen." „Ein netter Mann, was für eine Mühe er sich fast mitten in der Nacht gemacht hat! Kennst du ihn gut?" „Nein, wie gesagt, es ist der Freund meines Bruders. Ich bin mir sicher, dass er mich nicht sonderlich gut leiden kann." Als Frithjof das sagt, gehen mir die Worte des Arztes durch den Kopf: „Ich bin der Letzte, der sie überreden möchte, dass sie

mit diesem Mann an die See fahren." Ich nicke: „Ja, wahrscheinlich hat er keine hohe Meinung von dir, dennoch war er sehr freundlich und fürsorglich." „Zu dir!" Ich muss grinsen. „Ich bin ja auch nett, mache keine krummen Dinger, halte keine Menschen gegen ihren Willen fest. Baue keine Massen von Petersilie an. Ich bin das nette wohlerzogene Mädchen, dem jeder gerne hilft." „Stimmt, ein paar Männer vor Angst erstarren lassen, oder liebenswerte Freunde zum Spaß durch den Wald treiben, ich finde, das hört sich wirklich freundlich und wohlerzogen an. Sozusagen: ein Mädchen aus gutem Hause. Na ja, Furunkel verteilen, die an Körperverletzung grenzen, ist ja auch nicht weiter schlimm. Was die sich so anstellen, hm?" Ich muss kichern, als Frithjof Kevin erwähnt. „Woher weißt du denn davon?" „Dein Wido hat`s mir erzählt." „Und ich habe Fische in den Tod getrieben! Alles in jüngster Zeit. Ich bin genauso ein Untier wie du", mir bleibt mein Lachen im Hals stecken. „Nein Otrun, jetzt schneidest du ein wenig auf, sagen wir so, vielleicht kannst du mir irgendwann mal das Wasser reichen." Er sieht jungenhaft zu mir rüber und amüsiert sich über meinen verdatterten Gesichtsausdruck. „Augenblick mal, woher weißt du von Wido?" „Drücke dich bitte etwas klarer aus, ich kann dir nicht ganz folgen." „Warum weißt du, dass Wido von mir durch den Wald gelenkt wurde?" Ich schaue zu Frithjof rüber, beobachte, wie er an seiner Antwort überlegt. Er schweigt. „Nun sag schon, lass uns Freunde sein und mit offenen Karten spielen. Sonst können wir diese ganze Aktion vergessen!"
„Erpresserin! Hat mein großer Bruder dich beauftragt, mich zu bearbeiten?" „Nein, aber ich habe zwischen den Worten deines Bruders den gleichen Gedanken erahnt, den ich selbst auch

schon hatte. Und zwar, dass wir uns gegenseitig helfen können. Wir sind uns so ähnlich! Eben nur dieser kleine Unterschied: Ich bin ein wirklich nettes Mädchen und du ein blöder Krimineller, der sich auch noch reinlegen lässt." Ich verschränke meine Arme und grinse in mich hinein. „Na, zufrieden?", mault er getroffen. „Klar, und da du nichts eingewendet hast, gehe ich davon aus, dass du genauso darüber denkst wie ich!" Ich grinse noch breiter. „Und jetzt rück damit raus, woher?" „Otrun, das willst du jetzt nicht wissen!", er wirft kurz einen flehenden Blick zu mir rüber, „ich werde es dir sagen, aber nicht jetzt. Du wirst sauer werden, richtig sauer! Wenn du mich jetzt erstarren lässt, mit hundertachtzig auf der Autobahn, sind wir beide tot. Also erkläre ich es dir später." „Ich komme drauf zurück", antworte ich ihm mit erhobenem Zeigefinger. „Ich weiß."

„Ich bin mir sicher, er gefällt ihr." „Ach Junge, ist er so ein toller Kerl?", Dustin sieht mich von der Seite an. „Er sieht auf jeden Fall nicht übel aus, das ist schon mal klar. Aber ich denke, er imponiert Otrun, weil sie sich ähnlich sind." „Das kann natürlich sein, aber ich habe sie auch erlebt, als du weg warst ..." Ich sehe auf: „Davon hast du mir gar nichts erzählt!" Gerade fahren wir in die Auffahrt zum Forsthaus. „Wann denn, im Moment ist doch ständig irgendwas los!" „Frithjof hat erzählt, dass ihr beide die Nacht miteinander verbracht habt. Ich hatte gedacht, er will mich ärgern, aber was war wirklich in meiner Abwesenheit geschehen?" „Ja, er wollte dich ärgern und ja, wir haben fast die ganze Nacht gemeinsam verbracht.

Erst haben wir lange in der Küche gesessen und geredet. Unserem Honey-Girl hat sie übrigens sehr gut gefallen. Dann habe ich sie ins Bett geschickt, von allein wäre sie vielleicht nie aufgestanden. Es war schon spät, ich hatte mich auch hingelegt. Auf einmal höre ich einen mords Krach aus dem Gästezimmer. Ich habe nach ihr gesehen. Sie hatte das Bett verrückt, um direkt unter den Sternen zu liegen. Wir konnten beide nicht schlafen. Irgendwann saßen wir gemeinsam in ihrem Bett und haben den Himmel betrachtet. Sie saß an mich gekuschelt vor mir und ich habe sie festgehalten, mit den Händen über der Bettdecke, Ehrenwort", er lächelt mich an, *„in dem Moment war sie meine Tochter, nichts anderes. So saßen wir da, bis sie eingeschlafen ist, dann bin ich zu mir rüber gegangen, ich brauche auch etwas bequemen Schlaf, bin nicht mehr der Jüngste, weißt du?"* Die Türglocke läutet. *„Wer ist das denn jetzt schon wieder? Wie ich gesagt habe, im Moment ist dauernd was los!"*, broddelt Dustin, während er zur Tür geht. *„Es kommt mir vor, als wohne ich auf einem Bahnhof. - Oh Mathilde! Komm herein. Wir sitzen in der Küche, da geht's lang"*, er schließt hinter ihr die Tür und kommt nach. *„Dieses dumme Ding! Fährt sie mit diesem Typen mit!" „Komm Mathilde, setz dich erst mal. Kaffee oder Tee?" „Bitte nur ein Wasser, danke"*, Mathilde nimmt ihre Sonnenbrille ab. Wir sehen in völlig verheulte Augen. *„Manfred habe ich noch gar nicht erreichen können, was soll ich ihm bloß sagen?"*, hilflos sieht sie uns an. *„Schließlich war ich es, die sie überhaupt zu Oma geschleppt hat!" „Stopp! Du gibst dir jetzt die Schuld, dass Otrun mit diesem Frithjof unterwegs ist? My Dear, das ist doch völliger Unsinn!"*, ereifert sich Dustin. *„Außerdem sind die Dinge nicht ganz so, wie sie scheinen." „Ach ja, was soll das nun heißen?"* Ich schalte mich in das Gespräch ein: *„Du hättest eben* *dabei sein sollen, wir hatten ein Gespräch mit dem Bruder. Frithjof ist mehr Opfer als Täter, oder auch nicht? Im Augenblick weiß ich gar nichts mehr. Fakt ist nur, er ist genauso wie Otrun, oder umgekehrt. Nur, er hat keine Hilfe, steht allein da. Sobald er mitbekommen hatte, dass deine Tochter jemand Besonderes ist, also ähnliche Fähigkeiten hat wie er, wollte er nur noch sie! Für ihn ist sie der große Hauptgewinn. Bestimmt hofft er, dass sich die Dinge noch ändern lassen. Sie hat ihm diese Chance gewährt, wir sollten das auch tun." Mathilde sieht mich entsetzt an: „Das aus deinem Mund? Hast du mal in den Spiegel gesehen? Was, wenn sie seine Erwartungen nicht erfüllt? Was meinst du, passiert dann mit ihr?" „Ich glaube nicht, dass Otrun in Gefahr ist", meint Dustin, „ich vermute, sie sind Gefährten auf Augenhöhe." „Vermutungen!", Mathilde hält sich die Stirn und schüttelt den Kopf, „sie hat mich vor circa zwei Stunden angerufen. Es war kein gutes Gespräch! Ich war zu aufgeregt. Normal schreie ich nicht herum, aber sie hat so naiv geklungen! Alles schön, alles gut, Frithjof super bemüht, dass es ihr an nichts fehlt! Das war einfach zu viel für mich. Als ich ihr sagte, sie hätte mich vorher fragen müssen, bemerkte sie nur, dass ich es ihr niemals erlaubt hätte! Da ist mir der Kragen geplatzt. Und jetzt darf ich noch Manfred anrufen ... Sein Töchterchen!" Mathilde starrt auf die Tischplatte. „Hat sie sich bei euch schon gemeldet? Sie wollte das tun." Ich sehe auf den Hörer, „nein, bisher noch nicht. Keine Anrufe in Abwesenheit. Sie muss euer Telefonat sicher erst mal verdauen." In diesem Moment bimmelt es in meiner Hand.*

„Delshay"

„Hallo, ich bin`s Otrun."

„Ich stelle den Hörer auf Mithören, dann können wir alle gemeinsam reden"

„Nein, bitte nicht, ich muss mit dir reden, Mama ist eben total ausgerastet, nicht, dass dein Vater auch noch so reagiert!"

„Das glaube ich kaum, aber ich gehe ins Nebenzimmer."

„Danke Wido, ich vermisse dich! Nur ein paar Tage, dann bin ich wieder auf der Lichtung. Ich möchte dich darum bitten, keine Anzeige gegen Frithjof zu erstatten. Das klingt nicht gerecht, aber … Das alles ist sehr schwer zu erklären…"

„Ich weiß, wir waren eben bei der Polizei, haben mit Bastian Falkenstern gesprochen. Er hat uns von seinem Bruder erzählt, der Beamte fragte mich, ob ich ihn anzeigen will und ich habe schon abgelehnt. Es geht mir genauso wie dir, es ist schwer zu erklären…"

„Das ist gut, mir fällt ein Stein vom Herzen. Er ist wirklich lieb zu mir, nicht so, wie ich es gerne von dir hätte, Frithjof und ich benehmen uns wie Geschwister, verstehst du? Die Sache am See tut mir unendlich leid, Wido! Ich war so überrascht, dass jemand etwas anderes von mir möchte, als mich necken! Als du gegangen warst, wusste ich, dass ich genau das überhaupt nicht wollte. So gerne hätte ich dich in den Arm genommen und meine unbeholfenen Worte rückgängig gemacht, aber du warst weg! Alles war so schlimm, Wido. Können wir neu beginnen, wenn ich wieder da bin?"

…

„Wido? Bist du noch da?"

„Ja, und ich hatte schon Angst, er gefällt dir!"

„Tut er auch, das heißt aber nichts. Der ist fast doppelt so alt wie ich! Nee, das will ich nicht. Und jetzt sieht er geknickt zu mir rüber. Es tut ihm weh, aber ich kann`s nicht ändern."

„Du bist unmöglich!"

„Klar, falls Mama mit euch spricht, sagt ihr bitte, ich melde mich bei Papa selbst. Wir haben hier Internet und gleich schreibe ich ihm eine Mail. Ich bin sicher, er versteht das besser, als Mama glaubt."

„Mathilde sitzt in unserer Küche, möchtest du mit ihr sprechen?"

„Oh nee, lieber nicht, das hat mir eben gereicht."

„Ich gebe sie dir, ich hoffe, du meldest dich wieder bei mir, eine schöne Zeit und gute Besserung. Hast du Schmerzen?"

„Nein, nicht so doll, ich bin nur etwas klumpig! Ich möchte nicht mit Mama sprechen!"

„Na, wie schmeichelhaft" unterbricht mich Mathilde „was für eine Verletzung, davon hast du mir nichts erzählt?"

„Du hast mich nicht zu Wort kommen lassen. Ich habe mir oberhalb meines rechten Fußgelenks einen Knochen angebrochen."

„Hat dieser Frithjof damit zu tun?"

„Nein, das habe ich allein geschafft, er hat damit zu tun, dass ich ärztlich versorgt wurde und jetzt mit Gipsfuß hier an der See sitze. Gleich ziehen wir los und kaufen ein paar Klamotten, weil meine Jeans leider aufgeschnitten werden muss. Oder ich behalte sie einfach mal vierzehn Tage oder drei Wochen an."

„Ist es schlimm?"

„Nö, nicht wirklich. Und ich habe gute Unterhaltung. Frithjof wartet, bis ich fertig mit telefonieren bin, dann muss er mir ein Geheimnis verraten, das mich auf die Palme bringen wird. Er hat mächtig Angst davor, aber das ist der Deal. Ich rufe meine Familie und Freunde an und dann ist er dran."

„Na, das hört sich ja gar nicht so schlecht an. Aber mein Kind, denke daran, vielleicht brauchst du ihn nachher noch, also schone ihn ein wenig."

„Schön, dass du wieder Spaß machen kannst, Mama. Ich melde mich wieder, jetzt schreibe ich Papa eine Mail und dann will ich das Geheimnis!"

„Pass auf dich auf, ich hab dich lieb."

„Ich hab dich auch lieb, Mama."

Ich lege auf und sehe zu Frithjof rüber. „Und jetzt noch dein Vater", er grinst mich an, „ich hab mir immer eine kleine Schwester zum Schikanieren gewünscht." „Pfff, gleich bist du dran! Und wenn sich dein Geheimnis nicht lohnt, dann bist du erst recht dran!", drohe ich ihm, während ich Manfreds E-Mail-Adresse eingebe.

Hallo Papa, eine gute Nachricht, ich bin an einem Ort mit Internetempfang! In der letzten Zeit ist so einiges passiert, ich weiß nicht in wieweit du informiert bist. Auf jeden Fall sitze ich jetzt mit einem neuen Freund hier an der Nordsee und lasse mir den Wind um die Nase wehen. Ein kleiner Wermutstropfen: Ich habe mir den Knöchel angebrochen und laufe mit Klumpfuß durch die Gegend. Ansonsten geht es mir gut. Bis dann, ich küsse dich, Otrun.

Ich lese Frithjof die Nachricht vor: „Meinst du, so kann ich das abschicken?" „Nein, eigentlich nicht, sende es einfach", er winkt ab und sieht mich kopfschüttelnd an, „mit der Wahrheit hast du es auch nicht so, hm?" „Ehm, wie meinst du das jetzt? Das stimmt doch alles, was ich geschrieben habe, oder sind wir keine Freunde?" Ich drücke auf Senden. Er sieht mich streng an: „Meiner Ansicht nach, hast du die Wahrheit so sehr gedehnt, oder eben Entscheidendes weggelassen, dass sie wie eine Lüge erscheint!" „Ach komm, Papa muss sich doch nicht unnötig sorgen! Nun hab dich mal nicht so. Und jetzt das Geheimnis!" Er steht mit verschränkten Armen da: „Ich finde nicht, dass du deinen Teil der Abmachung erfüllt hast, lass uns erst mal Klamotten für dich besorgen und was essen, ja?" „He, he, ich habe sehr wohl alles erfüllt und jetzt bist du dran, essen können wir später immer noch!", ich schaue ihn bockig an, meine Hände in die Hüften gestemmt, „raus mit der Sprache, jetzt sofort!" „Nein, lass uns ans Wasser gehen, dort werde ich die Karten auf den Tisch legen." Ich beobachte wütend, wie er auf mich zukommt. „Jetzt stell dich nicht an", sagt er, nimmt mich hoch und schleppt mich von der Terrasse, „im Sand ist es viel schöner." „Ich wünschte, ich wäre dreißig Kilo schwerer, dann würdest du dir das gut überlegen!" „Wünsch dir das besser nicht, die meisten Frauen wünschen sich dreißig Kilo weniger. Du sähst sicher immer noch toll aus, aber ich würde es nicht darauf ankommen lassen." Unbeeindruckt setzt er mich vorsichtig in den Sand. Der ist hier hell und fein. Schade, dass die Sonne nicht so richtig scheinen will. Es ist sehr windig und die Gischt schäumt auf uns zu. Mit jeder Bö landen kleine Tröpfchen in unseren Gesichtern, die nach Salz schmecken. Wind und Wellen brüllen uns um die Ohren. Ich sehe zu Frithjof rüber, er hat sich gerade neben mich gesetzt. Der Wind weht seine Locken aus dem Gesicht. Er sieht toll aus: Wild und frei, wie das Meer und die Landschaft um uns herum. Er schließt seine Augen, legt seinen Arm um meine Schulter. Es fühlt sich gut an. Wir sind eins, gehören zusammen, er zieht etwas aus seiner Hosentasche. Es ist in eines seiner Stofftaschentücher eingewickelt. Mit zitternder Hand reicht er es mir. Als es in meiner Hand liegt, spüre ich schon, ich bin wieder komplett. Es ist meine kleine Otrun. Eine große Kraft durchströmt meine Seele und meinen Körper. *Ich wusste gar nicht mehr, wie magisch diese kleine Puppe ist. Ich werde sie nie mehr aus den Augen lassen!* „Pack sie aus!", sagt Frithjof, dem das wohl alles zu langsam geht. Ich löse meinen Griff, den Rest erledigt der Wind. Frithjof fängt das Taschentuch, bevor es davon flattert. Ich schmeiße mich fast weg vor Lachen. Halte mir die Hand vors Gesicht. Immer wieder muss ich auf die kleine Otrun schauen. „Was ist so lustig?", fragt Frithjof, der die Situation nicht ganz begreift. Ein verfilztes Haarknäuel wedelt im Wind. „Das hättest du wirklich ein bisschen schöner machen können!", mir laufen die Tränen über die Wangen, „die sieht total bescheuert aus!" „Genau so standst du im Hotel vor mir, als du keine Bürste hattest. Ich finde, ich habe es sehr gut getroffen. So siehst du nun mal aus, aber darauf kommt es ja gar nicht an!" „Na danke auch! Und deshalb soll ich wütend werden, weil du mir Otrun zurückgibst?" Er sieht mich skeptisch an: „Du bist schon für weniger ausgerastet", er verstärkt den Griff um meine Schulter, „vielleicht bist du nicht sauer, weil ich sie dir wiedergebe, vielleicht bist du sauer, weil ich sie hatte. Und weil ich dich damit...", Frithjof zieht seinen Arm zurück und verbirgt sein Gesicht in seinen Händen. „Was?", ich stupse ihn von der Seite an. Er schüttelt nur den Kopf. „Du wirst jetzt doch nicht wortbrüchig!" „Nein, werde ich nicht", er stiert aufs Wasser, „ich wollte dieses kleine Ding dazu nutzen, dich mir zu unterwerfen. Habe so lange dein Haar gebürstet, bis ich genug zusammen hatte. Dann hatten wir, glaube ich, beide unseren Spaß. Als du gestern so lange schliefst, hatte ich genug Zeit zum Überlegen. Ich habe mich umentschieden, nähte deine Haare an die Puppe und füllte sie mit meiner Kraft." „Danke", ich lege meinen Arm um seine

Taille, „ich habe es eben sofort gespürt, ich hatte sie nicht so stark in Erinnerung. Bei der ersten Berührung ist ihre Kraft auf mich übergegangen." „Du bist gar nicht wütend auf mich? Du kannst gut verzeihen, was?", er

lehnt sich schwer gegen mich, seinen Kopf an meinen, „nur weil ich dir die Puppe gestohlen habe, konnte ich dich überhaupt beobachten, dich durch den Wald hetzen, ausspionieren, was du unternimmst in Sachen Wido. Jetzt bist du wieder du. Ganz allein für dich." Ich sehe auf meine kleine Otrun: „Besäße ich deinen Talisman, könnte ich das dann auch?" „Ich weiß nicht, ob er so stark ist, wie dein Schutz." Ich halte meine Hand auf. „Das ist jetzt nicht dein Ernst", verblüfft sieht er mich an. „Doch", sage ich mit Nachdruck und halte ihm erneut meine Hand hin. Er pult seinen Lederring aus der Hosentasche und legt ihn auf meine Handfläche. Ich schließe sie sofort. Auch von ihm geht eine enorme Kraft aus. „Sei nicht  zu gemein, ja", vorsichtig rutscht er ein wenig von mir ab. „Vergiss nicht, ich bin das nette Mädchen!" „Ja, ja, ich weiß." Ich grinse in mich hinein. „Was?", fragt Frithjof. „Nichts, ich hatte nur so eine Idee…" „Ja, es geht doch nichts über kreative Hexen!" „Moment Mal, ich bin die gute Fee!" „Die können auch ganz schön giftig werden … Ich habe Hunger, wie sieht`s aus, Essen?" Ich nicke und er hievt mich aus dem Sand.

„Komm, wir fahren nach Nordenham, da gibt es sicher ein nettes Restaurant und eine Einkaufsmeile, damit du aus der Jeans da raus kommst." „Schon wieder ins ruckelnde Auto", maule ich, „ich möchte lieber hier bleiben!" Frithjof bläst kurz die Backen auf und lässt die Luft geräuschvoll entweichen. Während er die Augen verdreht, sagt er: „Gut, ich hole was zum Essen und zum Anziehen für dich und du ruhst dich ein wenig aus, ok?" „Oh, das würdest du für mich tun?", ich strahle ihn an. „Was für eine Größe brauchst du überhaupt?" „Eher vierzig als achtunddreißig", antworte ich ihm und erfreue mich an seiner verunsicherten Mine. Der Schauspieler an meiner Seite meint: „Na, dann weiß ich ja Bescheid. Ich bin in etwa eineinhalb Stunden wieder bei dir. Lass dich überraschen." Er haucht mir einen Kuss auf die Stirn und verschwindet. Endlich brauche ich mir das Grinsen nicht mehr verkneifen. Ich höre, wie sich der Wagen entfernt, und greife zum Telefon. Halte inne, lege es wieder weg. Bevor ich ihn anrufe, muss ich etwas ausprobieren. Ich sammele mich, bin bemüht, Wido in Gedanken zu umarmen. Ich halte ihn fest, halte ihn geborgen, streiche über seinen Rücken. Für mich fühlt es sich real an. Ich genieße diesen Augenblick. Zögere ihn noch ein wenig hinaus. Ich bin froh, so lange hat es nicht funktioniert. Ich strahle vor mich hin und jetzt greife ich zum Hörer. Es klingelt viermal in der Leitung.

„Delshay"

„Hey, ich bin`s Otrun!"

„Ich hatte gerade einen sonderbaren Traum."

„Hast du geschlafen, ich habe dich doch hoffentlich nicht geweckt?"

„Nein, nein, ich hatte nur so ein Gefühl, du warst ganz nah bei mir und dann ging das Telefon!"

„Er hat mir meinen Engel zurückgegeben und ich kann`s wieder!"

„Erzähl"

„Er hatte eine Höllenangst, dass ich ausraste. Doch ich bin einfach froh, dass ich sie wiederhabe. Sie besitzt jetzt Haare von mir, er hat meinen Engel vervollständigt. Und zwar richtig gut. Sie ist noch viel machtvoller als zuvor! Erst wollte er nichts Gutes für mich, hat sich aber anders entschieden und reicherte sie mit seiner Magie an. Sagen wir, als Vertrauensbeweis. Ich habe es sofort gefühlt, als ich sie in meinen Händen hielt. So kraftvoll hatte ich sie nicht in Erinnerung. Tja, auf jeden Fall werde ich jetzt besser auf sie aufpassen!"

„Und du lässt ihn einfach so davon kommen?"

„Oh nein, er soll ja auch was lernen, nicht wahr? Ich habe seinen Talisman eingefordert, deshalb können wir auch nicht zu lange telefonieren. Er ist gerade unterwegs, Klamotten für mich zu besorgen. Weißt du, dank meines Gipsfußes, bin ich in meiner Jeans eingesperrt. Sie muss aufgeschnitten werden, aber vorher brauche ich was Geeignetes zum Wechseln. Frithjof ist eben losgefahren, um etwas für mich zu besorgen. Und dabei möchte ich ihm natürlich ein wenig zusehen!"

„Du bist aber mutig, er wird dir sicher einen schwarzen Anzug kaufen, dann seht ihr zusammen aus, wie die Blues Brothers!"

„Das glaube ich kaum, ich habe eher Bedenken, dass er mit dem kleinen Schwarzen oder so etwas Unpraktischem ankommt!", ich kann mir das Lachen nicht verkneifen. „Wie ist denn so die Stimmung bei euch?"

„Heiter bis nachdenklich, Siegrun weiß jetzt, wer er ist. Sie hat ein schlechtes Gewissen, weil sie ihn abgewiesen hat. Damals hatte sie kein gutes Gefühl mit ihm, wollte ihm nicht unbedingt zu nah sein. Ich kann sie gut verstehen, sie ist doch eine ältere Dame, vielleicht nicht schutzlos, aber…"

„Bitte richte ihr ganz liebe Grüße aus, sie soll sich keine Gedanken machen, weder um mich, noch um Frithjof. Ich fühle mich ganz wohl hier oben und jetzt muss ich ihn glaube, dringend ärgern, sonst ist es vielleicht zu spät … Du weißt schon, Wido."

„Mach du mal, ein bisschen was hat er sich verdient."

„Ja, das meine ich auch", sage ich lachend, „ich rufe dich wieder an, bis bald."

„Bis bald, meine kleine Hexe."

„Moment, ich bestehe auf die Fee!"

„Pass auf dich auf, meine kleine Fee", sagt er und legt auf.

Langsam lege ich den Hörer weg. Ich bin froh. Wido versteht mich, das ist mir im Augenblick das Allerwichtigste. Er hat mich vom ersten Tag an verstanden, als wären wir Seelenverwandte. Ich habe so ein ruhiges, warmes Gefühl in mir, dass ich mich zusammenreißen muss. Schließlich will ich Frithjof ärgern! Ich halte seinen Talisman in meiner Hand, spiele mit dem kleinen Pinsel des Luchsohres. *So mein Lieber, jetzt kommst du dran!* Ich konzentriere mich. Rufe ihn in meiner Fantasie auf. Hm, wie bloß? Ich lehne mich zurück, schließe meine Augen. Atme, wie Siegrun es mir beigebracht hat. Es dauert. Ich bin viel zu kribbelig. Muss mich neu sammeln. In mir macht sich ein Gefühl der Unmut breit, ich schaffe es nicht! Zumindest nicht schnell genug! Ärger! *Oma hat gesagt, manchmal muss man die Dinge laufen lassen. Pfff.* Wie denn, ich spüre genau, ich bin zu verkrampft! *Sie sagt, manche Dinge lassen sich nicht erzwingen! Aber was bringen sie mir dann!* Langsam werde ich wütend auf mich selbst. Ich weiß genau, dass ich`s schaffen kann, aber wie? Ich beginne von Neuem zu atmen. Schön langsam, in den Bauch. Seinen Talisman stecke ich mir lieber wieder in die Hosentasche, nicht dass ich einschlafe und… *Ne, ne, nix da mein Freund! Wenn es jetzt nicht klappt, dann ein andermal!* Ich versuche ein wenig zu entspannen, schaue auf die See hinaus, beobachte die Möwen, wie sie im Wind segeln. Ich überlege, ob Manfred mir vielleicht schon geantwortet hat, nehme die Krücken und poltere zum PC rüber. Nichts. Gerade, als ich ihn wieder runterfahren lasse, höre ich ein Motorengeräusch.

Ich schnappe mir erneut die Krücken und humple zur Eingangstür. Frithjof ist schon wieder da! Mit einigen Tüten beladen, kommt er auf mich zu. Ich freue mich, ihn zu sehen und auch er scheint guter Dinge zu sein. „Hunger?", er strahlt mich mit flatternden Locken an, „ich habe frischen Fisch, den brate ich uns schnell. Vorher können wir noch ein paar Krabben pulen. Salat und Brot." *Dieser Mann lebt nur fürs*

Essen! „Die anderen Tüten lege ich dir auf dein Bett, dann kannst du in Ruhe stöbern." Er huscht in mein Zimmer und dann in die Küche. Ich nehme mir Zeit. Sehe ihm in aller Ruhe zu, wie er seinen Einkauf auspackt. Fisch und Salat direkt auf die Spüle, er hat wohl keine Zeit zu verlieren. Erstaunt sieht er auf: „Bist du gar nicht neugierig?" „Wie?" „Ich habe dir was zum Anziehen mitgebracht, weißt du noch?", er sieht mich mit hochgezogenen Brauen an und kommt auf mich zu. „Was ist mit dir?", er nimmt mich in seinen Arm, sein Kinn ruht auf meinem Kopf. Ein paar Augenblicke stehen wir so da. Ich genieße das. „Ich danke dir, dass du mich verschont hast", flüstert er in mein Ohr. „Pfff, ich schaue jetzt mal in die Tüten", ich drehe mich um und hinke in mein Zimmer. Sein Lachen krallt sich in meinen Nacken. Er weiß es! Weiß, dass ich es nicht geschafft habe! Ich versuche, nicht zu wütend zu werden. Bin so enttäuscht, warum ist er mir so überlegen? Ich setze mich aufs Bett und habe Mühe, mich zu beruhigen. Dann nehme ich mir die erste Tüte vor. Eine Fleece-Jacke in dem gleichen Grün, wie meine kleine Otrun trägt. Ok, Pluspunkt. Ich ziehe sie über. Die Jacke sitzt perfekt, ist weich und kuschelig. Ich nicke zufrieden. Krame weiter in der Tüte. Ein kleiner Beutel ist da noch drin. Ich nehme ihn heraus. Höschen! Und zwar für jeden Anlass: ein schwarzes Spitzenhöschen, ein Baumwollstring in kiwigrün, ein roter Tanga, durchsichtige Seide, also ein Hauch von nichts! Ein bunt karierter Hippster und ein weißer Spitzen-String. Na, das ist ja mal `ne Auswahl! Dass ich keinen BH trage, hat er wohl schon mitbekommen. Weiter. Socken: Hier mag er es schlicht, zwei Paar Schwarze und zwei Paar Grüne, und zwar jeweils eine normale und eine dicke, weite Socke, die um den Gips passt. In Ordnung. Die erste Tüte ist leer. In der anderen befinden sich zwei Hosen und ein türkisfarbenes T-Shirt mit längeren Ärmeln. Die eine Hose, eine schlichte Jazz-Pants in schwarz, dehnt sich in alle Richtungen, wird mir ganz sicher passen. Die schwarze Pumphose ist schon was besonders, der Stoff hat einen matten Glanz und unten an dem linken Bein ist ein Drache in dem gleichen Grün wie die Jacke aufgestickt. Am Saum sind Kordeln eingezogen, sodass ich auf jeden Fall mit dem Gipsfuß da rein komme. Das hat er wirklich gut gemacht, gibt noch zwei Pluspunkte extra! Strahlend humple ich in die Küche, „Ich brauche eine Schere." „Und?", er wühlt in einer Schublade. Mit der Schere in der Hand kommt er auf mich zu: „Mit meiner Auswahl einverstanden?" „Ja, ich hatte schon ein wenig Angst, du kämst mit irgendwas Unpraktischem zurück, aber es sieht alles sehr gut aus." „Dem kleinen Schwarzen, oder was?" „Ne, so schlimm auch nicht gerade, aber man weiß ja nie." Ich tiger wieder zurück. *Hat er sich stattdessen bei mir eingeloggt und ich hab's gar nicht mitbekommen? Aber ich schaffe es nicht! Das ist ja kaum zum Aushalten!* Ich lasse mich auf mein Bett fallen und versuche mein Glück mit der Schere. Leider ist die völlig stumpf. Stinksauer zerre ich an dem Hosensaum herum. Frithjof steht schon in der Tür. „Kannst du vielleicht Hilfe brauchen?", er lächelt mich warm an und kommt zu mir. „Mal sehen, ich kann sie in einem anderen Winkel halten, eventuell schneidet sie dann." Er versucht sein Glück, doch vergebens, diese Schere schneidet vielleicht Milchtüten auf, aber mehr bestimmt nicht. „In der Küche liegt ein sehr scharfes Messer, ich hole dich hier raus, keine Angst." Für einen Augenblick verschwindet er und kommt mit einem großen Metzgermesser zu mir zurück. „Keine Bange, ich kann damit umgehen!" Er grinst in sich hinein. Im Nu hat er meine Hose aufgeschlitzt. „Ich danke dir." Er sieht mir in die Augen, verwuschelt mir die Haare und sagt: „Ich bin in der Küche." Endlich komme ich aus der Jeans raus. Ich schlüpfe in die Pumphose. Sie passt wunderbar, ist bequem und sieht sensationell gut aus. Das beige Shirt, das ich gerade trage, lasse ich an. Ich schleppe mich in die Küche und setze mich so, dass ich Frithjof gut beobachten kann. „Zeig dich mal", fordert er mich auf. Ich stehe auf, drehe mich, so elegant ich kann und lasse mich wieder auf den Sitz plumpsen. „Ich schicke dich jetzt immer, wenn ich mal was brauche, ok?", sage ich lachend. „Gute Idee, so schwierig war es gar nicht. Ich hatte aber auch ein wenig Glück, bin auf Anhieb im richtigen Laden gelandet." Er hat sich ein Küchentuch in den Hosenbund gesteckt, damit seine Anzughose nicht zu viele Spritzer abbekommt. Sein Hemd hängt ordentlich über einer Stuhllehne. Durch sein weißes T-Shirt zeichnen sich deutlich seine Muskeln ab. Bisher wusste ich gar nicht, dass mir so etwas gefällt. Ich gebe es nur ungern zu, aber er sieht toll aus… „Ich fühle mich schon wieder so beobachtet", redet Frithjof mit seinem Fisch, der gerade auf dem Herd brutzelt. Er nimmt die Pfanne von der heißen Platte, gibt den Fisch in eine Auflaufform, belegt ihn mit Tomaten und Kräutern, ein paar Zitronenscheiben und geriebenem Käse. Zum Schluss gießt er eine gute Menge Weißwein dazu. Dann schiebt er das Ganze in den Backofen. Fix ist die Pfanne wieder sauber und an ihrem Ort. „Wir essen am besten hier drinnen, nicht wahr, draußen ist es etwas zu windig. Oder was meinst du?", er steht mit Tellern und Weingläsern vor mir. „Ehm, ja ja, ich denke, da hast du recht." Er stellt sie kurz noch einmal weg und holt ein weißes Tischtuch. Mit Hingabe deckt Frithjof den

Tisch. Der Salat sieht klasse aus. „Was sind das für gelbe Streifen?", frage ich ihn. Er sieht mich zweifelnd an: „Das ist Mango, sie ist ein klein wenig süßlich und passt, solange sie nicht zu reif ist, fantastisch zum dunklen Balsamico. Ich habe sie extra nur obendrauf gelegt, damit sie ihre leuchtende Farbe behält. Nimm dir ruhig einen Streifen zum Probieren." Nun stellt er eine Schüssel mit bräunlichen Minitierchen dazu und setzt sich zu mir. Ohne zu fragen, schenkt er uns beiden Wein ein, hebt sein Glas und möchte mit mir anstoßen. „Auf dich, du kleine Fee", er grinst mich unverschämt frech an. Ich nippe kurz und stelle mein Glas wieder weg. „Du brauchst deinen kleinen Talisman gar nicht, was?" „Nimm dir auch Krabben, sie sind fantastisch! Ich habe schon davon genascht." Ich schaue auf die wurmigen Teile und habe gar nicht so richtige Lust dazu. „Du kannst nicht an der Nordsee gewesen sein, ohne Krabben gepult zu haben!" Jetzt blase ich meine Backen auf … „Du hast noch nie? Ok, ich zeige es dir. Schau her, du hältst es hier unterhalb des Kopfes fest, ziehst am Schwanz die Schale ab, das geht ganz leicht. Kopf abknipsen und wenn noch Beine dran sind, auch wegnehmen, und dann hinein, so", dabei steckt er sich den kleinen Rest in den Mund und macht ein glückliches Gesicht. „Und jetzt zusammen! Schwanzpanzer ab, Beine ab, Kopf ab und weg." Gezwungenermaßen mache ich mit und tatsächlich schmeckt es bei Weitem nicht, wie es aussieht. Bei der Zweiten klappt es schon besser, und im Nu ist die Schüssel leer. Gutgelaunt waschen wir uns die Hände an der Spüle. Er reicht mir das Trockentuch und sieht mir in die Augen: „Ich werde es dir zeigen, ja?" „Warum kannst du einfach so durch meinen Kopf jagen, und ich nicht durch deinen?" „Das weiß ich leider auch nicht, aber lustig war`s schon", er sieht mich entwaffnend an und ich kann ihm nicht böse sein. Es duftet herrlich aus dem Backofen. Ich will gerade das Brot schneiden, doch Frithjof hält mich zurück. „Lass es ganz und leg es auf den Tisch, bitte", er greift sich die Topflappen und stellt den Fisch auf den Tisch. Frische Teller und Schälchen für den Salat. Dann sitzen wir wieder gemütlich beisammen. „Wenn man sich gemeinsam von einem Laib Brot Stücke abbricht, ist man sich viel näher." „Frithjof, dein Fisch schmeckt irre, du solltest in einem schicken Restaurant kochen!" Er bricht mir auch etwas von dem Brot ab und freut sich über das Lob: „Ja, meinst du wirklich? Was denkst du, was in so einer Küche los ist? Ich glaube kaum, dass man da mit Liebe kochen kann." „Andere Sterneköche tun das doch auch, du könntest der Beste sein! Meine Mutter ist Konditorin. Sie hat magische Fähigkeiten wie wir, alle sind verrückt nach ihren Leckereien. Sicher hilft sie ein bisschen nach. Selbst, wenn die Leute das wüssten, keinen würde das stören, alle wollen sich im Glück des Augenblicks laben, weitere Fragen stellt niemand. Es gibt durchaus Wege, die Dinge miteinander zu verbinden." Frithjof sieht mich nachdenklich an: „Vielleicht hast du recht, ich kenne da die Küche eines gewissen Waldhotels, die sich eventuell noch aufpolieren ließe. Es gibt leider nur einen Haken!" „Und der wäre?" „Mein Vater, er kann mich nicht leiden. Für ihn bin ich so etwas, wie Glibber unter seinem Absatz." „Tja, dann musst du ihm beweisen, dass er nicht auf dich verzichten kann. Vielleicht mit einer Gourmet-Bude schräg gegenüber?", ich muss lachen, „stell dir vor, die feinen Hotelgäste würden sich alle an eine Bude stellen und sein Restaurant bliebe beinahe leer!" „Schön geträumt, kleine Fee! Die Idee ist gut, aber ich sollte eine richtige Ausbildung machen, alles andere ist nur halbe Sache." „Ja, mach das, doch verschwende keine Zeit, du bist nicht mehr der Jüngste!" „Ach gut, dass du mich daran erinnerst!" Er sieht gespielt böse zu mir rüber. „Was hast du denn mal vor?" Ich zucke mit den Achseln: „Ich habe keine Ahnung." Ein Motor kommt vor dem Haus zur Ruhe. Wir schauen uns beide verdutzt an. „Erwarten wir Gäste?", fragt Frithjof mich. „Nicht, dass ich wüsste, vielleicht wirst du doch noch abgeholt!" Erschreckt sieht er mich an. „Jetzt warte erst mal. Vielleicht will gar niemand zu uns." Es klingelt. „Ich gehe an die Tür, du bleibst hier ganz ruhig sitzen, vielleicht muss nur jemand mal zum Klo oder sonst was", ich greife mir die Krücken und wuchte mich zur Eingangstür.

„Papa!" Er nimmt mich fest in die Arme. Eine meiner Krücken knallt zu Boden. „Du bist wirklich in Ordnung, was?" „Ja klar, Papa! Komm rein, ich stelle dir meinen neuen Freund vor." „Oh Schreck! Meine Tochter wird erwachsen!", wirft Manfred ein. „Also Freund wie Bruder!", sage ich noch möglichst laut für Frithjofs Ohren. „So, so, legst du dir jetzt eine ganze Sammlung an?" „Nein, Wido ist nicht mehr mein Bruder, ihn habe ich mir als Liebhaber ausgesucht!" „Hm, dann bist du mit dem Falschen hier, ich hoffe, das ist dir klar!" Wir betreten die Küche: „Papa, das ist Frithjof." Die beiden Männer geben sich die Hand. „Da hast du dir aber einen sehr großen Bruder ausgesucht, was?", bemerkt Manfred an mich gerichtet. „Meinst du wirklich, ein Bruder kann zu groß sein? Außerdem hat er sehr gute Manieren und kochen kann er auch! Frithjof, das ist Manfred, mein Vater." Papa setzt sich an einen freien Platz. „Entschuldigt, wenn ich beim Essen störe, aber ich musste nach dir sehen. Sonst kann ich mich nicht auf meine Arbeit konzentrieren. Wäre es dir vielleicht möglich etwas weniger Mist zu bauen?", fragt er an mich gewandt. „Herr Rosenthal, möchten sie auch ein wenig von unserem Fisch kosten?", schaltet sich Frithjof lächelnd ein. „Ja Papa, es schmeckt fantastisch und er hat viel zu viel für uns beide gekocht." Frithjof zeigt mit dem Finger auf mich: „Du wolltest dreißig Kilo mehr wiegen, da musst du schon was für tun, das fällt dir nicht so in den Schoß!" Er stellt Manfred ein Gedeck hin und gibt ihm etwas auf den Teller. „Pffff." „Auch einen Schluck Weißwein, er ergibt die perfekte Harmonie mit dem Fischgericht." Papa schaut etwas irritiert zwischen uns hin und her. Ich muss lachen. „Ihr seid wirklich Geschwister, was? Mathilde und ich haben nur ein Kind bekommen, um solchen Zankereien aus dem Weg zu gehen!" „Wir machen nur Unsinn, Papa", sage ich und streichele über Manfreds Handrücken. „Komm Otrun, iss auch noch ein wenig", sagt Frithjof und gibt mir noch etwas auf meinen Teller. „So Kinder, falls ich das hier so sagen kann", bemerkt er mit einem Blick auf den fremden jungen Mann, „was ist denn jetzt überhaupt so alles passiert? Hmm, das schmeckt wirklich gut!" Manfred sitzt mit geschlossenen Augen da und genießt. Frithjof zwinkert zu mir rüber. Ich breche für ihn ein Stück Brot ab: „Hier, du musst unbedingt die Soße tunken." Er nimmt es an und befindet sich plötzlich im siebten Himmel, Abteilung höchster Genuss. „Wäre die Fahrt nicht zu weit, würde ich mich für Morgen wieder zum Essen anmelden!" „Wo arbeitest du denn im Augenblick?" „In der Nähe von Dresden. Als ich am Vormittag deine Mail bekommen habe, rief ich sofort Mathilde an. Sie hat kurz beschrieben, was vorgefallen ist. Ich hätte am liebsten direkt die Polizei geschickt, doch sie hat es mir verboten. Sie wollte auch nicht, dass ich mir deinen neuen Freund mal ansehe, aber ich habe mich durchsetzen können." „Prima Papa, sonst könntest du jetzt nicht so lecker Fisch essen!" „Richtig Otrun, ich bin froh, dass ich mich auf den Weg gemacht habe. Es sieht so aus, als wäre hier alles in Ordnung." „So einen Vater hätte ich auch gebraucht", sagt Frithjof, „ich bewundere sie dafür, dass sie sich ein Bild machen mussten und es in die Tat umgesetzt haben. Ich hatte nie einen richtigen Vater, nur einen Erzeuger." „Danke, es hätte aber auch schlecht für sie ausgehen können, falls mir die Situation hier nicht zugesagt hätte." Frithjof sieht meinen Vater ruhig an: „Für sie geht es in erster Linie um Otrun. Und das ist genau richtig so. Für meinen Vater geht es immer ums Geschäft, danach um sich selbst, vielleicht auch mal um meinen Bruder, aber um mich? Niemals!" „Es ist für ihn bestimmt schwierig, sich in ihre Situation hineinzuversetzen." „Nun ich sehe das so: Er hatte die Möglichkeit daran zu arbeiten, seit ich auf der Welt bin, das sind jetzt siebenundzwanzig Jahre. Als ich zehn war, starb meine Mutter. Es ist ja völlig klar, dass sie sich in erster Linie um mich gekümmert hatte, schließlich war sie wie ich. Oder eher gesagt, ich war wie sie. Doch als sie nicht mehr da war, hätte er sich drehen, sich zumindest ein klein wenig Mühe geben können! Er hatte sie doch auch geliebt. Aber ich hatte keinen Platz in seinem Leben, deshalb wurde ich zwei Jahre später in einem Internat untergebracht. Seit dem habe ich meinen Vater vielleicht fünfmal gesehen. Er hat kein Interesse an mir, ganz im Gegenteil, es ist ihm wohler, wenn ich weit weg bin. Soviel dazu, er hat es sicher nicht leicht, er hat sich aber auch nicht wirklich angestrengt. Der einzige Mensch, der zu mir hält, ist mein Bruder. Und jetzt auch Otrun. Das Glück ist auf meiner Seite. Wie sie sehen, werden es immer mehr!" „So schwarz würde ich gar nicht sehen. Es gibt da noch Mathilde und mich, wir haben sie nicht angezeigt, Dustin und Widukid Delshay, die hätten allen Grund dazu gehabt und ein paar Polizeibeamte, die schon dicht auf ihren Fersen waren und sie verschont haben. Also doch einige Menschen, auf die sie zählen können. Selbst Siegrun macht sich Vorwürfe. Sie müssen auch dazu bereit sein, die Guten zu erkennen, sonst sehen sie nur die anderen." „Stimmt, ich muss meine Sichtweise ändern. Ich schaffe das. Otrun und ich haben uns eben schon ausgemalt, wie ich mich meinem Vater beweisen könnte und ich glaube, die Idee ist nicht schlecht. Ich verspreche ihnen, ich werde ihr Vertrauen nicht missbrauchen. Gestern habe ich mich seit langer Zeit für einen besseren Weg entschieden und den werde ich jetzt beibehalten. Auch wenn`s schwierig wird." „Das hört sich gut an", Manfred sieht ihn ernst an, „doch Vorsätze sind nur der Anfang!" „Ich weiß das", sagt Frithjof, „so kann es aber nicht weitergehen, das ist mir klargeworden, seit die Dinge vor einigen Tagen eine ganz eigene Dynamik bekamen. Im letzten Moment habe ich das Ruder herumgerissen und darüber bin ich sehr froh! Da will ich auf keinen Fall mehr hin!" „Hatte meine Tochter damit zu tun?" „Ja, aber ihr ist nichts geschehen und ihr wird auch nichts zustoßen." „Wie ich Otrun so da sitzen sehe, weiß sie das ganz genau. Auf ihr Näschen kann man sich in der Regel verlassen", Papa lächelt Frithjof an, „kann ich mir den Rest Fisch nehmen? Wer so kocht, kann kein schlechter Mensch sein." „Der ist bestimmt schon kalt." „Ach, das macht gar nichts", er schaufelt sich die letzten Reste auf seinen Teller und nimmt sich noch etwas Brot. „Auch Hexerei, hm? Deshalb fühle ich mich auch auf Anhieb wohl hier. Ich kenne ja kaum was anderes!" „Papa, jetzt übertreibst du aber!" Frithjof zwinkert mir zu: „Dein Vater ist ein Mann, der zu seinen Entscheidungen steht." Wir sehen Manfred zu, wie er die letzten Reste genießt. „Ihr Lieben, ich muss gleich schon wieder los, noch einen freien Tag kann ich mir leider nicht genehmigen." „Du bist immer willkommen, Papa", sage ich und sehe zu Frithjof rüber. Der nickt zustimmend. Manfred schiebt schleppend seinen Stuhl zurück und erhebt sich. „Du siehst nicht gerade motiviert aus", äußere ich mit gerunzelter Stirn. „Ach, du musst nicht annehmen, ich hätte Lust, jetzt wieder ein paar Stunden im Auto zu verbringen." „Komm, lass uns noch einen kurzen Spaziergang am Strand machen", schlage ich vor, „die frische Luft weckt sicher neue Lebensgeister in dir." Er sieht auf die Uhr. „Das können wir wirklich machen", sagt er, während er mich prüfend ansieht, „kannst du im Sand überhaupt gehen?" „Ich bin noch nicht dazu gekommen, es auszuprobieren. Ansonsten habe ich zwei Männer dabei, die mich stützen werden, oder?", antworte ich und ziehe mir meine neue grüne Jacke über. Ich wuchte mich in Richtung Terrassentür. „Lass die Krücken hier, du versinkst damit nur im Sand", Frithjof schaut mich an, „komm, hak dich bei mir ein." „Bei mir auch", sagt Papa und so gehen wir zum Wasser runter. Das klappt besser als erwartet. „Ein schönes Fleckchen Erde." „Ja, nicht wahr, mein Bruder hatte sich direkt in das Haus und das ganze Drumherum verliebt. Er hat mir schon öfter angeboten, hier ein paar Tage zu verbringen, ich hab`s nie angenommen." „Wie ist er so?", frage ich Frithjof. „Bastian ist ein feiner Mensch. Unser Vater hat ihm den Umgang mit

mir untersagt, weil mein Leben angeblich zu durcheinander ist und er sich auf das Geschäft konzentrieren soll, doch er nimmt sich so oft er kann, Zeit für mich. Dann sitzen wir meistens auf unserem Baum und erzählen uns die banalen Dinge des Alltags. Er hat immer ein offenes Ohr und kann gut zuhören."
„Dein Bruder soll dann sicher irgendwann das Hotel übernehmen, vermute ich mal?", wirft Manfred eine Frage ein.
„Ja natürlich, aber das bekommt er nicht geschenkt. Er ist so was wie Vaters Leibeigener. Ich will auf gar keinen Fall mit ihm tauschen!" „Und junger Mann, welchem Beruf gehen sie nach?" „Hm, gar keinem. Erst habe ich ein Studium angefangen, na ja, das war nicht das Richtige. Dann hat mein Vater mir hier und da mal einen Gelegenheitsjob vermittelt. Schriftlich, wohl bemerkt! Zuviel Nähe lehnt er ab. Kurze Zeit hatte er wohl das Gefühl, er müsste sich kümmern." „Sie haben wirklich keine Ausbildung gemacht?" Manfred sieht ihn erstaunt an: „Sie wirken gar nicht so, wie soll ich sagen... keine Ahnung." „Mein werter Vater unterstützt mich finanziell, deshalb sehe ich nicht aus, wie ein Sozialfall. Aber vermutlich bin ich nicht weit entfernt davon. Jetzt ändere ich das, ich werde mit einer Ausbildung zum Koch beginnen." „Sie sind sehr intelligent, ich könnte mir vorstellen, dass sich aufgrund ihrer Begabungen die Ausbildungszeit verkürzen lässt." „Das ist auf jeden Fall eine Überlegung wert." Mit einem Blick auf mich fügt Frithjof noch hinzu: „Ich bin schließlich nicht mehr der Jüngste!" „Und Otrun, was machen wir mit dir?" „Woher soll ich das wissen?" „Meine Tochter hat mal wieder keine Ahnung, richtig?" „Richtig! Wie ist es Papa, musst du nicht los?" „Wie immer, sehr direkt und treffend! Du hast recht, es wird wirklich langsam Zeit."

„Wie springst du denn mit deinem Vater um?!", sagt Frithjof entsetzt zu mir, während wir dem Wagen nachsehen. „Ach, das ist nicht so gemeint", beruhige ich ihn, „Papa weiß das ganz genau … Und, zeigst du`s mir?" Frithjof sieht mich von oben herab an: „Hab ich ja gesagt, oder? Lass uns warten, bis es dämmert, dann ist es leichter." „Was hast du vor?" „Ich werde etwas mit dir probieren, was meine Mutter damals mit mir geübt hat." Wir gehen wieder zur Terrasse, damit ich meinen Fuß hochlegen kann. „Mathilde hat mir nie etwas gezeigt, wahrscheinlich durfte sie das nicht. Meine Eltern trafen wohl irgendein Abkommen, dass ich möglichst *normal* aufwachsen sollte. Papa hatte Angst, ich würde zur Außenseiterin. Na ja, die bin ich trotzdem geworden. Aber ich werde auf jeden Fall wieder in die alte Klasse zurückkehren. Es stand zur Debatte, die Schule zu wechseln, aber davon wird es wahrscheinlich auch nicht wesentlich leichter. Manfred hat das nicht böse gemeint, er hat es einfach nicht besser gewusst." „Dein Vater ist sehr in Ordnung, du solltest meinen kennenlernen, dann weißt du, was du an ihm hast." „Ne, ne, die Kur brauche ich nicht, ich liebe meine Eltern und zwar zu gleichen Teilen."

„Ich habe dich heute Mittag nicht reingelassen", Frithjof sieht mich ernst an, „Otrun, das war so offensichtlich!" Er schüttelt seine Locken. „Auf jeden Fall war ich darauf gefasst und habe mich dir gegenüber verschlossen. Das hat dich ganz schön geärgert, hm?" „Ach es geht, so schlimm war`s auch nicht." Frithjof grinst in sich hinein. „Du hast gekocht vor Wut!" „Meinst du?" Er beugt sich zu mir rüber, nimmt meine Hände in seine. „Und jetzt fängst du schon wieder damit an! Ich muss dir was erklären: Ab gleich, wenn es dämmert, gibt es keine Geheimnisse mehr. Gib dir also keine Mühe, ich hätte es auch ohne Magie bemerkt, selbst wenn ich völlig verblödet wäre, erzähl mir nichts." „Und du hast gelauscht, als ich Wido angerufen habe." „Stimmt, ich war selbst überrascht, dass ich das konnte. Vielleicht habe ich dir in letzter Zeit so oft zugehört, dass es ganz einfach für mich geworden ist." „Ich finde das nicht fair, du klinkst dich in meinen Kopf und mich wehrst du ab!", ich starre trotzig zu ihm rüber. Er hebt seinen Zeigefinger: „Deine Absichten waren nicht redlich!" Ich pruste los: „Nicht redlich? Ich finde, das Vorhaben war sehr redlich, schließlich hattest du dir eine Abreibung verdient! Mich belauschst du völlig zu Unrecht!" „Na ja, im aktuellen Fall war es eher Notwehr, finde ich", er steht auf, kommt um den kleinen Tisch herum auf mich zu und zieht mich hoch. Während er noch kurz: „Komm, wir gehen zum Strand", sagt, wuchtet er mich über seine Schulter. „Du könntest zumindest fragen!" „Brüder fragen nicht, damit musst du dich schon abfinden." „Hä?" „Wenn du mich nur als Kumpel brauchst, geht's auch ohne Romantik." Ich frage nervös: „Ist das jetzt wieder so eine Laune? Eben war doch noch alles in Ordnung!" „Ach Otrun, ich will nicht mehr warten. Das Wetter ist nicht allzu gut, so ist der Strand leer, wir haben ihn für uns allein und deshalb fangen wir an, auch wenn`s noch nicht dunkel ist." „Und was genau haben wir vor?", frage ich, als ich in den Sand gelassen werde. „Wir werden uns näher kennenlernen. Du mich", er grinst mich frech an, „und ich dich. Meine Mutter hat das früher mit mir geübt. Deshalb, und vermutlich nur deshalb, konnte ich mich, wie du es ausdrückst, in deine Gedanken einklinken. Und weil ich dir schon ansehe, wie du hektisch wirst, benutzen wir eine kleine Hilfe." „Deine Mutter hat dir beigebracht, andere auszuhorchen?", frage ich entsetzt nach. „So würde ich es nicht nennen. Jetzt weiß ich, wofür es wirklich war. Sie hat überprüft, ob mein Gewissen rein ist. Ich habe dir doch erzählt, ich sollte immer Geist und Seele sauberhalten. Damit ich keinen Unfug treibe!" Er sieht mich ernst an: „Das hat sie mir aber nie so gesagt. Bleib hier kurz sitzen, ich hole etwas Holz für ein Feuer." Ich sehe mich suchend um. „Bastian hat hinterm Haus Holz gestapelt, falls du es noch nicht gesehen hast. Aber ich schaffe nicht dich und einen Armvoll davon, deshalb gehe ich noch einmal los." Mit diesen Worten entfernt er sich und lässt mich mit meinen Ängsten allein. *Will er mir jetzt noch meine letzten Geheimnisse entlocken? Das kann ich nicht zulassen! Ich werde nackt vor ihm stehen! Nackter als nackt!* Mein Herz klopft mir bis zum Hals, meine Ohren pfeifen, ich weiß nicht, wie ich die Sache noch abwenden kann. Frithjof lässt das Holz fast neben mir auf den Sand fallen. Ich erschrecke so arg, dass ich im Sitzen vermutlich fünfzehn Zentimeter hochspringe! „Habe ich dich erschreckt? Du bist ganz schön weit weg gewesen, hm?", er stapelt die Holzstücke zu einem hohen Haufen. Es ist deutlich zu spüren, dass er sauer auf mich ist. Nach nur wenigen Handgriffen beginnt ein zartes Flämmchen, in der Mitte zu leuchten. Ich bemerke, dass es jetzt doch schon dunkel wird. „Entschuldige bitte, ich kann einfach nicht verstehen, dass du jetzt Angst vor mir hast, oder vor dem, was gleich geschieht. Was habe ich denn gemacht?", er kniet vor mir und durchbohrt mich mit seinen Augen. Stille. „Überleg mal, vielleicht kenne ich ja schon deine kleinen Geheimnisse und du bekommst im Gegenzug meine", er streicht mit seiner Hand über meine Wange, sein Blick wird weicher. „Otrun, wenn du nicht möchtest, wir müssen nicht..." Ich bringe kein Wort heraus. „Hast du dich bei deiner Oma auch so angestellt?", er lässt sich neben mir in den Sand fallen und verschränkt die Arme hinter seinem Kopf. Es sind nur die Wellen und das Knistern des Feuers zu hören. Ich schaue auf ihn runter, wie er daliegt. Er spürt meinen Blick und legt sich auf die Seite, stützt seinen Kopf auf eine Hand. Mit der anderen streicht er über mein Knie. Ein Schauer läuft über mein Bein. Ich sehe ihm an, dass er mein Zucken auch gespürt hat. Ich schließe meine Augen und will nicht mehr da sein. Tränen laufen über meine Wangen. *Wenn ich sie jetzt nicht wegwische, bekommt er es in der Dunkelheit nicht mit,* denke ich mir und bewege mich nicht. Ich fühle seinen Arm um meiner Schulter. Er drückt mich an sich und reicht mir ein Stofftaschentuch. *Er muss einen unerschöpflichen Vorrat haben!* „Ich hole noch eine Ladung Holz", sagt er und steht auf. Ich schaue auf, das Feuer ist fast runter gebrannt. *Wie lange sitzen wir hier schon?* Ich schnäuze meine Nase und denke darüber nach, wie viele Tücher ich ihm jetzt schon schmutzig gemacht habe und dass wir morgen waschen müssen. Jetzt lässt er das Holz etwas sachter in den Sand gleiten und legt ein paar Scheite nach. Frithjof setzt sich hinter mich und drückt mich an meinen Schultern nach unten, bis ich mit meinem Kopf in seinen gekreuzten Beinen liege. Mit warmen Händen streichelt er mein Gesicht. Über meine Stirn,

die Augen Richtung Kinn, dann an meinen Kieferknochen wieder zur Stirn. Er lässt sich Zeit, ich entspanne endlich. Das Geräusch der Wellen schaukelt mich. Mit einem einzigen Griff ins Kiefergelenk öffnet er meinen Mund. Ich schmecke etwas Bitteres auf der Zunge. Er streicht weiter über mein Gesicht. Zeit vergeht. Ich schwinge im Rhythmus der Wellen. Mit samtweicher Stimme sagt er: „Passe dich meinem Atem an." Geräuschvoll atmet er ein und aus, ein und aus. Ich gehe mit. Atme ein, atme aus. Fast unmerklich erhöht er das Tempo. Er bettet meinen Kopf in den Sand, nur ganz kurz, dann liege ich auf seiner Schulter und Frithjof auf meiner. „Konzentrier dich auf mich, du hast meinen und deinen Talisman in der Tasche, du kannst dir sicher sein, alles, alles was du wirklich willst, wird klappen. Konzentrier dich und atme weiter mit mir." Er beschleunigt weiter seinen Rhythmus. „Komm Otrun, weiter atmen, tief atmen, komm mit mir." Ich atme mit. Es fällt mir beinahe leicht. Ich spüre, wie meine Lippen kribbeln. Erschrecke mich ein wenig darüber. „Weiter Otrun, atmen." Das Kribbeln wird stärker, ich habe das Gefühl, ich könnte meine Arme nicht bewegen. „Konzentrier dich auf mich, Otrun!" Ich konzentriere mich wieder, lasse mich weder von den Lippen, noch von meinen Armen ablenken. Ich achte nur auf Frithjofs Atem. Die Wellen verschwimmen im Hintergrund.
... Ich höre meinem Telefonat mit Wido zu, ärgere mich ein wenig. Aber nur kurz. Eigentlich amüsiert es mich, eine freundliche Verkäuferin zeigt mir während dessen ein paar Kleidungsstücke. Ich entscheide mich für die grüne Jacke, die passende Pumphose und die Jazzpants. Ich muss still für mich schmunzeln, wegen der Bemerkung über das kleine Schwarze, über das ich tatsächlich nachgedacht habe. Stattdessen werde

ich mir einen Spaß mit der Unterwäsche machen! Alles völlig easy! ...

Im Lebensmittelladen bemerke ich, wie starrköpfig versucht wird, in meine Gedanken einzudringen. Ich lasse es einfach nicht zu. Lehne es ab, mache dicht – ganz einfach. Stattdessen sehe ich mal zu ihr rüber. Sehr ärgerlich! Nix da, mein Freund! Wenn`s jetzt nicht klappt, dann ein andermal! Belustigt grinse ich in mich hinein. Und mache mich auf den Heimweg. ...

Nun befinde ich mich in den Höhlengängen. Die ewige Dunkelheit macht mich gereizt. Ich trage einem dieser Speichellecker auf, zumindest die Wände weiß zu streichen. Und zwar schnell! Ich jage ihm Angst ein. Das fällt mir leicht, eine meiner besten Übungen. Der holt sich sofort Verstärkung und gemeinsam haben sie in nur einem Tag einiges geschafft, sodass ich mich in komplett geweißten Räumen aufhalten kann. Ich bin zufrieden, lasse meine Leute in Ruhe. ...

Schon wieder Schritte, der Vorarbeiter kommt. Dass er ständig in diesem widerlichen, süffigen Unterhemd rumlaufen muss! Es schüttelt mich. „Chef!", sagt dieser Mann zu mir und hat dabei echte Furcht in seinen Augen: „Chef, wir sind soeben einem Mädchen begegnet, einer Hexe oder so was! Ich glaube, sie hat uns gebannt, hat uns eine riesen Angst eingejagt. Völlig durchgeknallt, die Alte! Redet wirres Zeug, hat uns nicht mehr gehenlassen. Und jetzt hat dieser Oberindianer unsere Personalien!" „Und ihr ward so dämlich, sie ihm zu geben?", frage ich zornig. Mit was für Weicheiern habe ich es bloß zu tun? „Was hätten wir denn machen sollen?" „Vergiss es, jetzt ist das eh zu spät! Seit ihr wenigstens sauber?" „Eh, ja, glaube schon."

Mich packt der Zorn, solche Leute kann ich hier eigentlich gar nicht brauchen! Der weiß nicht mal, ob er bei der Polizei geführt ist oder nicht! Der Typ sieht mich erschreckt an. „Geh zu deinen Kumpels, dann könnt ihr euch gemeinsam in die Hosen pissen!" Er haut ab, ich könnte schreien vor Zorn! Idioten! ...

„Warum wehrst du dich nicht, Frithjof?" „Aber Papa, Mama hat mir das verboten, sie hat erklärt, das würde schlimme Folgen haben!" „Hab ich dir nicht gesagt, du sollst sie in Frieden ruhen lassen? Wenn die dir am Pausenhof die Hosen runter ziehen, musst du dich wehren, sonst machen die das immer!" Aber Mama hat gesagt..." „Schluss damit, ich will nichts mehr hören! Wehr dich!" ...

Plötzlich befinde ich mich wieder in den Höhlengängen. Ich möchte nach draußen an die Luft. Mein dreckiger Vorarbeiter kommt mir selbstzufrieden entgegen. Ich weiß nicht warum, aber mir schwant nichts Gutes. „Chef", er stemmt seine Fäuste in die Seiten und verkündet mit stolzer Stimme, „wir haben einen Gefangenen gemacht. Jetzt wird sich dieser Oberindianer aber umgucken!" Ich schließe für einen Moment die Augen, versuche mich nicht aufzuregen. In ruhigem Ton schaffe ich ein: „Wie dämlich seit ihr eigentlich?" Dieser Trottel sieht mich an, als hätte er eine Belohnung erwartet und ist jetzt abgrundtief enttäuscht. „Alle Beteiligten kommen sofort zu mir, ich muss mit euch reden!" Er macht am Absatz kehrt und entfernt sich mit verkniffenen Arschbacken. Die Frischluft kann ich mir wohl schenken. Eigentlich hatte ich gedacht, dieser Kurt Stellter sei in Ordnung. Einer der wenigen Kollegen aus dem Studium, bei dem ich das Gefühl hatte, er sei auf meiner Seite. Doch er scheint mir sehr gerissen etwas vorgespielt zu haben. Mit der Empfehlung dieser Arbeiter hat er mir ordentlich eins ausgewischt! Er meinte zu mir: „Frithjof, der erste Eindruck täuscht, für den Anbau haben diese Typen ein Händchen, auch wenn sie einen etwas einfältigen Eindruck machen." Aber mein Freund, man sieht sich immer mehrmals im Leben! Ich gehe zurück in den großen Höhlenraum, um auf diese Idioten zu warten. Ich suche möglichst schnell nach einer passablen Lösung. Man könnte ihn einfach wieder aussetzen. Aber wieviel hat er mitbekommen? Mit Daumen und Zeigefinger reibe ich mir über die Nasenwurzel. Schritte. Sie rücken an! Wie ich sehe, hatten auch sie schon eine Lagebesprechung. Alle machen einen selbstgefälligen Eindruck. „So, was habt ihr euch denn überlegt, als ihr den Gefangenen gemacht habt?", ich versuche einen sachlichen Ton. Mein Vorarbeiter ergreift das Wort: „Nun, er ist der Sohn dieses Delshay und wir meinten, das wäre für ihn ein Grund, weniger neugierig zu sein. Außerdem ist dieser Typ der Freund von der verrückten Hexe. Dann weiß die auch, dass sie nicht alles mit uns machen kann!" „Meint ihr nicht, so erregen wir noch mehr Aufmerksamkeit? DAS WAR ABSOLUT SCHWACHSINNIG VON EUCH!", jetzt werde ich doch laut! Das wollte ich überhaupt nicht, vor diesen Schwachköpfen muss ich auf jeden Fall einen überlegenen Eindruck machen, sonst tanzen die mir auf der Nase rum! Ich fange mich wieder. „Ist er verletzt?" Scharrende Füße, betretene Blicke zum Boden gerichtet. „Alles klar", sage ich, „ich werde ihn mir ansehen. Bringt ihn zu mir." Schnell lassen sie mich wieder allein. Ich hocke mich an die Wand und könnte heulen. ...

Gemeinsam haben sie mir meinen Ranzen weggenommen! Versenken meine Bücher und Hefte im Schlamm! Ich schubse sie alle auf einmal von mir weg. Mit meinen Gedanken! Der dicke Bernd landet mit seinem dummen Kopf auf der Bordsteinkante! Die anderen rennen davon. Als erstes ziehe ich meine Sachen aus der Schlammpfütze. Danach sehe ich nach meinem Klassenkameraden, der wirklich nicht mein Freund ist. Ich kann ihn nicht so liegen lassen! Seine guten Freunde sind ja alle weg! Also ziehe ich ihn hoch und schleife ihn zu mir nach Hause. Wo er wohnt, weiß ich nicht. Ich biege um die letzte Ecke. Vater will gerade das Haus verlassen. Er muss ins Hotel zurück. Verständnislos sieht er mich an: „Was schleppst du denn da an?" „Papa, du hast gesagt ich soll..." „Ja bist du denn wahnsinnig! Ich habe doch nicht gesagt, du sollst sie umbringen!" „Ich glaube, er lebt noch!" Daraufhin bekomme ich eine kräftige Ohrfeige. Ich weiß nicht genau, was falsch gelaufen ist. „Wo wohnt der?" Er zeigt mit seinem ausgestreckten Zeigefinger auf den dicken Bernd. Ich zucke mit den Achseln, meine Knie zittern, es fühlt sich an, als würde ich auch gleich Ohnmächtig werden. „Wir rufen deinen Lehrer an! Ich habe überhaupt keine Zeit für solche Spielchen, ich denke, das weißt du!" Ich beiße meine Unterlippe blutig. ...

Es ist laut, die Luft stickig. Ich sitze an der Theke und trinke eine Cola. Die Frau hinterm Tresen hat mich schon eine kleine Ewigkeit im Visier. „Na, junger Mann, kann ich dir noch was zu trinken geben?" Ich zeige stumm auf mein Glas, dass es noch halbvoll ist. Sie greift unter die Theke und schwubbs, füllt sie es mit Whiskey auf. Ich sehe sie erstaunt an. Die zuckt nur mit den Schultern und nimmt ihre Arbeit wieder auf. Ich nippe an dem Glas. Das Zeug schmeckt grässlich! Ich lasse es stehen und verlasse das Lokal. Vor der Tür hängen ein paar Jungs aus dem

Biokurs rum. „Na Frithjof, wo ist die Alte, die ist doch scharf auf dich!" „Hol sie dir, ich will sie nicht. Kannst sie haben." Ich gehe an ihnen vorbei. „Guckt euch diesen eierlosen Schlappschwanz an!" Ich spüre ihren Hohn in meinem Nacken, drehe mich ganz langsam um und zwinge sie auf die Knie. Wellenrauschen. In dem Moment geht die Tür auf. Zwei angetrunkene Typen werfen ihnen im Vorbeigehen ein paar Geldstücke zu. Ich mache mich auf den Weg zurück zum Wohnheim. ...

Mit verschwommenem Blick sehe ich in das Gesicht einer viel zu jungen Siegrun. Sie hält mich an den Schultern und ich spüre, wie alles um mich herum leicht wird. ...

Das Wellenrauschen wird immer lauter, mir ist kalt, es ist dunkel. Ein wenig Glut ist noch in der Feuerstelle zu sehen. Der Wind weht kühl von der See heran. Die einzige warme Stelle ist meine Schulter, auf der Frithjof liegt. Ich fühle mich geschlaucht. Er hat bemerkt, dass ich zu mir gekommen bin, und richtet sich auf. „Ich bringe dich ins Haus, ja?" Ich setze mich, bin völlig steif. Frithjof zieht mich hoch und nimmt mich auf den Arm. Auf der Terrasse ist es windgeschützt und gar nicht so kalt. „Wollen wir noch ein wenig hier draußen bleiben?" „Gern, ich glaube, in der Truhe drinnen sind warme Wolldecken. Die hole ich schnell", mit diesen Worten ist er schon wieder unterwegs. Ich bin noch ganz benommen.

Dick eingemummelt sitzen wir aneinander gekuschelt auf einer Hollywoodschaukel. „So still, wie du bist, gehe ich davon aus, dass du erfolgreich warst. Und das, obwohl du überhaupt nicht wolltest." „Du hast mir Angst gemacht." „Wovor eigentlich", er drückt meine Schulter etwas fester, „es ging doch eigentlich darum, dass du mich besser kennenlernst." „Und was hast du gemacht, hast du geschlafen?" Er streicht an meinem Arm entlang: „Nein, ich habe dich auch näher kennengelernt." „Hast du Dinge gesehen, die du noch nicht kanntest?", frage ich ihn und sehe neugierig an ihm hoch. „Allerdings, ich saß im Klassenschrank und habe deinen Rektor kennengelernt. Ich war in eurer und auch in Delshays Küche. Ich war im Hotel, habe gespürt, was für eine Angst du plötzlich vor mir hattest." Er grinst in sich hinein. „Was noch?", frage ich ungeduldig. „Nun, es gibt aber auch jede Menge Momente, in denen du die nicht hattest. In denen du mich wirklich gemocht hast." „Na so was, wann soll das denn gewesen sein?" ...

„Du hattest bisher kein einfaches Leben, hm?", frage ich Frithjof, während ich an ihm lehne. „Seit circa zwei Stunden ist es schöner denn je!" Ich atme geräuschvoll aus. „Ich werde Geduld brauchen, doch meine Träume erfüllen sich früher oder später, da bin ich mir sicher." Ich schließe meine Augen und wage nicht mir vorzustellen, was er sich eben eingebildet hat. *Nicht mal später! Ich werde mit Wido zusammen sein,*

damit wird er sich schon abfinden müssen! Er streicht mir übers Haar. „Ich gehe schlafen", sage ich und pelle mich aus den Decken. „Ja klar, es ist sicher spät", redet Frithjof so vor sich hin. „Kommst du im Bad klar?" „Wohl kaum, am liebsten würde ich duschen." „Tja, das wäre vielleicht nicht so schlau, aber wir können dir Wasser in die Badewanne einlassen, den Fuß lässt du einfach raus hängen." „Oh ja, edler Frithjof, und du willst mir sicher dabei etwas zur Hand gehen, nicht wahr?", äußere ich sarkastisch. „Jo, das könnte mir gefallen, rein brüderlich, versteht sich." Er zeigt mir sein strahlendstes Lächeln. „Bleib ruhig noch ein bisschen sitzen, ich schaffe das schon alleine." Und damit hinke ich zum Bad rüber. Vorher mache ich einen Abstecher zur Küchenecke und hole mir eine Plastiktüte. Etwas Klebestreifen nehme ich auch noch mit. Damit werde ich mir den Gips einwickeln, dann hält der auch ein paar Tropfen aus. Als der Fuß gut verpackt ist, gehe ich unter die Dusche, lasse die Schiebetür einen Spalt offen und halte ihn so gut es geht außerhalb des Wasserstrahls. Das Bad ist perfekt ausgestattet mit Hotelpröbchen. In der Schublade finde ich sogar einen Fön. Sehr gut, dann brauche ich nicht mit nassen Haaren ins Bett gehen. Zum Abschluss hänge ich noch die Tüte kopfüber auf, damit sie über Nacht trocknen kann, dann hinke ich in mein Zimmer. Auf dem Kissen liegt eine sehr dunkle, fast schwarze Rose. Ich lege sie auf den Nachttisch und schlüpfe ins Bett. Ich bin wirklich geschafft, lösche das Licht und kuschele mich auf die Seite.

Es ist irgendwann in der Nacht. Ich weiß nicht, wovon ich aufgewacht bin. Ich drehe mich rum. Der Gips stört. Ich hatte irgendetwas Angenehmes geträumt, versuche mich daran zu erinnern. Keine Chance. Ich liege wach. Bilder aus Frithjofs Kindheit gehen mir durch den Kopf. Er hatte schon als kleiner Junge unbändige Kräfte, die vermutlich nur schwer zu beherrschen waren. Was für Kräfte muss er heute haben? Eigentlich sollte ich Angst haben, doch die will sich nicht einstellen. Er sagte schließlich zu Manfred, dass er sein Vertrauen nicht enttäuschen wird. Ich kann nicht mehr einschlafen. Mal sehen, was zum Trinken im Kühlschrank ist. Ich nehme die Krücken und versuche mich mit möglichst wenig Gepolter fortzubewegen. Stopp! Ich sollte mir etwas überziehen, Bruder hin oder her. Als ich die Küche erreiche, sehe ich, dass die Terrassentür offen steht. Eine Krücke lasse ich stehen, nehme mir ein Glas Milch und gehe nach draußen. Die Decken liegen unordentlich zurückgelassen auf der Hollywoodschaukel. Ich kuschele mich hinein und versuche keine Milch zu verschütten. Langsam gewöhne ich mich wieder an die Dunkelheit. Am Strand kann ich Bewegung ausmachen. Ich strenge mich an, es ist wirklich sehr dunkel. *Ist das Frithjof? Ganz bestimmt! Was passiert da unten? Irgendetwas Helles, bestimmt sein Hemd, flattert im Wind.* Ich nehme die Krücke und schleppe mich in seine Richtung. Frithjof hatte recht: Es ist wirklich sehr schwierig im Sand. Jetzt kann ich ihn schon besser sehen, er scheint zu tanzen! Ich möchte ihn auf keinen Fall stören, deshalb setze ich mich da, wo ich gerade bin, in den Sand. *Oma tanzt bei Gewitter, langsam bin ich mir sicher, dass das kein Scherz war! Und Frithjof in der Nacht am Strand ...* Er lässt sich auf den Sand fallen, liegt flach mit ausgebreiteten Armen da, als wollte er die Welt umarmen. Er bewegt sich nicht. Ich überlege, ob er eventuell Hilfe braucht. Ratlos sitze ich hier rum. Starre durch die Dunkelheit, ob sich etwas tut. Er liegt da, rührt sich nicht. *Vielleicht ist er eingeschlafen.* Mit einem Mal springt er auf und rennt ins Wasser. Rennt und rennt, bis er hinfällt. Ich kann ihn nicht mehr sehen! Wer weiß, vielleicht steht er völlig neben sich und ertrinkt gerade! „FRITHJOF!!!", schreie ich gegen den Wind, „FRITHJOF! FRIIITHJOF!!!" Ich stampfe mit meiner Krücke durch den Sand. Je näher ich ans Wasser komme, desto fester wird der. Zum Glück! „FRIIITHJOF!!!" Er hört mich nicht. Aber ich kann jetzt sehen, dass er schwimmt. Puh, ich lasse mich in den Sand fallen, fange schon wieder an zu heulen! *Man hatte ich eine Angst! Um DEN!* Frithjof schwimmt, und ich habe Zeit, mich zu beruhigen. In der Jackentasche ist noch das Taschentuch von vorhin, prima. Ich putze mir die Nase und trockne mein Gesicht. Zitternd sitze ich da und sehe ihm beim Baden zu. Jetzt hat er mich auch entdeckt. Eine warme Woge überkommt mich. Er winkt mir zu, kommt aus dem Wasser. Ich stehe auf und gehe ihm entgegen. Frithjof nimmt mich in seine Arme. Kalt, nass, salzig und wunderbar. So nah. Er öffnet meine Jacke und fährt mit seinen nassen Händen über meinen Rücken. Fest schmiegt er sich an mich, ich genieße diesen Moment. Sein Hemd klebt nass auf seiner Haut, die Haare tropfen. Ich bekomme Gänsehaut von seinen kalten Händen. Hier am Wasser ist es sehr windig. „Wir sollten zumindest zur Terrasse gehen, du holst dir sonst den Tod", flüstere ich zu ihm hoch. Zuerst denke ich, er hat mich nicht gehört. Plötzlich wirft er seinen Kopf in den Nacken und lacht laut heraus! „Sie sorgt sich um den viel zu alten Frithjof!", brüllt er. Nochmals lacht er auf, dann drückt er mich fest an sich und vergräbt sein

Gesicht in meinen Haaren. „Komm, du Möchtegernschwester", gemeinsam kehren wir in die Wärme zurück.

„Du tropfst die ganze Küche voll!", ermahne ich ihn, „gehst du in deinem weißen Hemd und Anzughose überall hin? Zum Baden hättest du sie ausziehen können." „Keine Zeit, hab`s vergessen", sagt er, während er sich aus den nassen Sachen pellt. *Ich werde ihn nicht anstarren!* „Im Bad liegen genug Handtücher, damit kannst du dich abrubbeln." „Ich werde kurz duschen, mir das Salz runterwaschen ... Ist es normal, dass du nichts unter deiner Jacke trägst?", er fuchtelt mit seinem Finger vor mir herum. „Warum, hat`s dich gestört?" „Nein, nein", sagt er und verschwindet im Bad. Schnell schließe ich den Reißverschluss, den hatte ich total vergessen!

Ich bleibe in der Küche sitzen und trinke noch ein Glas Milch. Kurz darauf kommt Frithjof aus dem Bad, mit einem Handtuch um die Hüfte geschlungen. „Du sitzt ja immer noch hier", wundert er sich und setzt sich zu mir. „Was hast du eben da draußen gemacht?", frage ich ihn. „Wie? Ich habe die Nacht genossen", er sieht mich fragend an, „was meinst du?" „Ehem, du hast getanzt, dich zu Boden geworfen und ich weiß nicht, was du davor getrieben hast", ich ziehe meine Brauen hoch und sehe ihn meinerseits fragend an. „Tanzt du nie?" „Doch schon und auch gerne, aber in der Regel auf Musik." „Hm, die habe ich mir eben vorgestellt." „Ja, ja, und der Wind und die Wellen gaben dir den Rhythmus", ich nicke ihm mit verschränkten Armen zu. „Genau. Genau, wie du es sagst." „Was hast du gemacht?" „Wie gesagt, getanzt, geschwommen..." „Wenn du`s mir nicht erklären willst, auch gut, aber erzähl mir keinen Quatsch!", ich stehe auf und will ins Bett gehen. Er schnappt sich meinen Arm und hält mich fest. „Bleib doch noch ein bisschen bei mir, bitte." Und zieht mich auf seinen Schoß. „Frithjof, lass das." „Aber warum bist du so hart zu dir selbst?" „Kann es sein, dass du dich da in was verrannt hast? Ich will nicht mit dir zusammen sein!" Er sieht mich argwöhnisch an: „Du willst unbedingt diesen Widukid, hm?" „Ja, das hatte ich bereits erwähnt und ich setze voraus, dass du das respektierst!" „Das fällt mir schwer, aber mich wundert einfach, dass du deine eigenen Gefühle nicht würdigst." „Pfff, ganz toll, du verstehst meine Gefühle besser als ich selbst, und du weißt natürlich auch ganz sicher, dass du der Auserwählte für mich bist!" „Stimmt genau!" „Frithjof Falkenstern, lass mich jetzt sofort los!" „Natürlich Prinzessin, aber stapfe jetzt nicht in dein Zimmer, bitte bleib." „Ich wäre jetzt aber zu gerne für mich", und mit diesen Worten verlasse ich laut polternd die Küche.

Ich lasse mich aufs Bett fallen und schmolle. *Dieser eingebildete Kerl! Ich bin doch nicht in der Altenpflege! Natürlich findet er sich toller als Wido! Wahrscheinlich findet der sich besser als alle! Der Beste halt. Genau für mich gemacht,*

ok, nicht der Jüngste, aber die kleine Otrun kann wirklich nicht alles haben! Ich pelle mich wieder aus den Sachen und verschwinde unter der Decke. *Und ehrlich ist er auch nicht! Rockt da wie ein Schamane den Sand und will es dann nicht zugeben!* „Ich habe einfach nur meinem Schicksal gedankt", Frithjof steht in der Tür. „Ich habe dich gar nicht gehört! Warum schleichst du dich an?" „Ich schleiche nicht, deine Gedanken schreien so laut, dass du mich nicht hören kannst." Frithjof kommt zu mir rüber und setzt sich auf die Bettkante. „Schön, dass du fragst, ob du reinkommen darfst!" „Entschuldige, darf ich?" „Nein!" Frithjof bleibt sitzen. „Ich will schlafen!", fauche ich ihn an. „Ja klar, mach doch, ich bleibe hier sitzen." „Ich kann nicht schlafen, wenn du auf meiner Decke sitzt!" Er steht kurz auf, schiebt die Decke ein Stück zur Seite und lässt sich auf demselben Platz wie zuvor nieder. Ich ziehe mir die Decke über den Kopf und drehe ihm den Rücken zu. Mein Herz rast, *warum bringt der mich so auf die Palme?* „Ich weiß, dass du mich durch die Decke gut hören kannst ... Wie gesagt, ich habe meinem Schicksal gedankt ... dass es uns beide zusammengeführt hat ... ich dachte, du würdest schlafen ... du weißt nicht, was ich gesehen habe, wir beide, du und ich, ohne Wido! Wir sind füreinander bestimmt ... unser Schicksal will das so ... ich weiß nicht, wann du bereit sein wirst, aber es wird so kommen. Und ich verspreche dir, mein Möglichstes zu tun, dir bis dahin nicht auf den Geist zu gehen." Stille. *Ich tue einfach so, als ob ich schlafe. Irgendwann wird er aufgeben und in seinem Zimmer verschwinden. Warum bin ich nur mit ihm gefahren? Jetzt muss ich sehen, wie ich hier klarkomme. Ich werde morgen anregen, nach Hause zu fahren.* Es vergeht eine Ewigkeit. Ich ersticke fast unter der Decke. *Ob er es bemerkt, wenn ich sie ein wenig herunter ziehe?* Ich versuche ganz sachte, ohne mich zu bewegen, nur mit den Fingerspitzen, die Decke ein wenig runter zu arbeiten. Ich nehme mir Zeit, so gut ich kann. *Tut die Luft gut!* Ich ziehe weiter an der Decke. *Er hat es bemerkt!* Ich spüre seine Lippen ganz dicht bei mir: „Heiß?", sein leises Lachen kitzelt mich am Ohr. Mit einem Ruck drehe ich meinen Kopf zu ihm. Zornig funkele ich ihn an. Er blickt liebevoll zurück. Die Luft knistert. Spontan gehen mir unterschiedliche Luftschichten durch den Sinn, die sich aneinander reiben. Frithjof spaltet meine Wut, ein kleiner Riss ist entstanden und er zwingt ihn immer weiter auseinander. Treibt einen Keil der Liebe in meine Wut. *Mein lieber Freund, glaube nicht, du könntest jedes Blickduell gewinnen. Vielleicht bei anderen, aber nicht mit mir!* Minuten verstreichen. Ohne ein Wort steht er auf und verlässt das Zimmer. Verdutzt bleibe ich zurück. *Dieser Mann hat mich schon wieder betrogen! Das ist so gemein!* In meinem Elend lässt er mich allein. Meine Stimmung ist völlig vergiftet. Ich ziehe mir wieder die Sachen über und stapfe zur Küche. Er ist nicht dort. *Mann!* Ich wuchte mich an seine Zimmertür, überlege kurz, ob ich anklopfe, entscheide mich aber so reinzugehen. Das Zimmer ist leer. Ich sehe nach, ob im Bad Licht brennt. Nein. *Wie kann der mich jetzt allein lassen?!* Die Terrassentür ist auch zu. Ich öffne sie und setze mich in die Hollywoodschaukel. Eingemummelt in die Wolldecken ist es gar nicht kalt. Während mein Blut wild in meinen Adern rauscht, lausche ich der Melodie der Wellen. Langsam beruhige ich mich wieder. „Magst du auch einen Tee?", in Anzughose und schwarzem T-Shirt steht Frithjof in der Tür. „Wo warst du?", frage ich gereizt. „Ich hole mir frische Kleidung aus dem Auto." „Ein Tee wäre prima", antworte ich. „Immer noch sauer?" „Nein, ich fühle mich einfach nur schrecklich!" „Tja, Prinzessin, das ist der Preis des Sieges. Irgendwann gewöhnt man sich an den bitteren Nachgeschmack." „Dann ist sicher alles zu spät." „Kann schon sein ... Manchmal, also ganz selten, bekommt man auch eine zweite Chance." Frithjof setzt sich neben mich. Mit Sicherheitsabstand. Wir horchen eine Weile dem Rhythmus der Wellen. „Der Tee ist fertig, bin gleich zurück", mit zwei großen Bechern ist er schnell wieder bei mir.

„Schon interessant, hm? Dass man sich an manchen Triumphen nicht erfreuen kann", er sortiert sachte eine meiner Haarsträhnen. Ich puste meinen heißen Tee. „Leider gibt es immer wieder Duelle, die gar nicht gewonnen werden wollen", bohrt er weiter. „Ich habe nicht gewonnen, du hast mich gewinnen lassen! Oder aufgehört, bevor du gewinnst, oder was weiß ich!", motze ich. „Du bist ja immer noch sauer", Frithjof stellt seinen Tee zur Seite und rutscht zu mir ran, nimmt mich in seine Arme. Ich spüre, wie mein Geist seine Abwehrhaltung aufgibt. Ich komme nicht dagegen an. Will das auch nicht wirklich, bin zu kaputt von der letzten Schlacht. „Du kämpfst mit unlauteren Mitteln, mein Lieber", sage ich in völlig unpassendem Tonfall. „Schlimm für dich?" „Ja, so werde ich niemals wissen, was ich will." „Geht es dir nicht gut?" „Doch", sage ich und kuschele mich an ihn.

Die Sonne kitzelt mich im Gesicht. Aneinandergeschmiegt, in warme Decken gehüllt, waren wir in der Hollywoodschaukel eingeschlafen. Jetzt steht die Sonne schon recht hoch: „Wie viel Uhr wird es wohl sein?", nuschele ich mit Blick auf den Himmel vor mich hin. „Hmmm?", gibt Frithjof von sich. Langsam rappelt er sich auf, reibt sich sein Gesicht und kommt langsam zu sich. „Was? Du hast ja länger geschlafen als ich! Na, das ist eine Prämiere!" „Bestimmt habe ich kürzer geschlafen", er kuschelt sich an mich und schließt erneut die Augen. „Nein, ich war vor dir wach", ich lege meinen Arm um ihn und kruschel durch seine Locken. „Aber du bist lange vor mir eingeschlafen." „Ja, ja", ich streiche über sein Gesicht, Frithjof hält ganz still. *Zum ersten Mal berühre ich ihn,* geht mir durch den Kopf. „Wie kratzig du bist", denke ich eine Spur zu laut. „Tja Prinzessin, Männer sind das schon mal, da musst du dich dran gewöhnen. Raue Schale, weicher Kern, so sind wir alle. Na, vielleicht bis auf wenige Ausnahmen." Er legt sich ein wenig um, mit dem Kopf auf meinen Schoß. Die Schaukel wackelt verdächtig. Kurz überlege ich, ob Wido auch so stoppelig aufwacht, aber das kann ich mir nicht vorstellen. Ich ziehe meine Finger durch seine Haare. Die Locken fühlen sich weich an, obwohl sie gar nicht so aussehen. Ich erkunde sein Gesicht. Fahre mit meinen Fingerspitzen über seine Stirn, die Augen, Nase und Wangen, seinen Hals entlang, kratz, kratz, unter sein T-Shirt. Seine Muskeln sind deutlich zu fühlen. Sie sehen nicht nur gut aus, nein, sie fühlen sich auch fantastisch an. Seine Haut ist warm und glatt, die Löckchen auf der Brust weich und wuschelig. Auf seinem Herzen halte ich inne, ich kann es deutlich schlagen spüren. Ich schiebe meinen Gedanken vom Vortag ein wenig von mir. *Ein Tag Aufschub schadet sicherlich nicht.* „Was grübelst du?" fragt Frithjof mit leicht belegter Stimme und räuspert sich. „Warum siehst du nicht einfach nach?" „Ich hatte mir vorgenommen, es zu unterlassen. Keine Ahnung, ob ich das schaffe, aber der Wille zählt, nicht wahr?" Ich ziehe meine Hand sachte aus Frithjofs Shirt, nehme sein Gesicht in meine beiden Hände. Mit geschlossenen Augen rufe ich die Bilder vom Vorabend in mir auf. Wie er im Sand tanzt, wild und frei, sein offenes Hemd flattert im Wind. Er umarmt die Welt. Liegt bewegungslos da und rennt plötzlich ins Wasser. Und Wido, wie er vor mir herläuft, im Gehen seine Sachen von sich wirft und in den See springt. Ein junger Mann, vielleicht noch ein wenig knabenhaft, sein offenes Gesicht, als er sich zu mir wendet. Mir einladend zuwinkt. Frithjof atmet geräuschvoll aus. Er bleibt still. „Blöd was?" frage ich: „Nie kann mich jemand leiden und plötzlich gibt es zwei Männer in meinem Leben, die auf das gleiche abzielen." Stille. „Der eine verehrt mich, aufgrund seiner Erziehung, der andere durchschaut mich, aufgrund seiner Erziehung. Der eine passt wirklich gut zu mir, wir haben eine ähnliche Liebe zur Natur, wobei er mir viel zeigen kann. Er ist mir ein wenig voraus, aber das macht nichts. Der andere passt auch sehr gut zu mir, wir sind sozusagen aus dem gleichen Holz geschnitzt. Auch er ist mir voraus, weit voraus. Vielleicht sogar zu weit! Er kann mich lenken, nimmt mir dann und wann meine eigenen Ideen und tauscht sie gegen die eigenen. Das ist nicht nett. Trotzdem mag ich ihn. Vielleicht nicht, weil ich das will, sondern weil er es mich so fühlen lässt! Das macht mich alles sehr unsicher. In seiner Gegenwart weiß ich oft nicht, was ich selber fühle. Mit dem einen wäre mein Leben unbeschwert, mit dem anderen, nun da bin ich mir nicht sicher, könnte ich viel lernen. Ganz sicher auch Dinge, die ich nicht kennen möchte." „Aber auch ganz viele, die du dir nicht entgehen lassen solltest", schaltet sich Frithjof in meinen Monolog ein. „Klar, bestimmt würde es sehr spannend werden. Aber hätten wir beide Frieden? Der ist mir mit Wido absolut sicher. Wido verkörpert den Frieden. Was du verkörperst, ist mir im Moment völlig unklar." „Ich bin dir ein Rätsel, ich verkörpere das Geheimnis. Und genau das ist der Grund, weshalb du dich irgendwann für mich entscheiden wirst." „Du eingebildeter Hexer! Wie kannst du nur so von dir eingenommen sein?" „Tja Prinzessin, einiges verstehst du im Augenblick noch nicht. Wie du schon sagtest, bin ich dir weit voraus. Jetzt macht dir das Angst, aber eines Tages ist dieser Abstand aufgehoben und dann wird dir die Entscheidung leicht fallen."

„Und, was jetzt?", frage ich ihn. „Frühstück", gibt er zurück. „Ich werde kurz unter der Dusche verschwinden und mich um meine kratzige Haut kümmern", er schneidet eine Grimasse, während er sich über seinen Bart reibt. „Ich kann ja schon mal Tee kochen", sage ich und will mich gerade hochdrücken. Frithjof hält mich an den Schultern fest: „Oh nein Prinzessin, wie lange muss ein schwarzer Tee ziehen?" „Ehm..." „Siehst du, nach der Dusche kümmere ich mich." Er lässt mich sitzen und verschwindet drinnen. *Aber ich kann den Tisch decken,* denke ich bei mir und wuchte mich aus der Schaukelliege. Ich stelle Brettchen und Tassen auf den Tisch. Dann gehe ich ums Haus und suche hübsches Grünzeug. Mit einem kleinen Sträußchen komme ich wieder über die Terrassentür rein, vor Schreck fällt mir die Krücke aus der Hand, muss mich am Türrahmen festhalten. Mein Herz rast. Ein fremder Mann sitzt am gedeckten Tisch!

„Oh, Verzeihung! Ich dachte nicht darüber nach, dass ihr euch erschrecken könntet." Er steht auf, bückt sich nach der Krücke und streckt mir seine Hand entgegen: „Guten Morgen, ich bin Bastian Falkenstern, Frithjofs Bruder." „Hallo, ich bin Otrun", antworte ich verdutzt, noch ein wenig nach Luft ringend. Vor mir steht ein Mann, dunkelblondes Haar, nicht besonders groß, neben seinem Bruder eher schlaksig, in Jeans und Rolli. Er lächelt mich breit an. *Aha, es gibt also doch eine kleine Ähnlichkeit!* „Ohne das Lächeln hätte ich ihnen das niemals abgenommen", ich sehe ihn freundlich an. „Ja, wir haben nicht besonders viel gemeinsam, ich bin ganz der Papi, Frithjof hat mehr von unserer Mutter. Wollen wir nicht du sagen, Frau Rosenthal? Bitte nenn mich Bastian, sonst denke ich noch, ich sei im Hotel, ja?" „Ja, Bastian, schön dich kennenzulernen", ich zucke mit den Schultern und setze mich sachte auf einen Stuhl. Bastian ist direkt zur Stelle und stellt mir einen weiteren zurecht, sodass ich meinen Fuß hoch lagern kann. „Ich habe

schon Brötchen mitgebracht, die ersten aus der Backstube, wir wärmen sie kurz im Backofen auf." „Wann sind sie... wann bist du denn angekommen?" „So gegen fünf, halb sechs in der Frühe. Ich habe euch beide in der Liege gesehen und mich dann auch noch mal kurz aufs Ohr gelegt." Er sieht mich ernst an: „Das sah ja aus, als könntet ihr euch vertragen." „Zeitweise, ja. Was verschafft uns die Ehre?" „Ach, mein Freund, der Doc hat mich infiziert. Der hat mich völlig verrückt gemacht, er hält keine großen Stücke auf meinen Bruder. Du verstehst, was ich meine." „Ja, ja", ich winke ab, „das war deutlich zu spüren, aber du müsstest es ja besser wissen." „Und ich bin neugierig auf das Mädchen, von dem mein Bruder so sehr schwärmt."
„Herzlichen Dank Bastian, immerhin duftet es nach Brötchen!" Frithjof betritt die Küche, ganz kurz herrscht Gewitterstimmung, dann breitet er seine Arme aus: „Bruderherz, lass dich drücken!" Bastian verschwindet fast in Frithjofs Umklammerung. „Wie kommt es, dass du hier bist?" „Ach, weißt du, ich dachte mir, es kann lange dauern, ehe du mir Otrun freiwillig vorstellst. Deshalb bin ich hier." Frithjof sieht seinen Bruder skeptisch an: „Und dein Vater hat dich tatsächlich für ein paar Tage aus seiner Knechtschaft entlassen, damit du dich mit mir treffen kannst?" „Ich habe nicht an die große Glocke gehängt, dass du auch hier bist, Brüderchen, von dir war überhaupt nicht die Rede." Frithjof reibt sich sein Bärtchen: „Wer hätte das gedacht. --- Basti, gib es einfach zu, du musstest nachsehen, ob ich sie schon geviertelt und meinen Göttern geopfert habe." Der Bruder verschränkt seine Arme: „Wenn du es so sehen willst... Ich bin auf jeden Fall nicht zum Streiten gekommen. Es gibt sehr wohl ein wenig Redebedarf, das ist dir ja wohl klar, oder? Du hast in

letzter Zeit schon eine ganze Menge Mist gebaut, so ganz ohne Konsequenzen wirst du nicht davon kommen." Frithjof stöhnt auf: „Geschwister sind wirklich das Letzte! Otrun sei froh, dass du verschont geblieben bist." Bastian steht gerade auf, um die Brötchen aus dem Backofen zu holen. Der Wasserkessel pfeift. Frithjof kümmert sich um den Tee. „Du musst dich zumindest anständig bei Widukid Delshay entschuldigen!" „Ich habe seine Freundin am Leben gelassen, reicht das nicht?" „Das glaube ich kaum", antwortet Bastian, richtet die dampfenden Brötchen in einem Korb an. „Der hat sich toll verhalten… Ich weiß nicht, ob ich das gekonnt hätte." Frithjof sieht seinen Bruder fragend an. „Nun, so gut sah er nicht aus, als ich ihn kennengelernt habe. Als Bonus haben die Herren Delshay vorher unseren Vater angetroffen. Ich denke fast, das hat den Ausschlag gegeben, dass du ungeschoren davon kommst. Und Otruns Vertrauen in dich. Ich hatte das Gefühl, die beiden schätzen sie sehr. Frithjof, ich will ja nichts sagen, aber du hast mehr Glück als Verstand! Vater hat sich wohl von seiner besten Seite gezeigt und das hat die beiden Delshays überzeugt, dass du das Opfer bist. Meine kleine Rede, die ich bei der Polizei vorgetragen habe, war kaum noch notwendig. Auf jeden Fall sehen sie vorerst von einer Anzeige ab. Trotzdem denke nicht, die Sache sei für dich erledigt!" „Und, was schlägst du vor, was soll ich tun?", fragt Frithjof, während er uns Tee einschenkt. „Ich habe noch keinen Plan im Ärmel, ein bisschen kannst du dich ja auch anstrengen! Nicht wahr?" Bastian reicht die Brötchen rum. „Was habt ihr beide denn für heute vor?" Frithjof und ich sehen uns fragend an. „Wir haben noch keine Pläne", antworte ich für uns, „ich finde es einfach schön, am Strand zu sitzen und nichts zu tun." „Du bist nicht sonderlich gut zu Fuß, wir könnten ein Boot mieten und ein wenig raus fahren", schlägt Bastian vor, „was meinst du, Frithjof?" „Ich sehe das so, wie Otrun, ich brauche nicht viel. Ein bisschen Wind, Sand und wie es aussieht, gibt es heute sogar Sonne." „In Ordnung, war nur ein Vorschlag, dann bereite ich schon mal Teig vor und später essen wir Stockbrot vom Feuer." „Das erledige ich", Frithjof steht auf, „haben wir denn Hefe da?" „Unten rechts sind haltbare Vorräte: Mehl, Salz, Trockenhefe und ein paar Kräuter." „Ich habe die besseren Kräuter", sagt Frithjof und setzt sich wieder zu uns. „Du siehst nachdenklich aus, Otrun", wendet sich Bastian zu mir. „Ich muss an Wido denken, was er wohl durchgemacht hat. Und wie es ihm jetzt geht. Ich werde ihn gleich anrufen. Doch vorher melde ich mich bei ihm an. Ich kann leider noch nicht viel, aber das schon. Ich brauche gleich nur ein wenig Ruhe", sage ich. „Stimmt, unsere Prinzessin hat ihre Kniffe noch nicht so ganz im Griff", er beißt herzhaft in sein Brötchen, „alscho pasch ein bischschen auf!" Er grinst seinen Bruder mit vollen Backen an. „Lass dir keine Angst machen ... von so einem", ich zeige mit dem Finger auf Frithjof, „ich bin eine ganz Liebe." „Ich versuche mir selbst ein Bild zu machen, in Ordnung?" „Ja, ja, ihr glaubt man leichter, aber der Schein trügt!" Frithjof sitzt da, mit erhobenem Zeigefinger, nach Schulmeisterart. Ich denke mir, bei diesem Geplapper achtet keiner auf mich. Ich versuche mich zu sammeln. Ich spüre es genau, das ist mein Augenblick! Ich verbiete Frithjof das Wort. In Gedanken, *natürlich*. Nun wende ich mich an Bastian: „Endlich können wir uns normal unterhalten", ich zeige mit dem Daumen zu seinem Bruder rüber, „dieser eingebildete Hexer wird uns so schnell nicht ins Wort fallen." Bastian steigt voll drauf ein: „Gibt es vielleicht noch irgendetwas, wofür er ein wenig Haue verdient?" „Oh ja, allerdings! Er wollte sehr krumme Geschäfte machen, hat es aber zum Glück völlig vermasselt! Ich sage nur", hier mache ich eine kleine rhetorische Kunstpause, „Pe-ter-si-lie. Lass es dir von ihm zu gegebener Zeit selbst erklären." Frithjof sitzt da, wie vom Blitz getroffen, das blanke Entsetzen in seinen Augen. Bastian beugt sich zu mir vor: „Wirklich soo schlimm?" „Eigentlich schon, aber das Erschreckende für deinen kleinen Bruder ist im Augenblick eher, dass er sich nicht wehren kann!" Ich grinse zu Frithjof und reiche ihm seinen Talisman rüber. „Das war Strafe genug, nicht wahr?" Ich löse meine Konzentration und greife nach der Krücke. Bastian steht auf und möchte mir helfen: „Wo soll ich dich hinbringen?" „Setz mich einfach am Strand ab, ich muss ein bisschen für mich sein. Dass du mir hilfst, ist wirklich nett, danke." Bastian greift mir unter meinen linken Arm, rechts habe ich meine Krücke. Behutsam bringt er mich in Richtung Wasser. „Es ist schön, dass du gekommen bist." „Ich hatte schon ein bisschen Angst, dass ich euch störe." „Frithjof vielleicht, mich nicht." „Aha." Ein paar Schrittlängen Stille. „Bedrängt er dich?" „Nein und ja, er hat völlig andere Vorstellungen als ich, oder auch nicht? Ich fühle mich wie Treibgut, das von einem Ufer zum anderen geschaukelt wird. Kenne mich nicht aus. Mein komplettes Leben ist ein einziges Neuland. Ich habe das Gefühl, vor den Ferien hätte ich gar nicht gelebt! Und jetzt ist alles zu viel. Kannst du mir folgen?" „Nicht so richtig, aber ich bemühe mich, in Ordnung?" Ich nicke: „Ja sicher. Hier ist es gut, nicht zu weit, ich muss ja wieder zurück", bemerke ich und lasse mich auf den Sand plumpsen. „Ok, ich schaue nach meinem Bruder", sagt Bastian und sieht mich aufmerksam an. „Das ist lieb, danke. Ich wollte ihm nicht wehtun, aber er hatte noch eine kleine Abreibung verdient." Ich schenke ihm ein Lächeln und er geht zum Haus zurück.

Gutgelaunt, hervorgerufen durch meinen kleinen Erfolg, atme ich mich zur Ruhe. Wir sind jetzt quitt. Vielleicht steht noch das ein oder andere aus, aber Frithjof hat gemerkt, dass ich auch weniger nett sein kann, und das ist gut so. Hat gespürt, wie sich Hilflosigkeit anfühlt. Zufrieden lege ich mich in den Sand. Mir geht durch den Kopf, dass ich noch gar nicht geduscht bin und auch immer noch nicht richtig angezogen. Hier ist das egal. Später werde ich mir den Sand aus meinem Haar spülen. Ich atme ein, atme aus, Pause… Ganz langsam kehrt Ruhe ein. Ich lausche genau dem Klang der Wellen, lasse mich schaukeln. Langsam, ganz langsam erfülle ich Widos Herz mit Liebe, mit Wärme, mit Nähe. Ich schaukele in den Wellen, nehme meinen lieben Freund mit. Ich entschädige ihn für die vielen einsamen Stunden, die sich angesammelt haben. Entschädige ihn für die dunklen Stunden, die er ertragen musste. Mein lieber Wido, mein persönlicher Frieden. Ich fühle mich sehr glücklich und spüre, dass ich nicht allein bin. Erfüllt mit dieser guten Empfindung stehe ich auf und wuchte mich zum Haus rüber. Das klappt auch immer besser, sogar im Sand! Auf dem Tisch liegt ein Zettel:

Wir sind am Strand ein bisschen gehen und reden.

Wollten dich nicht stören.

Bis gleich. Frithjof und Bastian

Die guten, ich greife zum Hörer und wähle. Wido lässt nicht lange auf sich warten, beim zweiten Klingeln ist er dran.

„Hey, meine kleine Fee"

„Hey, schön dich zu hören"

„Schön dich zu fühlen."

„Hast du das Meer gespürt?"

„Ich war direkt bei dir. Benimmt sich unser spezieller Freund?"

„Ja, und sein Bruder ist auch hier. Er sieht nach dem Rechten."

„Dieser Bastian hat mit ihm genug zu tun, sein Vater zählt nicht, das ist echt ein riesen Arschloch!"

„Wido!"

„Wenn`s so ist?"

„Wirklich so schlimm?"

„Ja, leider. Hoffentlich werde ich nicht mal so ein lausiger Vater."

„Das schaffst du nie."

„Hoffentlich."

„Gestern war Manfred hier, auch um zu sehen, ob alles in Ordnung ist."

„Siehst du, alle sorgen sich, wenn du mit dem alleine bist."

„Du auch?"

„Ein wenig."

„Das brauchst du nicht, er will sein Leben umkrempeln."

„Hat er dir einen schwarzen Anzug mitgebracht?"

„Nein, er hat wirklich Geschmack bewiesen. Und ein gutes Augenmaß hat er auch, alles passt."

„Und das kleine Schwarze?"

Ich muss lachen, „er hatte darüber nachgedacht, es aber verworfen."

„Hm"

„Frithjof ist nicht verkehrt, er hat nur schon mal ein Problem damit, die Dinge laufen zu lassen, er will alles manipulieren, alles beeinflussen."

„Manipuliert er dich auch?"

„Kann sein, ab und zu bestimmt."

„Und, zerrt er dich ins Bett? Er steht total auf dich!"

„Nein, wie gesagt, er ist bemüht, sich zu benehmen."

„So, so, er bemüht sich…"

„Ja, und er macht das gut."

„Du nimmst ihn in Schutz."

„Kann sein."

„Na klasse!"

„Aber ich will ihn nicht, und ich habe ja auch noch ein Wörtchen mitzureden!"

„Wenn er dir zuhört."

„Dazu zwinge ich ihn, wenn`s sein muss!"

„Du klingst, als würdest du es wirklich tun."

„Habe ich eben."

„Was?"

„Ihm den Mund verboten, ihn gebannt, er konnte einfach nichts sagen und in der Zeit habe ich seinem Bruder einen hübschen Brocken hingeworfen, den diskutieren sie jetzt wohl gerade aus. Die beiden sind am Strand unterwegs. Ich bin leider etwas lahm auf den Beinen."

„Doch `ne Hexe, was?"

„Wenn`s sein muss!"

„Aber nicht zu mir, versprich es!"

„Oh nein, mein Lieber, das brauche ich nicht und du weißt das auch!"

„Ich mag dich sehr."

„Ich bin bald wieder bei dir."

„Ich warte."

„Ich weiß."

„Lass es nicht zu lange dauern."

„Bitte gib mir Zeit, ich melde mich bei dir."

„Du weißt nicht, wo du hingehörst!"

„Hm"

„Ich habe recht, nicht wahr?"

„Ich mag dich lieber."

„Aber ihn auch!"

„Aber ihn auch."

„Hm"

„Schenkst du mir noch etwas Zeit?"

„Von mir bekommst du alles, was du brauchst."

„Deshalb mag ich dich auch lieber."

„Habt ihr, seid ihr …?"

„Im Sinne von schlafen, ja, aber nur im Sinne von schlafen, ok?"

„Eigentlich nicht!"

„Tja, ich kann's nicht ändern, wenn du so fragst, ich muss ehrlich zu dir sein."

„Das ist gut, ich werde das auch immer sein."

„Ich sitze zwischen zwei Stühlen."

„Das ist sehr unbequem."

„Wem sagst du das. Frithjof hat mich gestern in sein Gedächtnis schauen lassen, der hat es echt nicht leicht gehabt!"

„Du musst ihn nicht trösten."

„Nein, das stimmt. Bitte grüß Siegrun von mir, ja?"

„Mach ich, rufst du morgen wieder an?"

„Bestimmt, aber warte nicht darauf, ich weiß nicht, was morgen ist."

„In Ordnung, ich freue mich auf dich."

„Tschüss, mein lieber Wido"

„Tschüss, du kleine Hexe"

„Fee!", sage ich noch und lege auf. Ich atme laut aus, das war schwieriger, als ich dachte. Jetzt werde ich unter die Dusche gehen, solange die beiden noch unterwegs sind.

Ich sitze gerade eben wieder in der Hollywoodschaukel, da gehen die beiden Brüder wild gestikulierend am Strand entlang, an unserem Haus vorbei. Sie sind noch nicht soweit. Frithjof bekommt wohl gerade den Kopf gewaschen. Das schlechte Gewissen schleicht sich an mich ran. Ich hätte doch den Mund halten sollen. Zu spät, Frithjof wird sich an mir rächen, soviel ist schon mal klar. Ich sitze da, weiß nichts zu tun. Atme tief ein, aus, ein, aus, wie Frithjof es mir gezeigt hat. Ich erhöhe mein Tempo. Meine Lippen kribbeln, weiter! Atmen. Immer schneller, immer tief und dann träume ich. Ich telefoniere mit Wido, verrückterweise sitzen wir uns direkt gegenüber. Jetzt kann ich ihm ansehen, wie schwer es ihm fällt, ruhig zu bleiben, wenn wir über Frithjof sprechen. Er hat Angst vor diesem Mann, berechtigte Angst. Und ich sitze da, und plaudere, was der doch eigentlich für ein Netter ist. Plötzlich sehe ich durch Widos Augen. Sehe ein Mädchen vor mir, das plappert und nichts kapiert. Wir machen eine kleine Reise in die Höhle. Mein Magen knurrt, ich spüre einen Hunger, wie ich ihn noch nicht kannte. Vor mir steht Frithjof, gepflegt im Anzug und leckt genüsslich einen Hähnchenschenkel ab. Redet unverständliches Zeug, geht vor mir auf und ab. Dann nimmt er den nächsten Schenkel, mir läuft das Wasser im Mund zusammen, doch er isst ihn selbst. Gleichzeitig wachsen in mir Wut und Mutlosigkeit. Wie es scheint völlig gegensätzliche Regungen, doch sie passen sehr gut zusammen. Dann kommt dieser große Mann mit einen Glas zu mir und flößt mir ein süßes Getränk ein. Danach wird es leichter. Der Raum wirkt runder, der Stuhl bequemer und Frithjof im Anzug ist mein bester Freund und teilt sogar sein Hähnchen mit mir. Er erzählt mir von Otrun und dass er sie treffen will. Bedauert, dass ich sie nicht hier haben möchte und meint, es sei sowieso besser, wenn ich sie nicht sehe. Er streicht über meine Wange, über mein Haar: „Geht es dir gut?" Ich schüttele meinen Kopf, kann nicht sprechen. „Otrun, was hast du?" Schritte entfernen sich. Frithjof hat mich auf meinem Stuhl allein gelassen, ich sitze da, zusammengesunken. Plötzlich spüre ich angenehme Kühle im Gesicht. „Wach auf Otrun. Meine Güte, was ist denn bloß passiert?" Langsam bemerke ich, es ist ein weiches, feuchtes Tuch, das mir über den Hals, hinter die Ohren, über die Stirn fährt. Es ist angenehm, ich halte noch ein wenig still. Das Tuch macht eine Pause, bleibt auf meiner Stirn liegen. Ich höre, wie eine Nummer gewählt wird, öffne meine Augen. Vor mir steht Bastian und wartet, dass am anderen Ende abgenommen wird. „Wen rufst du an?", lalle ich mit belegter Stimme. Er fährt zu mir rum, halb erschreckt, halb erfreut. „Was war das?" Ich sehe ihn fragend an: „Bitte?" Er legt den Hörer weg. „Alles in Ordnung bei dir?" „Habe ich geschlafen?" Ich bin völlig durcheinander. „Wohl kaum, hast du irgendwelche Drogen genommen?" „So etwas mache ich nicht. Sehe ich so aus?" „Im Augenblick schon!" „Habe aber nichts genommen", so langsam fällt es mir wieder ein, „ich habe meditiert." Bastian sieht mich ernst an und zieht seine Brauen hoch. „Wo ist Frithjof, der hätte dir das bestimmt direkt sagen können." „Der rennt noch ein wenig durch den Sand, bis seine Wut verraucht ist." „Oh!" „Da hast du mir ja einen guten Brocken zugeworfen! Mädchen, mein Bruder ist stinksauer! Es wundert mich, dass du noch keine Barthaare, oder so etwas hast!" „Wenn sich seine Pläne dadurch nicht geändert haben, wird er sich das gut überlegen." Bastian sieht mich fragend an. „Ganz einfach, er stellt sich vor, dass wir füreinander geschaffen sind. Er wäre schön blöd, wenn er mich jetzt zur hässlichen Kröte mutieren ließe. Ist er allerdings so sauer auf mich, dass er es sich überlegt hat, dann kann ich mir nicht sicher sein. Bleibt nur die Hoffnung, dass Wido über kleine Makel hinwegsehen kann." Bastian hat sich zu mir auf die Schaukel gesetzt. „Immerhin ist jetzt verständlich, warum er Widukid Delshay festgehalten hat. Das war mir bisher völlig unklar. Hab`s einfach nicht verstanden." „Jetzt denken alle, er sei geistesgestört." „Ja, aber immer noch besser, als der eigentliche Plan. Was der manchmal für Ideen hat!" „Er will sich ja ändern, sich zusammenreißen." „Ja, davon hat er mir auch erzählt. Die Idee hast du ihm in den Kopf gepflanzt, nicht wahr?" „Wenn`s um den zig-Sterne-Koch geht, dann ja." „Das wird nicht einfach." „Doch." „Wie kannst du da so sicher sein, du kennst dich in dem Gewerbe gar nicht aus. Da ist schon ganz schön was hinter. Viel Wissen, ein anstrengender Alltag, eine Hektik, die du dir gar nicht vorstellen kannst." „Frithjof schafft das." „Wieso gerade er, der alles hinschmeißt, wenn`s ein wenig anstrengend wird?" „Weil ich ihn unterstützen werde." „Ehem." Stille. „Ich denke, dieser Wido ist der bessere für dich, Otrun." Ich sehe ihn entsetzt an:

„Das sagt mir sein Bruder?" „Du bist so jung!" „Stimmt, das habe ich mir auch schon mal gedacht. Aber ich möchte mit Frithjof befreundet sein, könntest du noch eine kleine Schwester gebrauchen?" „Das wird nicht klappen, nicht mit Frithjof!" „Na, du kannst einem ja Mut machen", sagt Frithjof, als er zu uns auf die Terrasse kommt. „Du hast wieder gelauscht!" „Stimmt, ich war neugierig und du hast mich sehr getröstet", er kniet sich vor mich. Ohne zu überlegen gebe ich ihm eine kräftige Ohrfeige. Erschrocken sieht Bastian mich von der Seite an. „So, jetzt geht's mir besser", ich atme auf. „Womit habe ich mir so viel Zuneigung verdient?", fragt Frithjof, während er sich seine Wange reibt. „Ich habe gesehen, wie du Wido behandelt hast! Mehr brauche ich nicht dazu sagen, nicht wahr?" „Nein", ohne ein weiteres Wort legt er die Arme um mich und seinen Kopf auf meine Oberschenkel. „Und, wie hast du`s gemacht?" „Hm?" „Du bist durch fremde Gedanken gespukt, meine Liebe." „Oh, das war mir gar nicht so aufgefallen." Gedankenverloren ziehe ich meine Finger durch Frithjofs Locken. „Das war nicht so, wie bei dir. Es ist einfach gekommen. Wenn du andere aushorchst...", Frithjof hebt seinen Kopf: „Aus deinem Mund hört es sich an, als täte ich den ganzen Tag nichts anderes, als mein Umfeld zu beschatten!" „Stimmt, wahrscheinlich beschränkst du dich auf mich." Er legt sich wieder in meinen Schoß: „Nimm dich mal nicht zu wichtig. Also, wie hast du es geschafft?" „Als ich auf die Terrasse kam, war sie völlig weggetreten, wie im Fieberwahn", schaltet sich Bastian ein, „sie hatte ein schweißnasses Gesicht und war sehr unruhig." „Aha, dann hast du es so angestellt, wie ich es dir gestern gezeigt habe. Schneller Erfolg, hm? Man nennt es übrigens Holotrope

Atmung. Durch die Hyperventilation kommt man recht schnell in einen bewusstseinserweiterten Zustand. Schön, dann konnte ich dir ja mal was beibringen." „Ich war drauf und dran einen Krankenwagen zu rufen!" „Mein großer Bruder, immer hübsch besorgt", Frithjof wirft einen abfälligen Blick zu Bastian. „Sie sah aus, wie jemand, der an Wundbrand krepiert! Das kennt man doch aus alten Kriegsfilmen!" Ich pruste los: „Jetzt übertreibst du aber, Bastian! So schlimm war es sicherlich nicht." „Ach ihr", Bastian winkt ab, „macht doch, was ihr wollt!" Er starrt auf den Horizont und versucht uns zu ignorieren. Ich lege meine Hand auf Bastis Schulter und versuche ein Gefühl der Ruhe und Ausgewogenheit auf ihn zu übertragen. Erschreckt sieht er mich an, sagt aber kein Wort. Auch Frithjof beobachtet jetzt seinen Bruder, der langsam aber sicher seine gestresste Haltung aufgibt. Er erhebt sich vor mir, nimmt mein Gesicht in beide Hände und drückt mir einen Kuss auf die Stirn. Dann verschwindet er drinnen. „Was hast du?", frage ich Frithjof. „Hunger", schallt es aus der Küche. „Kann ich helfen?" „Ganz ehrlich?" „Lieber nicht." „Na, dann schnippele eben Salat." Ich wuchte mich in die Küche. „Wollten wir nicht Stockbrot essen?" „Ja, aber irgendwas dazu wäre nicht schlecht, oder? Otrun?" Ich drehe mich zu ihm und halte mir den Finger vor die Lippen. Mit der anderen Hand zeige ich nach draußen, auf seinen Bruder, der immer noch dasitzt und sich nicht rührt. Frithjof sagt leise zu mir: „Es war so stark, selbst für mich, fühlte es sich an, wie eine warme Decke, die man umgelegt bekommt. Mit meinem Bruder musst du sachte umgehen, sonst erschreckst du ihn nur." Ich hinke langsam wieder auf die Terrasse und setze mich zu Bastian. „Ich wollte dich nicht erschrecken", sage ich leise. „Was war das?", irritiert sieht er mich an. „Ich wollte nur diese blöde Stimmung verwischen, die sich da in unser Gespräch geschlichen hat. Du hast gar nichts falsch gemacht. Du wusstest es eben nicht besser. Und es ist total lieb, dass du dich gesorgt hast." „Das ist nett, danke. Aber ... Was war das?" Ich sehe Bastian direkt in die Augen: „Wir alle haben unsere Begabungen, meine Oma kann so etwas und mir wurde es auch mitgegeben. Bei Mathilde weiß ich nicht so recht, sie hat Zuhause nie ... ihre Kräfte eingesetzt. Mein Vater wollte, dass ich ohne diese seltsamen Dinge aufwachse. Darum ist dein Bruder mir jetzt voraus. Ich bin sozusagen auf Entdeckungstour. Ich kann die Last von anderen nehmen, oder sie Stärke fühlen lassen, Zuversicht. So was halt", ich zucke mit den Achseln. „Genaueres kann ich dir dazu leider auch nicht sagen." Wir sitzen zusammen und spüren noch die Nachwirkungen, jeder seine Eigenen. Obwohl er nicht ganz unvorbelastet ist, muss Bastian erst mal verarbeiten, was er gerade erlebt hat. Mir wird gerade klar, wie ich auf fremde Personen wirken muss. Plötzlich verstehe ich, warum Mathilde niemanden, aber auch gar niemanden in ihrer Backstube duldet. Tabu für alle, Eintritt verboten! Gesetz ist: Erst, wenn die Tür offen steht, darf die Stube betreten werden. *Vielleicht darf ich jetzt ... Ach nein, ich werde sie nicht fragen. Ich werde abwarten, was geschieht.* Wie aus dem Nichts steht Frithjof vor mir. Er streckt mir seine Hände entgegen und zieht mich hoch. Ich versinke in seiner Umarmung. „Hast du wieder gelauscht?", frage ich in seine Brust hinein. „Nein, ich hab`s dir auch so angesehen. Alles wird leicht, du schaffst das. Du bist die Gute. Irgendwann vertrauen dir die Leute, werden erkennen, wofür sie jetzt noch blind sind." „Danke", ich schmiege mich an ihn und genieße die

Geborgenheit. „Auch wenn`s vielleicht nicht stimmt, tut es gut." „Warum sollte ich die Unwahrheit sagen?" „Um mich zu trösten." „Schätzt du mich so ein?", er erzwingt einen Mindestabstand und schaut mir in die Augen. „Ehm? ... Nö." „Siehst du", er verwuschelt meine Haare und zieht mich wieder zu sich ran.

„Wie sieht`s aus, wollen wir endlich mal was essen?", Bastian steht mit verschränkten Armen neben uns. Wir haben uns keinen Millimeter bewegt. *Wie lange stehen wir schon so?* Ein Feuer prasselt an der Stelle, die Frithjof gestern eingerichtet hatte. Drumherum hat der gute Bastian kleine Holzblöcke aufgebaut, sodass man fast gemütlich sitzen kann. „Ihr zwei seid schon ein wenig sonderbar, ich hoffe, ihr wisst das!", sagt er zu uns und grinst sich eins. Mit schüttelndem Kopf verschwindet er wieder in der Küche. Mein Fuß klopft. Ich sollte ihn endlich wieder hoch legen. „Ich bringe dich ans Feuer", sagt Frithjof zu mir und nimmt mich auf den Arm. Jetzt ist das sehr angenehm. Als er mich absetzt, sagt er: „Ich gehe kurz meinem Bruder etwas zur Hand, nicht weglaufen!" Er lächelt mich an. Ich erwidere sein Lächeln: „Keine Angst, ich bleibe ganz brav hier sitzen." Frithjof hebt kurz die Hand zum Abschied und geht Richtung Ferienhaus. Ich sehe ihm nach. Der Wind zerrt an seinem Haar, sein Hemd und seine

Hosebeine flattern. Ich setze mich in den Sand und lehne mich an einen der Holzklötze an, mache es mir bequem. Auf halber Strecke dreht er sich um, vermutlich hat er etwas vergessen. Mit schnellen Schritten kommt er auf mich zu. Sein Blick ist weich. Er kniet sich vor mich, nimmt mein Gesicht in seine Hände und küsst mich auf den Mund. Küsst mich in den Mund. Wir verschmelzen miteinander. Ich versinke, versumpfe, versacke, löse mich langsam aber sicher vollständig auf. Ich wünsche mir, dass er niemals aufhört. Ganz sachte legt er mich in den Sand. Seine Hände gleiten an meinem Körper entlang. Er küsst mein Gesicht, meinen Hals, meinen Brustansatz. Frithjof ist überall. „Ehem, wenn ich eben sagte, ihr seid etwas sonderbar, meinte ich eigentlich, ihr seid unmöglich! Wie wäre es mit ein wenig Rücksicht." Von ganz weit weg höre ich mir dieses Gebroddel an, es stört mich kaum. Na, ein wenig vielleicht schon. Frithjof hält inne. „Ach Basti, ich habe dich gar nicht kommen hören", sagt er in saloppem Ton und löst sich ganz langsam von mir. „Das bemerkte ich bereits. Ich habe noch Fisch im Kühlschrank gefunden", Bastian zeigt auf die brutzelnden Teile, die auf einem Gitter über dem Feuer liegen. Die Brotspiralen dreht er gerade, sodass sie von allen Seiten gar werden. Der Salat steht fertig angerichtet auf einem Tablett, damit möglichst wenig Sand in der Schüssel landet. „Du hast ja schon alles fertig!", staune ich. „Tja, ohne mich würdet ihr vermutlich verhungern!" Vorsichtig wendet er den Fisch. Frithjof hat seinen Arm um mich gelegt und drückt mich an seinen warmen Körper. „Brauchst du eine Decke?" „So nicht", antworte ich ihm und grinse zu Bastian rüber, der uns beide argwöhnisch anschaut und seinen Kopf schüttelt. Ich weiß es selbst, alles läuft verkehrt, aber es fühlt sich überhaupt nicht falsch an! Eher wunderbar! Also lächele ich unbekümmert vor mich hin und freue mich auf was zum Essen. Bastian verteilt den Fisch auf die Teller, gibt ein wenig Zitrone darüber und reicht sie uns an. „Magst du eine Weinschorle dazu trinken? Die ist weniger stark", fragt er mich. „Das ist doch nicht dein Ernst, diesen herrlichen Tropfen zu verdünnen!", Frithjof ist entsetzt. „Hast du mal überlegt, wie jung sie ist? Otrun ist noch minderjährig!" Bastian sieht ernst zu uns rüber. „Schorle ist gut", schalte ich mich ein. Frithjof schüttelt den Kopf. *Willkommen in der Wirklichkeit,* denke ich mir.

Nachdem ich die Küche blitzblank gewienert habe, gehe ich nach draußen. Wotan beobachtet mich neugierig. Ich nehme mir die schwere Axt meines Vaters und spalte Holzscheite. Ein grob geflochtener Korb steht daneben. Wenn der voll ist, trage ich das Kleinholz zu dem Unterstand, wo ich es ordentlich aufeinander stapele. Dabei tänzelt der Hund mir um die Füße. „Störe mich jetzt nicht, du bist im Weg!", weise ich ihn zurecht. Mit einem leisen Winseln zieht er sich zurück, legt sich hin und verfolgt mich mit seinen Augen. Ein klein wenig plagt mich das schlechte Gewissen, er kann schließlich nichts dafür! Und weiter: Spalten, sammeln, stapeln, spalten, sammeln, stapeln. Ich arbeite wie besessen, wühle mir den Kopf frei. Der Schweiß läuft mir übers Gesicht. Mein T-Shirt, das ich schon vor einer kleinen Weile ausgezogen habe, nutze ich, um mich abzuwischen. Erneut lasse ich die schwere Axt ins Holz sausen. „Was ist denn mit dir, Junge?" Mein Vater kommt mit einer Flasche Wasser ums Haus.

„Ich habe dich gar nicht kommen hören", antworte ich. „Hier trink erst mal! Wie du aussiehst!" Ich sehe an mir runter. „Alles normal, oder? Ich schwitze nur ein wenig." „Ein wenig, ja. Warum nimmst du diese Axt, die kleinere tut`s auch." „Ich bin doch größer als du, warum soll ich dann die Leichtere nehmen?" „Weil du es nicht gewohnt bist, aber mach dich ruhig ein bisschen fertig, wenn`s sein muss. Nun sag schon, was ist los?" Ich schüttele nur den Kopf. Dustin hält mir das T-Shirt hin: „Zieh dir was an, du holst dir den Tod." „Danke, mir ist warm genug, außerdem ist das da nass." „Ok, komm wir setzen uns da vorne in den Windschatten. Gut, dass du so viel Holz gehackt hast, in ein paar Monaten werden wir es brauchen können. In der Küche herrscht auch beste Ordnung, hast heute eine ganz schöne Arbeitswut, was?" „Ich hatte Lust was zu tun." „Das sieht eher nach Drang aus. Probleme mit Otrun? Hat sie angerufen?" Ich lasse meinen Kopf hängen: „Ja, hat sie." „Und?" „Es geht ihr gut." „Very nice. Und was noch?" Stille. „Soll ich`s dir aus der Nase ziehen, oder redest du freiwillig drüber?" „Ist nichts Schlimmes, ich weiß auch nicht, warum ich so in Aufruhr bin." Dustin sitzt still neben mir. Ich kenne das. Auch wenn es bis morgen früh dauern sollte, er wird sich nicht von hier wegbewegen. Ich atme tief durch: „Lach mich nicht aus, ja?" „Wegen einem Mädchen, niemals!", er lächelt mich an. So breit, dass ich auch grinsen muss. „Du bleibst sitzen!", er zeigt beschwörend mit seinem Finger auf mich und verschwindet kurz. Als er zurückkommt, hält er zwei Gläser Milch in den Händen und eine Jacke über dem Arm. Die reicht er mir als Erstes, dann eines der beiden Gläser. „Danke Papa", ich ziehe mir die Jacke über und trinke einen Schluck. „Sie wird mit Frithjof zusammen sein", wie können mich diese paar Worte so sehr quälen? „Warum, hat sie *dir das so gesagt?", erstaunt sieht Dustin mich an. "Nein, natürlich nicht! Sie fängt an, ihn in Schutz zu nehmen. Er umgarnt sie, beeinflusst sie, wer weiß, was der alles anstellt, um sie rum zu kriegen und ich sitze hier im Aus und kann nichts ausrichten! Das macht mich wahnsinnig! Er bemüht sich, die Finger von ihr zu lassen! Was heißt das, hm? Dass er es ab und zu vielleicht doch nicht schafft? Und das ist dann ok für Otrun? Ich glaube, sie meint, ihn trösten zu müssen, weil er ja so ein armer Kerl ist! Und sie sagt, sie mag ihn! Mich mehr, prima! Aber ich bin weit weg! Von hier aus kann ich gar nichts machen, muss mich darauf verlassen, dass so einer die Finger von ihr lässt, wie soll das denn gehen, bitteschön! Erkläre du es mir!" "Sie sagte, sie mag dich mehr?" Ich nicke und ziehe ein Gesicht dabei. "Na, das ist doch gut Junge, was regst du dich dann so auf?" "Papa, was soll sie mir am Telefon denn sagen? Ich werde es erst wissen, wenn sie vor mir steht und ich ihr in die Augen sehe. Aber bis dahin ist es vielleicht zu spät!" "Erzähl ihr bei eurem nächsten Telefonat von deinen Nöten. Ihr beide geht doch recht offen miteinander um." "Oh ja, das tun wir! Sie hat mir auch gesagt, dass sie mit ihm im Bett war! Nur in Sinne von schlafen, betonte sie!" "Und du kannst ihr nicht vertrauen?" "Ihr schon, aber Frithjof nicht. Du hättest ihn sehen sollen! Der ist total scharf auf sie!" "Otrun wird das wissen", Dustin sieht mich ernst an, "ich traue ihr sehr wohl zu, dass sie sich wehrt, wenn er ihr zu nahe kommt. Sie wird ihn nicht an sich heranlassen, wenn sie das nicht will." "Da bin ich mir sicher", ich reibe mit meinen Handflächen über mein Gesicht, "du hast ihn nicht kennengelernt, wenn der das will, weißt du nicht mehr, wie du selbst fühlst. Er manipuliert die Menschen um sich herum. Ein wenig tun Otrun und Siegrun das auch, doch bei ihnen fühlt es sich anders an. Dieser Frithjof rennt mit dem Kopf durch die Wand, wenn er so sein Ziel erreicht. Ohne Rücksicht auf Verluste! Weißt du, was ich meine? Otrun sagt, er will sein Leben umkrempeln. Vielleicht lullt er sie damit nur ein! Will ihr gefallen, verstehst du?"* „Natürlich Wido, aber sie weiß das doch auch. Otrun ist nicht dumm." „Aber ein Mädchen, und ganz gewiss genießt sie es, von ihm hofiert zu werden." „Meinst du wirklich?", Dustin sieht mich sehr ungläubig an: „Du bildest dir das ein." „Ich weiß, er gefällt ihr. Das hat sie mir schon gesagt. *Er ist groß, hat, wenn ich mich nicht täusche, ordentlich Muskeln. Weißt du gerade so, dass es nicht zu viel ist. Ein markantes und trotzdem sympathisches Gesicht, dichtes dunkles Haar. Immer gepflegt. Immer im Anzug, wobei das schon eher 'ne Macke von ihm ist. Aber irgendwie …"*, ich überlege kurz, wie ich es formuliere, „er ist ein Typ. Hat was. Ich glaube, er gefällt den Frauen. Und wenn der sich dann noch mächtig ins Zeug legt …" „Dann ist er immer noch kein Widukid Delshey. Und wenn sie den möchte, wird sie bald wieder hier sein, verlass dich drauf. Ändern kannst du im Augenblick leider nichts. Aber du kannst dich etwas weniger daran aufreiben. Ist es für dich so schlimm, wenn dieser Frithjof sie jetzt bezirzt, beeinflusst, beschwört, was weiß ich. Sie dadurch irritiert eine Dummheit begeht, es aber im Nachhinein bereut und zu dir kommt? Mit der Sicherheit genau dich zu wollen?" Ich atme geräuschvoll aus. „Darüber habe ich mir auch schon Gedanken gemacht. Ich glaube nicht, doch, es ist schlimm für mich, aber ich würde sie verstehen. Wäre ich denn dann kein Schwächling?" Dustin zieht erstaunt seine Augenbrauen hoch: „Ein Schwächling ist der, der nur danach sieht, was andere denken, und sich nicht traut seinen eigenen Weg zu gehen. Ein Schwächling tut, was erwartet wird. Der

Mutige folgt seinem eigenen Pfad." „Danke Papa." „Wirst du noch ein wenig Holz hacken?" „Ach, ich glaube, es reicht mir für heute."

Es dämmert, unsere Bäuche sind prallvoll mit Stockbrot. „Warum machst du immer so viel? Ich werde kugelrund!" „Iss doch einfach weniger, außerdem wolltest du ja zunehmen", Frithjof grinst mich an. „Morgen werde ich fasten." „Und für wen soll ich dann kochen?" „Für Bastian und dich." Frithjof zieht eine Flunsch. „So viel war das gar nicht, nur ein Frühstück und das hier", er zeigt über die leeren Teller. Das Feuer ist fast komplett runtergebrannt. „Wollen wir noch ein wenig auf Entdeckungstour gehen?", Frithjof sieht in die Runde. Ich sehe zu Bastian rüber, der sieht unter sich und wäre am liebsten ganz woanders. „Aber Bastian wird nicht ausgeschlossen!", sage ich. Dieser starrt mich entnervt an. „Das geht, wir können einfach Energien fließen lassen. Otrun, wir konzentrieren uns auf unsere Kräfte, geben sie weiter und Bastian, du lässt dich einfach darauf ein und wartest ab, wie es sich anfühlt, in Ordnung?" „Oh ja, ganz prima", Bastian ist überhaupt nicht begeistert, schließt sich aber dennoch nicht aus. „Am besten geht es eigentlich im Stehen, aber du kannst das nicht so lange aushalten. Vielleicht legen wir uns wie ein Stern, die Köpfe zusammen und halten uns bei den Händen. Das könnte gehen." Wir probieren es aus. Als Erstes legt Frithjof seinen Bruder zurecht, dann mich, als Letzter legt er sich dazu. „Wir schließen die Augen und Atmen uns zur Ruhe. Wir atmen ein, atmen aus..." „Und dann Pause?", frage ich. „Ja genau, ich atme laut, ihr atmet mit, in Ordnung?" „Atmet ihr mal los", meint Bastian in skeptischem Tonfall. „Du musst schon mitmachen, Bastian, sonst wird diese Erfahrung an dir vorbeigehen", sage ich zu ihm. „Das wäre ja schrecklich!", meint er mit aufgerissenen Augen. „Bruderherz, du musst nicht, wenn du Beklemmungen hast." Bastian atmet geräuschvoll aus: „Denkst du, ich habe Angst vor euch?" „Wenn du das so nennen willst, ja, manchmal schon. Zum Beispiel jetzt. Wir werden dich aber nur um eine Erfahrung reicher machen, also spiel einfach mit." „Ist ja schon gut, fang an." „Mal sehen, wie lange es dauert, bis wir dich ruhig haben", sagt Frithjof und beginnt. Wir atmen ein, atmen aus, machen Pause. Es fällt mir leicht. Mir geht durch den Kopf, wie selbstverständlich diese beruhigende Atemtechnik für mich geworden ist. Und ich kann mich noch gut an das erste Mal erinnern, so in etwa wird sich Bastian jetzt fühlen. Das hätte er sich bestimmt nicht träumen lassen, dass er mit uns hier im Sand liegen wird, sonst wäre er sicher nicht gekommen. Ich grinse vor mich hin, versuche ihn auf meiner rechten Seite zu besänftigen. Ich lausche nach dem Atem der anderen. Bastian hält tatsächlich Wort. Ich nehme mir vor, ihn dafür gründlich zu belohnen. Ich schweife wieder ab, dabei sollte ich mich darauf konzentrieren, meine Energien weiter zu leiten. *Ob man so auch andere Leute heilen könnte? Weiß nicht. Vielleicht nicht heilen, aber stärken. Ich sollte keine Schleifen denken, sondern mich auf meine Kraft konzentrieren.* Versuche an nichts zu denken, nur Atmen. Ein, aus, Pause, ein, aus, Pause. Ich versinke in Bildern.

Renne durch den Wald, meine Lunge droht zu platzen. Ich springe über Wurzeln und Unterholz. Dornenranken greifen nach meinen Hosenbeinen, ich reiße sie mit mir. Plötzlich kommt jemand von der Seite und greift nach mir, zum ersten Mal sehe ich in Frithjofs Augen, dunkel und ruhig, doch der Mann, der vor mir steht, ist alles andere als ruhig. Er reißt mich in eine andere Richtung, zerrt mich mit sich. Er merkt, dass ich nicht mehr so schnell laufen kann, und hängt mich wie einen Sack Kartoffeln über seine Schulter. Plötzlich bin ich in seinem Kopf. Ich jubiliere. Nur für mich, ich lasse nichts nach draußen durchsickern. Mein Schauspiel ist perfekt, ich erfreue mich daran. Der Sack auf meiner Schulter hat sich zu hundert Prozent täuschen lassen! Als ich den Unterschlupf erreicht habe, lasse ich sie runter. Stelle mich höflich vor. In den türkisen Augen vor mir spiegelt sich Furcht, Müdigkeit und auch ein bisschen Hoffnung, als ich ihr verspreche, sie zu Wido zu führen. Weiter geht's, ich täusche eine große Hektik vor, damit sie keine Zeit hat, einen klaren Gedanken zu fassen. Schnell sind wir bei der Höhle. Zielstrebig führe ich sie durch die dunklen Gänge. Wotan knurrt. Ich kann Otrun`s Angst fühlen. Doch sie überwindet sie schnell. Ein bisschen stolz bin ich auf dieses mutige Mädchen, dass da jetzt vor dem Bündel Mensch kniet und weder ein noch aus weiß. Sie will Wido mitnehmen. Das passt mir überhaupt nicht! Ich sage zu ihr, das sei unmöglich. Sie öffnet die Fesseln an Widos Händen in dem Glauben, ich würde es nicht mitbekommen und jammert in sein verdrecktes Shirt. Meine Geduld ist langsam am Ende, ich weiß ohnehin, dass ein Suchtrupp nachkommt. Ich ziehe sie da weg. Sie ist störrisch, wie ein Esel! Dann schleppe ich sie halt hier raus.

Auf einmal spüre ich eine unbändige Kraft. Mir wird ganz warm. Hitzewellen durchströmen meinen Körper. Ich befinde mich im Nichts. Bunte Farben laufen vom Mittelpunkt ausgehend auseinander, wie bei einem Stein, der ins Wasser geworfen wird. Ich war doch eben... Ich weiß nicht mehr, habe den Faden verloren. Die Energie erinnert mich an unser Vorhaben. Ich sammle mich erneut und versuche auch etwas weiter zu geben. Die Farben werden intensiver, leuchtender. Mit einem Mal wird es hell und heller. Mir wird definitiv zu heiß! Unangenehm heiß. Ich glühe! Ich muss weg, breche ab. Über uns weht ein kräftiger Wind, es ist dunkel und kalt. Im ersten Augenblick eine Erleichterung. Frithjof und Bastian kehren auch ins Hier und Jetzt zurück. Wir alle drei sind etwas benommen. „Brüderchen, was war das?", fragt Frithjof Bastian, „du hast doch was von Mama, hm?" Bastian antwortet nicht, er starrt aufs Wasser. Frithjof stupst ihn begeistert an: „Das war stark!" „Bastian, hast *du* uns zum Glühen gebracht?", erstaunt sehe ich zu ihm rüber. Er reagiert noch immer nicht. „Ja, das hat er! Nachdem du mir endlich geantwortet hast und er von beiden Seiten den Fluss gespürt hat, hat er intuitiv reagiert. Davon wusste bisher noch niemand!", und an Bastian gerichtet, „ich werde unserem Vater nichts davon erzählen, verlass dich drauf." Bastian nickt langsam. Wie in Zeitlupe dreht er sich zu uns: „Unser alter Herr weiß das ganz genau." Frithjof und ich sehen uns fragend an, langsam wenden wir uns Bastian zu. Dieser überlegt: „Vielleicht wollte Vater deswegen nicht, dass ich zu viel Zeit mit dir verbringe. Bestimmt trage ich nicht so viel dieser Kraft in mir, wie du. Sie haben sie schlummern lassen und du hast sie jetzt in mir geweckt." Für einen Moment starrt Frithjof durch mich durch: „Unsere Eltern haben dich betrogen." „Oder gerettet! Erinnere dich doch mal an deine Schulzeit, ich denke, ich hatte es leichter." Keiner sagt etwas, nur der Wind brüllt. Mir wird kalt. Ich versuche mich mit meinen Armen warmzuhalten, vergebens. „Ich gehe rein", sage ich und stehe auf. „Warte, ich bringe dich rüber", antwortet Frithjof und will gerade aufstehen. „Nein, bleib ruhig bei Bastian, ihr habt bestimmt einiges zu bereden. Ich komme schon allein zurecht, so weit ist es ja nicht." Frithjof setzt sich wieder zu seinem Bruder. Ich hinke Richtung Wärme.

Als Erstes verpacke ich meinen Fuß, dann nehme ich eine heiße Dusche. Ich fühle mich geschlaucht, müde, deprimiert. Das Wasser läuft an meinem Körper hinab, macht mich aber nicht wirklich glücklicher. Anschließend lege ich mich ins Bett, lösche das Licht und wünsche mir, dass dieser Tag zu Ende geht.

Ganz sachte klopft es an der Tür. „Hm?" „Darf ich zu dir kommen?", Frithjof betritt den Raum. Er trägt nur eine schwarze Pyjamahose. *Warum habe ich eigentlich keine? Ich habe meinen roten Tanga an, nur ein Hauch Stoff, aber besser als nichts.* Behutsam setzt er sich auf die Bettkante und streicht mir übers Haar: „Geht es dir nicht gut, Prinzessin?" Ich bekomme mit, wie sich die Bettdecke hebt und er zu mir schlüpft. Ich liege mit dem Rücken zu ihm gewandt. Frithjof schmiegt sich sanft an mich und legt seinen Arm um meinen Körper. Seine Wärme tut mir gut, ich lasse mich sinken, doch er holt mich sachte zurück. „Stört es dich, dass Bastian bei uns ist?" „Unsinn, dein Bruder ist ein feiner Kerl, was soll mich denn an ihm stören?" „Vielleicht, dass er auch ein wenig von unserer Mutter mitbekommen hat?" „Das ist wirklich schön, ich freue mich für ihn." „Was ist es dann? Irgendetwas hast du doch!" „Du hast es nicht mitbekommen? Ich habe mich in deinem Kopf verirrt." „Oh, so schlimm?" „Ja." „Was hast du gesehen?" Ich hole tief Luft: „Ich bin nichts weiter, als deine Beute. Deine dumme Beute!" „Das muss ich jetzt nicht verstehen, oder?" „Doch, eigentlich schon." Ich drehe mich zu ihm um: „Du hattest mich wie eine Irre durch den Wald gejagt, soweit waren wir ja schon. Ab irgendwann konnte ich durch deinen Kopf sehen. Du hast mir eine halbe Oper vorgespielt, damit ich keinen klaren Gedanken fassen konnte, damit du mich ungehindert wegschleppen konntest. Wie du dich gefreut hast, dass alles so glattging! Ich fühle mich schrecklich dumm. Und jetzt kommst du ganz selbstverständlich hier in mein Bett!" Meine Stimme klettert mindestens drei Oktaven höher. Er drückt mich an seine Brust. „Das alles hatte doch nur einen einzigen Grund! Ich brauche dich! Ohne dich kann ich nicht sein, bin ich nichts." „Was du wieder redest! Auch ohne mich bist du Frithjof Falkenstern, ein gutaussehender, intelligenter Mann, dem alles offen steht, wenn er sich nur ein wenig zusammennimmt." „Stell dir das mal nicht zu leicht vor. Du bist überhaupt der Grund, wofür es sich lohnt, sich zusammenzunehmen." „Ich möchte aber mit Wido zusammen sein, also musst du dich anders arrangieren. Ich bin nicht dein Grund, ein vernünftiges Leben zu führen, das musst du schon für dich selber tun." „Das erwähntest du bereits, dennoch genießt du es, mich hier bei dir zu haben." „Selbstgefälligkeit ist eine deiner besonderen Stärken, nicht wahr?" „Und eine deiner ganz besonderen Stärken ist die Ignoranz, meine Liebe." „Pfff, nur weil du einmal nicht der Tollste bist, meinst du, ich sei ignorant. Na bra..." Er legt seinen Finger auf meine Lippen, dann küsst er mich ganz sanft. So weich, wie eine Blütenwiese, wie der laue Sommerwind zu Hause auf Omas Lichtung, wie der Flügelschlag eines Schmetterlings. Seine Hand streicht federgleich über meinen Körper. Sehr sachte zieht er mich fester an sich. Ich schließe meine Augen und atme seinen Duft ein, mir wird ein wenig schwindelig. „Möchtest du schlafen?", fragt er leise in mein Ohr. „Ich bin nicht müde", hauche ich zurück. „Ich auch nicht." Mein Herz klopft mir bis zum Hals. Frithjof lächelt mich an: „Nichts, was du nicht möchtest." Er schenkt mir Sicherheit. Lächelnd ziehe ich ihn zu mir heran.

Ich erwache allein in meinem Bett. Bilde mir ein, Frithjofs Wärme noch zu spüren. Mit Frithjof kommt mir direkt auch Wido in den Sinn. Ich verdrehe mich, um einen Blick auf den

Wecker zu erhaschen. Gleich halb neun. Was er wohl macht? Vielleicht sitzt er bei Siegrun und quasselt sie voll. Ja, das wäre schön, dann sind sie beide nicht allein. Dustin macht bestimmt eine Runde durch den Wald. Gleich werden sie sich bei Oma treffen und erst mal einen Tee trinken. Wie gerne wäre ich dabei! Ein leises Knarzen. Ich beobachte, wie sich ganz langsam die Türklinke runter drückt. Ich schließe meine Augen. Momente verstreichen. Die Decke hebt sich. Ein frisch geduschter, etwas kühler Frithjof lässt sich neben mir nieder. Er küsst meine Augen. Kleine zarte Küsschen überall. Ich lächele vor mich hin. Dieser Mann kann so lieb sein. „Guten Morgen Prinzessin." „Sei leise, ich schlafe noch!" Er lässt sich nicht unterbrechen. „Du schläfst schon lange nicht mehr", flüstert er mir ganz leise in mein Ohr. „Du hast dich verraten, deine Augenlider haben gezittert." „Du irrst dich, meine Augenlider tun das, wenn ich träume." „Wovon hast du denn geträumt?" Sofort werde ich ernst. „Das erzähle ich dir lieber nicht." „Doch ich will es wissen." Ich öffne meine Augen und sehe ihn traurig an. „Es war gerade so schön, aber..." „Was denn." „Ich möchte nach Hause, ich habe Sehnsucht nach meiner Oma, nach den Schafen, nach der Lichtung, nach dem Duft im Wald, nach Wido, meiner Mutter, nach der Sonne, wie sie durch die Baumkronen blitzt, nach..." Tränen rollen mir über die Wange. Mit seiner Hand wischt er sie weg. Ich lache ganz leise. Frithjof sieht mich fragend an. „Kein Stofftaschentuch dabei?" „Du hast sie alle verbraucht", er lächelt mich an, „geschummelt! Meine Pyjamahose hat keine Taschen." Er hält mich fest an seine Brust gedrückt. „Dann ist mein kleiner Traum bald zu Ende, was?" „Frithjof bitte, ich habe es dir immer wieder gesagt." „Ja, ich hab`s mitbekommen.

Egal was sein wird, ich werde für dich da sein, wie und wann immer du mich brauchst." Er grinst sein freches Grinsen: „Auch wenn es etwas mehr sein sollte." „Das wird nicht passieren, aber ich möchte deine Freundin sein, im Sinne von Freundschaft." „Ja, ja, wollen wir nach dem Frühstück los?" „Ehm, so schnell schon?" „Nicht?", Frithjof sieht mich mit hochgezogenen Brauen irritiert an. „Doch, doch! Gern, ich dachte nur, ehm, ich hatte nicht damit gerechnet, dass..." „Ab unter die Dusche, ich hole Brötchen. Vielleicht rufst du kurz Wido oder deine Mutter an, dass wir auf dem Rückweg sind." Er lässt mich verdutzt im Bett zurück. Ich bin froh, aber auch durcheinander. Immer wieder schafft er es, anders zu reagieren, als ich erwarte. Ich husche, so gut ich mit Gips huschen kann, ins Bad. Putze meine Zähne, verstaue meinen Fuß in der Tüte und verklebe alles sorgfältig. Unter der Dusche gewinnt die Freude Oberhand. Wie eine Gecke shampooniere ich meine Haare. Das Grinsen ist in mein Gesicht graviert. Es fühlt sich an, als würde ich es nie wieder wegbekommen. Warum auch? Fix trockne ich mich ab, die Haare werden heute nicht geföhnt. Auf der Lichtung gibt's das eh nicht. Beschwingt humple ich in mein Zimmer zurück. Wie gut, dass ich die Jazzpants noch nicht anhatte, die ist noch blitzsauber und bestimmt super für die Fahrt. Meine Sachen sind schnell in eine Tüte gestopft. Ich schnappe mir die Krücken und wuchte mich ins Wohnzimmer. E-Mail an Papa und Wido anrufen. Frithjof ist noch nicht zurück. Bastian deckt gerade den Tisch. „Guten Morgen Basti", trällere ich. „Guten Morgen, du klingst ja gut gelaunt! Was hat mein Bruder mit dir angestellt?" Sofort bin ich ernst: „Wir fahren gleich nach Hause." „So plötzlich?" „Ehm, ja, ich möchte heim. Frithjof hat direkt zugestimmt, ich war völlig überrascht." „Ja, das kann er gut, nicht wahr? Leute überraschen." „Ja, er ist ein lieber Kerl, ich mag ihn sehr. Möchte ihn nicht verletzen, aber das wird nicht möglich sein! Ich habe Angst davor." „Er weiß das, wusste es von Anfang an, wir unterhielten uns gestern Abend noch darüber. Also mach dir keine Sorgen. Geh deinen Weg!" „Ich rufe jetzt Wido an", mein Grinsen kehrt zurück. Ich wähle seine Nummer. Es klingelt in der Leitung, einmal, zweimal, dreimal, viermal, fünfmal:

„Guten Tag, sie haben den Anschluss von Dustin und Widukid Delshay gewählt, bitte sprechen sie nach dem Piep."

„Hallo, ich bin`s Otrun. Ich komme heute nach Hause. Keine Ahnung, wie lange wir brauchen. Bestimmt kommen wir irgendwann nach vier Uhr an. Ich freue mich auf Dich. Bis später."

Ich sehe auf: „Es war keiner zu Hause!" „Das dachte ich mir schon", antwortet Bastian und lächelt mich an. Er freut sich mit mir und ich fühle mich schon weniger scheußlich. *Mama anrufen!* Ich wähle, es klingelt viermal, auch hier geht der Anrufbeantworter an. *Klar, sie ist in der Backstube!*

„Hallo Mama, ich komme heute wieder nach Hause, also zu Oma. Ich vermute, dass wir gegen vier Uhr ankommen könnten. Tschüss, ich hab dich lieb."

Ich lege auf: „Auch keiner da! Jetzt noch `ne E-Mail an Papa." Ich lasse den PC hochfahren. Es klackert an der Tür, Frithjof ist zurück. Vor seiner Stimmung habe ich ein wenig Angst, doch er kommt gut gelaunt herein: „Na Prinzessin, alle angerufen?"

„Ja, fehlt nur noch die E-Mail für Papa." „Und, ist Wido jetzt Happy?" „Es war niemand da, ich habe auf den Anrufbeantworter gesprochen." „Na, er wird's schon mitkriegen", sagt Frithjof lächelnd dahin. Ich sehe irritiert hoch, schlucke und schreibe dann an Manfred:

Hallo Papa, wir haben uns gemeinsam überlegt, heute nach Hause zu fahren. Ich habe Sehnsucht nach allem, was mir so neu und doch vertraut ist.

Hoffentlich bist du auch bald wieder da.

Deine Otrun

Ps.: Ich habe dich sehr lieb und fand es toll, dass du uns hier besucht hast.

Ich lasse den PC herunter fahren, der Kessel pfeift. Frithjof macht sich an der Teekanne zu schaffen. Ich setze mich an den Tisch und lege meinen Fuß hoch. *Wir wären auch eine nette Familie,* geht mir durch den Kopf. *Die Männer kümmern sich um alles und ich lege die Beine hoch.* Der Gedanke lässt mich grinsen. „Was ist, Prinzessin?" „Ach nichts." Frithjof sieht mich an: „Geht es dir besser?" „Mir ging es nicht schlecht, aber ich freue mich auf Zuhause", antworte ich und merke, dass das nur einen kleinen Teil der Wahrheit trifft. Ich sehne mich nach der Lichtung. Irgendetwas zieht mich magisch dorthin. Ich weiß nicht, ob es bloß Oma und Wido sind. Es scheint noch etwas Größeres zu sein, aber ich habe keine Antworten. Ich sehe auf und bemerke, dass die beiden Brüder mich beobachten. „Ich habe gelauscht, aber unabsichtlich!", sagt Frithjof, während er zum Schutz seine Hände vor sich hält, „es sind deine Ahnen." „Bitte?", ich kann ihm nicht recht folgen und sehe ihn verwirrt an. „Auf der Lichtung. Du warst gerade am Grübeln, wer oder was dich zur Lichtung zieht. Es sind deine Ahnen, ich habe sie gespürt, als ich Siegrun dort aufgesucht habe. Sie sind dort allgegenwärtig. Und ihr Geist ist auch in deinem Schutzengel." „Wie kann das sein?", frage ich. „Sie werden alle dort gelebt haben." „Wie kann das sein, dass in meiner kleinen Otrun der Geist meiner Ahnen wohnt?" „Diese Frage solltest du Siegrun stellen, meinst du nicht?", Frithjof reicht mir ein, schon aufgeschnittenes, Brötchen. Lieblos klatsche ich eine Scheibe Käse auf eine Brötchenhälfte und will gerade abbeißen, als Frithjof sie mir sachte aus der Hand nimmt. Ich sehe ihn fragend an. Er nimmt den Käse herunter, streicht ein wenig Frischkäse darauf, legt dann die Scheibe wieder auf das Brötchen und obendrauf noch ein paar fein geschnittene Gurkenscheiben. Mit einem Lächeln auf den Lippen gibt er es mir zurück. Ich beiße ab: „Hm, lecker, danke Frithjof." Er deutet ein Nicken an und gießt sich selbst Tee nach. „Wenn ihr gleich Richtung Süden fahrt, werde ich hier noch ein wenig aufräumen und komme dann nach. Steht dein Plan noch fest, oder hast du`s dir überlegt?", Bastian sieht seinen Bruder skeptisch an. „Nein, nein, ich ziehe das jetzt durch. Und du wirst sehen, ich schaffe das." „Sollen wir gemeinsam ein paar Bekannte anrufen? Dann finden wir sicher schnell einen geeigneten Meister für dich. Ich kenne einige Leute. Unser Vater braucht davon nichts mitbekommen." „Am besten deutest du direkt an, dass ich ein wenig unheimlich bin", antwortet Frithjof scherzhaft. „Das kann ich nur bestätigen", ich grinse in die Runde und halte ihm meine zweite Brötchenhälfte hin, „er macht unheimlich leckere Brötchen." „Meinst du, ich sollte es wirklich erwähnen? Wir sollten demjenigen die Möglichkeit geben, sich selbst ein Bild von dir zu machen." „Es kommt sowieso zur Sprache, allein schon wegen meines Lebenslaufes. Jedem fällt auf, dass irgendetwas an mir anders ist, dann lieber mit offenen Karten spielen, sonst denkt man vielleicht, ich sei ein wenig dumm oder schwachsinnig. Dann lieber unheimlich, oder?" „Ich glaube, ich weiß schon, bei wem wir als erstes nachfragen, der dürfte sogar Freude an so jemandem haben." „Das gibt es?" „Ja klar, man muss sich nur gut und an den Richtigen verkaufen, überlass das mir, ok?" „In Ordnung, meldest du dich bei mir, wenn du angekommen bist?", fragt Frithjof Bastian. Und an mich gewandt, „hast du schon alles zusammengepackt?" Ich nicke: „Ich reise zum Glück mit kleinem Gepäck, alles passt in eine Tüte." „Stimmt, dann können wir ja los." Ich stehe auf und will wenigstens mein Gedeck zur Spüle bringen. Bastian nimmt mir die Sachen aus der Hand: „Ist schon in Ordnung, Otrun. Ich mach das." Ich drücke ihn kurz und lächele ihn mit einem Kloß im Hals an. „Wir sehen uns, nicht wahr?" „Ja, Basti, schön, dass ich dich näher kennenlernen durfte." Er schenkt mir sein breites Lächeln, das so sehr nach Frithjof aussieht. Dann gehen wir zum Auto. Wie im Film steht Bastian mit einem Stofftaschentusch in der Hand vor den Dünen und winkt uns. „Die Stofftaschentücher scheinen so eine Art Familientradition zu sein, hm?", stelle ich fest. „Sie sind einfach besser, du trägst ja auch keine Papierhöschen, oder?" „Stimmt, meine neueste Kollektion kennst du ja." Frithjof grinst sein freches Grinsen.

„Was wirst du tun, wenn wir wieder zuhause sind?", ich sehe Frithjof zu, wie er an einer Antwort überlegt. „Nun, wenn ich darf, werde ich mit euch am Feuer sitzen und mich an den Gesprächen beteiligen. Und wenige Stunden später wird Bastian sich bei mir melden." „Wir haben auf der Lichtung keinen Handyempfang." „Oh Mann", stöhnt Frithjof auf, „das war im Entenberg auch so, nur auf der Höhe konnte ich telefonieren. Mir leuchtete ein, dass in dem dicken Gestein mit einem Handy nichts auszurichten ist. Doch scheinbar ist die ganze Gegend dort etwas problematisch." „Ja, am ersten Tag dachte ich, ich würde es ohne Handy und Internet nicht aushalten, doch ich habe diese Dinge eigentlich überhaupt nicht vermisst", ich sehe ihn von der Seite an, „komisch nicht, dass die wichtigsten Dinge plötzlich völlig nebensächlich werden." „Das kommt wieder, wenn du bei deinen Eltern bist und du in deinem gewohnten Alltag lebst, dann wird vieles sein, wie vorher." Beklommen denke ich an die Schule: „Aber nur vieles, nicht alles!" „Höre ich da die Kämpferin?" Frithjof beugt sich zu mir und küsst mich auf die Wange, „du hilfst mir und ich helfe dir, ja?" Ich nicke. *Würden diese Ferien bloß niemals enden,* denke ich mir. „Bei Oma ist alles so leicht, ich möchte gar nicht weg von dort." „Das kommt dir jetzt nur so vor, aber die Sonne scheint nicht immer und der Winter kann ganz schön lang werden. Es ist garantiert ein Kraftakt für so eine alte Frau wie

Siegrun, einen Winter zu überstehen." „Irgendwann werde ich bei ihr wohnen, dann wird es leichter für sie." „Tagein, tagaus, ohne Telefon, ohne Internet, fast abgeschnitten von der Umwelt? Ist das dein Traum?" Ich zucke mit den Schultern: „So habe ich das noch nicht gesehen. ... Ich werde dann ein Auto haben, und wenn ich das möchte, fahre ich einfach in die Stadt, so weit ist das auch nicht!", ich grinse gewinnend zu ihm rüber, „außerdem werde ich nicht allein sein. Wido ist ja auch noch da. Und Dustin. So düster ist es sicher gar nicht, wie du es dir ausmalst." „Na bestimmt." Frithjof sieht geradeaus auf die Straße. Auf einmal ist er sehr still. Ich lasse meine Lehne ein wenig runter, sodass ich besser schlummern kann. „Bist du müde? Ruh dich ruhig ein wenig aus", meint er und legt seine Hand auf meinen Oberschenkel. „Nö, mir ist nur langweilig, ich döse ein bisschen." Nach einer guten Weile sage ich: „Und du kommst uns auch regelmäßig besuchen, nicht wahr?" Frithjof grinst breit und schüttelt seinen Kopf. „Was?", frage ich. Er wirft kurz einen Blick zu mir rüber, konzentriert sich dann wieder auf den Verkehr: „Da wird Widukid Delshey aber glücklich sein!" „Wieso denn nicht?", ich runzele meine Stirn. „Keine Ahnung, wie gut er im Verzeihen ist, aber er wird definitiv keine Freude an unserem Glück haben! Ich glaube kaum, dass er so tolerant ist, wie du dir das vorstellst." „Klar, ein bisschen musst du dich schon benehmen!", empört schüttele ich meinen Kopf. „Genau das ist der Punkt, in deiner Gegenwart ist das schon schwierig." Er setzt den Blinker und fährt den nächsten Parkplatz an. So einen mit nur einem Klohäuschen und ein paar Mülleimern. „Musst du mal?", frage ich. „Ja", Frithjof stellt den Motor ab. Kein anderes Auto steht hier. „Ja, ich muss mich mal auf dich stürzen!" Er beugt sich ganz nah zu mir rüber: „Du willst doch nicht wirklich mit diesem kleinen Jungen zusammen sein, bitte gib mir eine Chance!", er nimmt mein Gesicht in seine Hände und küsst mich leidenschaftlich. Ich drücke ihn von mir weg: „Frithjof!" „Ach Otrun, du hast ja keine Ahnung, was in mir vor sich geht!", er zieht sich wieder zurück, starrt geradeaus. „Ich weiß auf jeden Fall, dass du mich nicht bedrängen wolltest, und jetzt tust du es doch!" Er schaut mich an. Es ist nicht leicht, seinem flehenden Blick standzuhalten. Er löst in mir das Gefühl aus, ihn trösten zu wollen. Doch dann wird alles nur noch schlimmer werden! Das ist mir klar. Frithjof streckt mir seine Hand entgegen. Ich nehme sie in meine beiden Hände. Er schließt seine Augen. Ich sehe ihm zu, wie er meine Kraft wahrnimmt, sie in sich aufsaugt. Ich ziehe ihn näher zu mir heran, nehme ihn in meine Arme: „Genau davor hatte ich die ganze Zeit Angst. Ich mag dich viel zu gern, um dir wehzutun. Bastian meinte zu mir, du wüsstest, dass ich zu Wido gehe." „Natürlich weiß ich das, aber es fühlt sich deshalb nicht besser an." „Lass uns doch bitte Freunde sein und uns auch so benehmen, oder besser noch, wie Geschwister." „In circa einer Stunde werde ich dich zu deiner Oma bringen, denkst du dann immer noch so?" „Natürlich, was glaubst du denn!", ich drücke meine Wange an seine, „bessere Freunde als uns kann es kaum geben! Wir beide, wir werden zusammenhalten, uns stützen und wenn`s dem anderen nicht gut geht, uns kümmern. Und sollte das irgendjemanden stören, dann pfeifen wir einfach drauf. So stelle ich mir das vor." Frithjof löst sich von mir und blickt mir in die Augen: „Otrun, ich begehre dich!" Eine intensive Wärme durchdringt mich. Ich nehme sie auf, wie ein Schwamm, schmelze dahin, doch ein Fünkchen Verstand meldet sich aus einer winzig kleinen Nische in meinem Kopf: „Frithjof, ich bitte dich, erlaube mir meine eigenen Gefühle. Du kannst mich nicht ein Leben lang manipulieren. Bitte lass das!" Frithjofs Augen lösen sich von meinen. Ich atme auf. „Ein Versuch war`s wert", sagt der Frithjof, mit dem ich mich so gerne herumärgere, „du wirst schon sehen, irgendwann stehst du vor meiner Tür. Aber keine Angst, ich werde dich mit offenen Armen empfangen." „Wenn du so sicher bist, wofür war das gerade eben dann gut?" „Ich wollte dir ein wenig Leid ersparen." Vor Empörung stoße ich laut die Luft aus, Frithjof grinst von einem Ohr bis zum anderen. Ich verdrehe die Augen und schüttele meinen Kopf. Er lässt den Motor an und fährt zügig wieder auf die Autobahn auf.

„Du hackst ja immer noch Holz!", sagt Dustin, als er ums Haus kommt. Ich wische mir den Schweiß von der Stirn und sehe zu ihm rüber. Vater strahlt mich an: „Na, hättest du mal den Anrufbeantworter abgehört, dann wärst du bestimmt nicht mehr hier!" Ich sehe ihn fragend an. „Dein Mädchen ist auf dem Heimweg. Sie klang ein kleinwenig enttäuscht, dass keiner dran gegangen ist." Ich kann`s kaum glauben, gestern hörte sie sich an, als sollte ich lieber nicht auf einen Anruf warten und jetzt? Ganz langsam wird mir klar, was Dustin gerade ausgesprochen hat. Mir wird warm, also noch wärmer als eben. Ich spüre, wie meine Ohren glühen! Um ganz sicher zu gehen, frage ich lieber noch einmal nach: „Otrun kommt?" „Ja, ich sagte es gerade, mein

Sohn", auch Dustin muss breit grinsen. *"Vielleicht sollte ich kurz duschen und Siegrun Bescheid sagen!" "Gute Idee"*, Dustin nickt, *"genau in dieser Reihenfolge und du solltest dich ein wenig beeilen, sonst ist Otrun vor dir auf der Lichtung." Ich lasse meinen Vater stehen und spurte ins Haus. Schnell ziehe ich ein paar frische Klamotten aus dem Schrank und flitze unter die Dusche. In Rekordzeit bin ich fertig. Dustin sitzt in der Küche: "Soll ich dich fahren?" "Wann wollte sie denn ankommen?" "Gegen vier!" Ein Blick auf die Uhr verrät mir, dass wir schon zehn Minuten über der Zeit sind. "Das wäre nett!" Dustin hält den Autoschlüssel schon in der Hand: "Na, dann komm."*

Wir erreichen die Lichtung. Mama und Oma sitzen an der Feuerstelle. Ich bin enttäuscht, Wido ist nicht da. Ob er wütend auf mich ist? Auf dem schmalen Pfad humpele ich vor, Frithjof ist dicht hinter mir. Er wirkt sehr unsicher. „Hey!", rufe ich über die Lichtung. Zwei Gesichter strahlen mich an. Mathilde kommt auf mich zu. Sie nimmt mich in den Arm: „Kind, bin ich froh, dich wieder hier zu wissen! Geht es dir gut?" „Ja Mama", sage ich und strahle sie an, „schau, das ist Frithjof! Ihr müsst euch unbedingt kennenlernen!" „Hallo Frithjof", sie streckt ihm ihre Hand entgegen, „Manfred hat mir schon Bericht erstattet. Sie können einen leckeren Fisch zubereiten. Mein Mann war sehr begeistert." Erleichtert spüre ich, wie er lockerer wird. Ich gehe zu Oma. Auch sie nimmt mich in den Arm. „Ist Wido sauer auf mich?", frage ich sie. Siegrun schüttelt den Kopf: „Er ist nicht verärgert, meine Liebe, nur ein bisschen Durcheinander. Wido hat einiges durchgemacht, weißt du?" Ich nicke: „Ich habe schon einen kleinen Einblick gewonnen.

Frithjof war grässlich zu ihm. Aber ich mag ihn trotzdem, eigentlich ist er nicht so. Hat Wido ein Problem damit?" „Oh ja, mein Kind", sie horcht auf. Ein Motorengeräusch nähert sich. „Das kannst du ihm ja jetzt gleich alles ganz in Ruhe erklären", sie zieht ihre Brauen hoch und klopft mir aufmunternd auf die Schulter, „du schaffst das schon." Wido und Dustin kommen auf uns zu. Ich lächele den Jungen an, den ich so sehr vermisst habe. Gehe ihm, so schnell ich kann, entgegen. Doch er beachtet mich gar nicht. Bevor ich ihn erreichen kann, ist er auch schon bei Frithjof. Er haut ihn mit einem einzigen Faustschlag um und reibt sich zufrieden seine Fingerknöchel. „Das tat gut, jetzt geht`s mir besser!", nun lächelt Wido mich zufrieden und selbstgefällig an. Ich bin entsetzt! Dustin kniet schon bei Frithjof. Ich will auch nach ihm sehen, bin hin und her gerissen, doch Wido hält mich am Arm fest: „Willst du mich gar nicht begrüßen?" Er zieht mich an sich, will mich in den Arm nehmen. Ich halte ihn auf Abstand. „Bist du von Sinnen?", frage ich ihn, „was soll das?" Er zeigt nur stumm auf seine Schläfe, die noch immer gelblich grün leuchtet.

„Außerdem hat er mein Mädchen verschleppt! Ich bin mir sicher, dass du ihn weitgehend verschont hast. Tut mir leid, ich habe es nicht mal geplant. Ganz spontan, weißt du? Aber jetzt geht es mir gut, besser als gut!" Ich sehe ernst in sein überhebliches Gesicht: „Es tut dir überhaupt nicht leid!" „Stimmt, du hast recht!" „Lass gut sein, Otrun!" meldet sich Frithjof aus dem Hintergrund. „Prima, ein wahrer Held!", höhnisch schaut Wido auf meinen Freund runter. „Jetzt hör mir mal gut zu, Widukid Delshay! Frithjof könnte jetzt machen was er will, er ist sowieso untendurch bei dir. Er wusste das, ich wollte es ihm nicht glauben, dachte nicht, dass du so bist!

Aber lass dir gesagt sein, Frithjof und ich, wir verstehen uns sehr gut! Und du wirst daran nichts ändern! Wir sind beste Freunde. Ich wollte unbedingt zurück zu dir, mit dir zusammen sein. Doch im Augenblick bin ich wahnsinnig enttäuscht!" Ich drehe mich um und schwinge mich so schnell ich kann auf den Krücken in den Wald. Ich brauche dringend Ruhe, will nichts mehr hören. Ich suche die Stelle auf, die Oma mir gezeigt hat. Lasse mich auf den Boden fallen und heule los. Der ganze Frust scheint sich verflüssigt zu haben. *Frithjof hätte jetzt ein Stofftaschentuch parat.* Es fühlt sich an, als löse ich mich auf. *Wahrscheinlich habe ich von Wido zu viel erwartet! Er ist auch nur ein Mann. Ein ganz junger noch dazu, wer weiß, was sich da alles bei ihm aufgestaut hat? Trotzdem, ich hätte nicht gedacht, dass er ähnlich arrogant wie Frithjof sein kann. Auf seine Weise eben. Frithjof hat so etwas garantiert nicht zum ersten Mal eingesteckt. Er zwingt seine Mitstreiter an die Grenzen, dann muss er mit solchen irrationalen Reaktionen rechnen! Aber Wido? Ich hatte ihn so friedlich eingeschätzt! Und überhaupt, wenn ich mich für ihn entscheide, braucht er Frithjof nichts zu beweisen! Und vor allem nicht so! Die sind ja beide völlig verrückt!* Es raschelt, ich sehe auf. Durch den Tränenschleier sehe ich Wido auf mich zukommen. „Was willst du hier? Hatte ich nicht gesagt, ich möchte allein sein?" „Nein", er versucht ein vorsichtiges Lächeln, „das musst du in deiner Wut vergessen haben." Er hält ein Stofftaschentuch in seiner Hand. Unwillkürlich hellt sich meine Stimmung auf. Ich blicke zu ihm hoch. Wido sieht mich zufrieden an: „Frithjof hat mir versprochen, dass es hilft." Ich schließe meine Augen und schüttele den Kopf. Wido setzt sich zu mir und legt seinen Arm um meine Schulter. Ich lehne mich an ihn. Er wischt mir die

Tränen vom Gesicht. Ich nehme ihm das Tuch aus der Hand, weil ich dringend schnäuzen muss, dann stopfe ich es mir in den Hosenbund. „Seit wann bist du so gewalttätig?", frage ich ihn. „Seit ich vor Eifersucht fast wahnsinnig bin", antwortet Wido und nimmt mich fest in seinen Arm. Er gibt mir vorsichtig einen Kuss. Einen sehr zarten, sehr süßen Kuss. Schaut mich forschend an, sucht nach einer Reaktion in meinem Gesicht. Ich schenke ihm ein verheultes Lächeln. Wido küsst mich ein zweites Mal, schon zuversichtlicher. *Frithjof hat einfach eingefordert, war sich seiner Sache stets sicher. Wido ist vorsichtiger, das ist der Unterschied! Frithjof ist doch der Überheblichere von den beiden.* Wido hält mich fest in seinem Arm: „Ich habe dich so sehr vermisst, Otrun! Entschuldige die Sache wegen eben, ich war wie von Sinnen." „Bei mir brauchst du dich nicht entschuldigen", ich sehe ihn an, „Frithjof ist nicht so, wie du denkst." „Wir haben ein paar Worte gewechselt, er fand deine Ohrfeige wesentlich angenehmer, als meinen Faustschlag", Wido grinst mich an, „du neigst auch etwas zu Gewalt, nicht wahr?" „Wohl kaum, ich habe ihn nicht beinahe K.O. geschlagen!" „Er sagt, er hätte ein Klingeln im Ohr gehabt!" Genervt starre ich geradeaus: „Du musst überhaupt nicht blöde grinsen, Wido! Mir ist die Hand ausgerutscht, ich hatte es sofort bereut." „Aha, ich nicht! Ich fand das Gefühl klasse!" „Na super, herzlichen Glückwunsch. Wollen wir jetzt die ganze Zeit darüber reden, wie toll wir uns fühlen, wenn wir Frithjof wehtun, oder fällt dir noch was anderes ein?" Wido wird ernst: „Ich würde dir gern erzählen, wie sehr du mir gefehlt hast, wie ich gehofft habe, dass dir nichts passiert und dass du wieder zu mir zurück möchtest, aber ich habe keine Worte dafür. Sie sind alle viel zu klein, für das was ich fühlte,

viel zu unbedeutend." Wir lehnen gemeinsam am Baum und sagen gar nichts mehr. Genießen die Stille, die aus Tannenrauschen und Vogelgezwitscher besteht. Wir befinden uns in einem zeitlosen Raum, in dem nichts eine Rolle spielt. Es fühlt sich an, wie ein Verschnaufen, ein Luftholen, ein Durchatmen. Nur wir und der Wald. Ein paar Äste knacken, Frithjof kommt auf uns zu: „Tut mir leid, sollte ich stören. Aber ich wollte mich verabschieden. Es kann gut sein, dass ich sofort irgendwo eingespannt werde, so kenne ich Bastian."
„Ich bin mir sicher, dass es dir nicht leidtut! Aber trotzdem schön, dass du mich gesucht hast", entgegne ich. „Hier ist meine Handy-Nummer", er hält mir einen Zettel hin, „ich werde jetzt irgendwohin fahren, wo ich erreichbar bin. Mein Bruder ist bestimmt schon in der Nähe." Ich löse mich von Wido und stehe auf. Frithjof nimmt mich sachte in den Arm. Ich habe einen dicken Kloß im Hals. Ich will ihn nicht mehr loslassen. Er nimmt meine Hände von seinem Hals und küsst sie sanft: „Lass dich nicht kleinkriegen, Prinzessin. Und solltest du mich brauchen", er zwinkert mir kurz zu, „ruf mich." Damit entfernt er sich von uns. Ich stehe da und starre hinter ihm her. Ganz langsam dringen wieder die Geräusche des Waldes an mein Ohr. Wido nimmt mich von hinten in seine Arme. Jetzt kann er spüren, wie ich zittere. „Du weißt es wirklich nicht." „Hm?" „Du weißt nicht, bei wem du sein möchtest." „Doch, ich will euch beide." „Ohne mich, Otrun! Du kannst beinahe alles von mir kriegen, aber das nicht!" Ich drehe mich zu ihm um, „das war doch nur ein kleiner Scherz." Ich lächele ihn an und merke, wie er weiche Knie bekommt. Mit beiden Händen streichele ich sein Gesicht, ziehe es zu mir runter und küsse ihn. Erst ein bisschen, dann ein bisschen mehr. Schnell weicht

die Überraschung aus Widos Gliedern und verwandelt sich in Leidenschaft. Wie tollende Hunde rollen wir über den Waldboden. Meinen Gips spüre ich kaum. Wir knutschen, wie die Verrückten, sind ausgelassen und erleichtert, kichern herum, dann sind wir wiederum ganz zärtlich. Ich ziehe ihm sein T-Shirt über den Kopf. Seine Haut ist warm und weich. Er duftet nach den Tannennadeln, auf denen wir herumtollen. Absolut köstlich. Ich versinke in seinen Armen und rühre mich nicht mehr. Sehr behutsam gleiten seine Hände über meinen Rücken nach unten, streichen sanft über meinen Po. Vorsichtig kneift er mich mit den Zähnen ins Ohrläppchen. Ich könnte vergehen vor Wonne. Mit seiner Nasenspitze streicht er meinen Hals entlang über mein Schlüsselbein. Ich halte sein Gesicht in meinen Händen, will ihn küssen, ihn schmecken. Wir sind wie im Rausch, bemerken gar nicht, dass es dunkel geworden ist. Ein kräftiger Regenschauer holt uns in die Wirklichkeit zurück. Wir schmiegen uns, so gut es geht, gegen die Tanne, doch der Regen ist so stark, dass wir auch darunter nass werden. Wir müssen beide lachen. „Ob die anderen sich Sorgen machen?", frage ich. Wido gibt mir einen Kuss: „Dustin wohl kaum, er kann sich sicher denken, dass wir uns viel zu erzählen haben!", und grinst mich dabei an. „Komm, lass uns zurück gehen", ich suche nach meinen Krücken. „Ich habe so viel unternommen, um meinen Gips heil und sauber halten, alles für die Katz!" Ganz in Ruhe und unbeeindruckt vom Regen, spazieren wir zur Lichtung zurück. In Siegruns Hütte ist Licht. Wir klopfen kurz an und treten ein. Mama, Oma und Dustin grinsen uns an. Oma ergreift das Wort: „Ihr beiden seht aus, als hättet ihr euch kräftig ausgesprochen!" Wido und ich sehen uns an und prusten los. Unsere Haare sind nicht nur nass, sie sind voller Waldboden! Die Klamotten völlig verdreckt. Ich drehe mit den Augen: „Man, ist das peinlich!" Die ganze Hütte lacht. Mathilde steht auf: „Ich fahre jetzt nach Hause, wollte nur abwarten, ob ihr heil zurückkommt. Otrun, soll ich Wäsche mitnehmen?" Ich sehe an mir runter: „Hoffentlich ist morgen gutes Wetter, ich habe nur noch Shorts, die ich anziehen könnte. Vielleicht die Pumphose, doch die ist eigentlich auch voller Sand!" Ich ziehe eine Flunsch. Dustin schaltet sich ein: „Du könntest ja mit ins Forsthaus kommen. Für eine Nacht. Wir stecken alles in die Waschmaschine und mit ein wenig Glück ist am Mittag alles trocken." Ich sehe zu Oma rüber. „Kind, mir macht das nichts, du hast sowieso noch deine Sachen dort." Wido nimmt meine Hand, drückt sie ganz sanft. Die Röte steigt mir in die Wangen. „Dann gehen wir mit dir gemeinsam zum Auto, Mathilde", sagt Dustin in den Raum hinein. „Ich hole schnell meine Tüte aus dem Zelt", so zügig ich kann wuchte ich mich Richtung Tür, doch Wido hält mich zurück. „Die kann ich dir doch holen, hm?" Er läuft in den Regen und verschwindet in der Dunkelheit. Nachdem wir uns von Siegrun verabschiedet haben, marschieren wir schon mal zu den Autos. Ganz kribbelig freue ich mich auf eine Nacht mit Wido. Ich setze mich schon mal hinten in den Jeep, da ist er auch schon bei uns und kommt zu mir auf die Rückbank. Händchenhaltend fahren wir zum Forsthaus. Nachdem ich geduscht habe, stopfen wir meine Sachen in die Waschmaschine. Das Sparprogramm dauert sechzig Minuten. Wir sitzen in der Küche und plaudern ein wenig. „Na, was habt ihr an der See gemacht?", fragt Dustin mehr als Aufhänger für ein Gespräch, als aus Neugierde. „Wir haben viel meditiert", antworte ich und erzähle von Bastian, dem das alles erst sehr unangenehm war, und wir dann die Entdeckung gemacht haben, dass auch er die Gabe seiner Mutter mitbekommen hat. „Das war sicher ein Schock für ihn", meint Dustin. „Oh ja, erst konnte er sich nicht wirklich freuen, doch dann hat Frithjof ihn angesteckt, der natürlich begeistert war – im wahrsten Sinne des Wortes! Mehr hatte ich von dem Gespräch aber auch nicht mitbekommen, ich war rein gegangen. Nach diesen Aktionen friere ich leicht und da oben wehte ein ordentlicher Wind." Dustin sieht mich an: „Honey, und du warst wütend." „Was? Ich? Ach, woher weißt du davon, hat Frithjof mit dir darüber gesprochen?" „Nein, ich sehe dir das jetzt noch an." „Oh!", ich reibe mir übers Gesicht, „besser? So wild war es gar nicht, mir war nur etwas klargeworden, und..." Die beiden sehen mich nun doch neugierig an. „Ich konnte mich durch seine Gedanken betrachten", ich halte erst mal inne, schaue, wie sie reagieren. Sie tun ganz gelassen, also erzähle ich weiter: „Ich habe gesehen, wie Frithjof mich im Wald abgefangen hat. Wie er sich über meine Einfältigkeit freute. Das machte meine Laune natürlich nicht besser! Wenn man zuschauen kann, wie dämlich man sich angestellt hat..." Ich atme tief durch: „Der ist mir manchmal so überlegen!", ein Lächeln huscht über mein Gesicht. Mit mahnendem Zeigefinger stelle ich klar: „Manchmal - nicht immer! Und was ist hier so gelaufen?" Dustin grinst: „Wir haben schon mal erste Vorbereitungen für den Winter getroffen." „Aha?", ratlos sehe ich in die beiden Gesichter. *Es ist mitten in den Sommerferien.* „Beginnt die große Kälte hier so früh?" Ich denke an Frithjofs Bemerkung vom harten Winter, kann mir aber nicht vorstellen, dass es so einen großen Unterschied macht. Wir wohnen doch nur anderthalb Stunden entfernt. Wido sieht seinen Vater an und schüttelt den Kopf. Dustin grinst umso breiter. „Eventuell ist die Waschmaschine fertig", äußert er. Wido steht auf: „Ich sehe mal nach." Ich werfe Dustin einen fragenden Blick zu. Er zuckt nur mit den Schultern und sieht mich an wie: Ach, nichts Besonderes. Ich nehme meine Krücken und stelze hinter Wido her. Als ich die Waschküche erreiche, hängt er gerade mein Höschen-Sortiment auf. Mit einem anerkennenden Blick über die Schulter meint er zu mir: „Du trägst sehr feine Unterwäsche." „Ja, das wundert mich selbst ein bisschen", ich halte es nicht für angebracht, ihm jetzt zu erklären, dass Frithjof diese Miniteile für mich ausgesucht hat.

Es ist sehr warm unter der Decke. Ein Arm liegt schwer auf meinem Bauch. Das Gewicht auf meinen Beinen ist kaum auszuhalten. Vorsichtig versuche ich, mich aus dem Bett zu winden, ohne Wido aufzuwecken. Ich werfe einen Blick auf den Wecker. Es ist acht Uhr. *Vielleicht ist Dustin in der Küche,* denke ich mir. Wido lässt sich zum Glück nicht stören. Er nuschelt irgendetwas vor sich hin, dreht sich um und pennt weiter. Ich gebe ihm noch ein zartes Küsschen auf die Nase, dann verschwinde ich möglichst leise. Die Küche ist leer. Ich schaue nach, ob Dustins Jeep vor der Tür steht. Der ist nicht zu sehen, also dürfte er schon unterwegs sein. Dafür ist bestes Wetter draußen. In der Sonne wird die Wäsche schnell trocknen. Ich gehe in die Waschküche und nehme die klammen Teile ab. Eine Tür führt hinters Haus. Als ich sie aufschließe, vernehme ich ein tiefes Knurren, das mir das Blut in den Adern gefrieren lässt. Schnell drehe ich den Schlüssel wieder zurück. Mit klopfendem Herzen lehne ich an der Wand. Das Knurren ist immer noch vernehmbar. *Was immer da draußen ist, es weiß, dass ich noch hier stehe!* Ich hänge die Sachen wieder drinnen auf und gehe auf wackeligen Beinen in die Küche. Das Telefon, das auf dem Küchentisch liegt, lacht mich an. Ich schleiche mich erneut zu Wido ins Zimmer und hole Frithjofs Handy-Nummer. Wieder in der Küche angekommen, wähle ich. Es klingelt in der Leitung, ich warte. Nach dem achten Klingeln will ich gerade auflegen, als ich Frithjofs Stimme höre. Na ja, fast. Ich höre ein verschlafenes:

„Falkenstern"

„Hey Frithjof, habe ich dich geweckt?"

„Hmmmm"

„Oh entschuldige, wenn du schlafen möchtest, legen wir einfach auf. Ich wollte nur hören, ob es was Neues gibt."

„Ehem"

„Frithjof, ich denke, wir telefonieren später, schlaf noch ein bisschen", sage ich und lege auf. Ich starre ein wenig aus dem Fenster. Das Telefon in meiner Hand, klingelt. Erschreckt drücke ich die Taste mit dem grünen Hörer:

„Hier bei Delshey."

„Was fällt dir eigentlich ein, mich erst zu wecken und dann aufzulegen?", höre ich Frithjofs brummige Stimme.

„Ich dachte, ich störe."

„Ja klar, aber wenn du mich schon geweckt hast … Wie kommt es, dass du schon anrufst, gibt es ein Problem mit Wido?"

„Ehm, nein. Ich wollte einfach hören, ob es bei dir schon Neuigkeiten gibt."

„Ja, Bastian hat es tatsächlich geschafft, mich unterzubringen. Und zwar sofort. In dem Laden ist jemand ausgefallen. Der Chef war heilfroh, jemanden gefunden zu haben, der einspringen kann. Es gab eine größere Gesellschaft, die Küche war bis halb zwölf offen, dann alles sauber schrubben, nach Hause und gegen halb drei ins Bett! Und um kurz nach acht ruft meine Prinzessin an. Einfach wunderbar."

„Tut mir leid, ab jetzt werde ich nie wieder so früh anrufen. Aber ich freue mich für dich. Wie hat sich der erste Tag denn angefühlt?"

„Anstrengend"

„Hm"

„Ach, das wird schon. Natürlich war ich gestern der Lakai für alles, ist doch klar. Ich habe den ganzen Abend Gemüse geschnippelt, Dinge angereicht und, und, und. Bevor ich wirklich was kann, müssen die mir ja erst mal was beibringen. Und an Tagen, an denen nicht ganz so ein Chaos herrscht, wie gestern, kann ich auch eher zeigen, dass ich nicht bei null bin. Also mach dir mal keine Gedanken. Im Moment bin ich nur ein wenig geschafft. Wie kommt es, dass du vom Forsthaus aus anrufst?"

„Ach, wegen dem Regen und weil ich ja noch meine Sachen hier hatte, habe ich hier geschlafen."

„Und?"

„Was und?", ich kann den Hohn in seiner Stimme deutlich vernehmen und ärgere mich ein wenig darüber.

„Habt ihr die Nacht miteinander verbracht?"

„Ja"

„Und?"

„Was willst du jetzt hören?"

„Nun, war es so schön, wie mit mir?"

Gut, dass der mich jetzt nicht sehen kann! Ich laufe zornrot an, atme tief durch, damit er nicht mitbekommt, wie sehr er mich ärgert. „Meinst du, ich vergleiche euch ständig miteinander? Nimm *du* dich mal nicht zu wichtig!"

Ich höre ein Kichern am anderen Ende der Leitung. „Ist ja schon gut, Prinzessin. Ich habe mir eben nur meine Gedanken gemacht. Wenn du mich als Erstes anrufst..."

„Mir war bloß langweilig, weil Wido noch schläft und Dustin schon unterwegs ist."

„Ach so, na dann." *Wieder dieser unterschwellige Hohn in seiner Stimme!*

„Möchtest du noch ein bisschen schlafen?", frage ich ihn, in der Hoffnung die Kurve zu kriegen.

„Oh ja, nach diesem Telefonat werde ich fantastisch träumen können. Bis demnächst, meine Liebe."

„Tschüss Frithjof."

Ich lege den Hörer weit weg. *Vielleicht hat sich das Monster im Garten entfernt,* denke ich mir und gehe noch mal zur Waschküche. An der Tür angekommen, vernehme ich wieder das tiefe Grollen. Ich mache kehrt. *Ob ich mich auf die Terrasse vor dem Haus wagen kann?* Ich drehe wieder um und gehe langsam zur Haustür. Plötzlich steht Wido vor mir. Ich strahle ihn an. Er steht da, nur in der Pyjamahose. Ich zeige mit dem Daumen hinter mich: „Hinterm Haus wartet ein Ungeheuer!" Wido grinst und nimmt mich in seine Arme. „Guten Morgen, Otrun." Er hält mich fest umschlossen, sein Gesicht in meinen Haaren. Seine Hände streichen mir über den Rücken. „Hinterm Haus wartet Wotan. Er hat sich mir angeschlossen. Jetzt im Sommer halten wir ihn draußen, dann kann er sich überlegen, ob er bei uns bleiben will. Aber wie es aussieht, hat er mich adoptiert." Ich löse mich von ihm und schaue in sein Gesicht. „Ein Hund?" „Ja, und was für einer!" Wido macht große Augen, „komm, ich stelle euch beide vor, dann hast du nichts vor ihm zu befürchten. Ganz langsam hinke ich zur Hintertür. Wido geht direkt vor mir. Er schließt sie auf, es ist nichts zu hören, außer dem Schlagen eines Schwanzes gegen das Holz. Wido öffnet die Tür. Nur einen Spalt, durch den er hindurchschlüpft.

Ich sehe zu, wie er das aufgeregte Tier begrüßt. Er klopft dem Vieh die Seite und redet leise beruhigend darauf ein. Er hebt nur den Zeigefinger und der Hund sitzt so ruhig, wie er das in seiner Aufregung schaffen kann. „Komm raus, Otrun, Wotan wird sich nicht von der Stelle rühren, auch wenn es ihm schwerfällt." Vorsichtig erweitere ich den Spalt. Vor mir sitzt tatsächlich ein Monster! Ein sehr schönes zwar, aber ein Monster. Das Tier ist so groß, dass es ohne den Kopf zu strecken seine Schnauze auf meiner Bauchnabelhöhe hat. „Lass ihn ruhig ein wenig an dir schnuppern, und wenn du magst, streichele ihn. Wotan ist ein Männchen, die lieben so etwas!", fügt er mit einem Grinsen hinzu. Ich strecke meine Hand nach dem Tier aus. „Ja du bist ja ein Riese", versuche ich Konversation mit dem Tier zu betreiben. „Sicher kannst du jemandem mit einem Happ den Kopf abbeißen, hm?" Wotan schließt die Augen und lässt sich genüsslich unterm Kinn kraulen. „Siehst du, er ist ein ganz braver, lässt sich sogar deine Gemeinheiten gefallen", Wido legt seinen Arm um mich, „wir hängen schnell die Wäsche auf, hm?" Ich bleibe bei Wotan, während Wido die Sachen aus der Waschküche holt. Selbst jetzt macht das Tier keine Anstalten mich zu fressen. Als wir zur Wäscheleine gehen, springt der Hund auf und trabt um uns herum. „Wie leichtfüßig er ist", staune ich. „Ja nicht wahr, ein tolles Tier. War von Anfang an sehr gut abgerichtet, aber er hat gestunken! Nicht zum Aushalten! Ich denke, jetzt geht es. Wer weiß, was die ihm zu fressen gegeben haben. Auch sein Fell glänzt jetzt schöner." „Hat ihn denn niemand vermisst? So einen Hund vergisst man doch nirgends", wundere ich mich. „Nein, niemand. Keine Anrufe beim Förster, kein Steckbrief beim Lebensmittelhändler, nichts. Ich weiß nicht, wo er hingehört. Interessiert mich auch nicht weiter." Er tätschelt dem Tier den Kopf: „Nicht wahr? Wir zwei sind ein gutes Team." Wotan schmatzt bekräftigend. „Er war mein Wächter und mein Retter in der Höhle des Entenbergs. Ohne ihn hätte ich den Ausgang viel schwerer, oder gar nicht gefunden." „Stimmt, da war ein Hund, der mich angeknurrte, als ich dir den Käse brachte. Das war wirklich schlimm. Ich habe überhaupt nichts gesehen, das beängstigende Grollen und du warst nicht wach zu kriegen!" Ich atme tief durch: „Das war so frustrierend!" „Wie hast du dich überhaupt an dem Tier vorbeigetraut?", Wido sieht mich erstaunt an. „Frithjof hat mir gesagt, ich solle mir nichts draus machen, er würde mir nichts tun. Und ich habe ihm vertraut. Scheinbar wollte er, dass ich irgendetwas mache, das dir helfen kann. Diese blöde Entführung hat er sich nicht ausgedacht, ganz im Gegenteil, er war stinksauer auf seine Leute!" „Dann hätte er mich ja auch direkt wieder gehenlassen können!" Ich sehe Wido an, zucke mit den Schultern: „Hätte er? Ich weiß es nicht. Er ging davon aus, er hätte etwas zu verbergen, na ja ..." Ich halte seine Hände: „Wir sind doch jetzt zusammen, nicht wahr?" „Stimmt", er gibt mir sanft einen Kuss. „Wie sieht es aus, Hunger auf Frühstück?" „Ja klar, wollen wir hier draußen essen?", frage ich Wido mit einem Seitenblick auf Wotan, „oder kriegen wir dann die Wurst vom Brötchen gemopst?" Er strahlt mich an: „Ne, ne, du hast nichts zu befürchten, er weiß, was sich gehört." „Später muss ich unbedingt zu Siegrun", ich sehe ihm in die Augen, „allein, ich muss etwas wissen." Wido nickt nur und verschwindet im Haus um ein Frühstück für uns beide zu holen. Da ich mit den Krücken sowieso nicht viel ausrichten kann, setze ich mich auf eine Bank, die etwas im Verborgenen vor dem Wind geschützt ist. Lege mein Bein hoch. Sonne pur! Ich strecke die Nase in den Himmel und schließe meine Augen. Eine angenehme Wärme durchdringt meine Haut. Wotan sitzt vor mir und legt seinen Kopf auf meinen Schoß. *Er kann mich wohl auch gut leiden.*

Nach dem Frühstück stehe ich auf: „Ich packe meinen Kram zusammen und werde zu Siegrun gehen." Wido nickt ernst: „Willst du nicht bei mir bleiben?" „Aber ich habe doch gesagt, dass ich mit Siegrun reden muss", überrascht sehe ich zu ihm auf. „Dafür brauchst du deine Sachen nicht mitnehmen." „Doch, ich werde wieder auf der Lichtung schlafen. Ich will gern mit dir zusammen sein, aber ich möchte auch zu Oma zurück. Was denkt Dustin, wenn ich mich jetzt fest bei euch einquartiere?" „Der würde sich freuen", Wido grinst mich an. *Sieht er einen Hoffnungsschimmer, oder was?* „Nein, ich möchte auf die Lichtung in mein Zelt", sage ich stur. „Ist ja schon gut, ich sehe nach, ob deine Sachen trocken sind", schon bewegt er sich in Richtung Wäscheleine. An der Art, wie er geht, sehe ich, wie deprimiert er ist. Ich humple ihm nach: „Tut mir Leid, Wido. Aber mein Innerstes sagt mir, dass ich zurück muss." Ich streichele über seinen Rücken. „Ich habe selber keine Erklärung, es fühlt sich an, als würde ich gerufen." Er dreht sich zu mir um: „Und ich, rufe ich dich nicht?" Ich atme tief durch. „Das ist etwas anderes", sage ich und gehe zum Haus. Wido ist direkt hinter mir, hält mich an den Schultern fest:

„Bitte bleib!" „Ich kann nicht, ich muss zur Lichtung! Es ist wie vorher, du kannst jederzeit kommen, aber ich muss dort hin!" Seine Hände gleiten an meinen Armen herab und geben mich frei. Ich gehe weiter, wage nicht mich umzudrehen. An der Waschküchentür angelangt riskiere ich doch einen Blick, er steht noch immer da, wie ein geschlagener Hund. Wotan ist bei ihm, leckt seine Finger. Es hat den Anschein, als bemerke er es gar nicht. Ich sehe zu, dass ich rein komme. *Wie sagte Frithjof zu mir? Manche Schlachten wollen nicht gewonnen werden.* Ich fühle mich schrecklich. Wiedermal! In Zeitlupentempo stecke ich die Klamotten in meinen Rucksack, mit dem ich auch hier hergekommen bin. Ein Klopfen am Türrahmen. Ich sehe auf. Wido bringt mir einen ordentlich gestapelten Wäscheturm. „Deine Sachen", sagt er mit belegter Stimme und reicht sie mir. „Ich würde gerne noch duschen, bevor ich verschwinde." „Mein Bad ist dein Bad", sagt er leise vor sich hin und will das Zimmer verlassen. „Was ist denn bloß los mit dir?", platzt es aus mir heraus. „Das ist doch wohl kein Beinbruch, wenn wir nicht jede Nacht miteinander verbringen!" Wido kneift leicht die Augen zusammen: „Hätte ich schwarze Locken und einen Bart, würdest du sicher anders darüber denken." *Das ist ja wohl zu viel!* „Widukid Delshay, was willst du eigentlich? Ich bin hier her zurückgekommen. Frithjof ist irgendwo. Du bist hier. Bei mir. Wir hatten einen sehr schönen Abend, eine noch schönere Nacht. Haben beim Frühstück nett geplaudert. Was ist dein Problem?" „Du willst nicht bei mir bleiben. Nicht einmal für ein paar Nächte! Vielleicht entspreche ich nicht deinen Anforderungen! Ich bin ein ganz normaler Mann! Wie kann ich da mit deinem neuen Schwarm mithalten?" „Aber ich bin doch hier bei dir, oder?" „Ja, aber du ziehst mir sogar deine

Oma vor!" „Das ist doch etwas ganz anderes! Erinnerst du dich vielleicht, warum ich hierhergekommen bin? Um von Siegrun zu lernen! In ein paar Wochen geht die Schule wieder los, dann kann ich höchstens an den Wochenenden hier sein. Wenn überhaupt! Bis dahin möchte ich noch so viel mitbekommen! Da draußen lauern viele Nilses und Kevins und wie sie alle heißen. Sie warten nur darauf, mich fertigzumachen! Meinst du wirklich, das ist angenehm? Ich kann nicht die ganze Zeit hier bei dir sitzen! Bitte versteh das!" Meine Stimme überschlägt sich, Wido dreht sich um, verlässt den Raum. Ich sitze da, starre hinter ihm her. Kann`s nicht fassen, was stimmt hier nicht? Ich warte, bis mein Puls wieder unten ist. Dann stemme ich mich auf die Krücken und will nach ihm sehen. Als ich hinters Haus komme, weiß ich auch, wovon Dustin am Vorabend sprach. Wido macht Kleinholz. „Du kümmerst dich, hm?" Die Axt bleibt in der Luft stehen. Langsam lässt er sie absinken und dreht sich zu mir um: „Ich dachte, du bist unter der Dusche." „Das hatte ich vor, aber ich muss zuerst wissen, warum du so sauer auf mich bist. Wenn du`s mir nicht sagst, kann ich mich nicht ändern." Wido stellt die Axt sorgsam zur Seite, wischt mit einer schnellen Handbewegung die Späne vom Hauklotz und setzt sich. Ein wenig gequält fährt er sich mit der Hand über sein Gesicht. Dann sieht er zu mir auf: „Das Erste, was du zu tun hattest, war Frithjof anrufen. Meinst du, ich hätte das nicht mitbekommen?" Ich blase meine Backen auf, sehe ihn mit großen Augen an: „Mir war langweilig. Außerdem dachte ich, du schläfst. Ich wollte dich nicht stören. Und wenn du schon zugehört hast, dann weißt du ja auch, dass ich mich nur erkundigt habe, ob Basti was für ihn erreichen konnte." „Das ändert gar nichts!" Ich stütze mich auf meine

Krücken und beuge mich ein wenig zu ihm vor: „Kann es sein, dass du ein bisschen überempfindlich bist? Ich sage dir jetzt mal was: Ich werde erst mal duschen. Dann gehe ich zu Oma. Und solltest du Lust verspüren, mich zu sehen, dann komm doch vorbei. Ich würde mich sehr freuen. Aber bitte erst, wenn du wieder normal bist! Wenn dir klargeworden ist, dass ich dich will und nicht Frithjof! Und dass ich trotz allem meine Freiheit brauche!" Damit drehe ich mich um und hinke ins Badezimmer. Dieses Mal drehe ich mich nicht zu ihm um. Mein Herz rast. Ich lehne am Waschbecken und schnappe erst mal nach Luft. *Was habe ich ihm alles an den Kopf geworfen? Ich weiß es schon nicht mehr genau. Hoffentlich habe ich nicht alles verdorben!* Ganz langsam pelle ich mich aus den Klamotten. Unter der Dusche höre ich die Holzscheite schreien.

Mit meinem Gepäck auf dem Rücken wuchte ich mich durch den Wald. Hier und da ist der Weg eigentlich gar kein Weg und es ist schwierig, mit den Krücken durchzukommen. Aber ich denke mir, dieses Viertelstündchen wird auch vergehen und bin ich erst mal angekommen, kann ich mich ausruhen und meinen Fuß hochlegen. Gut, dass ich mir nur Shorts und Top angezogen habe, denn bei dieser Tour wird mir ganz schön warm. Wid006 erscheint mir völlig verändert, wir verstanden uns doch so gut! Ich versuche erst mal, nicht daran zu denken. *Dieser Spinner!* Der Wald wird dichter. *Hm, bin ich verkehrt*

gegangen? Erst einmal bin ich diesem Weg gefolgt, allerdings in die andere Richtung. Und zwar in großer Eile mit Dustin zusammen. Wir wollten nachsehen, ob Wido im Forsthaus eingetroffen ist, obwohl wir beide ahnten, dass etwas Schlimmes passiert sein musste, was sich dann tatsächlich bestätigen sollte! Ich setze mich erst mal auf den Waldboden und ruhe ein wenig aus. *An eine Abzweigung kann ich mich gar nicht erinnern. Doch genau vor mir ist so etwas in der Art. Ein richtiger Weg ist das eigentlich auch nicht.* Ich lehne mich an einen Baum und versuche mir den Marsch hinter Dustin her, wie einen Film vorzustellen. Ich schließe dafür meine Augen. Es war kurz vor der Dämmerung. Jetzt bemerke ich, dass ich nur auf meinen Begleiter und gar nicht auf den Weg geachtet hatte. Ich war ihm einfach blind gefolgt. Im Eiltempo. *Prima Otrun! Vielleicht gehe ich einfach weiter, bis ich etwas Bekanntes sehe. Ach, völliger Quatsch! Besser ich drehe um und gehe genauso zurück, wie ich hier hergekommen bin. Wido wird mir sicher den richtigen Weg zeigen. Wido! Das tut ja schon weh, ihn jetzt danach zu fragen.* Ich bleibe noch ein wenig sitzen. Ausruhen, bis der Fuß Ruhe gibt.

„Sag mal, willst du aussehen, wie dieser Frithjof? Oder warum ist das hier zu deinem liebsten Hobby geworden! Allmählich mache ich mir Sorgen um dich." Ich sehe mich um. Dustin steht mit verschränkten Armen hinter mir. „Selbst Wotan bist du nicht geheuer!", sagt er, während er kopfschüttelnd auf das Tier zeigt.

Der Hund liegt in sicherem Abstand auf der Wiese und verfolgt jede meiner Bewegungen mit seinen Augen. „Otrun wollte zu ihrer Oma, ich dachte mir, dann kann ich mich ja nützlich machen." „So, so, wann soll das gewesen sein? Bis eben ist sie jedenfalls nicht dort angekommen." „Was?" Dustin sieht mich an, als müsse er sich seine Geduld erzwingen: „Ich komme gerade von Siegrun, deine Freundin ist nicht dort." Ich sehe ihn fragend an: „Otrun ist nicht bei Siegrun?" Dustin schüttelt langsam den Kopf. „Ja, wo ist sie denn jetzt schon wieder?", schimpfe ich gereizt. „Sie steckte ihre Sachen in den Rucksack und ist losgezogen. Wollte unbedingt allein etwas mit ihrer Oma besprechen." Ich lasse mich auf den Hauklotz fallen und starre geradeaus. „Und was war noch?" „Vielleicht hat sie sich mit Frithjof getroffen, sie hatten am Morgen miteinander telefoniert." „Dann ruf ihn doch an und frage nach." Ich sehe meinen Vater skeptisch an: „Meinst du wirklich? Das sieht doch aus, als wollte ich sie kontrollieren!" „Habt ihr euch gestritten?" „Na ja, irgendwie schon", drucke ich herum. Dustin sieht mich ernst an: „Es ist aber nicht ihre Art, zu sagen, sie wolle zu Siegrun um sich dann mit Frithjof zu treffen. Gerade, wenn sie sauer ist, sagt sie, was sie denkt." „Ja, das glaube ich allerdings auch." „Soll ich ihn anrufen, Junge?" „Nein, nein, ich mach das schon." Gemeinsam gehen wir in die Küche. Im Telefon ist die Nummer noch gespeichert.

Mein Fuß klopft. *Was hatte Doktor Emmerich gesagt? Die erste Woche absolute Schonung! Waldspaziergänge sind bestimmt nicht das Richtige. Ein bisschen muss ich noch, hier ist alles so zugewuchert, da kann ich mich unmöglich auf den Boden setzen. Bestimmt nur noch ein kleines Stück.* Ständig bleiben die Krücken hängen und die Shorts waren auch nicht die beste Entscheidung. Ich achte kaum noch auf den Weg, ich versuche einfach, irgendwie durchzukommen! Hier ist alles dunkel, dicht und dornig. Meine Beine völlig zerkratzt. Die Sache mit der Orientierung habe ich schon vor geraumer Zeit aufgegeben. Ich hoffe darauf, dass irgendwann etwas auftaucht, das ich kenne. *Ein abgebrochener Baum! Darauf kann ich mich endlich ausruhen! Wenigstens etwas.* Mit etwas Mühe klettere ich auf den Stamm. *Immerhin sitze ich hier nicht in den Dornen!* Ich habe ein ungutes Gefühl. *Wie konnte ich mich nur so verlaufen? Erst mal ausruhen. Vielleicht kann ich ja mit Oma Verbindung aufnehmen.* Ich atme mich zur Ruhe. Hole meine kleine Otrun aus der Hosentasche. *Frithjof hat gesagt, der Geist meiner Ahnen wohnt darin. Dann könnten die mir ja helfen. Ganz bestimmt kannten sie sich gut aus, hier in unseren Wäldern.* Ich schließe meine Augen. Versuche meine Gedanken freizulassen. Atme gleichmäßig, lasse mir Zeit. Zwinge mich zur Geduld.

„Falkenstern"

„Ja hallo, hier ist Wido."

„Was kann ich für dich tun?"

„Ich wollte fragen, ob du was von Otrun gehört hast?"

„Ja, wir haben am Morgen miteinander gesprochen. Ich war nicht gerade nett zu ihr, sie hatte viel zu früh angerufen. Was ist los?"

„Tja, dann kannst du uns wohl auch nicht helfen, was? Otrun wollte zu ihrer Oma, allein. Dummerweise ist sie nicht dort angekommen."

„Vielleicht ist ihr unterwegs in den Sinn gekommen zu meditieren, eine Fantasiereise zu machen."

„Mag sein, sie ist etwa vor vier bis fünf Stunden losgezogen. Da sie noch immer nicht dort angekommen ist, hatte ich die Hoffnung, dass sie sich mit dir treffen wollte."

„Ja, das wäre jetzt das kleinere Übel, was?" In Frithjofs Stimme klingt die gewohnte Überheblichkeit mit.

„Trotzdem danke, ich werde mit dem Hund losziehen und nach ihr suchen."

„Warte bitte einen Moment, ich rufe dich gleich noch einmal zurück."

„Was hast du vor?"

"Warte einfach einen Augenblick, ok? Ich rufe auf jeden Fall zurück. Bis gleich."

Und damit legt er auf. Ich sehe zu Dustin. Der steht an den Türrahmen gelehnt. „Und?" „Fehlanzeige! Aber ich soll warten, bis er mich anruft. Irgendetwas hat er vor." Dustin nickt: „Ich glaube, ich weiß auch was. Als du nicht hier warst, hat er sie beobachtet, vielleicht kann er sie auch jetzt finden." „Stimmt, Otrun hat mir davon erzählt. Sie kann das auch bei ihm. Aber für Frithjof scheint es leichter zu sein."

Ich höre ihre Stimmen. Ganz leise, behutsam reden sie auf mich ein. Zischelnde Altedamenstimmen. „Mädchen, was machst du denn hier, hast du nichts zu tun?" Was ist mit deinem Fuß geschehen?", fragt eine andere. „Du bist die Otrun, nicht wahr?" „Kind, du hast den falschen Weg genommen!" „Schaut euch das an, was sie für sündhaft kurze Hosen anhat!" „Aber die Haare trägt sie, wie ich meine." „Und sie hat unsere Augen, seht sie euch an!" „Ach, sie ist ja noch so jung!" „Endlich hat Siegrun die Richtige gefunden, dann kann sie bald zu uns kommen." „Oh ja, bald kommt sie zu uns! Otrun, dann wirst du ihr Erbe antreten, nicht wahr?" Ganz langsam, als würde sich ein Nebel legen, sehe ich die Frauen vor mir. Sie sehen jung aus, haben meine hellen Augen. Sie begutachten mich neugierig. Dann sehen sie mich erstaunt an. Eine tritt vor: „Wir haben dich etwas gefragt, du kannst doch reden?" „Natürlich kann ich reden! Aber ihr sprecht alle durcheinander, ich weiß gar nicht..." Die Frauen lachen über mich. Das macht mir nicht viel Spaß! Ich hasse es, wenn über mich gelacht wird! Mit zusammengekniffenen Augen zische ich sie an: „Ich dachte, ihr würdet mir helfen. Aber es sieht eher aus, wie ein Kaffeekränzchen!" Mit einem Mal verstummt das Lachen. „Was für ein freches Ding!" „Wir werden ihr Manieren beibringen müssen!" „Diese Hosen!" Ich lehne den Kopf an den Stamm und versuche krampfhaft aufzuwachen. „Gebt acht, sie will weg von uns!" „Nein, nein, Otrun, wir helfen dir schon", ruft eine der Frauen besorgt aus. „Ach Otrun, wir haben uns doch nur ein wenig amüsiert!" „Nun sei doch nicht so!" „Du fühlst dich wohl hier in unserem Wald, nicht wahr, Mädchen?" „Nein Frodegard, sieh sie dir genau an! Am liebsten wäre sie jetzt bei ihrem kleinen Indianerjungen", sie sieht mich höhnisch an, „nicht hier bei uns!" Alle reden durcheinander auf mich ein. „Ich kann sie verstehen, er ist irgendwie niedlich." „Der große ist dafür ein Mann." „Was du immer hast, der Junge wird auch noch erwachsen!" „Aber wann meine Liebe, aber wann?" Eine andere mischt sich ein: „Seht sie euch doch an, sie ist ja selber noch ein Kind!" Ich atme tief durch und schaue mich um, versuche den Fokus auf sie und von mir weg zu lenken, mich bei ihnen einzuschmeicheln: „Und ihr seid alle Zauberinnen?" Einvernehmliches Nicken. „Warum seid ihr dann so verrückt?" „Wir sind nicht verrückt, Kind! Wir freuen uns. Du bist richtig gut!" „Ja, wir freuen uns, weil du uns gerufen hast." „Ihr habt eine eigenwillige Art, mir das zu zeigen", gebe ich zu bedenken. „Was hast du, Kind…

Das Telefon klingelt. Ich nehme ab.

„Delshay"

„Ich bin's, Frithjof. Ich habe sie gefunden."

„Und?"

„Sie hat sich verlaufen. Sie …"

„Was denn, weißt du in etwa wo?"

„Nein, es ist auch nicht ratsam, sie jetzt zu suchen. Sie … Sie hat sich schon Hilfe geholt."

„Hm?"

„Tja, die schlaue Otrun hat ihre Ahnen auf den Plan gerufen"

„Hm?"

„Ich weiß nicht wie, ich habe so eine Ahnung, aber ich weiß es nicht genau. In ihrer kleinen Otrun, der Puppe, wohnt der Geist ihrer Ahnen. Das ist deutlich zu spüren. Ich sagte ihr das, so ist sie sicher auf die Idee gekommen, es zu versuchen."

„Hm?"

„Ich weiß, das hört sich ein bisschen schrill an, aber Otrun dachte sich, die müssten sich ja auskennen, in diesem Wald, und hat sie einfach gerufen!"

„Und jetzt, wie soll ich mir das vorstellen, spaziert sie mit ihren verstorbenen Ahnen durch den Wald?"

„So ungefähr. Als ich sie eben fand, war sie noch dabei, sich mit ihnen zu unterhalten. Es war alles etwas durcheinander. Aber sie wird sich durchsetzen, ganz sicher. Sie setzt sich immer durch. Fast."

„Ich werde mit Wotan in den Wald gehen."

„Der Hund ist bei dir?"

„Ja, ist es deiner?"

„Nein, aber ich kenne ihn aus dem Entenberg. Schön, dass er bei dir ist, dann wird er es gut haben."

Eine warme Woge durchströmt mich. Soviel Herzlichkeit? Irritiert frage ich: „Wem gehört er?"

„Tut nichts zur Sache, einem Widerling, der ihn einfach zurückgelassen hat. Kümmere dich nicht darum. Bei dir ist das Tier viel besser aufgehoben."

„Wow, das aus deinem Mund!"

„Wir hatten nur einen schlechten Start, das ist alles. Ich muss jetzt los, habe eine Arbeit. Ich bitte dich, suche nicht nach Otrun. Du kannst ja zur Lichtung gehen und dort auf sie warten, aber bitte suche sie nicht. Otrun hatte recht, sie müssen sich auskennen, und wenn sie das schafft, mit ihren Ahnen durch den Wald zu gehen, ist sie besser als wir alle. Also gönn ihr das Glück."

„Gut, aber ich nehme Wotan mit, und wenn es mir viel zu lange dauert, suche ich sie doch."

„Ok, aber gedulde dich. Ihre Familie ist sehr aufgeregt!"

„Ehem, danke Frithjof"

„Ihr könnt mich immer anrufen, wenn ihr Hilfe braucht, Tschüss."

„Tschüss Frithjof."

„Du siehst blass aus, Junge." Ich sehe Dustin an. Es ist still. Fragend hebt Vater seine Augenbrauen, macht mit der Hand eine Bewegung, die so viel heißt wie: Nun rede schon! „Das ist echt unheimlich!", ich schüttele meinen Kopf, „sie hat sich verlaufen und lässt sich von ihren Ahnen den Weg zeigen!" „Das ist nicht unheimlich, das ist schlau, die müssten sich ja auskennen." „Frithjof bat mich, nicht nach ihr zu suchen. Ich werde mit Wotan zur Lichtung gehen und dort auf sie warten. Sollte es zu lange dauern, wird Wotan sie finden."

„So, du hast den Weg zur Lichtung nicht gefunden, das ist kein Problem." „Komm Mädchen, was bist du denn so langsam." „So jung und so langsam!" „Seid ihr blind, oder was?", ereifere ich mich, „falls es euch noch nicht aufgefallen ist, mein Fuß ist kaputt!" „Oh, wie ist er denn kaputt gegangen?" „Ich bin umgeknickt und jetzt ist er angebrochen, deshalb trage ich auch den Gips, das ist kein Turnschuh, wisst ihr!" „Dass das kein Trainingsschuh ist, haben wir längst gesehen, wir sind ja nicht von gestern!" „Warum hast du das nicht direkt gesagt, Mädchen! Da lässt sich doch was machen!" Ich spüre ein

Kribbeln im Gelenk, mein Fuß wird ganz warm, sehr warm und plötzlich ist der Schmerz weg. „Was habt ihr gemacht?", wundere ich mich. „Na, den Fuß geheilt, damit wir irgendwann mal ankommen! Siegrun vermisst uns sicher schon!" Ich stampfe ein wenig mit dem Gips auf den Waldboden. Nichts! Spüre überhaupt keine Schmerzen mehr. Ich frage in die Runde, die Krücken unterm Arm: „Redet Oma auch mit euch, so wie ich jetzt?" „Nein, sie spürt uns, wir helfen ihr, wo wir können. Wir unterhalten uns durch Gefühle, verstehst du?" „Ja, aber würde es euch stören, wenn wir uns öfters so nah wären, wie jetzt?" „Oh nein Kind, ganz und gar nicht!" „Deswegen sind wir ja so aufgeregt, wir freuen uns so sehr!" „Wenn deine Oma stirbt, wirst du dich kümmern, ja?" „Wie?" „Deine Oma ist sehr alt und müde, wir würden uns freuen, wenn sie endlich zu uns kommt." „Oh nein! Ich kenne meine Oma erst seit zwei Wochen, oder so, die kann ich noch nicht hergeben!" Die Frau neben mir sieht mich aufmunternd an: „Ich heiße übrigens auch Otrun, wie du. Sie ist ja dann nicht weg, sie wird wie wir sein!" „Trotzdem!" „Aber du wirst dich kümmern!", kommt es von der anderen Seite. „Ich verstehe gar nicht, was ihr meint!" „Dann höre mir jetzt gut zu, meine Liebe", sie legt ihre Hand auf meine Schulter, ein warmer Schauer läuft über meinen Rücken, „wenn deine Oma stirbt, muss sie verbrannt werden!", ihr Finger schnellt hoch, „aber nicht alles! Eine Hand musst du ihr abnehmen! Du fertigst einen Beutel, da kommen die Knochen rein! Ab und zu wirst du ein Knöchelchen brauchen! Dafür sind sie gedacht. Die Asche verstreust du auf dem Kräutergarten. So bleibt die Magie der Heilkräuter auf der Lichtung erhalten und Siegruns Geist wird für immer auf der Lichtung bleiben. Du wirst dich niemals einsam fühlen, weil wir alle bei dir sind!" Es läuft mir eiskalt über den Rücken. Bei diesen Gedanken bekomme ich weiche Knie: „Das ist ja schlimm, was ihr von mir verlangt. Außerdem, wie soll das gehen. Früher ging so etwas vielleicht, aber selbst wenn ich das wollte, ist das nicht zu machen! So etwas ist nicht garantiert nicht zulässig! Heutzutage läuft alles in geregelten Bahnen!" Ich sehe kopfschüttelnd in die Runde. „Du wirst die richtigen Leute schon bezirzen, du hast die Kraft dazu, das spüre ich deutlich", sagt mir die Zauberin, die sich mir als Otrun vorgestellt hat. Endlich ist mir der Weg wieder bekannt. „Ihr habt es tatsächlich geschafft! Gleich bin ich bei Oma", freue ich mich. „Vergiss nicht, was wir dir gesagt haben! Du schaffst das!" *Das werde ich wohl kaum vergessen können. Es wird mir den Schlaf rauben! Wie stellen die sich das nur vor!* „Wir ziehen uns zurück, meine Liebe, du wirst schon erwartet", diese Otrun zwinkert mir zu, wie ein junges Mädchen, „dein kleiner Indianerjunge ist hier und wartet schon ganz ungeduldig." Langsam verschwindet meine Familie im Nebel. *Sie lassen mir nicht mal Zeit, zu protestieren!* Als ich das denke, höre ich ein fernes Kichern. Ich öffne meine Augen und stehe auf der Lichtung. Die Krücken immer noch unter meinen Arm geklemmt. Siegrun und Wido sitzen am Feuer. Wotan kommt auf mich zugetrabt. Oma strahlt mich an. Ich gehe zu den beiden und setze mich dazu. „Wir können den Gips aufschneiden, mein Knöchel ist geheilt." In der Hand halte ich die kleine Otrun. Jetzt geht mir ein Licht auf. *Die Gliedmaßen sind aus Knochen, das wusste ich ja. Aber nicht irgendwelche Knochen. Es sind die Fingerknochen meiner Ahnen! Nein, dieser Schutzengel ist wirklich nicht zu ersetzen!* Oma nickt mir zu. Wissend, lächelnd und sehr zufrieden.

EPILOG

Ich decke in meiner Hütte den Tisch. Im Moment schneit es große Flocken. Draußen auf der Fensterbank, die im Sommer vor Lavendel nur so strahlt, türmt sich jetzt der Schnee so hoch, dass man kaum noch durch die Scheiben sehen kann. Hier drinnen ist es muckelig warm. Das Feuer knistert und knackt. Heute Abend kommen meine liebsten Freunde. Wegen der Witterung habe ich Siegruns ehemalige Hütte eingeheizt, eine große stilvolle Porzellanschale als Waschschüssel bereitgestellt und das Bett frisch bezogen. Im letzten Sommer habe ich sie ein wenig umgestaltet, sonst könnte ich Wido und Marie niemals dort einquartieren. Jetzt ist es Dach und Bett für liebe Freunde. Die Liege in der Werkstatt ist mit Decken von mir ausgestattet, sodass auch Basti eine Übernachtungsmöglichkeit hat. Es ist dort zwar etwas eng geworden, seit der große Webstuhl darin steht, aber ich weiß, dass ihm das nichts ausmacht. Die Ausbildung zur Weberin war ein Klacks. Probleme mit Mitschülern oder Kollegen gab es keine mehr. Ich hatte zwar keine Freunde, dafür aber jede Menge Neider und Bewunderer. Was auf die Qualitäten meiner Webkunst schließen lässt. Alle waren stets von meinen Arbeiten begeistert. Natürlich! Ich habe geschafft, was auch meiner Mutter gelungen ist. Die Dinge lassen sich durchaus verbinden. Und was kann glücklicher machen, als eine Decke, die wärmt und zugleich die Sorgen von einem nimmt? Auf dem traditionellen Markt, auf dem schon Oma ihre Dinge verkaufte, laufen die Geschäfte gut. Einige Kunden besuchen mich gern im Sommer auf der Lichtung. Es fühlt sich für sie an, als befänden sie sich auf einer sorgenfreien Insel. Wer einmal hier war, kommt garantiert wieder. Doch jetzt haben wir Winter, die Zeit scheint still zu stehen. Alle Laute vom Schnee gedämpft. Und ganz besonders heute, oder ausgerechnet heute scheint das Wetter es wissen zu wollen. Den ganzen Nachmittag schneit es ohne Unterlass! Noch einmal streiche ich die Decken für Bastian glatt und gehe dann zurück in meine Wohnhütte. *Frithjof wird wohl kaum eine Schlafgelegenheit brauchen.* Bei dem Gedanken an ihn bekomme ich rote Wangen. *Wahrscheinlich werden wir kaum Schlaf finden! Und wenn, dann ganz dicht beieinander!* Ich freue mich auf die Gesellschaft, die sich angekündigt hat. Überdenke, ob ich alles erledigt habe: Die Tiere sind versorgt, Schlafgelegenheit für alle, *na ja, bis auf einen,* das Wasser stapelt sich in gefrorener Form vor dem Haus, der Tisch ist gedeckt und für gutes Essen sorgt Frithjof. *Wie gut sich alles gefügt hat,* denke ich mir. *Wido und ich, wir hatten eine wirklich schöne Zeit, doch es ist gekommen, wie es kommen musste. Es war tatsächlich nur eine Frage der Zeit. Oma erzählte mir, dass ihr Partner auch in frühen Jahren Reißaus genommen hat. Mathilde ist die Tochter eines gut aussehenden Durchreisenden. Ich war doch ziemlich überrascht. Sie hat es mir irgendwann zwischendurch erzählt, wie eine nichtige Kleinigkeit, die sich am Vortag zugetragen haben könnte. Sigrun war glücklich mit der Situation. Sie konnte ihre Tochter erziehen, wie es ihr passte, und brauchte keinerlei Rücksicht nehmen. Sie hatte sich ständig gewundert, dass es mit Mathilde und Manfred so gut funktioniert. Vielleicht auch einfach nur, um mich ein wenig zu trösten. Eine ganze Weile war ich sehr unglücklich. Wido ist gegangen. Die Verlassenen leiden immer ein bisschen mehr. Siegrun sagte, wir seien nun mal für ein Leben im Einklang mit unseren Ahnen bestimmt. Ich glaube daran, dass es, wie bei Mathilde, auch bei mir anders möglich ist. Ein einziger Mann an meiner Seite wird sich doch wohl mit meiner Familie vertragen können! Frithjof könnte das ganz bestimmt! Aber ich werde mir noch ein wenig Zeit lassen. Sie meinte immer, bei ihrer Tochter hätten sich die Kräfte ein wenig ausgeruht, um sich auf mich zu konzentrieren. Doch ich weiß es besser. Mit Magie hatte es nichts zu tun, dass Wido irgendwann die Nase voll hatte. Es lag einzig und allein an mir, ich konnte mich nie eindeutig gegen Frithjof entscheiden. Suchte immer wieder seine Nähe. Das hat Wido rasend gemacht. Absolut verständlich! Aber ich kann nichts dafür, dass ich sie beide liebe, noch immer. Frithjof ist das egal. Neben sich räumt er auch ein Eckchen für Wido in meinem Leben ein. Würden wir vor allen Leuten zu Schmusen beginnen, hätte er nur ein müdes Lächeln dafür übrig. Seine Arroganz hat er bis heute nicht abgelegt. Wido ist ein lieber Kerl, aber ER ist eben der Richtige für mich. Davon ist Frithjof in den letzten acht Jahren keinen Deut abgewichen. Ich schüttele grinsend meinen Kopf, er ist unverbesserlich! Ich freue mich auf Marie, im wievielten Monat ist sie jetzt? Bestimmt kann man schon was sehen! Schade, über ein Kind von Wido hätte ich mich auch gefreut, aber noch nicht jetzt! In ein paar Jahren vielleicht. Er ist ein hübscher Mann mit einem ausgeglichenen Charakter. Marie ist nett und ich mag sie sehr. Die beiden passen gut zueinander. Ich freue mich für sie, also werde ich mich nicht auf ihn konzentrieren, sondern ... Langsam könnte Frithjof eigentlich kommen, schließlich ist er für unser leibliches Wohl zuständig!* Ich werfe einen Blick aus dem Fenster, soweit das möglich ist. Inzwischen ist es annähernd komplett zugeschneit. *Hoffentlich bleibe ich heute Abend nicht alleine! Vielleicht sind die Straßen nicht mehr befahrbar.* Ich stehe auf und schlupfe in meine Winterstiefel, streife mir den Mantel über. Mit dem Schneeschieber bewaffnet sehe ich mal nach, wie die Lage draußen ist. Um mir die Zeit zu vertreiben, schaufele ich den schmalen Weg zu dem Parkplatz frei. *Mein Auto ist kaum noch sichtbar! Ich kann mich wohl auf einen einsamen Abend mit mir selber einstellen. Wie jeden Abend. Normal macht das nichts, aber ich hatte mich schon so gefreut!* Enttäuscht gehe ich in meine Hütte zurück und lege Holz nach. *An manchen Tagen ist es schon blöde, so abgelegen zu wohnen! Papa meinte, ich solle im Winter zu ihnen kommen, doch was machen meine Tiere in der Zeit? Darüber hat er sich keine Gedanken gemacht. Außerdem ist es auch im Winter sehr schön hier. Ich genieße stets meine Ruhe. Nur wenn man sich gerade mal auf Gäste freut, na ja.* Gedankenverloren starre ich in die Flammen. „Hey! Ist hier jemand zu Hause?" Aus meinen Gedanken gerissen sehe ich auf. *Sie haben es doch geschafft! Das ist Wido!* Hastig reiße ich die Tür auf. Vier Gestalten kämpfen sich mit Tüten beladen durch den Schnee. „Hey, ihr kommt ja alle zusammen!", schnell habe ich die Stiefel wieder an und laufe ihnen entgegen. Einer nach dem anderen wird von mir herzlich gedrückt. Ich bin so froh, dass ich wieder mal feuchte Augen bekomme. „Kann es sein, dass du hier ein bisschen einsam bist?", fragt Wido mich argwöhnisch. „Nein, mir geht's gut, ich freu mich nur so! Schnell rein, drinnen ist es ordentlich warm. Warum geht Marie hinter euch! Sie muss als Erste in die Wärme. Männer!

Sie denken einfach an gar nichts, nicht wahr Marie?"
Kopfschüttelnd tritt Wido sich die Schneeklumpen aus den Sohlen und geht in die Hütte. Die anderen stapfen hinterher. „Bastian, wann bringst du endlich mal eine Freundin mit?" Höhnisch grinsend meint Frithjof: „Das Waldhotel ist seine Freundin." „Sei ehrlich, deine doch auch", nimmt Marie Basti in Schutz. „Och, ich wüsste da noch jemand anderen", meint Frithjof gelassen und zwinkert mir zu. „Wo hast du Wotan gelassen? Hatte er keine Lust mitzukommen?" „Sie ist definitiv zu viel allein! Hört euch das an, sie redet ohne Unterlass", bemerkt Frithjof, wobei er Wido den Arm um die Schulter legt. „Ich werde mich mehr um sie kümmern müssen", fügt er grinsend hinzu und schüttelt seine Locken. Marie tritt an mich heran und sagt leise zu mir: „Wotan ist gestern Morgen nicht mehr aufgestanden. Er lag wie immer vor der Eingangstür, ich kam gar nicht nach draußen, um die Milch reinzuholen, die uns täglich geliefert wird. Das Riesentier lag da, kalt und steif. Wido ist völlig zusammengebrochen. Die beiden waren so gute Freunde." Ich nicke und ziehe mir die Stiefel wieder an. „Ich bin sofort wieder da, muss nur kurz was holen", sage ich zu ihr und verschwinde, ohne dass es überhaupt jemand außer ihr so schnell bemerkt. Es war ja abzusehen, dass dieser alte, ergraute Hund nicht ewig lebt, doch ab und zu bin ich mir selbst ein wenig unheimlich. Vor wenigen Tagen habe ich für Wido, genau aus diesem Grund, eine sehr leichte, nicht zu große Decke gefertigt. In Erdtönen, wie sie zu ihm passen. Einem tiefen samtigen dunkelbraun, kombiniert mit nougatbraun und bordeauxrot. Angereichert mit Zuversicht, Trost und einigen gemeinsamen Erlebnissen, die ihre Freundschaft so sehr prägten. Selbst wenn ich diese Decke in

den Händen halte, wird es mir leicht ums Herz. Ich lasse sie schnell unter meiner Jacke verschwinden und eile zurück zur Wohnhütte. Als ich wieder reinkomme, sind alle Blicke auf mich gerichtet. Meine Stiefel stelle ich auf das Abtropfgitter, auf dem im Augenblick ein großes Schuhgetümmel herrscht. Dann sehe ich mir kurz die Gesichter an. Frithjof zwinkert mir zu und grinst unverschämt. Ich freue mich schon auf später! Marie hält ihre Hände vor den Bauch und sieht mich aus ruhigen Augen an. Bastian leert gerade eine Tüte und sieht freundlich zu mir rüber. Wido sitzt am Tisch und versucht ein müdes Lächeln. Ich gehe zu ihm hin und ziehe unter meiner Jacke die Decke hervor. Wido hält abwehrend die Hände vor sich: „Mir ist warm genug. Du hast den Raum völlig überheizt!" „Unsinn, das kommt dir nur so vor, weil du aus der Kälte kommst, außerdem braucht es Marie warm. Falls du es vergessen hast, ihr beide bekommt ein Baby. Und diese Decke wird dich nicht allzusehr wärmen. Sie ist ganz leicht. Ich kenne dich doch, mein Lieber", ich schenke ihm ein wissendes Lächeln und lege ihm die leichte Decke, die eher das Format eines übergroßen Schals hat, wie einen Poncho um die Schultern. „Ich habe sie vor wenigen Tagen für dich gewebt, ich wusste einfach, dass du sie brauchen wirst." Wido schließt seine Augen und hält einen Moment inne. Dann sieht er mich an und zieht mich zu sich auf den Schoß. Er umarmt mich fest, wir beide sind in der Decke eingeschlossen. „Danke, meine liebe Otrun, danke. Du hast mich gerettet." „Ich mache es dir nur ein wenig leichter, sonst nichts." „Nein, spiel es nicht runter. Du befreist mich von meinem Kummer." Wir verharren noch ein Weilchen. Um uns herum herrscht geschäftiges Treiben. Frithjof verteilt Aufgaben, damit wir irgendwann etwas zu beißen kriegen. Töpfe klirren, es wird geschnippelt und Wein getrunken. „Wenn ihr nicht endlich mit anpackt, könnt ihr leider nicht mitessen!", wendet er sich an uns beide. Ich sehe auf: „Augenblick mal, ich habe schon den Tisch gedeckt und das Feuer angemacht." „Und wenn ich euch nicht abgeholt hätte, wärt ihr mit euren Stadtautos überhaupt nicht bis hier her gekommen", ergänzt Wido. Wir beide bleiben einfach sitzen und kichern leise. Ganz leise flüstere ich in sein Ohr: „Würdest du mir auch ein Kind schenken?" Wido sieht mich entsetzt von der Seite an: „Das habe ich weder gehört, noch verstanden, Otrun!" „War nur so ein Gedanke", betreten lehne ich mich an ihn. „Aber ich habe es gehört und verstanden!", kommt es vom Herd. „Ich wollte nur testen, ob du wieder lauschst!", sage ich zu Frithjof und an Wido gewandt, „er kann es sich einfach nicht abgewöhnen!" „Da sitzt sie bei meinem ärgsten Rivalen auf dem Schoß und wundert sich, dass ich ein Ohr in ihre Richtung halte, Marie, kommst du bitte mal zu mir, irgendjemand in diesem Raum wird mich doch wohl trösten können!" „Womit soll ich dich aufmuntern, mein Lieber? Mit den geschnittenen Möhren, den Zwiebeln oder dem Rinderfilet?" „Eine schwere Entscheidung! Ich hätte gern die Möhren und den Zucker, oh ja sehr schön!", sagt er, als er den Teller gereicht bekommt. „Bist du glücklich mit Marie?", frage ich ganz leise in Widos Ohr. Ich spüre, wie er nickt. „Ich freue mich für euch beide, ihr seid ein schönes Paar." Wido streicht mir übers Haar, wie an meinem ersten Abend auf der Lichtung. Mit einem Mal duftet es fantastisch in meiner Hütte. Wir werden alle aufmerksam. „Jetzt bitte das Filet und an den Tisch, gleich ist

alles fertig", sagt Frithjof. Marie bringt eine große Salatschüssel mit und setzt sich zu uns. Es fällt mir schwer, doch ich rutsche von Widos Schoß und setze mich ebenfalls ordentlich an den Tisch. Bastian schenkt den Wein ein, Marie mischt sich eine weiße Traubenschorle. Ich bediene mich schon mal an dem Laib Brot, der einladend auf dem Tisch liegt.

Die aufgeführten Namen und ihre Bedeutung:

Frei übernommen aus dem Stammbuch und dem Buch von Birgit Adam „Die schönsten traditionellen Vornamen" im Heyne Verlag erschienen

Otrun die, die Zauber über die Waffen raunt - das junge Mädchen und Hauptperson dieses Buches

Mathilde, die mächtige Kämpferin - die Mutter von Otrun

Manfred, der männliche Schutz - der Vater von Otrun

Siegrun, die für den Sieg zaubernde – Otruns Großmutter und Zauberin

Widukid, abgeleitet von Widukind, bedeutet Waldkind, Dustins Sohn und Otruns Freund

Fritjof, der Friedensfürst – ändert sich allerdings die Schreibweise zu Frithjof, dann wird aus ihm jemand, der anderen den Frieden stielt.   Zum Glück wurde er auf den rechten Weg gebracht. – Ein sehr magischer Hexer, der sich im Verlauf der Geschichte mit Otrun anfreundet

Florian, der Blühende – der Pilot, Freund von Widos Vater Dustin

Alberta, die edle Freundin – die Kuh, die Siegrun jeden Tag ihre Milch schenkt

Salome, die Friedliche – das Schaf gibt die Wolle für Siegruns Künste

Linda, die Sanfte – auch dieses Schaf gibt Siegrun die Wolle für ihre Künste

Wildruth, die Willensstarke – gibt ihre Milch für einen herrlichen Käse und ist außerdem eine sehr mutige Ziege

Das Zitat des Häuptlings Crowfoot habe ich aus einem kleinen Büchlein namens:

„Weisheiten der Indianer"

aus dem FLECHTSIG Verlag entnommen

Nun, ein paar Worte zu diesem Buch. Es ist das Erste, das ich jemals geschrieben habe. Sehr überraschend waren für mich die Reaktionen darauf. Niemals hätte ich damit gerechnet, dass den Menschen so sehr gefällt, was ich mir in meinem Kopf zusammen spinne. Und etwas anderes ist es nicht. Es ist ein feines, zusammengesponnenes Geflecht aus meiner Fantasie. Alles begann in einer Nacht, oder wahrscheinlich eher in den frühen Morgenstunden, denn in dieser Zeit hat man doch überhaupt die Chance, sich zu merken, was man geträumt hat, oder? Es geschieht dann und wann, dass ich die Träume, die mir nicht mehr aus dem Sinn gehen, zu Bildern auf Leinwand spachtele. Das hatte ich in diesem Fall auch vor. Doch viel es mir sehr schwer, mich auf die wesentlichen Dinge zu beschränken, da meine Erinnerungen viel zu umfangreich waren. Zu viele Stimmungen verbanden mich mit diesem Traum. Ich dachte mir, eigentlich ist es eine ganze Geschichte. So überlegte ich mir einen Einstieg, wie es zu all dem kommen könnte. Und schon waren die ersten fünfzig Seiten geschrieben. Ich drückte meinem Sohn (zu diesem Zeitpunkt war er sechzehn Jahre alt) die handbeschriebene Kladde in die Hand: „Schau dir das Mal an, ich habe etwas ausprobiert." Er nahm das Buch entgegen und verschwand in seinem Zimmer. Ich schlummerte so lange am Balkon in der Sonne. Ein gutes Stündchen verging, da stand er auch schon wieder in der Tür und streckte mir die Kladde entgegen: „Mudda", sagte er, „unbedingt weitermachen!" Ich sah ihn verblüfft an. Er schenkte mir ein Lächeln: „Das ist richtig gut, ich will wissen, wie`s weiter geht!" So schrieb ich eine Kladde nach der anderen voll. Inzwischen bin ich zu meinem großen Glück digitalisiert. Daheim hatte meine Familie Erbarmen mit mir und überraschte mich mit einem Laptop. Und nun bin ich nicht mehr aufzuhalten! Dieses ist nur mein erstes Buch, nicht mein Letztes!

Klar, bedanken möchte ich mich natürlich auch noch! Und zwar bei meinen Probelesern, ohne die es viel schwieriger gewesen wäre. Besonders möchte ich dabei meinen Sohn, meine

Schwester, meine Mutter und Viola hervorheben. Denn sie waren nicht nur begeisterte Leser, sie haben auch Kritik geübt und mich gleichzeitig in meinem Schreiben bestärkt. Genau wie bei Irmi und Rebecca, die mich mit ihrer Begeisterung kräftig motiviert haben. Wer weiß, vielleicht wäre ich ohne euch auf halber Strecke abgesoffen. Danke.

Und jetzt kommt für mich der spannendste Teil, denn alle Probeleser, so unterschiedlich sie auch sind, ob zwanzig oder achtzig, ob Kollegen, Schüler, Reinigungskraft oder in einer leitenden Position tätig, sie haben alle einen gemeinsamen Nenner: Sie kennen mich. Ich bin sehr gespannt, ob meine OTRUN auch bei Fremden stark genug sein wird …

Sie möchten ein Buch verschenken? Kein Problem.

Wenden Sie sich ruhig an mich: minutillo-art@gmx.de

Otruns Geschichte geht weiter. Der zweite Teil dieser Trilogie ist beinahe abgeschlossen. Die Veröffentlichung ist für Frühjahr, Sommer 2012 vorgesehen.

Näheres im Internet unter: www.minutillo-art.de